U0055708

張愛玲

紅樓夢魘

主編的話

在文學的長河裡，張愛玲的文字是璀璨的金沙，歷經歲月的淘洗而越發耀眼，而張愛玲的身影也在無數讀者心中留下無可取代的印記。

為紀念張愛玲百歲誕辰及逝世二十五週年，「張愛玲典藏」特別重新改版，此次以張愛玲親筆手繪插圖及手寫字重新設計封面，期盼能帶給讀者全新的感受，並增加收藏的意義。

「張愛玲典藏」根據文類和作品發表年代編纂而成，包括張愛玲各時期的長篇小說、短篇小說、散文和譯作等，共十八冊，其中散文集《惘然記》、《對照記》本次改版並將增訂收錄近年新發掘出土的文章。

一樣的悸動，一樣的懷想，就讓我們透過全新面貌的「張愛玲典藏」，珍藏心底最永恆的文學傳奇。

自序

這是八九年前的事了。我寄了些考據紅樓夢的大綱給宋淇看，有些內容看上去很奇特。宋淇戲稱為Nightmare in the Red Chamber（紅樓夢魘），有時候隔些時就在信上問起「你的紅樓夢魘做得怎樣了？」我覺得這題目非常好，而且也確是這情形——一種瘋狂。

那幾年我剛巧有機會在哈佛燕京圖書館與柏克萊的加大圖書館借書，看到脂本紅樓夢。近人的考據都是站著看——來不及坐下。至於自己做，我唯一的資格是實在熟讀紅樓夢，不同的本子不用留神看，稍微眼生點的字自會蹦出來。但是沒寫過理論文字，當然笑話一五一十。我大概是中了古文的毒，培肯的散文最記得這一句：「簡短是雋語的靈魂」，不過認為不限雋語，所以一個字看得有巴斗大，能省一個也是好的。因為怕嘮叨，說理已經不夠清楚，又把全抄本——即所謂《紅樓夢稿》——簡稱抄本。其實這些本子都是抄本。難怪〈初詳紅樓夢〉刊出後，有個朋友告訴我看不懂——當然說得較婉轉。

連帶想起來，彷彿有書評說不懂「張看」這題目，乘機在這裏解釋一下。「張看」不過是套用常見的「我看□□」，填入題材或人名。「張看」就是張的見解或管窺——往裏面張望——最淺薄的雙關語。以前「流言」是引一句英文——詩？Written on water（水上寫的字），是說它不持久，而又希望它像謠言傳得一樣快。我自己常疑心不知道人懂不懂，也從來沒問過人。

紅樓夢的一個特點是改寫時間之長——何止十年間「增刪五次」？直到去世為止，大概佔作者成年時代的全部。曹雪芹的天才不是像女神雅典娜一樣，從她父王天神修斯的眉宇間跳出來的，一下地就是全副武裝。從改寫的過程上可以看出他的成長，有時候我覺得是天才的橫剖面。

改寫二十多年之久，為了省抄工，不見得每次大改幾處就從頭重抄一份。當然是儘量利用手頭現有的抄本。而不同時期的早本已經傳了出去，書主跟著改，也不見得每次又都從頭重抄一份。所以各本內容新舊不一，不能因某回某處年代早晚判斷各本的早晚。這不過是常識，但是我認為是我這本書的一個要點。此外也有些地方看似荒唐，令人難以置信，例如改寫常在回首或回末，因為一回本的線裝書，一頭一尾換一頁較便。寫作態度這樣輕率？但是縫釘稿本該是麝月名下的工作——襲人麝月都實有其人，後來作者身邊只剩下一個麝月——也可見他體恤人。

在現在這大眾傳播的時代，很難想像從前那閉塞的社會。第二十三回有寶玉四首即事詩，「當時有一等勢利人，見榮府十二三歲的公子作的，錄出來各處稱頌。」看了使人不由得想到反面，著書人貧居西郊，滿人明義說作者出示紅樓夢，「惜其書未傳，世鮮知者」，可見傳抄只限戚友圈內。而且從前小說在文藝上沒有地位，不過是好玩，不像現代蘇俄傳抄地下小說與詩，作者可以得到心靈上的安慰。曹雪芹在這苦悶的環境裏就靠自己家裏的二三知己給他打氣，他似乎是個溫暖的情感豐富的人，歌星芭芭拉史翠珊唱紅了的那支歌中所謂「人——需要人的人」，在心理上倚賴脂硯畸笏，也情有可原。近人竟有認為此書是集體創作的。集體創作只寫得出中共的劇本。

他完全孤立。即使當時與海外有接觸，也沒有書可供參考。舊俄的小說還沒寫出來。中國長篇小說這樣「起了個大早，趕了個晚集」，是剛巧發展到頂巔的時候一受挫，就給攔了回去。潮流趨勢往往如此。清末民初的罵世小說還是繼承紅樓夢之前的《儒林外史》。紅樓夢未完還不要緊，壞在狗尾續貂成了附骨之疽——請原諒我這混雜的比喻。

紅樓夢被庸俗化了，而家喻戶曉，與聖經在西方一樣普及，因此影響了小說的主流與閱讀趣味。一百年後的《海上花列傳》有三分神似，就兩次都見棄於讀者，包括本世紀三〇年間的亞東版，一方面讀者已經在變，但那是受外來的影響，對於舊小說已經有了成見，而舊小說也多數就是這樣。

在國外，對人說「中國古典小說跟中國畫——應當說『詩、畫』，但是能懂中國詩的人太少——與磁器一樣好，」這話實在說不出口。如果知道你本人也是寫小說的，更有「老王賣瓜，自賣自誇」之嫌。我在美國中西部一個大學城裏待過些時，知道紅樓夢的學生倒不少，都以為跟巴金的《家》相仿，都是舊家庭裏表兄妹的戀愛悲劇。男生就只關心寶玉這樣女性化，是否同性戀者。他們雖然程度不齊，也不是沒有鑒別力。有個女生長得不錯，個子不高，深褐色的頭髮做得很高，像個富農或是商家的濃妝少婦，告訴我說她看了《秧歌》，照例讚了兩句，然後遲疑了一下，有點困惑的說：「怎麼這些人都跟我們一樣？」我聽了一怔。《秧歌》裏的人物的確跟美國人或任何人都沒什麼不同，不是王龍阿蘭洗衣作老闆或是哲學家。我覺得被她一語道破了我用英文寫作的癥結，很有知己之感。

程本紅樓夢一出，就有許多人說是拙劣的續書，但是到本世紀胡適等才開始找證據，洗出紅樓夢的本來面目。五六十年了，近來雜誌上介紹一本《紅樓夢研究集》：「本書是一群青年人的精心力作，一反前人著重考據的研究方式，……」拙作〈紅樓夢未完〉赫然在內，看了叫聲慚愧。也可見一般都厭聞考據。裏面大部份的文章仍舊視程本為原著，我在報紙副刊上也看到這一類的論文，可能是中文系大學生或研究生的課卷，那也反映教授的態度。——也許也是因為研究一個未完的著作，教學上有困難。——有一篇罵襲人誘惑寶玉，顯然還是看了程本竄改的第六回，原文寶玉「強襲人同領警幻所授雲雨之事」，程甲本改「強」為「與」，程乙本又改「與」為「強拉」，另加襲人「扭捏了半日」等兩句。我們自己這樣，就也不能怪人家——首次譯出全文的霍克斯英譯本也還是用程本。但是才出了第一冊，二十六回，後四十回的狐狸尾巴還沒露出來。彌羅島出土的斷臂維納斯裝了義肢，在國際藝壇上還有地位？

我本來一直想著，至少金瓶梅是完整的。也是八九年前才聽見專研究中國小說的漢學家派屈克·韓南（Hanan）說第五十三至五十七回是兩個不相干的人寫的。我非常震動。回想起來，也立刻記起當時看書的時候有那麼一塊灰色的一截，枯燥乏味而不大清楚——其實那就是驢頭不對馬嘴的地方使人迷惑。遊東京，送歌僮，送十五歲的歌女楚雲，結果都沒有戲，使人毫無印象，心裏想「怎麼回事？這書怎麼了？」正納悶，另一回開始了，忽然眼前一亮，像鑽出了隧道。

我看見我捧著厚厚一大冊的小字石印本坐在那熟悉的房間裏。

「喂，是假的。」我伸手去碰碰那十來歲的人的肩膀。

這兩部書在我是一切的泉源，尤其紅樓夢。紅樓夢遺稿有「五六稿」被借閱者遺失，我一直恨不得坐時間機器飛了去，到那家人家去找出來搶回來。現在心平了些，因為多少滿足了一部份的好奇心。

收在這集子裏的，除了〈三詳〉通篇改寫過，此外一路寫下去，有些今是昨非的地方也沒去改正前文，因為視作長途探險，讀者有興致的話可以從頭起同走一遭。我不過是用最基本的邏輯，但是一層套一層，有時候也會把人繞糊塗了。我自己是頭昏為度，可以一擱一兩年之久。像迷宮，像拼圖遊戲，又像推理偵探小說。早本各各不同的結局又有「羅生門」的情趣。偶遇拂逆，事無大小，只要「詳」一會紅樓夢就好了。

我這人乏善足述，著重在「乏」字上，但是只要是真喜歡什麼，確實什麼都不管——也幸而我的興趣範圍不廣。在已經「去日苦多」的時候，十年的工夫就這樣摜了下去，不能不說是豪舉。正是：

十年一覺迷考據，
贏得紅樓夢魘名。

目錄

自序 ·005·

紅樓夢未完 ·013·

紅樓夢插曲之一——高鶚、襲人與畹君 ·055·

初詳紅樓夢——論全抄本 ·067·

二詳紅樓夢——甲戌本與庚辰本的年份 ·083·

三詳紅樓夢——是創作不是自傳 ·157·

四詳紅樓夢——改寫與遺稿 ·221·

五詳紅樓夢——舊時真本 ·301·

紅樓夢未完

有人說過「三大恨事」是「一恨鰣魚多刺，二恨海棠無香」，第三件不記得了，也許因為我下意識的覺得應當是「三恨紅樓夢未完」。

小時候看紅樓夢看到八十回後，一個個人物都語言無味，面目可憎起來，我只抱怨「怎麼後來不好看了？」仍舊每隔幾年又從頭看一遍，每次印象稍有點不同，跟著生命的歷程在變。但是反應都是所謂「揿鈕反應」，一揿電鈕馬上有，而且永遠相同。很久以後才聽見說後四十回是有一個高鶚續的。怪不得！也沒深究。

直到一九五四年左右，才在香港看見根據脂批研究八十回後事的書，在我實在是個感情上的經驗，石破天驚，驚喜交集，這些熟人多年不知下落，早已死了心，又有了消息。迄今看見有關的近著，總是等不及的看。

紅樓夢的研究日新月異，是否高鶚續書，已經有兩派不同的見解。也有主張後四十回是曹雪芹自己的作品，寫到後來撇開脂批中的線索，放手寫去。也有人認為後四十回包括曹雪芹的殘稿在內。自五四時代研究起，四十年來整整轉了個圈子。單憑作風與優劣，判斷後四十回不可能是原著或含有原著成份，難免主觀之譏。文藝批評在這裏本來用不上。事實是除了考據，都是空口說白話。我把寶玉的應制詩「綠蠟春猶捲」斗胆對上一句「紅樓夢未完」，其實「未完」二字也已經成了疑問。

書中用古代官名、地名，當然不能提滿漢之別。作者並不隱諱是寫滿人，第二十五回有跳神。喪禮有些細節稍異，也不說明是滿俗。鳳姐在靈前坐在一張大圈椅上哭秦氏，賈敬死後，兒孫回家奔喪，一路跪著爬進來——想是喇嘛教影響。清室信奉喇嘛教，西藏進香人在寺院中繞殿爬行叩首。

續書第九十二回「寶玉也問了一聲妞妞好」，稱巧姐為妞妞，明指是滿人。換了曹雪芹，決不肯這樣。要是被當時的人曉得十二釵是大腳，不知道作何感想？難怪這樣健步，那麼大的園子，姐妹們每頓飯出園來吃。

作者是非常技巧的避免這問題的。書中這麼許多女性，只有一個尤三姐，脂本寫她多出一句「一對金蓮或敲或並」。第七十回晴雯一早起來，與麝月按住芳官膈肢，「那晴雯只穿蔥綠苑紬小襖，紅小衣，紅睡鞋。」脂本多出末三字。裹腳才穿睡鞋。

祭晴雯的芙蓉誄終於明寫：「捉迷屏後，蓮瓣無聲。」小腳捉迷藏，竟聲息毫無，可見體態輕盈。

此外只有尤二姐，第六十九回見賈母，賈母細看皮膚與手，「鴛鴦又揭起裙子來，賈母瞧畢，摘下眼鏡來笑說道：『是個齊全孩子。……』」脂本多出「鴛鴦又揭起裙子來」一句。揭起裙子來當然是看腳，是否裹得小，腳樣如何，是當時買妾慣例。不但尤二姐是小腳，賈家似也講究此道。曹雪芹先世本是漢人，從龍入關後又久居江南，究竟漢化到什麼程度？

第五十九回春燕母女都會飛跑，且是長途競走，想未纏足。當然她們是做粗活的。第五十四回一個婆子向小丫頭說：「那裏就走大了腳了？」粗做的顯然也有裹腳的。婢媼自都是漢女。是否多數纏足？

鳳姐寶釵襲人鴛鴦的服裝都有詳細描寫：裙襖、比甲、對襟罩褂，鳳姐頭戴「金絲八寶攢珠髻」，還是金瓶梅裏的打扮。清初女裝本來跟明朝差不多，所謂「男降女不降」。穿漢裝而不裹腳？

差不多時期的《兒女英雄傳》明寫安家是旗人，安太太、佟舅太太也穿裙襖，與當時漢裝無異。清初不禁通婚，想已趨同化，唯一的區別是纏足與否。（外人拍攝的晚清滿人婦女照片，不僅宮中，北京街頭結伴同行的「貴女們」也都是一律旗袍。）

寶釵是上京待選秀女的，家中又是世代皇商，應是「三旗小妞妞」。但是應選似是信手拈來，此後沒有交代。黛玉原籍蘇州，想也與賈家薛家是金陵人一樣，同是寄籍。實際上曹家的親戚除了同宗與上代遠親，大約都是滿人或包衣。書中的尤二姐尤三姐其實不能算親戚，第六十四回寫尤老娘是再醮婦，二尤是拖油瓶，根本不是尤氏的妹妹——所以只有她們姐妹倆是小腳。

同回寫尤氏無法阻止賈璉娶尤二姐，「況他與二姐本非一母，未便深管，」又似是同父，那就還是異母妹。

第六十四、六十七兩回，一般認為不一定可靠，但是第六十四回上半回有兩條作者自批，證明確是作者手筆。矛盾很多，不止這一處。追敘鮑二媳婦吊死的事，「賈璉給了二百銀子，叫他另娶一個。」二百兩本來是給他發送的，許他「另日再挑個好媳婦給你」，指丫頭擇配時指派。又此回說張華遭官司破家，給了二十兩銀子退親。第六十八回說張華好賭，傾家蕩產，被父親逐出，給了十兩退親。

周汝昌排出年表，證明書中年月準確異常。但是第六十四回七月黛玉祭父母，「七月因為是瓜菓之節，家家都上秋季的坟」，是七月十五，再不然就是七月七。接著賈璉議娶尤二姐，初三過門，當是八月初三。下一回，婚後「已是兩個月的光景」是十月初。賈珍與尤三姐發生關係，被她鬧得受不了。然後賈璉赴平安州，上路三日遇柳湘蓮，代三姐定親。「誰知八月內湘蓮方進京來」。那麼定親至遲是七月。怎麼三個月前已經是七月？

周汝昌根據第六十九回，臘月尤二姐說嫁過來半年，推出婚期似是六月初三，認為第六十四回先寫七月，又退到六月，是「逆敘」。書中一直是按時序的。

第六十七回最成問題，一條脂批也沒有。但是寫柳湘蓮出家，「不知何往，暫且不表。」可見還有下文，伏落草。甄士隱〈好了歌〉「後日作強梁」句下批「柳湘蓮一干人」。又寫薛姨媽向薛蟠說：「你如今也該張羅張羅買賣，二則把你自己娶媳婦應辦的事情，倒早些料理料理。」到第七十九回才由香菱補敘，上次薛蟠出門順路探親，看中夏金桂，一回家就催母親央媒，一說就成。這樣前後照應，看來這兩回大體還是原著，可能殘缺經另人補寫。是較早的稿子，白話還欠流利，屢經改寫，自相矛盾，文筆也差。這部書自稱寫了十年，其實還不止，我們眼看著他進步。但看第二回脂批：「語言太煩，令人不耐。古人云『惜墨如金』，看此視墨如土矣，雖演至千萬回亦可也。」也評得極是。

乾隆百廿回抄本，前八十回是脂本，有些對白與他本稍有出入，有幾處更生動，較散漫突兀，說話本來是那樣的。是時人評約翰・俄哈拉（John O'Hara）的「錄音機耳朵」。百廿回抄本是拼湊的百衲本，先後不一，筆跡相同都不一定是一個本子，所以這幾段對白與他本孰先孰後還待考。如果是後改的，那是加工。如果是較早的稿子，後來改得比較平順，那就太可惜了，但是我們要記得曹雪芹在他那時代多麼孤立，除了他自己本能的判斷外，實在毫無標準。走的路子是他漸漸暗中摸索出來的。

書中纏足天足之別，故意模糊。外來的妙玉香菱，與賈赦賈珍有些姬妾大概是小腳。「家生女兒」如鴛鴦與趙姨娘——趙氏之弟趙國基是榮府僕人——該是天足。晴襲都是小家碧玉出身，晴雯十歲入府，想已纏足未放。襲人沒提。

寫二尤小腳，因為她們在親戚間是例外，一半也是借她們造成大家都是三寸金蓮的幻覺。同時也像舞台上只有花旦是時裝踩蹺——姐妹倆一個是「大紅小襖」，一個是「紅襖綠袴」，純粹清裝——青衣是古裝，看不見腳。一般人印象中的釵黛總是天女散花式的古裝美人，忘了寶玉有根大辮子。作者也正是要他們這樣想。倘是天足，也是宋明以前的天足，不是滿洲的。清朝的讀者當然以為是小腳，民國以來的讀者大概從來沒想到這一點，也是作者的成功處。

〈琉璃世界白雪紅梅〉一回，黛玉換上羊皮小靴，湘雲也穿鹿皮小靴。兩次都是「小靴」，彷彿是小腳。黛玉那年應當只有十二歲，湘雲比她還小。這裏涉及書中年齡問題，相當複雜。反正不是小孩的靴子就是寫女靴的纖小。

黛玉初出場，批：「不寫衣裙妝飾，正是寶玉眼中不屑之物，故不曾看見。」寶玉何嘗不注意衣服，如第十九回談襲人姨妹嘆息，襲人說：「想是說他那裏配穿紅的。」可見常批評人不配穿。

作者更注意。百廿回抄本裏寶釵出場穿水綠色棉襖，他本都作「蜜合色」，似是後改的。但是通部書不提黛玉衣飾，只有那次賞雪，為了襯托邢岫烟的寒酸，逐個交代每人的外衣。黛玉披著大紅羽縐面，白狐裏子的鶴氅，束著腰帶，穿靴。鶴氅想必有披肩式袖子，如鶴之掩翅，否則斗篷無法繫腰帶。氅衣、腰帶、靴子，都是古裝也有的——就連在現代也很普遍。

唯一的另一次，第八回黛玉到薛姨媽家，「寶玉見他外面罩著大紅羽緞對襟褂子，便問：『下雪了麼？』」也是下雪，也是一色大紅的外衣，沒有鑲滾，沒有時間性，該不是偶然的。「世外仙姝寂寞林」應當有一種飄渺的感覺，不一定屬於什麼時代。

寶釵雖高雅，在這些人裏數她受禮教的薰陶最深，世故也深，所以比較是他們那時代的人。

寫湘雲的衣服只限男裝。

晴雯「天天打扮得像個西施的樣子」（王善保家的語），但是只寫她的褻衣睡鞋。膈肢芳官那次，剛起身，只穿著內衣。臨死與寶玉交換的也是一件「貼身穿的舊紅綾襖」。唯一的一次穿上衣服去見王夫人，「並沒十分粧飾……釵軃鬢鬆，衫垂帶褪，有春睡捧心之遺風……」

依舊含糊籠統。「衫垂帶褪」似是古裝，也跟黛玉一樣，沒有一定的時代。

寶玉祭晴雯，要「別開生面，另立排場，風流奇異，與世無涉，方不負我二人之為人。」晴雯是不甘心受環境拘束的，處處托大，不守女奴的本份，而是個典型的女孩子，可以是任何時代的。寶玉這樣自矜「我二人之為人」，在續書中竟說：「晴雯到底是個丫頭，也沒有什麼大好處。」（第一〇四回）

黛玉抽籤抽著芙蓉花，而晴雯封芙蓉花神，芙蓉誄又兼輓黛玉。怡紅院的海棠死了，寶玉認為是晴雯死的預兆。海棠「紅暈若施脂，輕弱似扶病」。纏足正是為了造成「扶病」的姿勢。寫晴雯纏足，已經隱隱約約，黛玉更嬌弱，但是她不可能纏足，也不會寫她纏足。纏足究竟還是有時間性。寫黛玉，就連面貌也幾乎純是神情，唯一具體的是「薄面含嗔」的「薄面」二字。通身沒有一點細節，只是一種姿態，一個聲音。

俞平伯根據百廿回抄本校正別的脂本，第七十九回有一句抄錯為「好影妙事」，原文是「如影紗事」，紗窗後朦朧的人影與情事。作者這種地方深得浪漫主義文藝的竅訣。所以我第一次讀到後四十回黛玉穿著「水紅綉花襖」，頭上插著「赤金扁簪」（第八十九回），非常刺目。那是一種石印的程甲本，他本甲乙都作「月白綉花小毛皮襖，加上銀鼠坎肩」，金簪同，「腰下繫著楊妃色綉花棉裙，真如亭亭玉樹臨風立，冉冉香蓮帶露開。」

百廿回抄本本來沒有這一段描寫，是夾行添補的。俞平伯分析這抄本，所改與程乙本相同，後四十回的原底大概比程高本早。哈佛大學的圖書館有影印本，我看了，後四十回中有十四回未加塗改，不是謄清就是照抄。如果是由乙本抄配，舊本只有三分之二，但是所有的重要場面與對白都在這裏。

舊本雖簡，並不是完全不寫服裝，只不提黛玉的，過生日也只說她「略換了幾件新鮮衣服，打扮得如同嫦娥下界」，倒符合原著精神。寶玉出家後的大紅猩猩氈斗篷很受批評，還這樣闊氣。將舊本與甲乙本一對，「猩猩氈」三字原來是甲本加的。舊本「船頭微微雪影裏面一個人光著頭赤著腳，身上披著一領大紅斗篷，向賈政倒身下拜」，確是神來之筆，意境很美。袈裟本來都是鮮艷的橙黃或紅色。氣候寒冷的地方，也披簡陋的斗篷。都怪甲本熟讀紅樓夢，記得〈琉璃世界白雪紅梅〉一回中都是大紅猩猩氈斗篷，忍不住手癢，加上這三個字。

後四十回舊本的特點之一是強調書中所寫是滿人。第一百六回抄家後，賈政查賬，「再查東省地租，近年交不及祖上一半。」第一百七回賈母問賈政：「咱們西府裏的銀庫和東省地土，你知道還剩了多少？」

曹寅《楝亭文鈔．東皋草堂記》提及河北「予家受田」地點。周汝昌在《紅樓夢新證》裏說：「八旗圈地，多在京東一帶……紅樓夢所寫烏進孝行一月零兩日……步行或推車進京……動輒旬月，一則厚雪暖化，道路泥濘，三則……曹寅『榮府』……〔與〕甯府黑山村相去又『八百多里地』，當更在東……」賈蓉向烏進孝說：「你們山坳海沿子的人」，曹寅的地也「去海不百里」。

曹頫初上任時，奏明曹寅遺產，有田在通州、江南含山縣、蕪湖。參看後來抄家的報告，恐還不實不盡。

舊本抄家後，同回又有：「賈璉又將地畝暫賣千金，卻為監中使費。賈璉如此一行，那些家奴見主勢敗，也趁此弄鬼，指名借用。……」

甲本這裏加上一大段，內有「賈璉……只得暗暗差人下屯，將地畝暫賣了數千金，作為監中使費。賈璉如此一行，那些家奴見主家勢敗，也便趁此弄鬼，並將東莊租稅，也就指名借用些。……」

「東莊」顯指京東，不會遠在東三省，卻合第五十三回所寫，距黑山村八百多里的榮府田莊，交糧可步行上京。甯府有八九個莊子，榮府八個，是兩府主要收入。

原續書者既不理會第五十三回，曹家各地的產業他大概也不清楚，只說榮府的田地在東三省，想必是為了點明他們是滿人，同時也是以意度之。皇室與八旗的田莊叫莊屯，東北的屯最多。

第三十九回賈母說劉姥姥是「鄉屯裏的人」，周汝昌發現戚本改「屯」為「邨」，俗本也都作「村裏人」，顯然都不懂這名詞。曹雪芹也只用了這一次，底下劉姥姥一直說「我們莊子」、「我們村莊上」。百廿回抄本與其他脂本不同，連唯一的一個「鄉屯」都沒有，作「鄉裏的人」，力求通俗。續書卻屢用「屯」字。劉姥姥三進榮國府，口口聲聲「我們屯裏」。第一百十九回賈璉見門前停著「幾輛屯車」，是鄉下來的。

第一百十二回賈母出殯後，賈政回家，「到書房席地坐下。」不知是否滿俗，一般似只限在靈前席地坐臥。

寶玉稱巧姐為妞妞，又說：「我瞧大妞妞這個小模樣兒……」「大妞妞」是否因為根據一個較早的脂本續書，巧姐是鳳姐長女？說見趙岡《紅樓夢考證拾遺》第一三六頁。巧姐、大姐兒姐妹倆後併為一人，故高鶚將後四十回大姐兒悉改巧姐，以致巧姐忽大忽小。

第八十回巧姐患驚風症，舊本也作巧姐，而且有無數「巧姐」，絕非筆誤。第一〇一回夜啼，被李媽擰了一把，各本均作「大姐兒」，是屢經校改的唯一漏網之魚。抄本第一〇一回不是舊本，但是舊本想必總也是「大姐兒」，否則程本的「大姐兒」從何而來？被擰大哭，鳳姐先發脾氣，然後慨嘆：「明兒我要是死了，撂下這小孽障，還不知怎麼樣呢！……你們知好歹，只疼我那孩子就是了。」只有一個孩子，而前文作大姐兒，是另有一個長女巧姐。一頁之中自相矛盾。

第八十回假定原是大姐兒患驚風，早期脂本流行不廣，抄手過錄時根據後期脂本代改為巧姐。第一〇一回不是舊本，當然不是同一抄手；只有一個「大姐兒」字樣，全抄本未代改，程甲、程乙本兩次校閱，也沒注意，仍作大姐兒。下文「撂下這小孽障」，僅提次女，因為太小，更不放心，但是「你們知好歹，只疼我那孩子就是了」，一定是「只疼我那兩個孩子」，被程本或原抄手刪去「兩個」二字。在同一段內忽而疏忽，忽而警覺，卻很少可能性。一定是本來沒有「兩個」二字。

第一百十三回是舊本，鳳姐叫巧姐兒見過劉姥姥，說：「你的名字還是他起的呢。」大姐兒由劉姥姥改名巧姐——續書並不是根據早期脂本，寫鳳姐有兩個女兒。「大妞妞」不過是較客氣的稱呼，如「史大妹妹」，並沒有「史二妹妹」。

續書寫巧姐暴長暴縮，無可推諉。不過原著將鳳姐兩個女兒併為一個，巧姐的年齡本有矛盾，長得太慢，續書人也就因循下去，將她仍舊當作嬰兒，有時候也仍舊沿用大姐兒名字。後來需要應預言被賣，一算她的年紀也有十歲上下了，（我這是照周汝昌的年表，八十回後照大某山民回末批語。）第一百十八回相親，也還加上句解釋：「那巧姐到底是個小孩子。」

外藩買妾，兩個宮人相看巧姐，「渾身上下一看，更又起身來，拉著巧姐的手又瞧了一遍，略坐了坐就走了。」只看手，不看腳，因為巧姐沒裹腳。前八十回賈母看尤二姐的腳，是因為她是小腳。

寫二尤小腳的兩節，至程甲本已刪，當是後四十回舊本作者刪的，因為原續書者注重滿人這一點，認為他們來往的圈子裏不會有小腳。第七十回晴雯的紅睡鞋也刪了。百廿回抄本前部是脂本，所以無法斷定後四十回初出現時，有關小腳的三句已刪。

為什麼不能是程甲本刪的呢？因為甲本不主張強調書中人是滿人。「妞妞」甲本改「姐姐」，疑是「姐兒」誤。本來書中明言金陵人氏，一般讀者的印象中也並不是寫滿人。自然是漢人的故事較有普及性，甲本改得很合理，也合原書意旨。下文「大妞妞」改「大姐姐」，應作「大姐兒」。甲本道學氣特濃，巧姐是閨名，堂叔也不能亂叫。第一百十八回賈政信上稱探春為探姐，也就是探姐兒。那是自己父親，沒給改掉。寶玉仍稱巧姐為大姐兒，因為家中小輩女孩子通稱大姐，如西門慶稱女兒為大姐，或「我家大姐」，以別於人家的大姐。

當然，妞妞改姐姐，可能僅是字形相像，手民排錯了，不能引為甲本漢化的證據。第一〇一回鳳姐也說「妞妞」，甲本也沒有改。但是參看寶玉結婚，第九十六回已經說「照南邊規矩，拜了堂一樣坐床撒帳……」第九十七回鳳姐又說：「雖然有服，外頭不用鼓樂，咱們南邊規矩要拜堂的，冷清清的使不得。我傳了家內學過音樂管過戲子的那些女人來吹打，熱鬧些。」以上三個本子相同。舊本寫「送入洞房，還有坐帳等事，但是按本府舊例，不必細說。」這是因為避免重複。甲本卻改為「還有坐床撒帳等事，俱是按金陵舊例」，又點一句原籍南京，表示不是滿人。

乾隆壬子木活字本——乙本的原刻本——這兩句也相同。現在通行的乙本卻又改回來，作「坐帳等事，俱是按本府舊例……」前面鳳姐的話，也改為「咱們家的規矩，要拜堂的」，可發一笑，誰家不拜堂呢？

這裏需要加解釋，壬子木活字本是胡天獵藏書，民國三十七年攜來台灣，由胡適先生鑒定為程乙本，影印百部。胡適先生序上說：「民國十六年，上海亞東圖書館用我的一部『程乙本』做底本，出了一部紅樓夢的重排印本……可是……『程乙本的原排本，現在差不多已成了世間的孤本，事實上我們已不可能見到。』……胡天獵先生……居然有這一部原用木活字排印的《程乙本紅樓夢》！」

壬子木活字本我看了影印本，與今乙本——即胡適先生藏本——不盡相同。即如今乙本汪原放序中舉出的，甲乙本不同的十個單句，第十句木活字本未改，同甲本；大段改的，前八十回七個例子，第二項未改，同甲本，其餘都改了，同今乙本；後四十回的三個例子則都未改，同甲本。

餘如第九十五回「金玉的舊話」，第九十八回「金玉姻緣」，木活字本都作「金石」；今乙本作「金玉」；光緒年間的甲本（「金玉緣」）則改了一半，第九十五回作「金玉」，第九十八回作「金石」。——「金玉姻緣」、「木石姻緣」是「夢兆絳芸軒」一回寶玉夢中喊罵的。此處用「金石」二字原不妥，所以後來的本子改去。

此外尚有異文，詳下。我也是完全無意中發現的。胡適先生晚年當然不會又去把紅樓夢從頭至尾看一遍，只去找乙本的特徵，如序中所說。

萃文書屋印的這部壬子木活字本不僅是原刻本，在內容上也是高鶚重訂的唯一真乙本。現在流行的乙本簡稱今乙本，其實年份也早，大概距乙本不遠，說見下。

這幾個本子對滿漢問題的態度，在史湘雲結婚的時候表現得最清楚。舊本賈母僅云：「你們姑娘出閣，我原想過來吃杯喜酒。」甲本在這兩句之間加上一大段對白，問知姑爺家境才貌性情，「賈母聽了喜歡道：『咱們都是南邊人，雖則這裏住久了，那些大規矩，還是從南邊禮兒，所以新姑爺我們都沒見過。……』」乙本同。

今乙本作：「賈母聽了喜歡道：『這麼著才好，這是你們姑娘的造化。只是咱們家的規矩還是南方禮兒，所以新姑爺我們都沒見過。……』」

舊本根本沒提南方。甲本提醒讀者，賈史兩家都是原籍南方，仍照南方禮節。乙本因之。今乙本刪去原籍南方，只說賈家仍照南方禮節，沖淡南人氣息。

甲乙本態度一致，強調漢化，但是「妞妞」改「姐兒」，到了乙本，高鶚又給改回來，仍作「妞妞」。如果甲乙本不是一個人修改的，那就是因為「姐兒」訛作「姐姐」，寶玉決沒有稱巧姐為「姐姐」之理。「大姐姐」更成了元春了。但也許僅因「妞妞」新妍可喜。乙本不大管前後一致，例如王珮璋舉出的第十九回與茗烟談卍兒，乙本添出一句「等我明兒說了給你做媳婦好不好？」違反個性，只圖輕鬆一下。寶玉最怕女孩子出嫁，就連說笑話也決不會做媒。

到了今乙本，南邊人、原籍金陵都不提了，顯然是又要滿化了。為什麼？

楊繼振在道光年間收藏乾隆百廿回抄本，在第七十二回題字：「第七十二回末頁墨痕沁漫，嚮明覆看，有滿文某字影迹，用水擦洗，痕漬宛在。以是知此抄本出自色目人手，非南人所能偽托。」紅樓夢盛行後，傳說很多，都認為是滿族豪門秘辛。滿人氣息越濃，越顯得真實、艷異。所以又有滿化的趨向。

如果相信高鶚續書說，後四十回舊本是他多年前寫的，甲乙本由他整理修訂，三個本子代表一個人的三個時期，觀點興趣可能不同。

高鶚是漢軍旗人。他有一首〈菩薩蠻〉，「梅花刻底鞵」句是寫小腳的鞋底，可見他的美感絕對漢化。即使初續書的時候主張強調滿人角度，似乎不會那樣徹底，把書中小腳痕跡一併刪去。其實滿人家庭裏也可以有纏足的婢妾。原續書者大概有種族的優越感，希望保持血液的純潔。

第二十四回寫鴛鴦服裝，「脖子上帶著扎花領子」。甲本未改，同脂本。滿人男裝另戴上個硬領圈。晚清還有漢人在馬褂上戴個領圈，略如牧師衣領。清初想必女裝也有。甲本主漢化，而未改去，想未注意。

乙本改為「脖子上圍著紫綢絹子」，又添上兩句：「下面露著玉色綢襪，大紅綉鞋。」既然改掉旗裝衣領，當然是小腳無疑。只提襖兒背心，但是下面一定穿裙。站在那裏不動，小腳至多露著鞋尖，決看不見襪子。所以原著寫襪子，只限寶玉的。其實不止他一個人大腳，不過不寫女子天足。高鶚當然不會顧到這許多。

問題是：如果高氏即續書者，為什麼刪去二尤與晴雯的小腳，卻又添寫鴛鴦的小腳？唯一的答案似是：高鶚沒有看見二尤與晴雯的小腳，在他接收前已刪。他是有金蓮癖的人，看通部書寫女子都沒提這一項，未免寂寞，略微點綴一下。

後四十回賈母身邊又出了個丫頭叫珍珠——襲人原名。舊本已有珍珠。賈母故後，鸚哥——紫鵑原名——守靈，舊本缺那一回，所以無法知道舊本有沒有鸚哥。甲本仍作珍珠、鸚哥。乙本將襲人原名改為蕊珠。

甲本既未發現珍珠有兩個，自然不會效尤，也去再添個鸚哥。乙本既將第一個珍珠改名蕊珠，當然不會又添出個鸚哥。鸚哥未改，是因為重訂乙本時沒注意。所以第二個鸚哥也是原續書已有。

近人推測續書者知道實生活中的賈母確有珍珠鸚哥兩個丫頭，情不自禁的寫了進去。那他為什麼不給前八十回的珍珠鸚哥換個名字？顯然是沒看仔細，只彷彿記得鴛鴦琥珀外還有這麼兩個丫頭。他馬虎的例子多了，如鳳姐不稱王夫人為太太，薛姨媽為姨媽——跟著賈璉叫而兩位都稱姑媽，又不分大姑媽二姑媽；賈蘭稱李嬸娘——李紈之嬸——為「我老娘」——外婆；「史大妹妹」、「史大姑娘」、「雲丫頭」作「史妹妹」、「史姑娘」、「史丫頭」——程高本未代改，但是第八十二回添補的部份有「雲丫頭」；第九十六回賈政愁寶玉死了，自己「年老無嗣，雖說有孫子，到底隔了一層」，忘了有賈環；第九十二回寶玉說十一月初一，「年年老太太那裏必是個老規矩，要辦消寒會……」何嘗有過？根本沒這名詞。

續書者紅樓夢不熟，卻似乎熟悉曹雪芹家裏的歷史。吳世昌與趙岡的著作裏分別指出，寫元妃用「王家制度」字樣，顯指王妃而非皇妃，元妃卒年又似紀實，又知道秦氏自縊，元宵節前抄家。

趙岡推出書中抄家在元宵節前。第一回和尚向英蓮唸的詩：「好防佳節元宵後，便是烟消火滅時。」當然不僅指英蓮被拐。甄士隱是真事隱去，暗指曹家的遭遇。「元宵後」句下，甲戌本有批：「前後一樣，不直云前而云後，是諱知者。」「烟消火滅」句下批：「伏後文。」

曹雪芹父曹頫十二月罷官，第二年接著就抄家，必在元宵前。續書者不見得看到甲戌本脂批，而

「在第一百零六回，賈府抄家的第二天，史侯家派了兩個女人問候道：『我們家的老爺太太姑娘打發我來說……我們姑娘本要自己來的，因不多幾日就要出閣，所以不能來了。』……賈母……說：『……月裏頭出閣，我原想過來吃杯喜酒……』

『……等回了九少不得同著姑爺過來請老太太的安……』

到了第一百零八回寫湘雲出嫁回門，來賈母這邊……

『寶姐姐不是後日的生日嗎？我多住一天給他拜個壽……』

……寶釵的生日是正月廿一日。由此向上推，抄家的時間不正是在元宵節前幾天嗎。」

——趙岡著《紅樓夢考證拾遺》第七十二頁

舊本沒有「月裏頭出閣」，只作「你們姑娘出閣」。假定抄家在元宵節前，「月裏頭出閣」是正月底，婚後九天回門，已經是二月，正月二十一早已過了。既然不是「月裏頭出閣」，就還有可能。

抄家那天，賈母驚嚇氣逆，病危。隨寫「賈母因近日身子好些，」拿出些體已財物給鳳姐，又接尤氏婆媳過來，分派照料邢夫人尤氏等。「一日傍晚」，在院內焚香禱告。距抄家總

已經有好幾天了。至少三四天。算它三天。

焚香後，同日史侯家遣人來，說湘雲「不多幾日就要出閣」。最低限度，算它還有三天。三天後結婚，婚後九天回門，再加兩天是寶釵生日，正月廿一。合計抄家距正月廿一至少十七天，是年初四，算元宵節前似太早。如果中間隔的日子稍微多算兩天，抄家就是上年年底的事。

寶釵過生日那天，寶玉逃席，由襲人陪到大觀園去憑弔。看園子的婆子說：「預備老太太要用園裏的菓子，才開著門等著。」正月裏不會有菓子。

寫園內：「只見滿目淒涼，那些花木枯萎，更有幾處亭館，彩色久經剝落，遠遠望見一叢翠竹，倒還茂盛。寶玉一想，說：『我自病時出園，住在後邊，一連幾個月，不准我到這裏，瞬息荒涼，你看獨有那幾杆翠竹菁蔥……』」荒涼顯是因為無人照管，不是隆冬風景。續書者不見得知道寶釵生日在正月。那就不是暗示抄家在元宵節前。

元妃亡年四十三歲，我記得最初讀到的時候非常感到突兀。一般讀者看元妃省親，總以為是個年青的美人，因為剛冊立為妃。元春寶玉姐弟相差的年齡，第二回與第十八回矛盾。光看第十八回，元春進宮時寶玉三四歲。康熙雍正選秀女都是十三歲以上，假定十三歲入宮，比寶玉大九歲。省親那年他十三歲，她二十二歲，冊立為妃正差不多。

寫她四十三歲死，已經有人指出她三十八歲才立為妃。冊立後「聖眷隆重，身體發福」，中風而死，是續書一貫的「殺風景」，卻是任何續紅樓夢的人再也編造不出來的，確是像知道曹家這位福晉的歲數。他是否太熟悉曹家的事，寫到這裏就像衝口而出，照實寫下四十三歲？

第一百十四回寫甄寶玉「比這裏的哥兒略小一歲」。前八十回內，甄家四個女僕說甄寶玉「今年十三歲」（第五十五回）。那時候剛過年，上年叔嫂逢五鬼，和尚持玉在手，曾說：「青埂峰下別來十三載矣。」不難推出賈寶玉今年十四歲，所以比甄寶玉大一歲。但是晚清以來諸評家大都把寶玉的年齡估計得太大，這位潦草的續書者倒居然算得這樣清楚。

自「青埂峰下」一語後，不再提寶玉的歲數，而第四十五回黛玉已經十五歲，反而比他大，分明矛盾，所以續作者也始終不提歲數，是他的聰明處。只在第九十回賈母說：「林丫頭年紀到底比寶玉小兩歲。」那是他沒細看原著，漏掉了第三回黛玉的一句話：「這位哥哥比我大一歲」，所以根據第二回黛玉六歲，寶玉「七八歲」，多算了一歲。

寶玉出家後遙拜賈政，旋即失蹤，甲本添出賈政向家人們發了段議論，大意是啣玉而生本來不是凡人，「哄了老太太十九年」。這句名句，舊本沒有，沒提幾歲出家。

在年齡方面，原續書相當留神。元妃的歲數大概是他存心要露一手，也就跟他處處強調滿人氣氛一樣，表示他熟悉書中背景。

鴛鴦自縊一場，補出秦氏當初也是上吊死的。直到發現甲戌本脂批，云刪去「秦可卿淫喪天香樓」一節，大家只曉得死得蹊蹺，獨有續作者知道是自縊。當然，他如果知道曹家出過王妃，王妃享年若干，就可以知道他們的家醜。但是我們先把每件事單獨看，免得下結論過早。

十二釵冊子上畫著高樓上一美人懸樑自縊，題詩指甯府罪惡。曲文〈好事終〉說得更明，首句「畫樑春盡落香塵」又點懸樑。再三重複「情」字，而我們知道秦鐘是「情種」，書中「情」「秦」諧音。

護花主人評：「詞是秦氏，畫是鴛鴦，此幅不解其命意之所在。」這許多年來，直到顧頡剛俞平伯才研究出來秦氏是自縊死的。續作者除非知道當時事實，怎麼猜得出來？但是他看紅樓夢的時候，還沒有鴛鴦自縊一事。一看「詞是秦氏，」畫是自縊，不難推出秦氏自縊。

他寫秦氏向鴛鴦解釋，她是警幻之妹，主管癡情司，降世是為了「引這些癡情怨女早早歸入情司，所以我該懸樑自盡的」。下凡只為上吊，做了吊死鬼，好引誘別人上吊，實在是奇談。這樣牽強，似乎續作者確是曹氏親族，既要炫示他知道內幕，又要代為遮蓋。

秦氏又對鴛鴦說：「你我這個情，正是未發之情……若待發洩出來，這個情就不為真情了。」太平閒人批：「說得鴛鴦心頭事隱隱躍躍，將鴛鴦一生透底揭明，殊耐人咀味，不然可卿之性情行事大反於鴛鴦，何竟冒昧以你我二字聯絡之耶？」是說鴛鴦私戀寶玉，也是假道學。續作者卻不是這樣的佛洛依德派心理分析家。

光緒年間的金玉緣寫秦氏在警幻宮中「原是個鍾情的首座，管的是風清月白」。甲本原刻本想必也是這樣。後四十回舊本缺鴛鴦殉主一回，同乙本，作「管的是風情月債」。看來舊本一定也是「風情月債」，甲本特別道學，覺得不妥，改寫「風清月白」，表示她管的風月是清白的。「風清月白」四字用在這裏不大通，所以乙本又照舊本改回來，這種例子很多。

秦氏罵別人誤解「情」字，「做出傷風敗化之事」，也就是間接的否認扒灰的事。衛道的甲本仍嫌不夠清楚，要她自己聲明只管清白的風月。

第九十二回馮紫英與賈赦賈政談，說賈珍告訴他說續娶的媳婦遠不及秦氏。秦氏死後多年，賈珍還對人誇獎她，可見並不心虛，扒灰並無其事。趙岡讚美這一段補述賈蓉後妻姓氏，「其技巧不遜於雪芹。我們現在不知道雪芹在他原著後三十回是否就是如此寫的。如果這不是出於雪芹自己筆下，則這位續書人也算是十分細心了。」

第五十八回回首，老太妃薨，「賈母邢王尤許婆媳祖孫等皆每日入朝隨祭」。尤氏底下的許氏想是賈蓉妻。想必因為許氏在書中不夠重要，毫無事故，誰也不會記得她是誰，所以他處仍舊稱為「賈蓉之妻」。至甲本「邢王尤許」四字已刪。是誰刪的？

續作者將原書看得很馬虎——太虛幻境的預言除外，當然要續書不能不下番工夫研究書中預言——總是一不留神，沒看見許字，所以後面補敘是胡氏。既沒看見，那就是甲本刪的。但是看乙本程高序，對後四十回缺少信心，遇有細微的前後矛盾，決不會改前八十回遷就後四十回。而且沒有刪去這四個字的必要，只要把許字改胡字，或是後文胡字改許字就是——一共只提過這兩次。

如果不是甲本刪的，那就還是續書人刪的，因為他要寫馮紫英與賈政這段對白。馮紫英轉述賈珍的話，既然作者不是為了補敘賈蓉續絃妻姓氏，那麼是什麼目的？無非是表白賈珍以前確是賞識秦氏賢能，所以對這兒媳特別寵愛，並無別情。

舊本第一百十六回重遊太虛幻境，寶玉遠遠看見鳳姐，近看原來是秦氏，「寶玉只得立住腳，要問鳳姐在那裏。」哪像是為秦氏吐過血的？從以上兩節看來，舊本的鴛鴦之死，想與程乙本相同，都是一貫的代秦氏闢謠。

百廿回抄本寶蟾送酒一回是舊本，〈候芳魂五兒承錯愛〉一回不是。但是第一百十六回是舊本，回末寫柳五兒抱怨寶玉冷淡。「承錯愛」一定也是原有的。寶蟾送酒，五兒承錯愛，這兩段公認為寫得較好的文字，都出於原續書者之手。所以前八十回刪去柳五兒之死，又加上探晴雯遇五兒母女，也是他的手筆。祭晴雯「我二人」一節，一定也是他刪的，照顧後文對晴雯的貶詞。

尤三姐改為完人，也是他改的，因為重遊太虛幻境遇尤三姐，如照脂本與賈珍有染，怎麼有資格入太虛幻境？此外二尤的故事中，還有一句傳神之筆被刪，想必也是他幹的事。珍蓉父子回家奔喪，聽見二位姨娘來了，賈蓉「便向賈珍一笑」，改為「喜得笑容滿面」。乍看似乎改得沒有道理，下一回既然明言父子聚麀，相視一笑又何妨？

第六十四回寫賈璉：「每日與二姐三姐相認已熟，不禁動了垂涎之意，況知與賈珍賈蓉等素有聚麀之誚，因而乘機百般撩撥……」曰「賈珍賈蓉等」，還不止父子二人，此外就我們所知，可能包括賈薔。第九回寫賈薔「從小兒跟著賈珍過活，如今長了十六歲，比賈蓉還風流俊俏，他兄弟二人最相親厚，常相共處。甯府中人多口雜，那些不得志的奴僕們耑能造言誹謗主人，因此不知又有了什麼小人詬誶謠諑之詞，賈珍向亦風聞得些，口聲不大好，自己也要避些嫌疑，如今竟分與房舍，命賈薔搬出甯府，自去立門戶過活去了。」本已謠傳父子同與賈薔同性戀愛。至於二尤，賈珍固然不會願意分潤，但如遇到抵抗，不是不可能讓年青貌美的子姪去做敲門磚。

但是「素有聚麀之誚」，賈璉不過是聽見人家這麼說。而且二尤並提，續書者既已將尤三姐改為貞女，尤二姐方面也可能是謠言。即在原書中，尤三姐也是尤二姐嫁後才失身賈珍。那麼尤二婚前的穢聞只涉尤二，尤三是被姐姐的名聲帶累的。

同回又云：「賈蓉……素日同他兩個姨娘有情，只因賈珍在內，不能暢意，如今若是賈璉娶了，少不得在外居住，趁賈璉不在時，好去鬼混……」又是二尤並提。是否賈蓉與尤二也未上手？

回末又云：「二姐又是水性的人，在先已和姐夫不妥，況是姐夫將他聘嫁，有何不肯？」這是從尤二姐本身的觀點敘述，只說與賈珍有關係。作者常從不同的角度寫得閃閃爍爍。但是續書人本著通俗小說家的觀點，覺得尤二姐至多失身於賈珍，再有別人，以後的遭遇就太不使人同情了。好在尤三姐經他改造後，尤二姐的嫌疑減輕，只消改掉賈蓉向父親一笑的一句，就不坐實聚麀了。

其實「一笑」也許還是無礙。不是看了下一回「聚麀之誚」，「向賈珍一笑」只是知道父親的情婦來了。但是揆情度理，以前極寫賈蓉之怕賈珍，這回事如果不是他也有一手，恐怕不敢對父親笑。續書人想必就是這樣想。

他處置二尤，不過是一般通俗小說的態度，但是與秦氏合看，顯然也是代為掩飾，開脫甯府亂倫聚麀兩項最大的罪名。最奇怪的是抄家一回寫焦大，跑到榮府嚷鬧，賈政查問：

「焦大見問，便號天跺地的哭道：『我天天勸這些不長進的東西（二字程高本刪），爺們倒拿我當作冤家。爺還不知道焦大跟著太爺受的苦嗎？今兒弄到這個田地，珍大爺蓉哥兒都叫什麼王爺拿了去了，裏頭女主兒們都被什麼府裏衙役搶得披頭散髮，圈在一處空房裏，那些不成材料的狗男女都像豬狗是的攔起來了，所有的都抄出來擱著，木器釘的破爛，磁器打得粉碎……』」

程高本刪去「東西」二字，成為「我天天勸這些不長進的爺們，倒拿我當冤家」。原文「東西」指誰？程高想必以為指「爺們」，認為太失體統，故刪。——以前焦大醉罵「畜牲」倒未刪，也可見程高較尊重前八十回。——但是下文述珍蓉被捕，女主人們被搶劫，圈禁空屋內，剩下的「那些不成材的狗男女」又是誰？

倘指賈珍姬妾，賈蓉曾說賈璉私通賈赦姬妾，但是賈赦將秋桐賞賜賈璉時，補寫「素昔見賈赦姬妾丫鬟最多，賈璉每懷不軌之心，只未敢下手」，證明賈蓉的話不過是傳聞。關於賈珍的流言雖多，倒沒有說他戴綠帽子的。而且焦大「天天勸這些不長進的東西，」也絕對不能是內眷。

唯一的可能是指前文所引：「那些不得志的奴僕們，岀能造言誹謗主人，」誣蔑賈珍私通兒媳，誘姦小姨聚麀，父子同以堂姪為孌童。這些造謠言的「狗男女都像豬狗是的攔起來了。」抄家時奴僕是財產的一部份，像牲口一樣圈起來，準備充公發賣，或是皇上家賞人。

這裏續書完全歪曲作者原意。焦大醉罵，明言「連賈珍都說出來，亂嚷亂叫，說『我要到祠堂裏哭太爺去，那裏承望到如今生下這些畜牲來，……爬灰的爬灰……』」如果說焦大當時是酒後誤信人言，他自己也是「不得志的奴僕……誹謗主人」。他是他家老人，被派低三下四的差使，正是鬱鬱不得志。但是無論誰看了醉罵那一場，也會將焦大視為正面人物。續作者只好強詞奪理，扭轉這局面，倒過來叫他罵造謠生事的僕人。

續書人這樣出力祖護賈珍，簡直使人疑心他是賈珍那邊的親戚，或是門客幕友。但是近親門客幕友應當熟悉他們家的事。

第一百十六回賈政叫賈璉設法挪借幾千兩，運賈母靈柩回南。「賈璉道：『借是借不出來，住房是官蓋的，不能動，只好拿外頭幾所的房契去押去。』」甲本改由賈政插入一句：「住的房子是官蓋的，那裏動得？」對白較活潑。

榮甯兩府未云是賜第。「官蓋的」似指官署。倘指曹頫的織造署，抄家前先免官，繼任到後主持抄家，曹家自己遷出官署。當時「恩諭少留房屋，以資養贍。今其家屬不久回京……應將在京房屋人口酌量撥給。」曹寅的產業，在北京有「住房二所」，外城一所。抄家後發還的北京的房子也不是「官蓋的」。續書人大概根本模糊，不過要點明藉家是在曹頫任上。寫抄家完全虛構，也許不盡由於顧忌，而是知道得實在有限。即使不是親戚或門客，僅是遠房本家，對他們曹家最發達的一支也不至於這樣隔膜。

合計續書中透露的事實有①書中所寫係滿人；②元春影射某王妃；③王妃壽數；④秦氏是自縊死的；⑤任上抄家。

秦氏自縊可能從太虛幻境預言上看出來。滿人可從某些儀節上測知。續書人對滿化這樣執著，大概是滿人，這種地方一定注意的。第六十三回「我們家已有了個王妃」句，洩漏元妃是個王妃，但是續書人如果知道第三項，當然知道第一、第二項。

八十回抄本膾炙人口這些年，曹家親友間一定不短提起，外人很可能間接聽到作者自己抄家的事。他家最煊赫的一員是一位姑奶奶，訥爾蘇的福晉。續書人是滿人，他們皇族金枝玉葉的多羅郡王，他當然不會不知道。問題是：如果他與曹家並不沾親帶故，代為掩飾甯府穢行，可能有些什麼動機？

後四十回特點之一是實寫教書場面之多，賈代儒給寶玉講書，賈政教做八股，寶玉又給巧姐講列女傳，黛玉又給寶玉講解琴理。看來這位續書人也教讀為生，與多數落第秀才一樣，包括中舉前的高鶚。

抄家輕描淡寫，除了因為政治關係，還有一個重要原因：寫賈家暴落，沒有原著可模仿。而寫抄家後榮府照樣有財有勢，他口氣學得有三分像。

賈珍的行為如果傳聞屬實，似乎邪惡得太離譜，這位學究有點像上海話所謂「弄不落」。如果從輕發落，不予追究，成了誨淫。如予嚴懲，又與他的抄家計畫不合。

原著既然說過「不得志的奴僕們岦能造言誹謗主人」的話，續書人是沒什麼幽默感的，雖然未必相信，也就老實不客氣接受了。本來對賈家這批管家也非常反感——如第一百十二回平白添一筆，暗示周瑞家的私通乾兒子——他是戲文說書的觀點，僕人只分忠僕刁僕。焦大經他糾正後，還不甚滿意，又捏造一個忠僕包勇，像包公一樣被呼為「黑炭頭」，飛簷走壁，是個「憨俠」，有點使人想起兒女英雄傳，時期也相仿，不過他沒有文康那份寫作天才。

後四十回只顧得個收拾殘局，力求不擴大事件，所以替禍首賈珍設法彌縫。就連這樣，這一二百年來還是有許多人說這部書是罵滿人的，滿人也這麼說。續書者既然強調書中人物是滿人，怎麼能不代為洗刷？——還是出於種族觀念。

鳳姐求籤得「衣錦還鄉」詩。寶釵背後說「這衣錦還鄉四字裏頭還有原故」。俞平伯指出鳳姐僅是臨死胡言亂語，說要到金陵去，寶釵的話沒有著落。

「衣錦還鄉」四字，就是從十二釵冊子上鳳姐「哭向金陵事更哀」一句脫化出來的。「哭向金陵」，本來也有人釋為歸葬。「衣錦」也就是壽衣。續書本來慣殺風景。

但是第一百十六回賈政談運柩回南，向賈璉說：「我想好幾口材都要帶回去，我一個人怎麼能夠照應？想著把蓉哥兒帶了去，況且有他媳婦的棺材也在裏頭，還有你林妹妹的，那是老太太的遺言，說跟著老太太一塊兒回去的。」「好幾口材」，此外還有趙姨娘，賈政口中當然不提。怎麼不提「你媳婦」，第一百十四回剛死了的鳳姐？續書人也不至於這樣健忘。

也許鳳姐之死裏面還有文章。第一百十六回是舊本，第一百十四回不是。或者舊本缺鳳姐之死，至甲本已予補寫，安在第一百十四回。

太虛幻境曲文預言妙玉「風塵骯髒違心願，好一似無瑕白玉遭泥陷。」落風塵向指為娼。妙玉被強盜搶去，在第一百十二回，不是舊本，但是整個的看來，這件事大概與舊本無甚出入。被劫應賣入妓院，方應預言，但是只說賊眾「分頭奔南海而去，不知妙玉被劫，或是甘受污辱，還是不屈而死，不知下落，也難妄擬」。於含蓄中微帶諷刺，因為剛寫妙玉懷春「走火」。

第一百十七回是舊本，寫賈環賈薔邢大舅等聚飲，談起海疆賊寇被捕新聞。既然預備不了了之，為什麼又提？因為寫盜賊橫行，犯了案投奔海盜，逍遙法外，又犯忌，必須寫群盜落網。正說到「『解到法司衙門審問去了，』邢大舅道：『咱們別管這些，快吃飯罷，今夜做個大輸贏，』」打斷。下一回有大段缺文，想必就是在這裏重提這案件。劫妙玉的賊應當正法，妙玉本人卻應當「不知下落」才對。

至甲本業經另人補寫——百廿回抄本上是另紙繕寫附黏——改為即席發落。「解到法司衙門」句下加上一段歌功頌德：「如今……朝裏那些老爺們都是能文能武，出力報效，所到之處，早就消滅了。」至於妙玉：「恍惚有人說是有個內地裏的人，城裏犯了事，搶了一個女人下海去了。那女人不依，被那賊寇殺了。」這大概是衛道的甲本的手筆，一定要妙玉不屈而死才放心，寧可不符墮落的預言。

續書人把秦氏與二尤都改了，只剩下一個襲人，成了甲本唯一的攻擊目標。脂本第六回寶玉「遂強襲人同領警幻所訓雲雨之事」，至甲本已改為「遂與襲人同領警幻所訓之事」，入襲人於罪。全抄本前八十回是照程本改脂本，所以我們無法知道原續書者是否已經改「強」為「與」。但是因為甲本對襲人始終異常注目，幾乎可以斷定是甲本改的。

乙本大概覺得「強」比「與」較有刺激性，又改回來，加上個「拉」字，「強拉」比較輕鬆，也反映對方是半推半就。又怕人不懂，另加上兩句「扭捏了半日」等等。一定嫌甲本的「誅心之筆」太晦。

第一百十八回甲本加上一段，寫寶釵想管束寶玉，襲人乘機排擠柳五兒麝月秋紋。此後陸續增加襲人對白、思想、回憶，又添了個夢，導向最後琵琶別抱。嫁時更予刻劃。

舊本雖也諷刺襲人嫁蔣玉菡，寫得簡短。他的簡略也是藏拙，但是因為過簡，甲本添改大都在後四十回。有一兩段還好，如黛玉嗓子裏甜腥，才疑心是吐血。其餘都是疊床架屋，反高潮。第一百十九回喜事重重，都是他添的，薛蟠賈珍獲赦，賈珍仍襲職。賈政第一〇七回已襲賈赦職，隔了十二回後下旨，又著仍由賈政襲。舊本雖有「蘭桂齊芳」的話，是將來的事，中興沒這麼快，形同兒戲。

看百廿回抄本，如果略去塗改與粘簽，單看舊四十回原底，耳目一清，悲劇收場的框子較明顯。別釵趕考，辭父遙拜，這兩場還有點催淚作用，至少比一切其他的續紅樓夢高明。科第思想，那是那時候的人大都有的。至於特別迷信，筆下妖魔鬼怪層出不窮，佔掉許多篇幅，已有人指出。尤其可笑的，寶玉寶釵的八字沒有合婚，因為後四十回算命測字卜卦扶乩無一不靈驗如神，一合婚勢必打散婚事。

寫寶黛的場面不像，那倒也不能怪他。無如大多數的時候寫什麼不像什麼，滿不是那麼回事。如第一百十八回王夫人談巧姐說給外藩作妾：「……別說自己的姪孫女，就是親戚家的也是要好才好；邢姑娘我們做媒的，配了你二大舅子，如今和和順順的過日子不好麼？那琴姑娘梅家娶了去，聽見說豐衣足食的，很好；就是史姑娘……」梅翰林家並沒出事，薛寶琴嫁過去自然衣食無憂。王夫人抄家沒抄到她頭上，賈政現是工部員外郎榮國公，一切照常，雖然入不敷出，並沒過一天苦日子，何至於像窮怕了似的，開口就是衣食問題？

晚清諸評家都捧後四十回，只有大某山民說「賣巧姐一節，似出情理之外……」是因為續書人只顧盲從太虛幻境預言，不顧環境不同，不像原著八十回後慘到那麼個地步。

趙岡指出後四十回有兩處不接筍，如果是高鶚寫的，怎麼會看不懂自己的作品，不予改正？舊本也已經是這樣，不過較簡。第八十八回賈珍代理榮府事，應是第九十五回元妃死後的事，至第一〇六回始加解釋：花名冊上沒有鮑二，眾人回賈政：「他是珍大爺替理家事，帶過來的。」甲本加上兩句：「自從老爺衙門裏有事，老太太們爺們往陵上去，珍大爺替理家事，帶過來的。」這裏漏掉兩個「太」字，應作「老太太太太們爺們」。再不然，就是太熟讀紅樓夢，記得第五十三回除夕有「眾老祖母」、「賈母一輩的兩三位妯娌」出現，故云「老太太們」。但是不會略去二位太太，還是「老太太太太們」對。甲乙本同。今乙本改正為「老太太太太們和爺們」。抄本改文同今乙本，但缺一「們」字，作「老太太太和爺們」。其實元妃喪事不僅是榮府的事，兩府有職銜的男女都要到陵上去——參看第五十八回老太妃喪。續書根本錯了。

甲本作「老太太們」，錯得很明顯，誰都知道賈府上朝沒有第二個老太太，而乙本沒有校正。如果甲乙本都是高鶚的手筆，這一段是高氏整理甲本時添寫的，自己的字句不會兩次校對都看不出排錯了。這一段似是別人補寫的，在高鶚前，可能是程偉元。

第一百十八回賴尚榮未借路費給賈政，賴家不安，托賈薔賈芸求王夫人讓賴大贖身，賈薔知道不行，假說王夫人不肯。接下文「那賈芸聽見賈薔的假話，心裏便沒想頭，連日又輸了兩場，便和賈環借貸。賈環道：『你們年紀又大，放著弄銀錢的事又不敢辦，倒和我沒有錢的人商量。』」隨即建議賣巧姐。程高本多出一段解釋——全抄本未照添——：

> 賈環本是一個錢沒有的，雖說趙姨娘積蓄些微，早被他弄光了，那能照應人家？便想起鳳姐待他刻薄，要趁賈璉不在家，要擺佈巧姐出氣。遂把這個當叫賈芸上去，故意的埋怨賈芸道：「你們年紀又大……」

這兩個不接筍處既經加工，怎麼會沒看出不接筍？實在不可思議。唯一的解釋是加工者也沒看清楚情節，因為後四十回烏烟瘴氣，讀者看下去不過是想看諸人結局，對這些旁枝情節，既不感興趣，又毫無印象，甚至於故事未完或顛倒，驢頭不對馬嘴，都沒人注意。這是後四十回又一特徵，在我國舊小說或任何小說裏都罕見。除上述兩處，我也發現了個漏洞，鮑二與何三的糾葛。

來旺本有一個壞蛋兒子，「在外吃酒賭錢，無所不至」（第七十二回）。續書不予利用，另外創造了一個周瑞的乾兒子何三，與鮑二打架，「被攆在外頭，終日在賭場過日」。也許續書人沒注意來旺的兒子，也許因為來旺強娶彩霞為媳，涉及賈環彩霞一段公案，不如不提。其實這都是我過慮，他哪管到這許多？用周瑞的乾兒子，是因為周瑞有個兒子，在鳳姐生日酗酒謾罵，失手把壽禮的饅頭撒了一院子，經賴嬤嬤求情，才沒被逐，只打了四十棍（第四十五回）。那麼為什麼不就用周瑞之子，正好懷恨在心，串通外賊來偷竊，報那四十棍之仇？為什麼倒又造出個乾兒子？因為續書人一貫的模糊影響，彷彿記得有這麼回事，也懶得查。萬一周瑞沒兒子呢？說是乾兒子總沒錯。

竊案發生之夜，何三當場被包勇打死，竊去賈母財寶，向係鴛鴦經管，賈母死後殉主，只得由琥珀等「胡亂猜想，虛擬了一張失單」（第一百十二回）。回末忽云：

「衙門拿住了鮑二，身邊出了失單上的東西，現在夾訊，要在他身上要這一夥賊呢。」

虛擬的失單上的東西，竟找到了，已屬奇聞。鮑二與何三不打不成相識，竟成為同黨。兩次實寫眾賊，都沒有鮑二，想有佚文。

趙岡與王珮璋發現高鶚補過兩次漏洞。第九十二回回目〈評女傳巧姐慕賢良，玩母珠賈政參聚散〉，文不對題，只有講列女傳，玩母珠，沒有慕賢良，參聚散。乙本補上巧姐的反應，及賈政談母珠與聚散之理。

第九十三回水月庵鬧出風月案，賴大點醒賈芹必是有人和他不對。「賈芹想了一想，忽然想起一個人來，未知是誰，下回分解。」下回不提了，沒有交代。乙本改為「賈芹想了一會子，並無不對的人」。

乾隆壬子木活字本，即原刻乙本，這兩處都沒改。高鶚並沒有補漏洞，是今乙本補的。此外如「五兒承錯愛，」以為寶玉調戲她，「因微微的笑著道」，原刻乙本同甲本。今乙本改為「因拿眼一溜，抿著嘴兒笑道」，變成五兒向寶玉挑逗。

第一〇一回鳳姐園中遇鬼，回家賈璉「見他臉上顏色更變，不似往常，待要問他，又知他素日性格，不敢相問。」甲乙本同。今乙本始誤作「鳳姐見他臉上顏色更變，不似往常，待要問他，又知他素日性格，不敢相問。」

乾隆百廿回抄本第七十八回硃批「蘭墅閱過」四字。楊繼振相信是高鶚的稿本，題為「蘭墅太史紅樓夢稿」。俞平伯吳世昌都認為不是。自己的稿子上怎麼會批「閱過」？俞平伯傾向於乙本出版後，據以抄配校改舊抄本。吳世昌的分析，大意如下：

前八十回——底本：早期脂本。

改文：高氏修改過的另一脂本抄本。

後四十回——底本：高氏續書舊本。

改文：高氏續書改本之一——先後改過不止一次。

「可以定為乾隆辛亥（一七九一）以前的本子，亦即程偉元在這一年付排的百二十回《紅樓夢》全書以前的鈔本。」（《紅樓夢稿的成分及其時代》）

這就是說，是甲本出版前的一個抄本。既非高氏稿本，當然也不是他叫人代抄的，而是拿來給他鑒定或作參考的。想必他這個較早的後四十回改本也與後四十回舊本一樣流傳。我看了這百廿回抄本的影印本，發現第九十二、九十三回的漏洞已經補上——「慕賢良」、「參聚散」、賈芹「並無不對的人」。第一〇九回柳五兒也「拿眼一溜，抿著嘴笑」，第一〇一回鳳姐遇鬼，賈璉變色，鳳姐不敢相問，俱同今乙本。

第一〇六回補敘賈珍代理榮府事，作「老太太太太（們）和爺們」，也是照今乙本塗改的，前面已經提過，此外不能多引了。據此，這抄本的年代不能早於壬子（一七九二），原刻乙本出版的那年。

但是在「金玉姻緣」、「金石姻緣」的問題上，全抄本又都作「金石」（第九十五、九十八回），同原刻乙本，與今乙本異。

此外當然還有俞平伯舉出的「未改從乙（即今乙）之例二條」第一項：第六十二回「老太

太和寶姐姐，他們娘兒兩個遇的巧。」同甲乙本。今乙本「老太太」作「大太太」。

這種地方是酌采，還是因為是百衲本——像俞平伯說的——須俟進一步研究。這本子本來有許多獨立之處，也有些是妄改，俞平伯分析較詳，但是聲明他沒有仔細校勘後四十回。所以他認為改文是乙（即今乙）本。吳世昌則含糊的稱為「程本」或「高氏修訂後的續書本子」，不言甲乙，一定是在後四十回發現有些地方又像甲本——因為原刻乙本未改甲本。好在他說高氏續書「正如他的前輩曹雪芹一樣，也是屢次增刪修訂而成」，這不過是改本之一。

高氏在乙本出版後還活了二十三年，但是如果又第三次修訂紅樓夢，不會完全沒有記載。今乙本一定與他無關。但是根據吳世昌，今乙本是高氏較早的改本，流傳在外，怎見得不是別人在乙本出版後摻合擅印的？

倘是高氏早期改本，修改時手邊顯然已無後四十回舊稿，就著個殘缺的過錄本改，竟沒看出至少有兩處被人接錯了。佚文未補，補了兩個漏洞，出甲乙本的時候又挖去，留著五個漏洞，這都在情理之外。

距今十一年前，王珮璋已經疑心「程乙本（即今乙本）是別人冒充程高修改牟利的，所以改得那麼壞。」但又認為可能性不大，因為：

①甲本與（今）乙本相隔不足三月，高鶚健在，此後還中進士，做御史，他人未便冒名。

②（今）乙本前的引言，確是參考各本的人才寫得出。

③都是蘇州萃文書屋印的。甲、〔今〕乙本每頁的行款、字數、版口等全同。文字儘管不同，到頁終總是取齊成一個字，故每頁起訖之字絕大多數相同。第一百十九回第五頁，兩個本子完全相同，簡直就是一個版，不可能是別人冒名頂替。

現在我們知道中間另有個乙本，也是萃文書屋印的。三個本子自甲至乙、至今乙，修改程序分明。今乙本襲用乙本引言，距甲本決不止三個月。究竟隔了多久？

今乙本與甲本每頁起訖之字幾乎全部相同，是就著甲排本或校樣改的，根本沒有原稿。楊繼振藏百廿回抄本當是今乙本出版後，據以校改抄配，酌采他本，預備付抄，註有「另一行寫」、「另抬寫」等語。不過是物主心目中最好的本子，不見得預備付印傳世。

「蘭墅閱過」批語在第七十八回回末，或者只看過前八十回脂本原底。第八十回回末殘缺，故批在較早的一回末頁。還有一個可能，是這抄本落到別人手裏，已經不知道是什麼本子，請專家鑒定。批「蘭墅閱過」，自必在今乙本出版後若干年。

封面秦次游題「佛眉尊兄藏」。影印本范甯作跋，云不聞楊繼振有「佛眉」之號，疑楊氏前還有人收藏。道光乙丑年（一八二九），這本子到了楊氏手裏，連紙色較新的謄清各回也都有損壞殘缺。抄配今乙本各回既已都這樣破舊，今乙本應當出版很早，不在乾隆末年，也是嘉慶初年。

「……甲乙兩本，從辛亥冬至到壬子花朝，不過兩個多月，而改動文字據說全部百二十回有二萬一千五百餘字之多，即後四十回較少，也有五九六七字，這在《紅樓夢》版本上是一個謎。」（俞平伯〈談新刊《乾隆抄本百廿回紅樓夢稿》〉）現在我們至少知道不全是程高二人改的，也不都在兩個月內。

汪原放記胡適先生所藏乙本的本子大小，——米突想係「仙提米突」誤——分訂冊數，都與原刻乙本不同。但是初版今乙本一定與甲乙本完全相同，頁數也應與乙本相同，比甲本多四頁，始能冒充。乙本幾乎失傳，想必沒有銷路，初版即絕版，所以書坊中人秘密加工，改成今乙本。目的如為牟利，私自多印多銷甲本，不是一樣的嗎？還省下一筆排工。鑒於當時對此書興趣之高與普遍，似乎也是一片熱心「整理」紅樓夢。

剩下唯一的一個謎，是萃文書屋怎麼敢冒名擅改。前文企圖證明今乙本出版距乙本不遠，高鶚此後中進士，入內閣，這二十多年內難道沒有發覺這件事？

汪原放、趙岡、王珮璋三人舉出的甲本與〔今〕乙本不同處，共有二十七個例子，內中二十一個在前八十回。前八十回大都是乙本改的，後四十回全都是今乙本改的。今乙本改前八十回，只有兩個例子。照一般抽查測驗法，這比例如果相當正確的話，今乙本改的大都在後四十回。

萃文書屋的護身符，也許就是後四十回特有的障眼法，使人視而不見，沒有印象。高鶚重訂紅樓夢後，不見得又去重讀一部後出的乙本，更不會細看後四十回。也不會有朋友發現了告訴他。後四十回誰都有點看不進去，不過看個大概。

高鶚續書唯一的證據，是他作主考那年張船山贈詩：「艷情人自說紅樓」，句下自註：「傳奇紅樓夢八十回後俱蘭墅所補。」在那時代，以一個熱中仕進的人而寫艷情小說，雖然不一定有礙，當然是否認為妥。程高序中只說整理修訂、「截長補短」，後人不信，當時一定也有好些人以為是高氏自己續成。這部書這樣享盛名，也許他後來也並不堅決否認。

山西發現的甲辰（一七八四年）本，未完的第二十二回已補成，同程甲本而較簡。吳世昌認為是高鶚修改過的前八十回，作序的夢覺主人也是高氏化名。

高氏一七八五年續娶張船山妹，倘在甲辰前續書，當在續絃前好幾年。張妹嫁二年即死，無出，在程高本出版四年前已故，距贈詩已有十四年之久。張認為妹妹被虐待，對高非常不滿，這些年來不知道有沒有來往，也未必清楚紅樓夢整理經過。但既然贈詩，豈有不捧句場之理？這也是從前文人積習。

此外還有高鶚〈重訂小說既竣題〉一詩：

「老去風情減昔年，萬花叢裏日高眠。昨宵偶抱嫦娥月，悟得光明自在禪。」

吳世昌自首句推知高氏昔年續作後四十回，現在老了，「只能做些重訂的工夫」；否則光是修輯紅樓夢，怎麼需要這些年，「昔年」也在做？這樣解釋，近似穿鑿。乙本引言作於「壬子花朝後一日」，詩中次句想指花朝。上兩句都是說老了，沒有興致。下兩句寫昨夜校訂完畢的心情，反映書中人最後的解脫。「抱嫦娥月」是蟾宮折桂，由寶玉中舉出家，聯想到自己三四年前中舉後，迄未中進士，年紀已大，自分此生已矣，但是中了舉，畢竟內心獲得一種平靜滿足，也是一種解脫。看高氏傳記材料，大都會覺得這是他在這一階段必有的感想。他是「晚發」的。〈硯香詞〉中屢次詠中舉事，也用過「嫦娥佳信」一辭。

後四十回舊本一定在流行前就已經殘缺了，不然怎麼沒法子從別的本子補上？我們知道程高與今乙本的編輯手邊都有後四十回舊本，因為屢次改了又照舊本改回來。程高序中說：「更無他本可考」，是否實話？會不會另有個甲本抄本，由程高採用？還是甲乙本同是統由高鶚修改補寫的？

甲辰本的第二十二回已補，將原定寶釵製謎改派給黛玉，此後賈政看了寶玉的謎，「往下再看道是：『有眼無珠腹內空，荷花出水喜相逢。梧桐葉落分離別，恩愛夫妻不到冬。』打一物。賈政看到此謎，明知是竹夫人，今值元宵，語句不吉，便佯作不知，不往下看了。」未說是誰做的，是補寫者聰明處。除有神秘感外，也還有點可能性，同回賈環的謎也既俗又不通。甲辰本批：「此寶釵金玉成空」。似是原意。寶釵怎麼會編出這樣粗俗的詞句，而且給賈政看？聯想到第七十九回香菱說「我們姑娘的學問，連我們姨老爺時常還誇呢！」令人失笑。

到了程甲本，當然已經指明是寶釵的謎。是甲本改的還是續書人改的？還是本來是續書人代補的？後四十回的詩詞雖幼稚，寫寶釵的口吻始終相當穩重大方，似乎不會把這民間流行的謎語派給她，怎麼著也要替她另謅一個。但是如果書中原有，他也決不會代換一個。

一七九〇年左右，百廿回抄本與八十回抄本並行，可見有一部份讀者不接受後四十回。如果並行的時期較早，甲辰本或者是酌采續書人改動前文處，第二十二回那就是他補的。但是一七八四年還沒有百廿回本之說。

竹夫人謎似乎目光直射後四十回結局，難道除了續書人還有第二個人設想到同一個明淨的悲劇收場——寶玉遺棄寶釵——不像所謂「舊時真本」寶釵嫁後早卒，寶玉作更夫，續娶淪為乞丐的湘雲；與另一個補本的釵黛落教坊。這是單就書中戀愛故事而言，後四十回的抄家根本敷衍了事，而另外兩個本子想都極寫抄家之慘，落教坊也是抄沒人口發賣，包括家屬。

這兩種補本似乎也是悲劇。最早的三部續紅樓夢倒都是悲劇，不像後來續的統統大團圓。這是當時的人對此書比較認真，知道大勢無法挽回。所以補第二十二回的人預知寶玉娶寶釵、出家，也許並不是獨特的見解。

大概不是續書人補的。那麼在他以前已經有一個人插手，在他以後至少也有一人——後四十回有個接錯的地方，似是程高前另人加工，添了一段。還添了別處沒有？周春《閱紅樓夢隨筆》記一七九〇年有人在浙買到百廿回抄本，這本子的後四十回是簡短的舊本，還是擴充的，如程甲本？前八十回有沒有甲本的特徵？

周汝昌說「鄉屯」戚本改「鄉邨」，俗本均作「村」，想必是指後出的坊本。甲本直到光緒年間，乙本與今乙本都簡稱「屯」。東北的屯最多。高鶚原籍遼寧。如果甲本的編輯是南人——北人也或者是東北、河北最熟悉這名詞——一定會把第三十九回這個「屯」字與後四十回的許多「屯」字都改了，高氏重訂乙本時已經看不到，不及保留。甲本不但沒改，添寫部份還也用「屯」字，如前引「差人下屯」。

乙本引言對後四十回顯然不滿：「至其原文，未敢臆改，俟再得善本，更為釐定，且不欲盡掩其本來面目也。」可見程高並不是完全沒有鑒別力。但是高鶚重訂乙本，所改的全在前八十回，後四十回似乎分毫未動。為什麼他們倆讚揚的反而要改，貶抑的反而不改？理由很明顯：甲本前八十回改得極少——大部份是原續書人改的——而後四十回甲本大段添改。是高氏自己剛改完的，當然不再改。因此甲本也是高氏手筆。

至少我們現在比較知道後四十回是怎樣形成的。至於有沒有曹雪芹的殘稿在內，也許已經間接的答覆了這問題。當然這問題不免涉及原著八十回後事的推測，一言難盡，改日再談。正是：欲知後事如何，且待下回分解。

紅樓夢插曲之一

——高鶚、襲人與畹君

上次寫〈紅樓夢未完〉，預備改日再談八十回後事。無如紅樓夢這題材實在浩如烟海，就連我看到的極有限的這麼點，也已經「鄉下人進城，說得嘴兒疼」。千頭萬緒，還在整理中，倒已經發現〈紅樓夢未完〉有許多地方需要補充，就中先提出高鶚與襲人這一點。

高鶚對襲人特別注目，從甲本到乙本，一改再改，鍥而不舍，初則春秋筆法一字之貶，進而形容得不堪，是高本違反原書意旨最突出的例子。恨襲人的固然不止他一個，晚清評家統統大罵，唯一例外的王雪香需要取個護花主人的別號，保護花襲人。但是高鶚生平剛巧有件事，也許使他看了襲人格外有點感觸。

吳世昌著《從高鶚生平論其作品思想》——載文史第四輯——內有：「高鶚在戊申中舉前似乎還有一妾（？）和他離異，自去唸佛修行。《硯香詞》的末一首〈惜餘春慢〉顯然即指此事。原詞曾有塗改，照錄如下：

春色闌珊，東風飄泊，忍見名花無主。釵頭鳳拆，鏡裏鸞孤，誰畫小奩眉嫵？曾說前生後生，梵唄清禪，只儂（原作『共誰』）揮麈。恰盈盈剛有，半窗燈火，照人淒楚。

那便向粥鼓鐘魚，妙蓮台畔，領取蒲團花雨？蘭芽忒（原作『太』）小，萱草都衰，擔盡一身甘苦。漫恨天心不平，從古佳人（原作『紅顏』），總歸黃土。更饒（原作『縱憑』）伊槌（原作『打』）破虛空，也只問天無語。

此妾大概原為樂戶或女伶（『名花』），〔按名花通指妓女，倘稱女伶為名花，恐怕會被打嘴巴子。〕在高家還生下了孩子（『蘭芽忒小』），又要伺候高鶚的衰邁老母（『萱草都衰』），大概也是受不了痛苦（『擔盡一身甘苦』）才離開他的。據本書末所附的〈硯香詞校記〉，知〈惜餘春慢〉詞下原有標題『畹君話舊，作此唁之，』知此女名畹君，與高鶚結識已久。離異以後，他還常去找她。集中有一首〈唐多令〉的小題是：『題畹君話箑』，其下片全是調笑之詞。另有一首〈金縷曲〉，原稿上有被重鈔此詞的紙片所掩蓋的題記：

不見畹君三年矣。戊申秋雋，把晤燈前，渾疑夢幻。歸來欲作數語，輒怔忡而止。十月旬日，燈下獨酌，忍酸製此，不復計工拙也。

詞中說畹君是他『故人』，呼她為『卿卿』。又說，『一部相思難說起，儘低鬟默坐空長嘆。追往事，寸腸斷。』下片似乎說畹君要他『重踐舊盟』，使他十分為難，以致回家以後，還在『怔忡』。另有一首〈南鄉子〉，題為『戊申秋雋喜晤故人』，中有：『今日方教花並蒂，遲遲！』等語，即指〈金縷曲〉中與畹君相晤之事。又有〈臨江仙〉，題為『飲故人處』，也是艷情，則此『故人』亦即畹君。『遺稿』七律〈幽蘭有贈〉：『九畹仙人竟體芳，托根祇合傍沅湘』，似亦贈畹君。（註：『蘭』、『畹』意義相關，係從〈離騷〉『余既滋蘭之九畹兮』一語而來。）」

晼君在高家「擔盡一身甘苦」，似乎中饋乏人，只有這一個妾操持家務。高鶚一七八一年死了父親與妻子，一七八五年續娶張船山妹。這該是喪妻後續絃前的四年間的事。出來是否與續絃有關？

在那個時代，婚前決不會先打發了房裏人，何況已經有了孩子。想必是她自己要走。「蘭芽忒小」。孩子那麼小，大概進門不多幾年，極可能在前妻死後。高鶚那時候是個不第秀才，教讀為生。青樓中人嫁給一個中年塾師，也許是圖他沒有太太，有一夫一妻之實。也許答應過她不再娶。因此一旦要續絃，她就下堂求去。

「釵頭鳳拆」句用陸放翁故事，顯指與婆婆不合，以致拆散夫妻。這位高老太太想必難伺候，晼君的地位又低，前妻遺下子女成行，家裏情形一定複雜，難做人。姨太太當家，倒像拙著《怨女》裏面，不過那姨太太本是母婢，這是外來的妓女，局面的爆炸性可想而知。「萱草都衰」顯然不止他一個母親，晼君方面也有父母靠她，想必也要高鶚養活，更是一條導火線。也甚至於高太夫人也像《怨女》內的婆婆，用娶填房媳婦作武器，對付子妾，老鬧著要給兒子提親。剛巧有這張家願意給，因為家境太壞，做填房可以省掉一副嫁妝。十八歲的能詩少女，從前的讀書人大概誰聽了都怦然心動，也難怪高鶚禁不起誘惑。

吳世昌推測晼君是因為帶孩子伺候婆婆太辛苦，「（『擔盡一身甘苦』）才離開他的」，彷彿是他死了太太，家務都落在她一個人身上，操勞過甚而求去，適得其反。

高鶚在一七八六年以前北上，到過邊疆，大概是作幕。但是一七八六年就又回京鄉試，依舊落第。當是一七八五年續絃後不久就北行。有沒有帶家眷？

張船山庚戌哭妹詩：「我正東遊汝北征，五年前事尚分明。那知已是千秋別，猶悵難為萬里行。……」五年前正是一七八五年，他四妹張筠嫁給高鶚那年。東遊、北征是從北京出發，還是從他們家鄉四川？北征那就是遠嫁到北京。

她葬在北京齊化門外，哭妹詩又有「寄語孤魂休夜哭，登車從我共西征。」參看《船山詩草》題記上他自己的行蹤，他們家一直在四川。但是卷二有「乙巳八月出都感事」，也是一七八五年。那次東遊北征既是兄妹永別了，一定就是那年八月別妹出都。北征當是跟著丈夫到塞上。

高鶚〈金縷曲〉前題云：「不見畹君三年矣。戊申秋雋，把晤燈前，渾疑夢幻。……」一七八八年秋天中舉，已經與畹君三年不見了。三年前正是動身北上的時候。回京後一直沒見過面。

〈南鄉子〉也是記「戊申秋雋喜晤故人」：「今日方教花並蒂，遲遲！」言下大有恨晚之意，彷彿等得好苦。想必三年前分手後，北上前見過不止一次，未能舊夢重溫。

〈惜餘春慢〉上似言下堂後入尼庵修行，自應篤守清規。三年後怎麼又藕斷絲連起來？從前的婦女灰心起來，總是說長齋禮佛，不過是這麼句話。「那便向粥鼓鐘魚，妙蓮台畔，領取蒲團花雨？」本是個問句，是說：哪裏就做尼姑了？同一首詞上又云「從古佳人總歸黃土」，畹君並沒死，想也不過是常對他說死呀活的。「曾說前生後生」，這些都是例有的話。「東風飄泊，忍見名花無主」，顯然出來仍操舊業。本來她還有父母要養活。關於她的詞還有一首題為「飲故人處」，當然不是尼庵。

張筠家學淵源，有「窈窕雲扶月上遲」句為人稱道，相貌如何沒有記載。短壽，總也是身體不好。如果長得不怎麼好，任是十八歲的女詩人也沒用。高鶚有許多詩詞她也未見得欣賞，年紀又相差太遠，心裏一定非常委屈。高鶚屢試不售，半世蹭蹬，正有個痛瘡可揭。心裏又另有個人在。相形之下，婚後也許更迫切的需要畹君。

高氏《月小山房遺稿》有這首無題詩，吳世昌推斷作於一七八六年或更早：

「荀令衣香去尚留，明河長夜阻牽牛。便歸碧落天應老，僅隔紅牆月亦愁。萬里龍城追夢幻，千張鳳紙記綢繆。麻姑見慣滄桑景，不省人間有白頭。」

「萬里龍城追夢幻」指北上，到邊城追求一個渺茫的目標。次句牛郎被銀河所阻，夫婦不能相會。首句荀令是三國時人荀彧。傳說《襄陽記》上有「荀令君至人家坐幙，三日香不歇。」喜慶的時候在戶外張著帷幙，招待客人，這是比喻畹君到他家沒待多久。渾身香，是畹君的特點之一。另一首〈幽蘭有贈〉：「九畹仙人竟體香，托根祇合傍沅湘。」離騷蘭畹意義相關，畹君想也是他代取的小字，因為她是湖南人，又香。他側艷的詩詞為她寫得最多，也正合「千張鳳紙記綢繆」。

「僅隔紅牆月亦愁」，咫尺天涯，顯然不是北上後懷念遠人，而是動身前。也許臨行也沒有去辭別，「相見不相親，不如不相見」。

「麻姑見慣滄桑景，不省人間有白頭」，這兩句似不可解，除非參看她後來要求「重踐舊盟」這回事。離異的時候一定有這話：將來還是要跟他的。在什麼情形下？總不外乎等老太太死了看情形。「待母天年」，而她在妓院等待，似乎太不成話。他也許是含糊答應，也許是實在不忍分離，只好先答應著再說。現在被她捏住這句話，要敘舊情一定要等重圓後，即使等到頭髮白，一點也不能預支。她年青——至少看著非常年青，像仙姑一樣超然在時間外，不知道人是會老的。他已經有白頭髮了。（「無情白髮駸駸長」——下年〈看放榜歸感書〉詩）

那時候北京妓女的身價不高，因為滿清禁止官員嫖妓，只好叫小旦侑酒，所以相公堂子高貴得多。但看紅樓夢裏的雲兒，在席上擰了薛蟠一把，十足是個中下等妓女的作風（第二十八回）。「馮紫英先命唱曲兒的小廝過來讓酒，然後命雲兒也來敬酒。」同席「唱小旦的蔣玉菡」則是客人身分，不過行酒令也有雲兒。

畹君嫁人復出，至多「搭班」，不會再受鴇母拘管。他來也是客，未便歧視，但是越是這樣，她越是不能讓他看輕了她。也只有他不能拿她當妓女看待，所以門外蕭郎連路人都不如了。

張筠才二十歲就死了。時人震鈞《天咫偶聞》記此事，說她「抑鬱而卒。……蘭墅能詩，而船山集中絕少唱和，可知其妹飲恨而終也。」哭妹詩上說：「似聞垂死尚吞聲⋯⋯」、「窮愁嫁女難為禮，宛轉從夫亦可傷。⋯⋯未知綿惙留何語，侍婢捫心暗斷腸。」、「死戀家山難瞑日，生逢羅剎早低眉。」

佛經上羅剎可男可女，男醜女美。似乎不會指高老太太。但是一般通指悍婦，虐待也是婆婆的機會多，除非丈夫真是患虐待狂。紅樓夢裏的迎春在孫紹祖手裏，「一載赴黃粱」，那是富貴人家，像高鶚這樣的寒門，不大容易施展，又不像小戶人家，打老婆可以是家常便飯。從畹君的事上可以知道高老太太的手段，張筠這樣的女孩子更不比畹君，沒有處世的經驗，又沒有嫁妝，娘家又沒有人在這裏。

高鶚婚後不久就攜眷北上，丟下老母與子女，加上畹君去後留下的幼兒，倒又不需要人照應了。倘是為生活所迫，一般習慣上都把妻子留下。難道是看看風色不對，逃難似的把張筠帶走了？那時候他也許還希望在邊疆上另立小家庭，有個新的開始。但是「萬里龍城追夢幻，」是個夢。為前途著想，還是回京應考。也許與夫婦感情不好也有關。果然回來了一年就送了她的命。至少回來那年他母親還在，有詩為證：「小人有母謂之何」（〈看放榜歸感書〉）。

當然他對張筠的心理也很複雜。她一共嫁過來兩年，倒有一年是跟他出去，所以也難說，甚至於他也有份，也是給他作踐死的。

他太太死了一年，他都沒有去看畹君，這一點很可注意。回京兩年後，一七八八年他中了舉，才去找她。畹君知道他最深，他一生最大的癥結終於消除，她也非常興奮。〈南鄉子〉記他們倆「同到花前攜手拜，孜孜。謝了楊枝謝桂枝。」想是先拜室內供的觀音，再到戶外拜月，因為秋試與嫦娥有關——蟾宮折桂，桂花又稱嫦娥花。〈金縷曲〉續記那次會晤：「一部相思難說起，儘低鬟默坐空長嘆。追往事，寸腸斷。」

也就是那天，「今日始教花並蒂」。她要他重踐舊盟，使他十分為難，詞下題記：「歸來欲作數語，輒怔忡而止。十月旬日，燈下獨酌，忍酸製此，不復計工拙也。」十月旬日，距放榜已經有些日子，一直沒再去，自是不預備履約。當然現在情形不同了，他儘管年紀不輕了，中了舉將來中進士，還是前程未可限量，不能不為未來著想。下堂妾重墮風塵三年，再覆水重收，被人笑話，太犯不著。但是這一點，他去找她以前不見得沒想到，心裏不會全無準備，似乎不至於這些天還這樣激動。

三年來一直不去，不中舉大概不會去了，當然也是負氣。下意識內，他一定已經有點知道，連這紅粉知己也對他失去了信心，看準了他這輩子考不上了。果然一聽見考中，不再作難，馬上洞房花燭夜，金榜掛名時，而且久別勝新婚。回來以後回過味來，卻有點不是味。

那兩首〈金縷曲〉、〈南鄉子〉當然沒有正視現實，只寫他能接受的一面。《硯香詞》沒有年份，以長短分類，早晚分先後，是中舉那年季冬修訂成集。前引〈惜餘春慢〉是末一首。這是最後一首長調，小令、中調另外排。所以〈惜餘春慢〉不一定是最晚的一首，但是看來是墜歡重拾後的又一次會晤。標題「畹君話舊，詩以唁之」，似乎這次見面她很傷心，老是講往事，要削髮為尼。他也就將他們的歷史作一總結，作為弔唁：「蘭芽忒小」，「萱草都衰」、

「釵頭鳳拆」、「名花無主」等等。「春色闌珊」，似乎他如願以償後再看看她，已有遲暮之感了。

〈臨江仙〉題為「飲故人處」，吳世昌說「也是艷情」。這裏的故人與新人對立，剛離異也可以稱故人。但是中舉前不會與故人有艷情，所以唯一的可能是重逢後又再一次造訪。

還有〈唐多令〉「題畹君畫箑」，「下片全是調笑之詞」。《硯香詞》借不到，光看吳世昌的記載，無法揣測時期，也可能題扇是他們從前的事。反正他以後還去過不止一次，讓他們的感情漸趨燈盡油乾，壽終正寢，否則不免留戀。過了中舉那年，他不再寫詞，艷體詩則兩三年後仍舊有，但是不是寫她了。

一部份人相信紅樓夢不可能是高鶚續成的，我也提出了些新證據。後四十回的作者將榮甯敗落這一點故意沖淡，抄家也沒全抄，但是前八十回一再預言，給人的印象深，而後四十回給人印象模糊。所以續書不過是寫襲人再醮失節，在讀者心目中總彷彿是賈家倒了她才走的。襲人領姨奶奶的月費已經有兩年了，給王夫人磕過頭，不過瞞著賈政，所以月費從王夫人的月例裏面撥給。

在高鶚看來，也許有下列數點稍有點觸目驚心：

①勢利的下堂妾。

②畹君以妾侍兼任勤勞的主婦，與襲人在寶玉房裏的身分相仿。

③都是相從有年，在娶妻前後下堂。表面上似被遺棄——男子出走或遠行——實是負恩。

④畹君兩次落娼寮，為父母賣身。襲人在第十九回向母兄說：「當日原是你們沒飯吃，就剩我還值幾兩銀子，若不叫你們賣，沒有個看老子娘餓死的理。……如今爹雖沒了……若果然還艱難，把我贖出來，再多掏澄幾個錢，也還罷了……」初賣為婢，贖出再賣大價錢，當是作妾為娼。當然她不過是這麼說，表示如果真是窮，再被賣一次也願意。脂本連批「孝女義女」。

⑤第七十七回有「這一二年間襲人因王夫人看重了他了，越發自己要尊重，凡背人之處，或夜晚之間，總不與寶玉狎昵。」自高身價，像聊齋的恆娘一樣吊人胃口。

⑥男子中舉後斬斷情緣。

他始終不能承認他的畹君是這樣的，對襲人卻不必避諱，可以大張撻伐。

中舉後第四年的花朝，改完了乙本紅樓夢，作此詩：

「老去風情減昔年，萬花叢裏日高眠。昨宵偶抱嫦娥月，悟得光明自在禪。」

「昨宵」校改完工，書中人中舉出家，與他自己這件記憶常新的經驗打成一片：蟾宮折桂後玉人入抱，參歡喜禪，從此斬破情關，看破世情，獲得解脫。只要知道高鶚一生最大的勝利與幻滅，就可以相信這一串聯想都是現成的，自然而然會來的。

那時候他三年會試未中，事業又告停頓，不免心下茫然。程小泉見他「閒且憊矣」，邀他幫著修訂紅樓夢，也是百無聊賴中幹的事。但是中了舉到底心平些，也是一種解脫，就跟書中人中舉出家一樣。我在〈紅樓夢未完〉裏分析這首詩，認為反映他在這一個階段的心理。當時知道他的人與朋友間應當是這樣解釋，這篇短文則是企圖更進一層加個註腳。

初詳紅樓夢

——論全抄本

紅樓夢這樣的大夢，詳起夢來實在有無從著手之感。我最初興趣所在原是故事本身，不過我無論討論什麼，都常常要引《乾隆抄本百廿回紅樓夢稿本》（以下簡稱全抄本），認為全抄本比他本早。這話當然有問題，不得不預先稍加解釋。

這抄本的前八十回，除抄配的十五回不算，俞平伯說「大體看來都是脂本……卻非一種本子，還是拼湊的……相當可靠……因為絕非楊繼振（道光年間藏書者）等所能偽造。……是否與紅樓夢作者原稿有關，尚不能斷定。」因為當時傳抄中可能經人改寫。附批很少，只有沒刪淨的幾條。「紅樓夢最先流傳時，附評是很多的。後來漸漸刪去了。……從這一點說，大約與甲辰本年代相先後。」

沒有評註，可能是後期抄本，根據早期底本過錄。但是頭十八回是另一個來源，沒有照程本塗改。第十七至十八回已分兩回，顯較庚本晚。第三回妄加三句，似還沒有人指出。鳳姐問黛玉一連串的話，插入「黛玉答道：『十三歲了。』又問道……」上一回黛玉「年方五歲」，從揚州進京，路上走了八年！

此外俞平伯舉出的許多缺文，如果我們不存成見，就可以看出是本來沒有的，後加的補筆。如第三十七回賈政放學差一段。抄本第六十四回賈敬喪事中，賈政在家，屢與賈赦並稱，庚本代以賈璉（俞平伯認為此處的「璉」字也不一定靠得住）。全抄本第六十九回已經改了賈政不在家。顯然它的第三十七、六十四兩回都是早稿，賈政並未出門。第三十七回回首放學差一節是後加的帽子，解釋寶玉為什麼能一直不上學，在園中遊蕩。

同樣的，第五十五回回首沒有老太妃病。吳世昌考據出第五十八回老太妃死原是元妃死，改寫中將元妃之死移後，而又需要保留賈母等往祭，離家數月，只得代以老太妃。所以老太妃病是後加的伏筆。全抄本第五十五回沒有這頂帽子，第五十八回突然說：「誰知上回所表的那位老太妃已薨。」戚本、程本也都沒有第五十五回的帽子。

第七十回回首「王信夫婦」全抄本訛作「王姓夫婦」，同程本。

第七十三回迎春乳母之媳，庚本作「王柱兒媳婦」，全抄本作「玉柱兒媳婦」，程本同。第六十二回寶玉生日，到「李趙張王四個奶媽家讓了一回」。除李嬤嬤外，有賈璉乳母趙嬤嬤，張嬤嬤不知道是誰，王嬤嬤想必就是迎春的乳母，王柱兒的母親。全抄本、程本都誤加一點成玉，似是程高採用這抄本的又一證。但是當時流行的抄本也許這幾回大都與這本子相仿，程高似乎沒看見過第五十五回的帽子。

由於改寫過程的悠長，有些早本或者屢次需要抄配。如第三十七、五十五回不過加個帽子，可以仍用舊稿，就疏忽沒加。又如第六十三回缺芳官改名改妝一節——庚本在這一大段文字完了以後分段，書中正文向無此例，顯見是後加。全抄本無，第七十回卻又用她的新名字溫都里納與雄奴，第七十三回又用溫都里納的漢譯金星玻璃，又簡稱玻璃。當是加芳官改名後才有這兩回，本來即有也全不能用。這百衲本上的舊補釘大概都是這樣來的。

第七十回改寫的痕跡非常明顯。上半回賈政來信，說六七月回家，於是寶玉忙著溫習功課，桃花社停頓。下半回賈政又有信來，視察海嘯災情，改年底回家，寶玉就又鬆懈下來，於是又開社填詞。第七十一回開始，賈政已經回來了，接著八月初三賈母過生日，顯然不是年底回來的，仍接第七十回上半回。一定是改寫下半回，為了把那幾首柳絮詞寫進去。第一回脂批：「余謂雪芹撰此書中，亦為傳詩之意。」

第七十一回鴛鴦撞見司棋幽會，伏傻大姐拾香袋，是抄園之始，直到第七十四回抄園，第七十五回中秋，上半回也還是抄園餘波，這幾回結構異常嚴密，似是一個時期的作品，至少是同一時期改寫的。己卯本到七十回為止，或者在此告一段落。第七十回賈政歸期改了，而底下幾回早已有了，直到第八十回年底，時序分明。唯一的辦法是在第七十一回回首加個帽子，解釋賈政為什麼仍舊六七月回家，但顯然迄未找到簡潔合理的藉口。

俞平伯另舉出許多過簡的地方，大都與「缺文」一樣，是早稿較簡。例如紅麝串一節，沒有寶釵的心理描寫。元妃的賞賜，獨寶釵與寶玉一樣，她的反應如何，自然非常重要。全抄本只有寶釵在園中裝不看見寶玉，走了過去，後來寶玉索觀香串，「少不得褪了下來」，不大願意，也是她素日的態度。未提這新的因素，到底不夠周到。這種地方是只有補加，沒有刪去之理，正如第二十回李嬤嬤罵襲人「好不好拉出去」，全抄本無下句「配一個小子」。庚本後來又重一句：襲人先還分辯，後來聽她說「哄寶玉粧狐媚，又說配小子等，」哭了。全抄本此處作「哄寶玉粧狐媚等語」，可見前文缺「配一個小子」，不是抄漏一句。這種警句也決不會先有了又刪了。

第十九回回首，庚本有元妃賜酥酪，寶玉留與襲人，全抄本無。寶玉訪襲，說：「我還替你留著好東西呢。」直到後文敘丫頭阻止李嬤嬤吃酪，說是給襲人留著的，方知是酥酪。這樣寫較經濟自然，但是這酪不是元妃賜物。脂批賜酪：「總是新春妙景。」又關照上回省親，決不會刪去這一點。

同回甯府美人畫一節，庚本有兩行留出空白：「因想這裏素日有個小書房，名……內曾掛著一軸美人畫，極畫的得神。今日這般熱鬧，想那裏自然……那美人也自然是寂寞的。」全抄本略同戚本，只作「因想那日來這裏，見小書房內曾掛一軸美人，極畫的得神。今日這般熱鬧，想來那裏美人自然是寂寞的。」末句不夠清楚，需要解釋：因為熱鬧，所以沒人到小書房去。庚本的底本一定是在行旁添改加解釋，並加書齋名，尚未擬定。改文太擠或太草，看不清楚，所以抄手留出空白。

全抄本第二十六回沒有借賈芸眼中描寫襲人。回末黛玉在怡紅院吃了閉門羹，在外面哭，沒有那段近於沉魚落雁的描寫與詩。

襲人自第三回出場，除了「柔媚嬌俏」四字評語（第六回），我們始終不知道她面長面短。這是因為她一直在寶玉身邊，太習慣了，直到第二十六回才有機會從賈芸眼中看出她的狀貌。全抄本上沒有利用這機會，也許是起初沒想到，也許是躊躇。事實是我們一方面渴想知道襲人是什麼樣子，看到「細挑身材，容長臉面。」不知道怎麼有點失望，因為書到二十六回，讀者與她相處已久，腦子裏已經有了個印象，儘管模糊，說不出，別人說了卻會覺得有點不對勁。其實「細挑身材，容長臉面」八個字，已經下筆異常謹慎，寫得既淡又普通，與小紅的

「容長臉面，細巧身材」相仿而較簡，沒有「俏麗乾淨」、「黑真真的頭髮」等。

作者原意，大概是將襲人與黛玉晴雯一例看待，沒有形相的描寫，儘量留著空白，使每一個讀者聯想到自己生命裏的女性。當然無法證明全抄本不是加工刪去襲人的描寫與讚黛玉絕色的一段，只能參考其他早本較簡的例子。

芙蓉誄前缺兩句插筆，似是全抄本年代晚的一個證據。原文如下：

「……乃泣涕念曰：——諸君閱至此，只當一笑話看去，便可醒倦。——

維

太平不易之元，蓉桂競芳之月……」

這兩句夾在「念曰」與誄文之間，上下文不啣接，與前半部的幾次插筆不同。如果是批註誤抄為正文，脂批也決不會罵這篇誄文為「笑話」。但是寶玉作誄時，作者確曾再三自謙：「寶玉本是個不讀書之人，再心中有了這篇歪意，怎得有好詩好文作出來……竟杜撰成一篇長文……」「諸君……只當一笑話看」一定是自批。全抄本刪去批註，因此這自批沒有誤入正文。

所以全抄本也沒有第七十四回的「為察姦情，反得賊贓」。這八個字一直不確定是批語還是正文。「誰知竟在入畫箱中搜出一大包金銀錁子來奇為察姦情反得賊贓……入畫只得跪下哭訴真情說這是珍大爺賞我哥哥的」（庚本）回末尤氏向惜春說：「實是你哥哥賞他哥哥的，只不該私自傳送，如今官鹽竟成了私鹽了。」甯府黑幕固多，如果是尤氏代瞞竊案，一定又是內情複雜，最後即使透露，也必用隱曲之筆。而一開始剛發現金銀，作者就指明是賊贓，未免太不像此書作風。——倒是點明入畫供詞是「真情」，又與這八個字衝突。這八個字想是接上文「奇」字，是批者未見回末尤氏語。

俞平伯特別提出第七十七回晴雯去後，寶玉與襲人談話，「襲人細揣此話好似寶玉有疑他們之意」。庚本、甲辰本作「疑他」，此本多一「們」字，同戚本。「『疑他們』者兼疑他人，便減輕了襲人陷害晴雯的責任。……關係此書作意，故引錄。」

此外芙蓉誄缺數句，包括俞平伯曾指為罵襲人的「箝詖奴之口，討豈從寬？剖悍婦之心，忿猶未釋。」同回姽嫿詞也缺兩句，顯然是抄漏的。也許因為這緣故，他並未下結論，將芙蓉誄缺「悍婦」與「疑他們」連在一起。

寶玉與襲人談，正暗示她與麝月秋紋一黨，「疑他們」當然是兼指麝月秋紋。寶玉與襲人關係太深，不能相信她會去告密，企圖歸罪於麝月秋紋，這是極自然的反應。同時事實是這幾個人裏只有襲人有虛心事——與寶玉發生了關係——諒她不至於這樣大胆，倒去告發惹禍，不比她手下的人，可能輕舉妄動。這層心理也沒能表達出來，不及「疑他」清晰有力。

「悍婦」也不見得是指襲人。上句「箝詖奴之口」是指王善保家的與其他「與園中不睦的」女僕。寶玉認為女孩子最尊貴，也是代表作者的意見。「賈雨村風塵懷閨秀」回目中的

「閨秀」是嬌杏丫頭。寶玉再恨襲人也不會叫她奴才。「剖悍婦之心，忿猶未釋」，如果是罵她，分明直指她害死晴雯，不止有點疑心。而他當天還在那兒想：「還是找黛玉去相伴一日，回來家還是和襲人廝混，只這兩三個人，只怕還是同死同歸的。」未免太沒有氣性，作者不會把他的主角寫得這樣令人不齒。「悍婦」大概還是王善保家的。

全抄本晴雯入夢，「向寶玉哭道」，戚本略同，庚本作「笑向寶玉道」。俞平伯說「笑字好，增加了陰森的氣象，又得夢境之神。」同回芳官向王夫人「哭辯道」，庚本也作「笑辯道」，似乎沒有人提起過。我覺得這兩個「笑」字都是庚本後改的，回味無窮。芳官在被逐的時候「笑辯」，她小小年紀已有的做人的風度如在目前。王夫人就也笑著駁她，較有人情味，不像全抄本中她哭，王夫人笑。

全抄本逐晴後，寫寶玉「去了心上第一個人」，這句話妨礙黛玉，所以庚本作「去了第一等的人」。

探晴一場，補敘晴雯原係賴大家買的小丫頭，賈母見了喜歡，「故此賴媽媽就孝敬了的，收買進來吃工食。賴大家的見晴雯雖到賈母跟前千伶百俐，在賴大家卻還不忘舊德，故又將他姑舅哥哥收買進來……」（全抄本）既然是賴家送給賈母，怎麼又「收買進來」？還要付一次身價？——「吃工食」三字並無不妥，賈家的丫頭都有月錢可領。——「在賴大家卻還不忘舊德」，這句也不清楚，彷彿仍舊回到賴家。當作「對賴大家卻還……」

庚本稍異：「……故此賴嬤嬤就孝敬了賈母使喚，後來所以到了寶玉房裏。這晴雯進來時也不記得家鄉父母，只知有個姑舅哥哥專能庖宰，也淪落在外，故此求了賴家的收買進來吃工食。賴家的見晴雯雖在賈母跟前千伶百俐嘴尖，為人卻倒還不忘舊，故又將他姑舅哥哥收買進來……」有問題的兩句都已改去，「收買進來吃工食」變成說她表哥，不過兩次說收買表哥進來，語氣嫌累贅。前面添出不記得家鄉父母，是照應芙蓉誄：「其先之鄉籍姓氏，湮淪而莫能考者久矣。」其實有表哥怎麼會不知道籍貫姓氏？表哥「專能庖宰」，顯已成年，不比幼童不知姓名籍貫。雖是「渾蟲」，舅舅姓什麼，是哪裏人，總該知道。庚本顯然是牽強的補筆。

全抄本第二十四回第六頁有「晴雯又因他母親的生日接了出去了」。庚本「晴雯」作「檀雲」。我認為這是重要的異文，標明有一個時期的早稿寫晴雯有母親，身世大異第七十七回。「晴雯」、「檀雲」字形有點像，會不會是抄錯了？或是抄手見檀雲名字眼生，妄改晴雯？這裏寫寶玉要喝茶，叫不到人，襲人麝月秋紋碧痕與「幾個做粗活的丫頭」都有交代，解釋她們為什麼不在跟前。這句要是講檀雲，那麼晴雯到哪裏去了？所以若是筆誤或妄改「晴雯」，那就是這時期的早本沒有晴雯其人。

如果這句確是說晴雯，那她將來被逐——如果被逐的話——是像金釧兒一樣，由母親領回去。如果正病著，有母親看護，即使致命，探晴也沒有這麼淒涼。如果不是病死，是自殺，那就更與金釧兒犯重。不由得使人疑心，早本是否沒有逐金釧這回事？這個疑問，我們在研究改寫過程的時候會有一些端倪。

檀雲二字〈夏夜即事詩〉（第二十三回）與芙蓉誄中出現過：「窗明麝月開宮鏡，室靄檀雲品御香；」「鏡分鸞別，愁開麝月之奩；梳化龍飛，哀折檀雲之齒。」都是麝月對檀雲。既有麝月，當然可以有個丫頭叫檀雲。

第三十四回襲人「悄悄告訴晴雯麝月檀雲秋紋等說：『太太叫人，你們好生在房裏，我去了就來。』」這裏檀雲不過充數而已。全抄本作「香云」，當是筆誤。

假定早本有此人，第二十四回是檀雲探母，晴雯在這時期還不存在，後來檀雲因為「沒有她的戲」，終歸淘汰。此外唯一的可能是本無檀雲其人，偶一借用這名字。晴雯探母，庚本代以檀雲，是已經決定晴雯沒有家屬，只有兩個不負責的親戚。

明義《綠烟瑣窗集》有廿首詠紅樓夢詩，題記云曹雪芹示以所著紅樓夢。看來甲戌前曾有一個時期用紅樓夢書名，脂硯甲戌再評，才恢復舊名《石頭記》。廿首詩中已有一首詠晴雯與芙蓉誄，一首玉釧嘗羹。有玉釧嘗羹，當然是有金釧之死。明義所見紅樓夢已屬此書的史前時代。第二十四回還更早，晴雯的悲劇還沒有形成，即有，也是金釧的故事。

第二十五回異文最多。鳳姐到王子騰家拜壽回來，全抄本作「見過王夫人，便告訴今日幾位客，戲文好歹，酒席如何等語。」庚本作「拜見過王夫人。王夫人便一長一短的問他今兒是幾位堂客，戲文好歹，酒席如何等語。」「拜見」王夫人，倒像金瓶梅裏的婦女，出去一趟，回來就要向月娘磕頭。紅樓夢裏沒有這規矩。王夫人對於應酬看戲沒有興趣，是鳳姐自動告訴她更對些。這一段似是全抄本好，不過文筆欠流利。

接著寶玉回來，纏著彩霞與他說笑，「一面說，一面拉他的手只往衣內放。彩霞不肯……」（全抄本）庚本無「只往衣內放」，下句作「彩霞奪手不肯」。全抄本語氣曖昧，似有穢褻嫌疑，不怪賈環殺心頓起，「便要用熱油燙瞎他的眼，便故意失手把一盞油燈向寶玉臉上一推。只聽寶玉噯喲一聲，滿屋裏漆黑。眾人多唬了一跳，快拿燈來看時……」庚本「油燈」作「油汪汪的蠟燈」，無「漆黑」二字，作「滿屋裏眾人都唬了一跳，連忙將地下的棹燈挪過來……」「棹」字點掉改「戳」。秦氏喪事，戶外有兩排戳燈，大概是像燈籠一樣，插在座子上。疑是專在戶外用的，校者妄改的例子很多。棹燈或者是像現代的站燈兼茶几。

全抄本顯然是寫室內只有一盞油燈，在炕桌上。賈環坐在炕上抄經。「一時又叫金釧兒剪蠟花」。如果炕桌上另有蠟燭，油燈倒了，不會「滿屋裏漆黑」。庚本作「蠟燈」，是補漏洞，照應「蠟花」二字。只有一盞燈，也太寒酸，所以庚本另有「地下的棹燈」。但是全抄本一聲驚叫，突然眼前一片黑暗，戲劇效果更強。

庚本較周密沖淡。「拉著彩霞的手，只往衣內放，」也可能不過是寫親暱，終究怕引起誤會而刪去。

全抄本馬道婆與趙姨娘談：「若說我不忍叫你娘兒們受人折磨還由可……」「折磨」似嫌過火。庚本作「受人委曲」。

馬道婆索鞋面，「挑了兩塊紅青的」。庚本只有「挑了兩塊」。可見作者對色彩的愛好。大概因為一般人對馬道婆鞋子的顏色太缺乏興趣，終於割愛刪去。

這一回最重要的異文自然是癩頭和尚的話：「青埂峰一別，展眼已過十五載矣。」各本都作「十三載」。下文有「塵緣已滿□□了」。俞平伯說：「二字塗改不明，似『入三』，疑為『十三』之誤，謂塵緣已滿十之三了。」

如果十五歲是十分之三，應當是四十八九歲塵緣滿。甄士隱五十二三歲出家，倒真是賈寶玉的影子。寫他一生潦倒，到這年紀才出家，也是實在無路可走了，所謂「眼前無路想回頭」（第二回），與程本的少年公子出家大不相同，毫不淒艷，那樣黯淡無味、寫實，即在現代小說裏也是大胆的嘗試。我著實驚嘆了一番，再細看那兩個字，不是「入三」，是「大半」，因為此處刪去六字，一條黑槓子劃下來，「大」字出頭，被蓋住了：「半」字中間一劃，只下半截依稀可辨；上半草寫似「三」字。

十五歲「塵緣已滿大半了」，那麼塵緣滿，不到三十歲。這和尚不懂預言家的訣竅，老實報出數目，太缺乏神秘感。庚本此句僅作「塵緣滿日，若似彈指」，高明不知多少。

全抄本僧道來的時候，賈母正哭鬧間，「只聞得街上隱隱有木魚聲響，念了一句『南無解冤孽菩薩……』」庚本無「街上」二字，多出一節解釋：「賈政想如此深宅，何得聽的這樣真切，心中亦希罕。」這一句不但是必需的——不然榮府成了普通臨街的住宅——而且立刻寒森森的有一種神秘的氣氛。

寶玉這一年十五歲，當係後改十三，早稿年紀較大。第四十九回仍是這一年，寶玉與諸姐妹「皆不過是十五六七歲」（各本同），也是早稿。他本第三十五回傳秋芳「年已二十三歲」，她哥哥還想把她嫁給十三歲的寶玉。全抄本無「年」字，作「已二十一二歲」，與十五歲的寶玉還可以勉強配得上。「二十三歲」當然是「一二」寫得太擠，成了「三」。

各本第四十五回黛玉自稱十五歲，也是未改小的漏網之魚。照全抄本，寶玉仍是十五，那麼二人同年，黛玉是二月生日（第六十二回）。同回寶玉的生日在初夏，反而比她小。但是各本第七十七回王夫人向芳官說：「前年因我們到皇陵上去……」指第五十八回老太妃死時，是上年的事，當作「去年」。可見早稿時間過得較快，中間多出一年。第二十五與四十五回間是否隔一年？

老太妃死，是代替元妃。第十八回元宵省親，臨別元妃說：「倘明歲天恩仍許歸省，萬不可如此奢華糜費了。」批註是「不再之讖」。舊稿當是這年年底元妃染病，不擬省親，次年開春逝世。直到五十幾回方是次年。第四十五回還是同一年。多出的一年在第五十八回後，即元妃死距逐晴雯有兩年半。

全抄本第二十五回寶玉的年紀還不夠大，是否有誤？

我們現在知道逐晴一回是與元妃之死同一時期的舊稿。各回的年代有早晚。在這個階段，只有這一點可以確定：寶玉的年紀由大改小，大概很晚才改成現在的年歲。大兩歲，就不至於有這麼些年齡上的矛盾。但是照那樣算，逐晴時寶玉已經十八歲，還是與姐妹們住在園內，晚上一個丫頭睡在外床。「有人……說他大了，已解人事，都由屋裏的丫頭們不長進，教習壞了。」王夫人聽了還震怒，都太不合情理，所以不得不改小兩歲，時間又縮短一年，共計小三歲。

全抄本吳語特多。第二十七回第一頁有「每一棵樹上，每一枝花上多繫了這些物事（東西）」，庚本作「事物」。「事物」的意義較抽象，以稱絹製小轎馬旌旛，也不大通，顯然是圖省事，將「物事」二字一勾，倒過來。

第五十九回黛玉說：「飯也都端了那裏去吃，大家鬧熱些」（第一頁），庚本作「熱鬧」。

第六十四回第一頁有「寶玉見無人客至」，同頁反面又云：「……分付了茗烟，若珍大哥那邊有要緊人客來時，令他急來通稟。」庚本均作「客」。

第四頁賈璉對賈珍說：「再到阿哥那邊查查家人有無生事。」庚本作「大哥」。

第二十七回第五頁寶玉想找黛玉，「又想一想，索性再遲兩天，等他氣嘆一嘆再去也罷了。」改「等他的氣息一息」，同程本，當與通部塗改同出一手。庚本作「等他的氣消一消。」全抄本原意當是「等他氣退一退」，吳語「退」「嘆」同音，寫得太快，誤作「嘆」。

但是第六十九回賈璉哭尤二姐死得不明，「賈蓉忙上來勸：『叔叔嘆著些兒。』」（庚本同）這「嘆」字疑是吳語「坦」，作鎮靜解。

「事體」（事情）各本都有。第六十七回薛蟠「便把湘蓮前後事體說了一遍」（庚本一六〇五頁）。第六十三回「寶玉不識事體」（庚本一五一七頁），還可以作「茲事體大」的事體解。但是第一回已有「不過只取其事體情理罷了。」（庚本十二頁）

吳語與南京話都稱去年為「舊年」，各本屢見。

全抄本第二十七回鳳姐屢次對小紅稱寶玉為「老二」，也是南京人聲口。庚本均作寶玉。第二十五回鳳姐稱賈環為老三則未改。

曹家久住南京，曹寅妻是李煦妹，李家世任蘇州織造，也等於寄籍蘇州。曹雪芹的父親是過繼的，家裏老太太的地位自比一般的老封君更不同，老太太娘家的影響一定也特別大。寄居的與常接來住的親戚，想是李家這邊的居多。第二回介紹林如海：「本貫姑蘇人氏」，甲戌本夾批：「十二釵正出之地，故用真」。似乎至少釵黛湘雲等外戚——也許包括鳳姐秦氏的娘家——都是蘇州人。書中只有黛玉妙玉明言是蘇州人。李紈是南京人。

俞平伯指出全抄本「多」「都」不分，是江南人的讀音。曹雪芹早年北返的時候，也許是一口蘇白。照理也是早稿應多吳語，南京口音則似乎保留得較長。

全抄本「理」常訛作「禮」，如第十九回第四頁襲人贖身「竟是有出去的禮，沒有留下的禮」，第六頁「沒有那個道禮」。「逛」均作「曠」，則是借用，因為白話尚在草創時期。甲戌本第六回第一次用「俇」字（板兒「聽見帶他進城俇去」），需要加註解：「音光，去聲，遊也，出《諧聲字箋》。」（《輯評》一三四頁）似是作者自批。也是全抄本早於甲戌本的一證。

第三十七回起詩社，取別號，李紈說寶玉：「你還是你的舊號絳洞花王就好。」（庚本）戚本作「花主」，程本同。全抄本似「王」改「主」，一點係後加。第三回王夫人向黛玉說寶玉，「是這家裏的混世魔王」。甲戌本脂批：「與絳洞花王為對看」（《輯評》八六頁）。可見是花王，花主是後人代改。全抄本是照程本改的。

李紈這句話下批註：「妙極，又點前文。通部中從頭至末，前文已過者恐去之冷落使人忘懷，得便一點，未來者恐來之突然，或先伏一線，皆行文之妙訣也。」但是前文並沒有提過「絳洞花王」別號，顯然這一節文字已刪，批語不復適用，依舊保留。

下文「寶玉笑道：『小時候幹的營生，還提他作什麼？』」當時沒有議定取什麼名字，但作完海棠詩，李紈說：「怡紅公子是壓尾。」下一回詠菊，他就署名怡紅公子。而作詩前大家揀題目，庚本「寶玉也拿起筆來，將第二個訪菊也勾了，也贅上一個絳字。」「絳」全抄本作「怡」。詩成，則都署名怡紅公子。

庚本的「絳」字顯然是忘了改。這一回當是與上一回同時寫的，與刪去的絳洞花王文字屬同一時期，或同一早本。前面說過第三十七回是舊稿，只在回首加了個新帽子，即賈政放學差一節。第三十七回雖已採用新別號怡紅公子，至三十八回，寫得手熟，仍署「絳」字。上一回正提起絳洞花王，如署「絳」可能是筆誤，而此回並未提起。絳洞花王的時期似相當長，所以作者批者謄清者都習慣成自然了。

至少第三十八回是庚本較全抄本為早。但是全抄本第十九回後還是大部份比庚本早。

二詳紅樓夢

——甲戌本與庚辰本的年份

甲戌本紅樓夢的名稱，來自這抄本獨有的一句：「至脂硯齋甲戌抄閱再評」，但是它並沒有標明年時，如己卯、庚辰本——庚辰本也只有後半部標寫「庚辰秋月定本」。

甲戌本殘缺不全，斷為三截，第一至八回、第十三至十六回、第二十五至二十八回。在形式上，這十六回又自然而然的分成四段，各有各的共同點與統一性：①第一至五回：無雙行小字批註，無「下回分解」之類的回末套語——庚本只有頭四回沒有——②第六至八回：回目後總批或標題詩，回末詩聯作結；③第十三至十六回：回目前總批、標題詩——詩缺；④第二十五至二十八回：回後總批。

第一回前面有「凡例」。「凡例」、第五、第十三、第二十五回第一頁都寫著書名《脂硯齋重評石頭記》，佔去第一行。換句話說，書名每隔四回出現一次。顯然甲戌本原先就是四回本，所以第四回末頁殘破，胡適照庚本補抄九十四個字。每四回第一頁就是封面，此外別無題頁，因此第十三回第一頁破損，「凡例」第一頁右下角也缺五個字（胡適代填「多□□紅樓」三字，留兩個空格）。

清代藏家劉銓福跋：「……惜止存八卷」。此本每頁騎縫上標寫的卷數與回數相同，但是劉氏當時收藏的「八卷」自然不止八回，而是八冊，共三十二回，是否連貫不得而知。

本文的原意，是純就形式上與文字上的歧異——總批的各種格式、回末有無「下回分解」之類的套語或詩聯、俗字不同的寫法、其他異文——來計算甲戌本的年份，但是這些資料牽連庚本到糾結不可分的地步，因為庚本不但是唯一的另一個最可靠的脂本，又不像甲戌本是個殘本，材料豐富得多。而且庚本的一個特點是尊重形式，就連前十一回，所謂白文本，批語全刪，楔子也刪掉幾百字，幾乎使人看不懂，頭四回也還保存一無所有的現代化收梢。此外許多地方反映底本的原貌，如回末缺詩聯，仍舊保留「正是」二字，又如第二十二回缺總批，仍舊有一張空白回前附葉，按照此本的典型總批頁格式，右首標寫書名。

尊重形式過於內容的現象，當是因為抄手一味依樣畫葫蘆，所以絕對忠於原文，而書主不注意細節，唯一關心的是省抄寫費，對於批語的興趣不大，楔子裏僧道與石頭的談話也嫌太長，因此刪節。

五〇年間，俞平伯肯定甲戌本最初的底本確是乾隆甲戌年（一七五四年）的本子——以下概稱一七五四本，免與「甲戌本」混淆——不過因為涉嫌支持胡適的意見，說得非常含糊[1]。他認為甲戌本即一七五四本的理由是：①甲戌本特有的「凡例」說：「紅樓夢乃總其一部之名也」，書名該是紅樓夢，而此本第一回內有：「至吳玉峰題曰紅樓夢。……至脂硯齋甲戌抄閱再評，仍用石頭記」。最後歸到石頭記，顯然書名是石頭記；前後矛盾。以上的引文，在較晚的己卯（一七五九年）、庚辰（一七六〇年）本，就都刪了，是作者整理的結果。②甲戌本第十三回眉批：「此回只十頁，因刪去天香樓一節，少卻四五頁也。」（第十一頁下）甲戌本正是十頁，可見此本行款格式還保存脂批本的舊樣子。

如果作者為了書名的矛盾刪去「凡例」與楔子裏的「紅樓夢」句，放棄《紅樓夢》這書名，為什麼把「甲戌……再評，仍用石頭記」這句也刪了，以至於一系列的書名最後歸到《金陵十二釵》？最後採用的書名明明是《石頭記》，不是《金陵十二釵》。作者整理的結果豈不更混亂？甲戌本楔子多出的這兩句顯然是後添的，他本沒有，不是刪掉了。己卯、庚辰本刪去「凡例」與「紅」句、「甲」句之說不能成立。

至於甲戌本第十三回與此回刪天香樓後稿本頁數相同，這不過表示甲戌本接近此回最初的定稿，不是輾轉傳抄的本子。倘據此指甲戌本為一七五四本，那是假定一七五四本刪去天香樓一節，純粹是臆測。在這階段根本無法知道〈秦可卿淫喪天香樓〉是什麼時候刪的。

吳世昌分析甲戌本總批含有庚本同回的回內批，搬到回前或回後，墨筆大字抄錄，有的字句略加改動。第二十六回有一條總批原是庚本畸笏丁亥夏批語，「則可知道這殘本的墨書正文部份，至早也在丁亥（一七六七）以後所過錄。」[2]俞平伯認為這是書賈集批為總批，多佔篇幅，增加頁數，以便抬高書價，與正文的底本年代無關。

陳毓羆指出「凡例」第五段就是他本第一回開始的一段長文；又，紅樓夢以前的小說，由批書者作「凡例」或「讀法」的例子很多，如《三國志演義》就是批者毛宗岡作「凡例」。甲戌本的「凡例」比正文低兩格，後面附的一首七律沒有批語，而頭兩回的標題詩都有批語讚揚，也證明「凡例」與這首七律都是批者脂硯所作。

陳氏又說在脂本中，甲戌本的「正文所根據的底本是最早的，因此它比其他各本更接近於曹雪芹的原稿。……在標明為『脂硯齋凡四閱評過』的庚辰本上已不見『凡例』及所附的七律。[3]……在後來的抄本上刪去了這篇『凡例』[4]」，也是脂硯自己刪的，否則作者不便代刪。

脂硯只留下「凡例」第五段，又刪去六十字，作為第一回總評，應當照甲戌本第二回總評一樣低兩格。庚本第一回第二段（全抄本也有，未分段）：「此回中凡用夢用幻等字，是提醒閱者眼目，亦是此書立意本旨」，是第二段總評，與前面的一大段都是總批誤入正文。這第二段總批與甲戌本那首七律上半首同一意義，是脂硯刪去七律後改寫的。

最後這一點似太牽強。這條總批是講「此回中」的「夢」、「幻」等字象徵全書旨義。七律上半首：

浮生著甚苦奔忙？盛席華筵終散場。
悲喜千般同幻渺，古今一夢盡荒唐。

第一、第四句泛論人生，第二、第三句顯指賈家與書中主角，不切合第一回的神話與「士隱家一段小榮枯」[5]，以及賈雨村喜劇性的戀愛。

陳氏說甲戌本正文的「底本是最早的，因此它比其他各本更接近曹雪芹的原稿」，似是根據俞平伯的理論——即甲戌本雖經書賈集批充總批，正文部份是一七五四本，脂本中的老大哥，因為它的第十三回接近刪天香樓時原稿——但是陳氏倒果為因，而且彷彿以為作者原稿只有一個，到了四閱評本，已經不大接近原稿——由於抄手筆誤、妄改？——又被脂硯刪去「凡例」，代以總批二則。至於為什麼不這麼說，卻寥寥兩句，含混壓縮，想必也是因為有顧忌，「甲戌本最早論」屬於胡適一系。

甲戌本第六回「姥」字下註：「音老，出偕（諧）聲字箋。稱呼畢肖。」（第三頁）「侹」下註：「音光，去聲，遊也，出偕（諧）聲字箋。」（第五頁下）現代通用「逛」，這俗字全抄本與庚本白文本都作「曠」，想必是較早的時期借用的字。白文本第十回又作「狂」——第十回寫秦氏的病，是刪〈淫喪天香樓〉後補寫的，所以此回是比較後期作品，似乎在這時期此字又是一個寫法，後詳。正規庚本自第十二回起，第十五回用這字，也仍作「曠」（第三二一頁第八行），到第十七、十八合回才寫作「侹」，下註：「音光，去聲，出偕（諧）聲字箋。」（第三五二頁）

《諧聲字箋》是《諧聲品字箋》簡稱，上有：「姥，老母也。今江北變作老音，呼外祖母為姥……」「侊」，讀光去聲，閑侊，無事閑行曰侊，亦作侹。」[6]甲戌本的抄手慣把單人旁誤作雙人旁，如探春的丫頭「侍書」統作待書——各本同，庚本塗改為「侍」；但是只有甲戌本「侹」誤作「侹」，看來「待書」源出甲戌本。

「侹」字註顯然是庚本第十七、十八合回先有，然後在甲戌本移前，挪到這字在書中初次出現的第六回。

甲戌本第六回劉姥姥出場，幾個「姥姥」之後忽然寫作「嫽嫽」，此後「姥姥」、「嫽嫽」相間。「嫽嫽」這名詞，只有庚本、己卯本第三十一至四十回回目頁上有「村嫽嫽是信口開河」句——吳曉鈴藏己酉（一七八九年）殘本同——與庚本第四十一回正文，從第一句起接連三個「劉嫽嫽」，然後四次都是「姥姥」，又夾著一個「嫽嫽」，此後一概是「姥姥」。可見原作「嫽嫽」，後改「姥姥」，改得不徹底。此外還有全抄本第三十九回內全是「嫽嫽」塗改為「姥姥」，中間只夾著一個「姥姥」。

庚本白文本已經用「姥姥」，但是「侹」仍作「曠」，第十回又作「狌」。第六回如果「姥」下有註，也已經與全部批語一併刪去。

甲戌本第六回顯然是舊稿重抄，將「嫽」、「曠」改「姥」、「侹」，加註。「侹」字註又加字義「遊也」，比「字箋」上的解釋簡潔扼要，但是「姥」字仍舊未加解釋，認為不必要。這校輯工作精細而活泛，不會是書商的手筆。第十七、十八合回的「侹」字註與第六十四回龍文「鼐」註、第七十八回「芙蓉誄」的許多典故一樣，都是作者自註。「侹」字註移前到第六回，不是作者自己就是脂評人，大概是後者，因為「甲戌脂硯齋抄閱……」作者似乎不管這些。

甲戌本第六回比庚本第十七、十八合回時間稍後，因此甲戌本並不是最早的脂本。既然甲戌本不是最早，它那篇「凡例」也不一定早於其他各本的開端。換句話說，是先有「凡例」，然後刪剩第五段，成為他本第一回回首一段長文，還是先有這段長文，然後擴張成為「凡例」？

陳毓羆至少澄清了三點：①「凡例」是脂評人寫的。（按：陳氏逕指為脂硯，但是只能確定是脂評人。）②庚本第一回第一段與第二段開首一句都是總批，誤入正文。③「凡例」第五段與他本第一句差一個字，意義不同，他本「此開卷第一回也」，是個完整的句子，「凡例」作「此書開卷第一回也」，語意未盡，是指「在這本書第一回裏面」。

「凡例」此處原文如下：

> 此書開卷第一回也，作者自云因曾歷過一番夢幻之後，故將真事隱去，而撰此石頭記一書也。……

言明是引第一回的文字，但是結果把這段文字全部引了來，第一回內反而沒有了。他本第一回都有「作者自云」這一大段，甲戌本獨缺，被「凡例」引了去了。顯然是先有他本的第一回，然後有「凡例」，收入第一回回首一段文字，作為第五段。

第一回的格局本來與第二回一樣：回目後總批、標題詩——大概是早期原有的回首形式——不過第一回的標題詩織入楔子的故事裏，直到楔子末尾才出現。

「凡例」第五段本來是第一回第一段總批。第二段總批「此回中凡用『夢』、用『幻』等字……亦是此書立意本旨」為什麼沒有收入「凡例」？想必因為與「凡例」小標題「紅樓夢旨義」犯重。

「凡例」劈頭就說「紅樓夢乃總其一部之名也」，小標題又是「紅樓夢旨義」。正如俞平伯所說，書名應是紅樓夢。明義《綠烟瑣窗集》中廿首詠紅樓夢詩，題記云「曹子雪芹出所撰紅樓夢一部，備記風月繁華之盛，蓋其先人為江甯織府……」詩中有些情節與今本不盡相同，脂評人當是在這時期寫「凡例」。寫第一回總批，還在初名《石頭記》的時候：「……作者自云因曾歷過一番夢幻之後，故將真事隱去，撰此石頭記一書也。」

「凡例」是書名《紅樓夢》時期的作品，在《脂硯齋甲戌抄閱再評》之前。至於初評，初名《石頭記》的時候已經有總批，可能是脂硯寫的。「凡例」卻不一定是脂硯所作。第一回總批籠罩全書，等於序，有了「凡例」後，性質嫌重複，所以收入「凡例」內。

楔子末列舉書名，「東魯孔梅溪則題曰《風月寶鑑》」一句上，甲戌本有眉批：「雪芹舊有《風月寶鑑》之書，乃其弟棠村序也。今棠村已逝，余覩新懷舊，故仍因之。」庚本有個批者署名梅溪，就是曹棠村，此處作者給他姓孔，原籍東魯，是取笑他，比作孔夫子。吳世昌根據這條眉批，推斷第一、二回總批其實是引言，與庚本回前附葉、回後批都是《風月寶鑑》上的〈棠村小序〉。「脂硯齋編輯雪芹改後的新稿時，為了紀念『已逝』的棠村，才把這些小序『仍』舊『因』襲下來。」[7]

吳氏舉出許多內證，如回前附葉、回後批所述情節或回數與今本不符，又有批語橫跨兩三回的，似乎原是合回，[8]又指出附葉上只有書名《脂硯齋重評石頭記》，沒有回數，原因是《風月寶鑑》上的回數不同。其實上述情形都是此書十廿年改寫的痕跡。書名《紅樓夢》之前的「金陵十二釵」時期，也已經有過「五次增刪」。吳氏處處將新稿舊稿對立，是過份簡單的看法。

那麼那條眉批如果不是指保存棠村序，又作何解釋？吳世昌提起周汝昌以為是說保存批的這句，即「東魯孔梅溪則題曰風月寶鑑」。這句帶點開玩笑的口吻，也許與上下文不大調和，但是批者與曹雪芹無論怎樣親密，也不便把別人的作品刪掉一句——畸笏「命芹溪」刪天香樓，是叫他自己刪，那又是一回事——何況理由也不夠充足。

俞平伯將《風月寶鑑》視為另一部書，不過有些內容搬到《石頭記》裏面，如賈瑞的故事，此外二尤、秦氏姐弟、香憐玉愛、多姑娘等大概都是。但是吳世昌顯然認為《石頭記》本身有一個時期叫《風月寶鑑》，當是因為楔子裏這一串書名是按照時間次序排列的。甲戌本這一段如下：

……改《石頭記》為《情僧錄》。至吳玉峰題曰《紅樓夢》，東魯孔梅溪則題曰《風月寶鑑》。後因曹雪芹于悼紅軒中披閱十載，增刪五次，纂成目錄，分出章回，則題曰，《金陵十二釵》，並題一絕云：（詩略）至脂硯齋甲戌抄閱再評，仍用《石頭記》。

按照這一段裏面的次序，書名《紅樓夢》期在《風月寶鑑》與《金陵十二釵》之前。但是《紅樓夢》期的「凡例」已經提起《風月寶鑑》與《金陵十二釵》，顯然這兩個名詞已經存在，可見這一系列書名不完全照時間先後。而且《紅樓夢》這名稱本來是從「十二釵」內出來的。「十二釵」點題，有寶玉夢見的「十二釵」冊子與《紅樓夢》曲子，於是「吳玉峰」建議用曲名作書名。

楔子裏這張書名單上，《紅樓夢》應當排在《金陵十二釵》後，為什麼顛倒次序？因為如果排在《十二釵》後，那就是最後定名《紅樓夢》，而作者當時仍舊主張用《十二釵》，因此把《紅樓夢》安插在《風月寶鑑》前面，表示在改名《情僧錄》後，有人代題《紅樓夢》，又有個道學先生代題《風月寶鑑》。

那麼「凡例」怎麼逕用《紅樓夢》，違反作者的意旨？假定「凡例」是「吳玉峰」寫的，脂硯外的另一脂評人化名。他一開始就說明用《紅樓夢》的原因：它有概括性，可以包容這幾個情調不同的主題，《風月寶鑑》、《石頭記》——寶玉的故事——十二釵。「吳玉峰」為了爭論這一點，強調《風月寶鑑》的重要性，把它抬出來坐《紅樓夢》下第二把交椅，儘管作者從來沒有認真考慮過用《風月寶鑑》。

俞平伯說起刪天香樓事：「秦可卿的故事應是舊本《風月寶鑑》中的高峰。這一刪卻，餘外便只剩些零碎，散見於各回。」[9]

「吳玉峰」後來重看第一回，看到作者當年嘲笑棠村道學氣太濃：「東魯孔梅溪則題曰《風月寶鑑》」，分明對這書名不滿。在刪天香樓後更不切合，只適用於少數配角，因此「吳玉峰」覺得需要解釋他為什麼不刪掉他寫的「凡例」裏面鄭重介紹《風月寶鑑》那幾句：因為棠村生前替雪芹舊著《風月寶鑑》寫過序，所以保存棠村偏愛的書名，紀念死者。

「凡例」硬把書名改了，作者總是有他的苦衷，不好意思或是不便反對，只輕描淡寫在楔子裏添上一句「至吳玉峰題曰《紅樓夢》」，貶低這題目的地位，這一句當與「凡例」同時。「至脂硯齋甲戌抄閱再評」這句，是第一回最後加的一項，因此甲戌本第一回是此回定稿。如果這句是甲戌年加的，此本第一回就是一七五四本。但是也可能是甲戌後追記此書恢復原名經過。

庚本白文本「嬤嬤」有時候作「嫫嫫」，甲戌本第十六回更是「嬤嬤」、「嫫嫫」、「媽媽」相間。——「嬤嬤」是老年高等女僕的職銜，「媽媽」是小輩主人口頭上對他們的尊稱。但是甲戌本第十六回趙嬤嬤有時作「趙媽媽」，是漏改的江南話。全抄本偶有吳語，[10]作者北方話純熟後已經改掉了，南京話仍舊有，如「好（音耗）意」，作「故意」解。[11]——戚本一律作「嫫嫫」。全抄本統作「姆姆」——庚本第三十三回也有個「老姆姆」（第七六一頁），戚本同，是漏網之魚——與它通部用「曠」是一個道理，都是因為本底子是個早本，陸續抽換今本，起初今本的成份少，因此遇到「往」字仍舊寫作「曠」，遷就原有的許多「曠」字，免得塗改；為求統一，後來也一直沿用下去。為了同一原因，無回末套語或詩聯諸回，戚本、全抄本都給添上「且聽下回分解」。「正是」二字底下缺詩聯的也刪了，不然看上去不完整。

吳世昌與俞平伯同樣認為甲戌本是書主或抄手集批充總批，以便增加書價。[12]但是一方面有刪批的潮流，而且刪節得支離破碎的楔子也普遍的被接受，顯然一般對於書中沒有故事性的部份不感興趣。多加總批，略厚一點的書不見得能多賣錢。

從戚本、全抄本看來，過錄本擅改形式都是為了前後一致化。甲戌本後兩截擴充總批，為什麼兩次改變總批格式，回目後批改回目前批，又改回後批？尤其可怪的是第十三至十六回忽然又興出新款，每回都有標題詩——頭八回也只有五回有——而詩全缺，「詩云」「詩曰」下留空白。如果「詩云」是原有的，書商為什麼不刪掉，免得看上去殘缺不全？

這些疑問且都按下不提，先來檢視沒問題的頭八回。

前面說過，甲戌本外各本第一回總批是初名《石頭記》的時期寫的，與第二回總批格式一樣，同屬早本。第二回總批有：

> 通靈寶玉於士隱夢中一出，今於子興口中一出，閱者已洞然矣，然後於黛玉寶釵二人目中極精極細一描，則是文章鎖合處……究竟此玉原應出自釵黛目中，方有照應。……

第八回借寶釵目中，初次描寫玉的形狀與鐫字，卻從來沒寫黛玉仔細看玉。第三回寶黛初會，寫玉的全文是「項上金螭瓔珞，又有一根五色絲絛，繫著一塊美玉。」不能算「極精極細一描」。當晚黛玉為了日間寶玉砸玉事件傷感，襲人因此談起那塊玉，要拿來給她看。「黛玉忙止道：『罷了，此刻夜深，明日再看也不遲。』」次晨黛玉見過賈母，到王夫人處，王夫人正接到薛蟠命案的消息，就此岔開。顯然夜談原有黛玉看玉的事，與後文寶釵看玉犯重，刪去改為現在這樣，既空靈活潑，又一筆寫出黛玉體諒人，不讓人費事，與一向淡淡的一種氣派。

第三回不但與第二回總批不符，也和第二十九回正文衝突。第三回賈母給了黛玉一個丫頭鸚哥，襲人本來也是賈母之婢，原名珍珠，給了寶玉。第八回初次提起紫鵑，甲戌本批：「鸚哥改名已」（第八頁）。但是第二十九回賈母的丫頭內仍舊有鸚武（鵡）、珍珠（庚本第六六五頁）。第三回賈母把鸚哥給黛玉，襲人也是賈母給的，這一節顯然是後添的。原來的襲人本是寶玉的丫頭，紫鵑與雪雁同是南邊跟來的。第二回寫黛玉有「兩個伴讀丫嬛」，不會只帶了一個來。

甲戌本第三回「嬷嬷」先作「嫫嫫」，從黛玉到賈政住的院子起，全改「嬷嬷」。寫賈政房舍一大段，脂批稱讚它不是堆砌落套的「富麗話」。寫桌上擺設，又批「傷心筆，墜淚筆」，當是根據回憶寫的。這一段想也是後加的。此後再用「嬷嬷」這名詞，是賈母把鸚哥丫鬟給黛玉，下接黛玉鸚哥襲人夜談看玉一節，是改寫的另一段。

庚本「嫫嫫」改「嬷嬷」，就沒這麼新舊分明，先是「嫫嫫」，到了賈政院子裏還是「嫫嫫」，進房才改「嬷嬷」；從賈母賜婢到黛玉鸚哥襲人夜談，又是「嫫嫫」。一比，甲戌本顯然是改寫第三回最初的定本，舊稿用「嫫嫫」，下半回加上新寫的兩段，一律用「嬷嬷」，不像庚本是舊本參看改本照改，所以有漏改的「嫫嫫」。

此回甲戌本獨有的回目〈金陵城起復賈雨村，榮國府收養林黛玉〉，這時候黛玉並不是孤兒，父親又做著高官，稱「收養」很不合適，但是此本夾批：「二字觸目淒涼之至」，可見下筆斟酌，不是馬虎草率的文字。

回內黛玉見過賈母等，歸坐敘述亡母病情與喪事經過，賈母又傷心起來，說子女中「所疼者獨有你母，今日一旦先捨我而去，連面不能一見」，因又摟黛玉嗚咽。此段甲戌本夾批，戚本批註：「總為黛玉自此不能別往」（甲戌本缺「總」字）。第十四回昭兒從揚州回來報告：「林姑老爺是九月初三日巳時沒的」，甲戌本眉批：「顰兒方可長居榮府之文。」同回正文也底下緊接著鳳姐向寶玉說：「你林妹妹可在咱們家住長了。」可見黛玉父親在世的時候，她不能一直住在賈家。此回顯然與第三回那條批語衝突。第三回那條批只能是指黛玉父親已故，母親是賈母子女中最鍾愛的一個，現在又死了，所以把黛玉接來之後「自此不能別往」。甲戌本這條夾批與正文平齊，底本上如果地位相仿，就是從破舊的早本上抄錄下來的批語，書頁上端殘缺，所以被砍頭，缺第一個字。

庚本、全抄本第三回回目是：〈賈雨村夤緣復舊職，林黛玉抛父進京都〉。

原先黛玉初來已經父母雙亡，甲戌本第三回是新改寫的，沒注意回目上有矛盾。庚本是舊本抽換回內改寫的部份，時間稍晚，所以回目已經改了，但是下句〈林黛玉抛父進京都〉，俞平伯指出「抛父」不妥。也許因此又改了，所以己酉、戚本的回目又不同。

林如海之死宕後，勢必連帶的改寫第二回介紹黛玉出場一節。原文應當也是黛玉喪母，但是在姑蘇原籍，父親死得更早。除非是夫婦相繼病歿，不會在揚州任上。

甲戌本第四回薛蟠字文龍，與庚本第七十九回回目一致：〈薛文龍悔娶河東獅〉，第七十一至八十回的「庚辰秋定本」回目頁上也是文龍。甲戌本香菱原名英蓮，第一回有批語：「設云應憐也。」第四回這名字又出現。庚本作「英菊」，薛蟠字文起，當是早本漏改，今本是英蓮、文龍。

甲戌本第五回有許多異文。第十七頁第十一行「將謹勤有用的工夫，置身於經濟之道」，上句生硬，又沒有對仗，不及他本工穩：「留意於孔孟之間，委身於經濟之道」。同頁反面第一行「未免有陽台巫峽之會」，他本作「未免有兒女之事」，似較蘊藉。同頁與警幻仙子的妹妹成親「數日」，警幻帶他們倆出去同遊。他本是成親「次日……二人攜手出去遊玩」，到了一個荒涼可怕的所在，「忽見警幻後面追來」，也是後者更好，甲戌本警幻陪新婚夫婦同遊，寫得這東方愛神有點不解風情。三人走到這可怕地方，

忽而大河阻路，黑水淌洋，又無橋梁可通，寶玉正自彷徨，只聽警幻道：「寶玉再休前進，作速回頭要緊。」……

他本這一段如下：

迎面一道黑溪阻路，並無橋梁可通。正在猶豫之間，忽見警幻後面追來，告道：「快休前進，作速回頭要緊。」

「淌洋」二字改掉了。大河改溪，「彷徨」改「猶豫」，都是由誇張趨平淡。刪掉兩個「寶玉」，比較緊湊，也使警幻的語氣更嚴重緊急。

同頁第十一行「深負我從前一番以情悟道，守理衷情之言」，他本作「深負我從前諄諄警戒之語矣」，也較渾成自然。迷津內「有一夜叉般怪物」，他本作「許多夜叉海鬼」。

> 唬得寶玉汗下如雨，一面失聲喊叫「可卿救我！可卿救我！」慌得襲人媚人等上來扶起拉手說：「寶玉別怕……」
>
> ——甲戌本

庚本如下：

> 嚇得寶玉汗下如雨，一面失聲喊叫「可卿救我！」嚇得襲人輩眾丫嬛忙上來摟住叫「寶玉別怕……」

「唬得」、「慌得」都改現代白話「嚇得」，戚本只改掉一個，全抄本兩個都是「唬得」，此外各本同。「扶起拉手」改為「摟住」，才是對待兒童的態度。「喊叫『可卿救我』」的語意暗示連喊幾聲，因此刪掉一個「可卿救我」，不比「叫道：『可卿救我！』」就是只叫一聲。

他本作：

> 秦氏在外聽見，連忙進來，一面說丫嬛們好生看著貓兒狗兒打架，又聞寶玉口中連叫「可卿救我」，因納悶道：「……」
>
> ——甲戌本

> 卻說秦氏正在房外囑咐小丫頭們好生看著貓兒狗兒打架，忽聽寶玉在夢中喚他的小名，因納悶道：「……」

甲戌本「秦氏在外聽見」，是聽見襲人等七嘴八舌叫喚寶玉，走進房來，才聽見寶玉叫「可卿救我」，因為夢魘叫喊實際上未必像夢中自以為那麼大聲。那間華麗的寢室一定很寬敞，在房外不會聽得見。秦氏一面進來，一面又還有這餘裕叮囑丫嬛們看貓狗，可見她雖然照應得周到，並不當樁事。這一段非常細膩合理，但是沒交代清楚，「丫嬛們」又與襲人等混淆，儘管我們知道是她自己房裏的婢女。至於為什麼這樣簡略，也許因為此處文氣忌鬆忌斷，需要儘快收煞。

下一回開始，並沒有秦氏進房後的文字。顯然第六回接其他各本第五回，秦氏在房外就聽見寶玉夢中叫「可卿」，並沒進來。只有甲戌本第五回與下一回不啣接。唯一可能的解釋是第五回回末改寫過，第六回回首也跟著改了。甲戌本第五回是初稿，其他各本是此回定稿，這是最有力的證據。

為什麼要刪掉秦氏進房慰問？寶玉夢中警幻的妹妹兼有釵黛二人的美點，並沒說像秦氏。如果名字相同是暗示秦氏兼有釵黛的美，不過寶玉在夢中沒想到，那麼醒來面對面是否會發覺？總之此刻見面十分尷尬，將下意識裏一重重神秘的紗幕破壞無餘。

因此其他各本改為秦氏在房外就聽見寶玉叫喊，囑咐「丫嬛們」看貓狗，也改為「小丫頭們」，有別於襲人等。「襲人媚人等」安慰寶玉，改為「襲人等眾丫嬛」，因為今本沒有一個叫媚人的丫頭。但是前文剛到秦氏房中午睡的時候，「只留襲人媚人晴雯麝月四個丫嬛為伴」，各本都相同。那是因為第五回改的地方都在末兩頁，沒看見前面還有個媚人，所以留下這一個漏網之魚。

總計甲戌本頭五回，第一回楔子新加了一句，第二回改掉黛玉父親已故，第三回是新改寫的，第五回全新或新改。這五回都沒有雙行小字批註，那是新稿的特徵，還沒來得及把夾批、眉批用小字抄入正文。這樣看來，第四回薛文起、英菊改薛文龍、英蓮，此外也許還有更動，也都是此本新改的。

這是今本頭五回初形成的時候，五回都沒有回末套語或詩聯。此後改寫第五回，回末加了兩句七言詩（全抄本），又從散句改為詩聯，庚本又比戚本對得更工。

此書各回絕大多數都有回末套語，也有些在套語後再加一副詩聯。庚本有四回末尾只有「正是」二字，下缺詩聯，（內中第七回另人補抄詩聯，附記在一回本的「卷末」。）可見有一個時期每一回都以詩聯作結，即使詩聯尚缺，也還是加上「正是」，提醒待補。各種不同的回末形式，顯然並不是一時心血來潮，換換花樣，而是有系統的改制。

第五回回末起初一無所有，然後在改寫中添出一副詩聯。可見回末毫無形式的時期在詩聯期之先。

有幾回詩聯在「且聽下回分解」句下。不管詩聯是否後加的，反正不可能早於回末套語。至於回末套語與回末一無所有，是哪一種在先——如果本來沒有回末套語，後來才加上，那麼第五回加詩聯之前勢必先加個「下回分解」，就不會有這一類只有詩聯的幾回。也不會有幾回仍舊一無所有，因為在回末空白上添個「下回分解」比刪容易得多，刪去這句勢必塗抹，需要重抄。顯然此書原有回末套語，然後廢除，不過有若干回未觸及，到了詩聯期又在套語下加詩聯。

第二十九回裏「奶子抱著大姐兒，帶著巧姐兒」，大姐兒與巧姐是兩個人，姐妹倆。第四十一回劉姥姥替大姐兒取名巧姐——大姐兒與巧姐已經是一個人了。第四十一回還在用「嫽嫽」，更可見第二十九回之老。再看較後寫的一回，庚本第七十五回回前附葉有日期：「乾隆二十一年（一七五六）五月初七日對清。」第二十九回、第七十五回都有回末套語，因此早期、後期都有回末套語，比較特別的結法都在中期。想來也是開始寫作的時候富於模仿性，當然遵照章回小說慣例，成熟後較有試驗性，首創現代化一章的結法，爐火純青後又覺得不必在細節上標新立異。也許也有人感到不便，讀者看慣了「下回分解」，回末一無所有，戛然而止，不知道完了沒有，尤其是一回本末頁容易破損，更要誤會有闕文。

詩聯要像書中這樣新巧貼切的大概實在難，幾次在「正是」下留空白，就只好放棄了。

具有這兩種中期回末形式的回數不多，列出一張表格，如下：

回末形式	第幾回
（一）無套語或詩	1，2，3，4，戌5 庚16 戌25 庚39，40 庚54，56，58 庚71
（二）只有詩聯	戚、全、庚5；戌、全、庚6；全、庚7；8 庚17—18，19 庚69
（三）套語加詩聯	戚6；戚、戌7 13 戚、庚21，23 戚69

（「戌」代表甲戌本。「全」代表全抄本。只有數目字的是各本相同的。「17—18」是第十七、十八合回。）

甲戌本頭五回與第二十五回是廢套語期的產物，此外庚本還有七回也屬於這時期，散見全書。第六至八回有詩聯——各本同——屬於下一個時期，詩聯期。庚本第十七、十八合回也屬於詩聯期，因此是在詩聯期註「侹」字。同期稍後，把這註解移到第六回。

前面提過，第五回回末刪去媚人的名字，上半回仍舊有媚人，因為改的都在末兩頁，前
面就沒注意。同樣的，廢套期與詩聯期也只影響各期間新寫、改寫諸回。廢套期未觸及的各
回仍舊保留回末套語，到了詩聯期，如果改寫這一回，就又在套語下面贅上一副詩聯。這是
表上「套語加詩聯」幾回的來源。但是內中第六、第七回是怎麼回事？第六回只有戚本屬於
這一類，其他各本都只有詩聯。第七回戚本、甲戌本同是回末套語加詩聯，全抄本、庚本只
有詩聯。

第六至八回這三回仍舊是甲戌本異文最多，如第六回開始，寶玉夢遺，叫襲人不要告訴
人，多「要緊！」二字（戚本同），不像兒童口吻，反面削弱了對白的力量。同回平兒稱周瑞
家的為「周大嫂」，不夠客氣——連鳳姐還稱她「周姐姐」——他本都作「周大娘」。第七回
薛姨媽說宮花「白放著可惜舊了，何不給他姐妹們帶（戴）去？」（戚本同）全抄、庚本作
「白放著可惜了兒的」，是更流利的京片子。第二十一回脂批「近日多用『可惜了的』四字」
（庚本第四六六頁，戚本同），可見這句北方俗語當時已經流行，不是後人代改的。而且「白
放著可惜舊了」不清楚，彷彿已經舊了，使這十二枝宮花大為減色，其實是說「老擱著舊了
可惜」。同回焦大罵大總管賴二：「焦大太爺蹺起一隻腳（戚本作「腿」），比你的頭還高
呢」，似帶穢褻，戚本更甚。全抄、庚本作「焦大太爺蹺蹺腳，比你的頭還高呢」，比較含
糊雅馴。第八回寶玉擲茶杯，「打個虀粉」，當指「打了個碎為虀粉」。他本作「打了個粉

碎」。以上四項與甲戌本第五回的異文性質相彷，都是較粗糙的初稿，他本是改筆。又有俗字甲戌本寫法較特別，如「一扒（巴）掌」（第六回），他本作「一把掌」；「㧑嘴」（第六、七、八回）他本作「努嘴」。

甲戌本其他異文大都是南京話，如第六回「那板兒纔亦（也才）五六歲的孩子，」他本缺「亦」字；第七回「亦發連賈珍都說出來」，戚本同，全抄、庚本作「越發」。也有文言，第六回給劉姥姥開出一桌「客饌」，戚本同，全抄、庚本作「客飯」[13]。

這些異文戚本大都與甲戌本相同，有幾處也已經改掉了，與他本一致。但是戚本第七回有吳語，「尤氏問派了誰人送去」——全抄本第五十九回第一頁下也有「這新鮮花籃是誰人編的？」他本無「人」字。彈詞裏有「誰人」，近代寫作「啥人」。第六十七回戚本特有的一段又有吳語「小人」（兒童）——第九頁上，第五行。全抄本吳語很多，庚本也偶有[14]，顯然是此書早期的一個特色。

第六回只有戚本有回末套語，回目也是戚本獨異，作〈劉老嫗一進榮國府〉。第三十九回回目〈村姥姥是信口開河，情哥哥偏尋根究底〉，戚本作〈村老嫗是信口開河，癡情子偏尋根究底〉，全抄本作〈村老嫗謊談承色笑，癡情子實意覓蹤跡〉。前面提起過，全抄本此回幾乎全部用「嫽嫽」，顯然是可靠的早本，回目也是戚本回目的前身，「村老嫗」這名詞是書中原有的。

第四十一回回目，戚本也與庚本不同，作〈賈寶玉品茶櫳翠庵，劉老嫗醉臥怡紅院〉（程本同，不過「老嫗」作「老老」）。顯然戚本「劉老嫗」的稱呼前後一貫，還是早期半文半白的遺跡。

第七、八兩回回目紛歧。第七回戚本作〈尤氏女獨請王熙鳳，賈寶玉初會秦鯨卿〉，稱尤氏為「尤氏女」，彷彿是未嫁的女子。甲戌本作〈送宮花周瑞嘆英蓮，談肄業秦鐘結寶玉〉，稱周瑞家的為周瑞，更不妥。下句「秦鐘結寶玉」，其實是寶玉更熱心結交秦鐘。庚本〈送宮花賈璉戲熙鳳，宴甯府寶玉會秦鐘〉，上句似乎文法不對，但是在這裏「送宮花」指「當宮花送來的時候」，並不是賈璉送宮花。但是稱白晝行房為戲鳳，仍舊有問題，俞平伯也提出過。

第八回戚本作〈攔酒興李奶母討憮，擲茶杯賈公子生嗔〉，「賈公子」與「尤氏女」都是此書沒有的稱呼，帶彈詞氣息。

甲戌本此回回目作〈薛寶釵小恙梨香院，賈寶玉大醉絳芸軒〉。全抄、庚本作〈比通靈金鶯微露意，探寶釵黛玉半含酸〉，似乎是後改的，因為第三十五回才透露鶯兒原名黃金鶯，那一回回目〈白玉釧親嘗蓮葉羹，黃金鶯巧結梅花絡〉，顯然是現取了「黃金鶯」的名字去對「白玉釧」。

統觀第六、七、八回，這三回戚本、甲戌本大致相同，是文言與南京話較多的早本，戚本稍後，已經改掉了一些，但是也有漏改的吳語，甲戌本裏已經不見了的。庚本趨向北方口語化，但是也有漏改的地方，反而比戚本、甲戌本更早。全抄本的北邊話更道地。例如第七回焦大說：

這等黑更半夜（庚本，半文半白——早本漏改）

這樣黑更半夜（戚、甲戌本，普通話。南京話同）

這黑更半夜（全抄本，北方話）

但是戚本、甲戌本也有幾處比他本晚，如第六回劉姥姥對女壻稱親家爹為「你那老的」，甲戌本有批註：「妙稱。何肖之至！」全抄本作「你那老人家」，庚本誤作「你那老家」。既然批者盛讚「老的」，作者不見得又改為「老人家」。當然是先有「老人家」，後改「老的」。

第七回周瑞家的送宮花，「穿夾道，彼時從李紈後窗下過，隔著玻璃窗戶，見李紈在炕上歪著睡覺呢。」（庚本第一六四頁。全抄本次句缺「彼時」，句末多個「來」字。甲戌、戚本缺加點的十九字，批註：「細極。李紈雖無花，豈可失而不寫，故用此順筆便墨，間三帶四，使觀者不忽。」）別房的僕婦在窗外走過，可以看見李紈在炕上睡覺，似乎有失尊嚴，尤其不合寡婦大奶奶的身分，而且也顯得房屋淺陋，儘管玻璃窗在當時是珍品。看來是刪去的敗筆。甲戌、戚本有批註，可見注意此處一提李紈，不會有遺漏字句或後人妄刪。

周瑞家的送花到鳳姐處，「小丫頭豐兒坐在鳳姐房中門檻上」，擺手叫她往東屋去：「周瑞家的會意，忙躡手躡足往東邊房裏來，只見奶子正拍著大姐兒睡覺呢。周瑞家的巧（悄）問奶子道：『姐兒睡中覺呢？也該請醒了。』奶子搖頭兒。正說著，只聽那邊一陣笑聲，卻有賈璉的聲音。」（庚本第一六四頁）全抄本同，甲戌、戚本作「『奶奶睡中覺呢？……』……正問著，……」當然是後者更對，但是前者也說得通，不過是隨口搭訕的話，不及後者精警。

同回秦鐘自忖家貧無法結交寶玉，「可知貧窶二字限人，亦世間之大不快事」（庚本第一七一頁）。全抄本「窶」誤作「縷」。甲戌、戚本作「可知貧富二字限人，」句下批註：「貧富二字中失卻多少英雄朋友。」王府本批：「此是作者一大發泄處，可知貧富二字限人。總是作者大發泄處，借此以伸多少不樂。」「限人」比「陷人」較平淡，而語意更深一層，也更廣。三條批語指出這句得意之筆的沉痛，王府本的兩條並且透露這是作者的一個切身問題。

以上四點都是文藝性的改寫，與庚本、全抄本這三回語言上的修改，性質不同。

第七回的標題詩寫秦氏，末句「家住江南本姓秦」，書中並沒提秦家是江南人或是在江南住過。秦氏列入《金陵十二釵》，似乎只是因為夫家原籍金陵。第八回標題詩：

古鼎新烹鳳髓香，那堪翠斝貯瓊漿？莫言綺縠無風韻，試看金娃對玉郎。

第四十一回妙玉用「瓟爮斝」給寶釵吃茶，「旁邊有一耳」——與茶盅不同——給寶玉用她「自己常日吃茶的那支綠玉斗」，「斗」似是「斝」字簡寫，否則「斗」彷彿是形容它的大，妙玉自己日常不會用特大的茶杯。而且她又「找出整雕竹根的一個大盒來，笑道：『你可吃的了這一海？你雖吃的了，也沒這些茶糟塌。』……執壺只向海內斟了約有一杯。」起先那綠玉「斗」一定也不過一杯的容量。

從第八回的標題詩看來，寶玉這次探望寶釵，用綠玉斝喝茶——後文當然不會再用這名色——而且沒有黛玉在座，至少開筵的時候黛玉還沒來。這兩首標題詩都與今本情節不符，顯然來自早本，比用「嫽嫽」的第四十一回更早。無怪第七回那首詩只有戚本、甲戌本有，第八回這首更是甲戌本獨有，因為戚本已經改掉了一些早本遺蹟。

甲戌本在廢套語期把第六、七、八這三回收入新的本子，換了回目。第六回開始，寶玉「初試雲雨情」一段，其實附屬廢套期新寫的第五回，是夢遊太虛的餘波或後果。稿本都是一回本，正如現代用鋼夾子把一章或一篇夾在一起，不過線裝書究竟拆開麻煩，因此最簡便的改寫方法是在回首或回末加上一段，只消多釘一葉。第六回回首添上「初試雲雨情」一段，過渡到早本三回，又把此回劉姥姥口中的「你那老人家」改為「你那老的」。戚本此回顯然在這期間及時抽換改稿，因此回首新添的一段有秦氏進房慰問，又把「老人家」改「老的」，但是漏刪回末套語；此後經過詩聯期，在套語下加上一副詩聯，又再抽換回首一段，改寫秦氏未進房的今本，但是漏刪「要緊！」二字。

甲戌本第七回改寫三處——刪李紈睡在炕上等等——戚本都照改。看來這三處與第六回的改寫一樣，都是廢套期改的。戚本第七回也在這期間抽換新稿，但是這次甲戌本與戚本一樣漏刪回末套語。當然此回改寫三處都不在回末，容易忘了刪「下回分解」。但是第六回也不過回首加了一段，上半回又改了兩個字，距回末還更遠，怎麼倒記得刪回末套語？因為甲戌本頭五回都刪了回末套語，一口氣刪下來，第六回也還特為掀到回末，刪掉套語，此後就除非改寫近回末部份，才記得刪。

庚本與全抄本這兩個早本，在廢套期都沒有及時抽換，因此第六、七兩回改寫的四處與回首添的一段都沒有。作者顯然是在詩聯期在這兩個本子上兩次修改這三回的北方話，方才連帶的抽換改稿，所以第六回回首加的「初試」一段已經是今本，秦氏未進房。因為是詩聯期改的，三回回末都只有詩聯。第七回回目改來改去都不妥，最後全抄本索性刪去再想。

第八回在廢套期改寫過——可能就是不符合標題詩的情節——因此各本一致，都沒有回末套語，詩聯期加詩聯。庚本、全抄本這兩個改了北方口音的晚本，此回回目也是後改的，提到第三十五回才編造的名字：金鶯。

把這三回的一團亂絲理了出來，連帶的可以看出除了甲戌本，這些本子都是早本陸續抽改，為了儘可能避免重抄，注重整潔，有時候也改得有選擇性。正如全抄本始終用「曠」與「姆姆」，戚本始終用「嫫嫫」，又常保留舊回目，因為改回目勢必塗抹，位置又特別刺目。白文本就忠於底本，不求一致化，所以用「曠」而又有一個「犴」，正如頭四回沒有回末套語，仍是本來面目。因此白文本雖然年代晚——否則不會批語全刪——質地比那兩個外圍的脂本好。

因為長時期的改寫，重抄太費工，所以有時候連作者改寫都利用早本，例如改北方話改在兩個早本上，忘了補入以前改寫的幾處，更增加了各本的混亂。

甲戌本頭八回本來都是廢套語期的本子，不過內中只有前五回是早本，後三回是重抄過的新稿，還在用「嫽嫽」，廢套期其實已經採用「姥姥」——見庚本第三十九回——但是第六回改「姥姥」改得不徹底。這三回當時只換了回目，除了第八回大改，只零星改寫四處，第六回回首又添了段「初試雲雨情」。三回統在詩聯期整理重抄，第六回添寫總批，提及「初試雲雨情」，所以此回總批為甲戌本獨有。同一時期作者正在別的本子上修改這三回的北方話，先後改了兩次，而此本並沒改，也可見此本這三回確是脂評人編校的，不是作者自己。

廢套期的本子，頭五回與第二十五回還保存在甲戌本裏，此外庚本裏也保存了七回：第十六、第三十九、四十、第五十四、第五十六、第五十八、第七十一回，這是沉沒在今本裏的一個略早些的本子，上限是一七五四年，下限似乎不會晚於一七五五——一七五六夏謄清的第七十五回似已恢復回末套語，中間還隔著個詩聯期——看來這本子就是一七五四本，但是我們需要更確定，暫稱X本。

此書的標題詩都是很早就有，不光是第七、八兩回的。頭兩回原先的格局都是回目後總批、標題詩，而第一回的總批還是初名《石頭記》的時候寫的。唯一的例外是第五回的標題詩，只有戚本、全抄本有，己卯本另紙錄出。

己卯本前十一回也批語極少，而且一部份另紙錄出——是一個近白文本，批語幾乎全刪後，又有人從別的抄本上另箋補錄幾條批、兩首標題詩，第五、第六回的。第六回那首，除庚本是白文本外，各本都有，顯然是早有的，已卯本是刪批的時候一併刪掉了，後來才又補抄一份。第五回那首極可能也是已卯本原有，刪批時刪去。倘是那樣，那就只有甲戌本沒有第五回的標題詩，因為甲戌本第五回是初稿，其他各本是定稿；此回原無標題詩，到詩聯期改寫，才添寫一首，所以甲戌本獨無。

除了第五回這首，標題詩都早。到了X本，是此書最現代化的階段，回前回末一切形式都廢除了，新的第五回就沒有標題詩。第三回大改，如果原有標題詩也不適用了，因此也沒有。第一、二、四回小改，頭兩回原有的標題詩仍予保留。第四回只有全抄本有：

捐軀報國恩，未報身猶在。眼底物多情，君恩或可待。

俞平伯說：「按第四回是〈薄命女偏逢薄命郎，葫蘆僧亂判葫蘆案〉，此詩云云，似不貼切。豈因其中有賈雨村曰：『蒙皇上隆恩起復委用，實是重生再造，正當竭力圖報之時，豈可因私而廢法』等語乎？信如是解，實未必佳。賈雨村何足與語『捐軀報國』耶！恐未必是原有……」[15]

寶玉有一次罵「文死諫，武死戰」都是沽名，「必定有昏君，他方諫」，讓皇帝揹惡名，不算忠臣（第三十六回，庚本第八二九頁）。書中賈雨村代表寶玉心目中的「祿蠹」。「捐軀」當是「死諫」。八十回後應當還有賈雨村文字，大概與賈赦石獃子案有關。這首詩更牽涉不上，似專指此回。可能X前本寫賈雨村看了「護官符」，想冒死參劾賈史王薛四家親族植黨營私，結果改變主張。後來刪去這段，這首詩也跟著刪了。

「凡例」第四段這樣開始：「書中凡寫長安，在文人筆墨之間，則從古之稱。凡愚夫婦兒女子家常口角，則曰中京，是不欲著跡于方向也。……特避其東南西北四字樣也。」

書中京城從來沒稱「中京」，總是「都」、「都中」、「京都」。只有第七十八回賈政講述林四娘故事：「……後來報至中都」，也仍舊不是「中京」，而且出自賈政口中，也並不是「愚夫婦兒女子家常口角」。唯一的一次稱「長安」，在第五十六回寶玉夢中甄寶玉說：「我聽見老太太說，長安都中也有個寶玉。」

林四娘故事中又有「黃巾赤眉一干流賊」，庚本批註：「妙！赤眉黃巾兩時之時（『事』誤），今合而為一，……若云不合兩用，便呆矣。此書全是如此，為混人也。」長安在西北，不會稱「中京」，也是「為混人也」，故意使人感到迷離惝恍。為了文字獄的威脅，將時代背景移到一個不確定的前朝，但是後來作風更趨寫實，雖然仍舊用古代官名，賈母竟向賈政說：「我和你太太寶玉立刻回南京去」（第三十三回），不說「回金陵去」。南京是明清以來與北京對立的名詞，只差明言都城是北京了。

「凡例」還有一點與今本不大符合。第三段講書名點題處：「……然此書又名曰『金陵十二釵』，審其名則必係金陵十二女子也，然通部細搜檢去，上中下女子豈止十二人哉？若云其中自有十二個，則又未嘗指明白係某某。極（及）至紅樓夢一回中，亦曾翻出金陵十二釵之簿籍，又有十二支曲可考。」

這一段的語氣，彷彿是說「通部」快看完了，才看到「紅樓夢一回」——第五回。十二釵中，巧姐第五回還沒出場，其餘的也剛介紹完畢。

各本第五回有三副回目，甲戌本、庚本的兩副都有「紅樓夢」字樣。此外還有第二十五回，庚本、戚本回目是：〈魘魔法姐弟逢五鬼，紅樓夢通靈遇雙真〉。「通靈」當然是「通靈玉」。此處的「紅樓夢」除非是指此回內和尚持誦那玉，唸的詩有：

粉漬脂痕污寶光，綺櫳晝夜困鴛鴦。
沉酣一夢終須醒，冤孽償清好散場。

理由似乎太單薄。俞平伯評此回回目下聯：「各本此一句均不甚妥」，包括〈紅樓夢通靈遇雙真〉[16]。

上半回賈環推倒燈台，燙傷寶玉，王夫人「急的又把趙姨娘數落一頓」，批「總是為楔緊五鬼一回文字」（甲戌、庚、戚本）。顯然寶玉被燙與「五鬼一回」原是兩回。五鬼回一定刪掉很多，所以兩回併一回。

第二十四回「賈環見寶玉同邢夫人坐在一個坐褥上，邢夫人又百般摸娑撫弄他，早已心中不自在了。」庚本夾批：「千里伏線。」賈環賈蘭先走了，寶玉與姐妹們在邢夫人處吃了飯回去「母女姐妹們」一塊吃飯，因此姐妹們只是迎春探春惜春，敘述極簡，沒提是誰——「各自回房安歇，不在話下。」庚本批註：「一段為五鬼魘魔法引。脂硯。」

五鬼回就在下一回，不能稱「千里伏線」。如果以後另有更嚴重的賈環陷害寶玉的事，脂硯不會這樣短視，批「一段為五鬼魘魔法引」。當是兩條批同指五鬼回，不過早先五鬼回在後部，與第二十四回隔得很遠。「凡例」所說的「紅樓夢一回」也在後部。

X本第五回——即甲戌本第五回——是初稿。甲戌本第二十五回也屬於X本，所以是X本刪併五鬼等兩回為第二十五回，刪去的大段文字顯然是太虛幻境，移前到第五回。早先五鬼回內寶玉遭巫魘昏迷不醒，死了過去，投到警幻案下，見到十二釵冊子，聽到紅樓夢曲，但是沒有與警幻的妹妹成親，因為「綺櫳晝夜困鴛鴦」，顯然已經有性經驗，用不著警幻給他受性教育。太虛幻境搬到第五回，才有警幻的妹妹兼美，字可卿，又「用秦氏引夢」。

因此第五回在詩聯期定稿，只改最後兩頁娶警幻妹，偕遊至迷津遇鬼怪驚醒，秦氏聽見他夢中叫「可卿」，因為只有這一段是初稿——除了前面極簡略的「秦氏引夢」一節。其他的太虛幻境文字如警幻賦贊、冊子曲子都是舊稿。

「凡例」所謂「紅樓夢一回」就是五鬼回，雖然在後部，也不會太後，十二釵冊子大概仍舊是預言，不是評贊。照理這一回也似乎應當位置較後，因為第一回甄士隱也是午睡夢見太虛幻境，第五回寶玉倒又去了，成了跑大路似的。但是這至多是結構上的小疵，搬到第五回，意境相去天壤。原先在昏迷的時候做這夢，等於垂危的病人生魂出竅遊地府，有點落套。改為秦氏領他到她房中午睡，被她的風姿與她的臥室淫艷的氣氛所誘惑，他入睡後做了個綺夢，而這夢又關合他的人生哲學，夢中又預知他愛慕的這些女子一個個的淒哀的命運。這造意不但不像是十八世紀中國能有的，實在超越了一切時空的限制。——一說夢遊太虛是暗示秦氏與寶玉這天下午發生了關係，這論爭不在本文範圍內，不過純粹作為藝術來看，那暗示遠不及上述的經過，也有天淵之別。

第二十五回趙姨娘向馬道婆說鳳姐的話，俞平伯指出全抄本多幾句：

提起這主兒來，真真把人氣殺，教人一言難盡。我白和你打個賭兒，明日這份家私……

全抄本此回還有許多異文[17]，甲戌本與他本也略有點不同。這兩個本子的特點，最有代表性的下列兩處：

若說謝的這個字，可是你錯打算了。（全抄本；戚本同）

若說謝的這個字，可是你錯打了法馬了。（甲戌本）

若說謝我的這兩個字，可是你錯打算盤了。（庚本）

甲戌本的白話比全抄本流利，但是「法馬」——今作「砝碼」，秤上的衡量記號——這句較晦澀。庚本才是標準白話。「謝」指謝禮，改為「謝我」也清楚得多。

賈母等捧著寶玉哭時，只見寶玉睜開眼說道：「從今以後，我可不在你家了……」（全抄本）

賈母等正圍著他兩個哭時，只見寶玉……（甲戌本）

賈母等正圍著寶玉哭時，只見寶玉……（庚、戚本）

「捧著寶玉哭」是古代白話。鳳姐與寶玉同時中邪，都抬到王夫人上房內守護。只哭寶玉，冷落了鳳姐，因此改為「圍著他兩個哭」，但是分散注意力，減輕了下句出其不意的打擊，因此又改為「圍著寶玉哭」。

賈環的意圖，各本都作「要用熱油燙瞎他的眼睛」，甲戌本獨作「要用蠟燈裏的滾油燙他一下」，顯然是油燈改蠟燈後的改文，但是囉唆軟弱。

馬道婆紙鉸的五鬼「青面紅髮」（全抄、甲戌本），庚、戚作「青面白髮」。青面紅髮是鬼怪常有的，白髮是人，與青面對照，反而更恐怖。

此回寫黛玉，全抄、甲戌本各有一句太露。鳳姐取笑黛玉「吃了我們家的茶，怎麼不給我們做媳婦？」李紈讚鳳姐詼諧：「黛玉含羞笑道：『什麼詼諧？不過是貧嘴……』」（甲戌本）這段談話後，大家走了，寶玉叫住黛玉，拉著她的袖子笑，說不出話來。「黛玉心中也有幾分明白，只是自己不住的把臉紅漲起來……」（全抄本）其他各本都刪了此處加點的字。

寫寶玉與彩霞，「寶玉便拉他手笑道：『好姐姐，你也理我理兒呢，』一面說，一面拉他的手。」（庚、戚本）甲戌本沒有末兩句。這兩句本來重複得毫無意義，原因是刪去了全抄本的「（一面拉他的手）只往衣內放」五字，因為涉嫌穢褻。甲戌本把重複的字句也刪了。

全抄本此回無疑的是初稿。甲戌本是改稿，庚、戚本是定稿，但是都有漏改漏刪。

X本此回是甲戌本的，因此刪併五鬼等二回，成為第二十五回後，又還改過一次，才收入X本。——全抄本此回也應當沒有回末套語，但是此本回末缺套語的一概都給妄加了——第二十五回直到詩聯期後，恢復回末套語後才定稿。

全抄本此回回目〈魘魔法叔嫂逢五鬼，通靈玉姐弟遇雙仙〉，俞平伯說：「上句合於戌、晉、程甲。下句與諸本並異，各本此一句均不甚妥，但此本上言叔嫂，下言姐弟，而姐弟即叔嫂，亦未必很對。」[18]

甲戌本下句作〈通靈玉蒙蔽遇雙真〉，「蒙蔽」不對「叔嫂」。都是為了此回刪去太虛幻境文字，需要改掉回目中的「紅樓夢」三字，越改越壞。庚本、戚本仍用舊回目。

與賈環戀愛的丫頭，在第三十三、第六十一、六十二回是彩雲，第二十五、第七十二回是彩霞。

第三十九回李紈正稱讚鴛鴦平兒是賈母鳳姐的膀臂，「寶玉道：『太太屋裏的彩霞是個老實人。』探春道：『可不外頭老實，心裏有數兒。太太是那麼佛爺似的，事情上不留心，他都知道，凡百一應事都是他提著太太行，連老爺在家出外去，一應大小事，他都知道，太太忘了，他背後告訴太太。』」這彩霞當然就是賈環的彩霞。第七十二回「趙姨娘素日與彩霞契合，巴不得與了賈環，方有個膀臂。」正因為是王夫人身邊最得力的人，才於趙姨娘有利。

第六十二回作「彩雲」，但顯然就是第三十九回大家說她老實的彩霞，偷了許多東西送賈環，反而受他的氣，第七十二回他終於負心。

第三十九回與第二十五回同屬X本。第三十三回作「彩雲」，同回有早本漏改的「姆姆」二字。顯然賈環的戀人原名彩雲，至X本改名彩霞，從此彩雲不過是一個名字，沒有特點或個性。

全抄本第二十五回彩霞初出場的一段如下：

那賈環……一時又叫彩雲倒茶，一時又叫金釧兒剪蠟花。眾丫嬛素日原厭惡他，只有彩雲（他本作「霞」）還和他合的來，倒了一杯茶遞與他……悄悄向賈環說：「你安分些罷，……」賈環道：「……你別哄我，如今你和寶玉好，把我不大理論，我也看出來了。」彩雲（他本作「霞」）道：「沒良心的……」（以下統作「彩霞」）

此外還有歧異，但是最值得注意的是彩霞頭兩次作「彩雲」，此後方改彩霞。

全抄本此回是寶玉燙傷一回與五鬼回刪併的初稿。原先寶玉燙傷一回寫賈環支使不動別人，至少叫彩雲倒茶倒了給他，因為彩雲跟他還合得來。今本強調眾婢的鄙薄，叫彩雲倒茶也不倒，還是彩霞倒了杯給他——也許彩雲改名彩霞自此始——。這一點刪併時已改，全抄本這兩個「彩雲」是漏網之魚。這是全抄本是X本第二十五回初稿的又一證。

吳世昌著《紅樓夢探源》，發現元妃本來死在第五十八回，後來改為老太妃薨，是此書結構上的一個重大的轉變。第五十八回屬於X本。

第五十四回也屬於X本，庚本此回與下一回之間的情形特殊，第五十四回末句「且說當下元宵已過」，與下一回第一句「且說元宵已過」重複，當是底本在這一行劃了道線，分成兩回。未分前這句是「且說當下元宵已過」，「當下」二字上承前段。這句挪到下一回回首，「當下」語氣不合，因此刪去。大概勾劃得不夠清楚，抄手把原來的一句也保存了。分回處沒加「下回分解」，顯然是X本把第五十四、五十五合回分成兩回，所以不用回末套語。新的第五十五回仍舊保有第五十四、五十五合回的回末套語。

第五十五回開始，「且說元宵已過」底下緊接著就是庚本獨有的太妃病一節，伏老太妃死。一回稿本最取巧的改寫法是在回首加一段，這是又一例。如果在X本之前已經改元妃之死為老太妃死，無法加上第五十五回回首太妃病的伏筆，因為第五十四、五十五合回還沒有一分為二。顯然是X本改掉第五十八回元妃之死。

庚本八張回目頁，也就是十回本的封面。內中七張有「脂硯齋凡四閱評過」字樣，下半部有三張又有「庚辰秋月定本」或「庚辰秋定本」。唯一的例外是第六冊，回目頁上只有書名《石頭記》與回目，前面又多一張題頁，上書「石頭記　第五十一回　至六十回」，是這十回本的封面。回目頁背面有三行小字：

第五十一回　至六十回
脂硯齋凡四閱評過
庚辰秋定本

題頁已有回數，這裏又再重一遍，疊床架屋，顯然不是原定的格式。這十回當是另一來源，編入「庚辰秋定本」的時候草草添上這本子的標誌。

上半部四張回目頁都沒有日期。第四冊的一張，上有「村嫽嫽是信口開河」句，在第三十九回回首已經改為「村姥姥是信口開河」。第三十九、四十兩回屬於X本。第四十一回正文「姥姥」最初三次都作「嫽嫽」，將此回與上十回的回目頁連在一起，形成此本中部一個共同的基層。至少這一部份是個早本，還在用「嫽嫽」。第三十九、四十這兩回是X本改寫抽換的。

第一張回目頁上「劉姥姥一進榮國府」，「嫽」已改「姥」，與第三十一至四十回的回目頁顯然不同時，是拼湊上白文本的時候，抄配一張回目頁，——白文本本身沒有回目頁——所以照著第六回回首的回目抄作「姥」。這一張回目頁可以撇開不算。

白文本與抄配的兩回當然不算，另一來源的第六冊雖然編入「庚辰秋定本」，也暫時擱過一邊。此外的正文與回目頁有些共同的特點，除了中部的「嫽嫽」，還有第十二回回末「林儒海」病重，第十四回回目作〈林儒海捐館揚州城〉，回目頁上也作「儒海」，可知林如海原名儒海；第十七、十八合回未分回，第十九、第八十回尚無回目，也都反映在回目頁上。但是下半部也有幾處不同，如第四十六回回目〈鴛鴦女誓絕鴛鴦偶〉，回目頁上作〈鴛鴦女誓絕鴛鴦女〉（女誤，改侶，同戚本）；第四十九回〈琉璃世界白雪紅梅〉，回目頁上作「凴璃」。

戚本保留了一些極舊的回目，因此第四十六回回目該是「鴛鴦侶」較早。「琉璃」是通行的寫法，當是先寫作「凴璃」，後改「琉」。庚本下半部回目頁與各回歧異處，都是回目頁較老。那是因為這幾回經過改寫抽換，所以比回目頁新。

吳世昌認為庚本回目頁上「『脂硯齋凡四閱評過』這條小字簽註，也是從另一個不相干的底本上抄襲來硬加上的」；「四閱評過」、「某年某月定本」——如「己卯冬月定本」——都是「藏主或書賈加上去的簽條名稱」[19]。但是吳氏相信「庚辰秋月定本」確是一七六〇年的本子，因為標明這日期的後四冊內，第七十五回回前附葉上有「乾隆二十一年（一七五六）五月初七日對清」的記載。「從『對清』到『定本』，相隔四年，完全可信。」前四冊沒有日期，第二十二回未完，吳氏指出回末附葉上墨筆附記與正文大小筆跡相同：「此回未成而芹逝矣，嘆嘆！丁亥夏畸笏叟。」「因為這條附記是一個人用墨筆與正文同時過錄，可知在底本中原已如此，也就清楚地證明：第二十二回和這一部份的其他各回的底本是丁亥（一七六七）年以後才鈔的。」又舉出「正文中的內證，即在第四十回和四十一回之間，有一條素不為人注意的分界線」：第四十回回末筵席上「只聽見外面亂嚷」，故起波瀾，使人急於看下回，而下一回沒有交代，仍舊在喝酒行令，顯然第四十回回末驚人之筆是後加的，屬於一七六七後編的改本，而第四十一回抄自一七六〇「定」的舊本[20]。

第四十回是X本改寫的，與下一回不啣接，因為沒聯帶改下一回回首，與第三十五、第七十回同一情形。第三十五回回末「只聽黛玉在院中說話，寶玉忙叫快請」，也沒有下文；第七十回賈政來信延期返京，下一回開始，卻已經如期回來了，也並不能證明第三十六回起是另一個本子，第七十一至八十回又是一個本子。這不過是改寫一回本稿本難免的現象，下一回不在手邊，回首小改暫緩，就此忘了。

但是庚本上下部不同時，回目頁上表現得很清楚，下半部是一七六〇本，上半部在一七六〇前或後。第二十二回未完，顯然是編纂的時候將畸笏一七六七年的附記抄入正文後面，好對讀者有個交代。因此上半部是一七六七年後才編的，想必為了抽換一七六〇年後改寫諸回，需要改編一七六〇本上半部。

吳世昌認為庚本回目頁不可靠，「四閱評過」是藏家或書商從他本抄襲來的簽註。但是前面舉出的正文與回目頁間的聯繫，分明血肉相連，可見這些回目頁是原有的。不過上半部除了一個「嫽嫽」貫通此書中部二十回，回目頁與正文間的連鎖全在第二冊，而第二冊第一回是用白文本拼湊的。如果這一冊前部殘缺，少了一回，怎麼回目頁倒還在？如果這一冊第一回破爛散失，那麼這回目頁也和第一冊回目頁一樣，是拼上白文本的時候抄配的，照著第二冊內各回回目抄，難怪所有的特點都相同。此外唯一可能的解釋是抽換這一回——第十一回——但是稿缺，只有這白文本有新的第十一回，所以拆開原來的十回本，換上白文本第十一回，仍舊保留回目頁。第十、十一兩回寫秦氏的病，顯然是在刪天香樓後補加的。原先第十三回〈秦可卿淫喪天香樓〉，當然並沒生過病。但是如果改了第十三回需要連帶改第十、十一回，庚本第二冊倒又不缺第十三回。這疑點要在刪天香樓的經過中尋找答案。

甲戌本第十三回是新刪天香樓的本子，回內有句批：「刪卻。是未刪之筆」，顯然這時候剛刪完。

此本第十三至十六回這一截，總批改為回目前批，大概與收集散批擴充總批的新制度有關。回目後批嵌在回目與正文之間，無法補加。隨時可能在別的抄本上發現可以移作總批的散批，抄在另一葉上，加釘在一回本前面，只消在謄清的時候續下頁，將回目列在下一行，再下一行是正文，這就是回目前批。到了第二十五至二十八回，又改為回後總批，更方便，不但可以後加，而且謄清後還可以再加，末端開放。這都是編者為了自己的便利而改制。

作者在X本廢除標題詩，但是保留舊有的，詩聯期又添寫了第五回的一首。脂評人在詩聯期校訂抽換X本第六至八回，把不符今本情節的第八回的一首也保留了下來——他本都已刪去——湊足三回都有，顯然喜愛標題詩。到了第十三至十六回，又正式恢復標題詩的制度，雖然這四回一首也沒有，每回總批後都有「詩云」或「詩曰」，虛位以待，正如庚本第七十五回回前附葉上的「缺中秋詩俟雪芹」——回內賈蘭作中秋詩，「遞與賈政看時，寫道是：」下留空白；同頁寶玉作詩「呈與賈政，看道是：」下面沒留空白，是抄手疏忽（庚本第一八二八頁）——顯然甲戌本這四回也和第六、七、八回是同一脂評人所編。他整理前三回的時候現寫第六回總批，後四回也是他集批作總批。

此本第二十五回總批有：「通靈玉除邪，全部只此一見……」是移植的庚本眉批，原文是：「通靈玉除邪，全部百回只此一見……壬午孟夏，雨窗。」壬午是畸笏批書的時間。他這條批搬到甲戌本作為總批，刪去「百回」二字，顯然因為作者已故，這部書未完，只有八十回。到了第二十五至二十八回，標題詩制度已經廢除，也是為了同一原因，作者死後，缺的詩沒有補寫的希望了。編第十三至十六回的時候，顯然作者尚在，因此與第二十五至二十八回不同時。

第十三至十六回這四回，總批內移植的庚本有日期的批語，最晚的是壬午（一七六二年）春[21]。同年除夕曹雪芹逝世。編這四回，至早也在一七六二春後，但是還在作者生前，所以是一七六二夏或下半年。

靖本第二十二回有畸笏一七六七年的批語：「……不數年，芹溪脂硯杏齋諸子皆相繼別去。今丁亥夏只剩朽物一枚……」脂硯有日期的批語最晚是一七五九年冬。庚本第二十七回脂硯批紅玉回答願意去伏侍鳳姐一段：「姦邪婢豈是怡紅應答者，故即逐之。前良兒，後篆兒，便是卻（確）證。作者又不得可也。己卯冬夜。」旁邊有另一條眉批：「此係未見抄沒獄神廟諸事，故有是批。丁亥夏，畸笏。」如果獄神廟回是舊稿，這樣重要的情節脂硯決不會沒看見。畸笏一七六七年寫這條批，顯然脂硯迄未見到獄神廟回，始終誤會了紅玉。這一回只能是一七五九年冬後，作者生前最後兩年內寫的或是改寫的，而脂硯死在雪芹前一兩年。在一七六二夏或下半年，脂硯已故。利用那兩冊現成的X本，繼續編輯四回本的主要脂評人是畸笏。

批者對於刪天香樓的解釋，各本第十三回共五段，並列比較一下：

〈秦可卿淫喪天香樓〉，作者用史筆也。老朽因有魂托鳳姐賈家後事二件，嫡（的）是安富尊榮坐享人（不）能想得到處。其事雖未漏（行），其言其意則令人悲切感服，姑赦之，因命芹溪刪去。（甲戌本回後批）

〈秦可卿淫喪天香樓〉，作者用史筆也。老朽因有魂托鳳姐賈家後事二件，豈是安富尊榮坐享人能想得到者。其言其意令人悲切感服，姑赦之，因命芹溪刪去「遺簪」「更衣」諸文。是以此回只十頁，刪去天香樓一節，少去四五頁也。（靖本回前總批）

可從此批。通回將可卿如何死故隱去，是余大發慈悲也。嘆嘆！壬午季春，畸笏叟。（靖本

眉批）

通回將可卿如何死故隱去，是大發慈悲也。嘆嘆！壬午春。（庚本回後批）

隱去天香樓一節，是不忍下筆也。（甲戌本回前總批）

甲戌本回後批與靖本回前總批大致相同，不過靖本末尾多幾句，來自甲戌本另一條回末眉批：「此回只十頁，因刪去天香樓一節，少卻四五頁也。」靖本把甲戌本這兩條批語合併，也跟甲戌本一樣集批為總批。原文有「其事雖未行」一句。秦氏的建議沒有實行，與它感人之力無關，因此移作總批的時候刪去此句，又補加「『遺簪』『更衣』諸文」六字，透露天香樓一節的部份內容。兩處改寫都只能是畸笏自己的手筆。

靖本這是第三段總批，除了添上這一段——新刪本兩條批拼成的——與庚本補抄的刪天香前總批大致相同。第一段關於秦氏托夢囑買祭祀產業預防抄沒，庚本多一句：「然必寫出自可卿之意也，則又有他意寓焉。」

吳世昌在《紅樓夢探源》中指出本來應當元春托夢父母，才合書中線索。宋淇〈論大觀園〉一文中據此推測「現在從元春移到可卿身上，無非讓秦可卿立功，對賈家也算有了貢獻。否則秦可卿實在沒有資格躋身於正十二釵之列，雖然名居最末，正副等名位的排列固然同身分、容貌、才學等有關，同品行也有關。」（明報月刊一九七二年九月號第六頁）這就是批的「又有他意寓焉」，沒有說明，想必因為顧到當時一般人的見解，立功也仍舊不能贖罪，徒然引起論爭。天香樓隱去姦情後，更可以不必提了，因此靖本總批刪去此句。

庚本刪天香前第二段總批如下：

榮甯世家未有不尊家訓者，雖賈珍尚奢，豈明逆父哉？故寫敬老不管，然後姿（恣）意，方見筆筆週到。

靖本作：

賈珍雖奢淫，豈能逆父哉？特因敬老不管，然後恣意，足為世家之戒。

賈珍雖然好色，按照我們的雙重標準，如果沒有逆倫行為，似不能稱「淫」。尤其此處是說他窮奢極侈為秦氏辦喪事，「淫」字牽涉秦氏，顯然是刪天香前的原文。庚本雖然是刪前本總批，這字眼已經改掉了。庚本補抄的兩回總批──第十三、第二十一回──都是一七六七年後上半部編了十回本之後，從舊一回本上抄來的，年份很晚。當初刪了天香樓，畸笏補充總批，添了一段，原有的兩段刪去一句，其餘照抄，沒注意「淫」字有問題，標題詩更甚，寫秦氏「一步行來錯，回頭已百年」。靖本這三段總批、一首詩都不分段，作一長批。第二段末句原文「方見筆筆週到」，下接「〈秦可卿淫喪天香樓〉，作者用史筆也」，「筆」字重複，因此

「方見筆筆週到」改為「足為世家之戒」。

甲戌本回前總批，秦氏「一失足成千古恨」那首標題詩已經刪去，顯然在靖本總批之後。因此甲戌本此回雖然是新刪本，只限正文與散批、回後批，回前總批是後加的。

在靖本總批與甲戌本總批之間，畸笏又看到那本舊一回本，大概是抽換回內刪改部份，這次發覺總批「淫」字不妥，改寫「雖賈珍尚奢」，但是這句禿頭禿腦的有點突兀，所以上面又加上一句「榮甯世家未有不尊家訓者」。此句其實解釋得多餘，因此這條批收入甲戌本回前總批的時候，又改寫過，刪去首句。為什麼「敬老不管」，也講得詳細些：「賈珍尚奢，豈有不請父命之理？因敬（下缺三字，疑是「老修仙」）要緊，不問家事，故得姿（恣）意放為（以下缺字）。」

「另設一壇於天香樓上」，靖本「天香樓」作「西帆樓」。同回寫棺木用「檣木」，甲戌本眉批：「檣者舟具也，所謂人生若汎舟而已……」樓名「西帆」，也就是西去的歸帆，用同一個比喻。甲戌本天香樓上設壇句，畸笏批「刪卻」，因此靖本改名西帆樓，否則這兩個本子上批語都屢次提起刪「天香樓事」，而天香樓上設壇打四十九日解冤洗孽醮，分明秦氏是吊死在這樓上，所以需要禳解，暗示太明顯。靖本此回是緊接著新刪本之後，第一個有回前總批的抄本，這是一個力證——靖本也是四回一冊，格式、字數、行數、裝訂方式同甲戌本，八十回缺兩回多，有三十五回無批，彷彿也是拼湊成的本子。[22]

秦氏的死訊傳了出來，「彼時合家皆知，無不納罕，都有些疑心。」靖本批：「九個字寫盡天香樓事，是不寫之寫。常（棠）村。」（甲戌本同，缺署名）眉批：「可從此批。通回將可卿如何死故隱去，是余大發慈悲也。嘆嘆！壬午季春，畸笏叟。」秦可卿之死，是棠村最欣賞的《風月寶鑑》的高潮，被畸笏命令作者刪去，棠村不能不有點表示，是應有的禮貌。所以畸笏也還敬一句，誇獎棠村批得中肯，一面自己居功。但是在同一個春天，畸笏在另一個本子上抄錄這條眉批，刪去批棠村評語的那句，移作回後批，卻把「余」字也刪了，成為「是大發慈悲也」（庚本），歸之於作者。最後把這條批語收入甲戌本總批，又說得更明顯：「隱去天香樓一節，是不忍下筆也。」

前面引的這五段刪天香樓的解釋，排列的次序正合時間先後。最後兩段為什麼改口說是作者主動？總是畸笏回過味來，所以改稱是作者自己的主張，加以讚美。

第十四回回末秦氏出殯，寶玉路謁北靜王，批「忙中閒筆。點綴玉兄，方不失正文中之正人。作者良苦，壬午春，畸笏。」第十五回出殯路過鄉村，寶玉嘆稼穡之艱難，又批「寫玉兄正文總于此等處。作者良苦。壬午季春。」第十六回元春喜訊中夾寫秦鐘病重，又批：「偏於極熱鬧處寫出大不得意之文，卻無絲毫縴強，且有許多令人笑不了，哭不了，嘆不了，悔不了，唯以大白酬我作者。壬午季春，畸笏。」在同一個春天批這三回，回回都用慰勞的口吻，書中別處沒有的，也許不是偶然，而是反映刪改第十三回後作者的情緒，畸笏的心虛。

總結刪天香樓的幾個步驟：①新刪本——即甲戌本此回正文，包括散批、回後批；②加回前總批重抄——即靖本此回——棠村批說刪得好，一七六二年季春畸笏作答；③在同一個春天，畸笏批另一個抄本——大概是舊本抽換改稿——開始改稱是作者自己要刪；④改去舊本總批「淫」字——可能就是內抄本；⑤用最初的新刪本，配合四回本X本款式重抄，刪標題詩，另換總批，但仍照靖本總批不分段，作一長批；⑥用同一款式重抄第十四至十六回，但是總批分段。（末兩項即甲戌本第十三至十六回。）

甲戌本第二十五至二十八回的總批不但移到回後，又改為每段第二行起低兩格——第一行只低一格——免起鶻落，十分醒目，有一回與正文之間不留空白，也一望而知是總評。這四回總批內收集的庚本有日期的批語，最晚是一七六七年夏[23]。同年春夏畸笏正在批書，編這四回可能就在這年夏秋，距第十三至十六回也有四五年了。書中形式改變，幾乎永遠是隔著一段時間的標誌。第十三回總批格式同靖本，而與下三回不同，也表示中間隔了個段落，才重抄第十四至十六回。這四回是作者在世最後一年內編的，比季春後更晚，只能是一七六二下半年。

重抄甲戌本第十三回，距刪天香樓也隔了個段落，已經有了不止一個刪後本。在這期間，畸笏季春還在自稱代秦氏隱諱，至多十天半月內就改稱是作者代為遮蓋，也還是這年春天。看來他自承是他主張刪的時期很短暫，這包括剛刪完的時候。因此刪天香樓也就是這年春天的事，脂硯已故，否則有他支持，也許不會刪。

「〈秦可卿淫喪天香樓〉，作者用史筆也。」「史筆」是嚴格的說來並非事實，而是史家誅心之論。想來此回內容與回目相差很遠，沒有正面寫「淫喪」——幽會被撞破，因而自縊——只是閃閃爍爍的暗示，並沒有淫穢的筆墨。但是就連這樣，此下緊接托夢交代賈家後事，仍舊是極大胆的安排，也是神來之筆，一下子加深了鳳秦二人的個性。X本改掉了元妃之死，但是第五回太虛幻境裏的曲子來自書名《紅樓夢》期的五鬼回，因此元春的曲詞還是預言她死在母家全盛時期，托夢父母。

一七六二年春，曹棠村尚在。同年冬，雪芹去世。雪芹在楔子裏嘲笑他弟弟主張用《風月寶鑑》書名，甲戌本眉批提起棠村替雪芹舊著《風月寶鑑》寫序，「今棠村已逝，余覩新懷舊，故仍因之。」看來兄弟倆也是先後亡故。——也極可能是堂兄弟——靖本畸笏一七六七年批：「……不數年，芹溪、脂硯、杏齋諸子皆相繼別去，今丁亥夏只剩朽物一枚……」大概可以確定杏齋就是棠村。甲戌本第一回講「棠村已逝」的批者，唯一的可能也就是僅存的「老朽」，正在整理雪芹遺稿的畸笏。

這條批語說紀念已死的棠村，「故仍因之」，是指批者所作「凡例」裏面對於《風月寶鑑》書名的重視。因此「凡例」是畸笏寫的，雪芹筆下給他化名吳玉峰。他極力主張用《紅樓夢》書名，因為是長輩，雪芹不便拒絕，只能消極抵抗，在楔子裏把這題目列在棠村推薦的《風月寶鑑》前面，最後仍舊歸結到《金陵十二釵》；到了一七五四年又聽從脂硯恢復《石頭記》舊名。也可見畸笏倚老賣老不自刪天香樓始，約在十年前，他老先生也就是一貫作風。

畸笏在丁亥春與甲午八月都批過第一回（甲戌本第九頁下，第十一頁下），大約是在一七六七春重讀「東魯孔梅溪則題曰風月寶鑑」句，看到作者譏笑棠村說教的書名，大概感到一絲不安，因為他當年寫「凡例」，為了堅持用《紅樓夢》書名，誇張《風月寶鑑》主題的重要，以便指出《紅樓夢》比較有綜合性，因為書中的石頭與十二釵這兩個因素還性質相近，而《風月寶鑑》相反，非用《紅樓夢》不能包括在內。後來也是他主張刪去天香樓一節，於是這部書叫《風月寶鑑》更不切題了。因此他為自己辯護，在「東魯孔梅溪」句上批說他是看在棠村已故的份上，才保存「凡例」將《風月寶鑑》視為正式書名之一的幾句。

一七六二年春，他批第十三回天香樓上打四十九日解冤洗孽醮：「刪卻。是未刪之筆」，雪芹還是沒刪，只換了個樓名，免得暗示秦氏死因太明顯，與處置《紅樓夢》書名的態度如出一轍，都是介於妥協與婉拒之間。

秦氏的小丫頭寶珠因為秦氏身後無出，自願認作義女，「賈珍喜之不盡，即時傳下，從此皆呼寶珠為小姐。」俞平伯在《紅樓夢研究》中曾經指出這一段的不近情理，與秦氏另一個丫頭瑞珠「觸柱而亡」同是「天香樓未刪之文」，暗示二婢撞破天香樓上的幽會，秦氏因而自縊後，一個畏罪自殺「殉主」，一個認作義女，出殯後就在鐵檻寺長住，等於出家，可以保守秘密。「那寶珠按未嫁女之喪，在靈前哀哀欲絕。」甲戌本夾批：「非恩惠愛人，那能如是。惜哉可卿，惜哉可卿！」舉哀並不是難事，這條批解釋得異常牽強而不必要，欲蓋彌彰。畸笏是主張刪去天香樓上打醮的，顯然認為隱匿秦氏死因不夠徹底，這批語該也是畸笏代為掩飾。

另有一則類似的，也是甲戌本夾批，看來也是畸笏的手筆：寶玉聽見秦氏死耗，吐了口血，批「寶玉早已看定可繼家務事者，可卿也，今聞死了，大失所望，急火攻心焉得不有此血。為玉一嘆！」這條批根據秦氏托夢，強調她是個明智的主婦，但是仍舊荒謬可笑。

顯然畸笏與雪芹心目中的刪天香樓距離很大。在第十三回，雪芹筆下不過是全部暗寫，棠村所謂「不寫之寫」；畸笏卻處處代秦氏洗刷。

第十回張友士診斷秦氏的病：「今年一冬是不相干」，要能挨過了春分，就有生望了——當然措辭較婉轉。此後改寫賈瑞，同年「臘月天氣」賈瑞凍病了，病了「不上一年，……又臘盡春回，」方才病故。夾敘「這年冬底」林如海病重，接黛玉回揚州。黛玉去後，秦氏死了。第十二回批註賈瑞寄靈鐵檻寺，是代秦氏開路（庚本第二七〇頁，己卯、戚本同），可見死在秦氏前。秦氏的病，顯然拖過次年春分，再下年初春方才逝世。既然一年多以前曾經病危，甚至於已經預備後事了，即使一度好轉，忽然又傳出死訊，也不至於「合家……無不納罕，都有些疑心。」最後九個字棠村指出是刪天香樓的時候添寫的。顯然這時候是寫秦氏無疾而終，並不預備補寫她生過病。只有徹底代她洗刷的畸笏才會主張把她暴卒這一點也隱去。

前面說過，甲戌本第十三回與回前總批之間隔了一段時間；此回有了回前總批後，又隔了更長的一個段落，才重抄下三回，湊成一冊四回本。第二次耽擱，該是由於補加秦氏病的問題還是懸案。畸笏無法知道改寫上兩回是否會影響下兩回，所以要等改了第十至十一二回之後再重抄第十四至十六回。拖延到一七六二下半年，他的意見終於被採用，第十回寫秦氏得病，第十一回又自鳳姐寶玉方面側寫秦氏病重。至於這兩回原來的材料，被擠了出來的，我們可以參看第三十四回，寶釵問起寶玉挨打的原因，襲人說出焙茗認為琪官的事是薛蟠吃醋，間接告訴了賈政。寶玉忙攔阻否認。寶釵心裏想「難道我就不知道我的哥哥素日恣心縱慾毫無防範的那種心性？當日為一個秦鐘，還鬧的天翻地覆，自然如今比先更利害了。」書中並沒有薛蟠與秦鐘的事。第九回入塾，與薛蟠只有間接的接觸。同回寶玉第一天上學，「秦鐘已早來候著了，賈母正和他說話兒呢。」戚本批註：「此處便寫賈母愛秦鐘一如其孫，至後文方不突然。」後文並沒有賈母秦鐘文字。回內同學們疑心寶玉秦鐘同性戀愛，「背地裏你言我語，詬誶淫穢，佈滿書房內外，」句下戚本批註：「伏下文阿獃爭風一回。」顯然第十回原有薛蟠調戲秦鐘，可能是金榮從中挑唆，事件擴大，甚至需要賈母庇護秦鐘。

此外還刪去什麼，從第十二回也可以看出些端倪。此回開始，賈瑞來訪，就問鳳姐：

「二哥哥怎麼還不回來？」鳳姐道：「不知什麼緣故。」賈瑞笑道：「別是路上有人絆住了腳了，捨不得回來，也未可知。」

上一回並沒提賈璉出門旅行的事，去後也沒有交代。顯然第十一、十二兩回之間不連貫，因為第十、十一兩回改寫過，原有賈璉因事出京，刪去薛蟠秦鐘大段文字的時候，連帶刪掉了。

第十、十一回是作者在世最後幾個月內的遺稿，沒來得及傳觀加批，現存的只有一個近白文本第十回有十條夾批（己卯本），沒有雙行小字批註——新稿的徵象。雪芹故後若干年，有人整理一七六〇本上半部，抽換一七六〇後改寫諸回，缺這最後改的兩回。不但缺這兩回，顯然一七六〇本的第一冊也已經遺失了。

一七六〇本第一回應當與X本第一回相同——即甲戌本第一回——因為那是此回定本。但是除甲戌本，各本第一回都是妄刪過的早本，楔子缺數百字。一七六〇本是十回本，一回遺失，必定整個第一冊都遺失了。一向彷彿都以為庚本頭十一回在藏家手中散佚，這才拼湊上白文本。其實編集上半部的時候，一七六〇本第一至十回已經遺失，如果還存在，也從來沒再出現過。當時編者手中完整的只有這白文本——與己卯本的近白文本——這兩個本子倒是有新第十、第十一回。

從刪批的趨勢看來，一七八四年的甲辰本也還沒有全刪，白文本似乎不會早於一七八〇中葉。白文本是編上半部的時候收入庚本的，因此這也就是庚本上半部的年份的上限。根據第二十二回末畸笏丁亥夏附記，上半部不會早於一七六七夏，現在我們知道比一七六七還要晚一二十年。

這白文本原是一回本，有簡單的題頁：「石頭記　第×回」，但是已經合釘成十回本。庚本收編第一冊、與第二冊上拆下來的一回，只撕去第一、第十一回封面，代以回目頁，配合一七六〇本，不過改用上半部無日期的格式。第一冊回目頁照抄白文本各回回目，第二冊仍舊保留一七六〇本原回目頁上的回目。

所以庚本除第一冊外，回目頁上的回目都是一七六〇本原有的。庚本的主體似是同一個早本——當然內中極可能含有更早的部份——這本子用「曠」、「嫽嫽」、「姆姆」、「儒海」、「冕璃」，但是屢經抽換，分兩次編纂，在一七六〇年與一七八〇中葉或更晚。回目頁上始終用這早本的回目，不過一七六〇年製定回目頁新格式，也很費了點心思，回目上面沒有第幾回，只統稱第×至×回，因為有的回目尚缺。流傳在外的早本太多，因此需要標明定本年月，區別評閱次數。

前面估計過脂硯死在雪芹前一兩年，一七五九冬四評想必也就是最後一次，因此一七八〇年後編的庚本上半部仍舊是「脂硯齋凡四閱評過」。庚辰秋的日期已經不適用，刪掉了。這三張回目頁顯然注重日期與評閱次數，與一七六〇本的回目頁同一態度。上下兩部回目頁的款式顯然都是編者製定，沒有書主妄加的簽註。

庚本特有的回前附葉共二十張，自第十七、十八合回起，散見全書。典型的格式是：第一行，書名《脂硯齋重評石頭記》；第二行起，總批，低兩格，分段；沒有標題詩。內中第二十一回稍異，總批平齊，而且附在第二十回回末。又有三回款式不同，沒有書名，包括第七十五回有日期的那張。

典型的十六張內，吳世昌舉行第二十八回與第四十二回的總批與今本內容不符——第二十八回有「自聞曲回（第二十三回）以後回回寫藥方，是白描顰兒添病也」，其實第二十八回初次——也是唯一的一次——提起黛玉的藥方；第四十二回有「今書至三十八回時已過三分之一有餘，」回數不同。

這一起子總批顯然都很老。年代最早的第二十九回就有，第三十七、三十八回來自寶玉別號絳洞花王的早本[24]，這兩回也有。X本新改的第三十九、四十四就沒有，用「嫽嫽」的第四十一回就有。原先的第五十四、五十五合回也有，所以第五十四回仍舊有，X本新分出來的第五十五回就沒有。X本廢除回前回末一切傳統形式，所以此本新寫或改寫諸回都沒有總批，其他原有的總批仍予保留，正如此本頭五回內新的、大改的兩回沒有標題詩，其餘舊有的標題詩還是給保留了下來。

X本頭五回仍舊沿用早先的「回目後批」方式，格局謹嚴而不大方便。總批最初該都是回末硃批，那是最自然的方式，看完一回，批在末頁空白上，沒有空白就作眉批。重抄的時候移到回首，墨筆抄入正文，也許回末又有新的硃批。從別的本子上移抄這些總批為回目後批，如果沒來得及抄進去就無法安插。回前另頁總批該是一個變通的辦法，在一回本前面添一葉，也就是封面，因此在總批前加上書名。不標明第幾回，因為回數還在流動狀態中，免得塗改。

X本頭五回還是回目後批，後來感到不便才改用附葉，因此另頁總批始自X本。舊有的總批重抄收入X本，這種回前附葉的款式顯然不是為數回本而設。附在一回本前面，至少掀過一頁就知道是評哪一回的。編入數回本後，更不清楚了，附葉上的書名不必要，必要的回數反而沒有。X本大概始終停留在一回本的階段上，除了最初幾回有四回本——從甲戌本上，我們知道X本至少有兩個四回本，不過第六至八回在詩聯期抽換了。

這十六張回前附葉來自X本，有這種扉頁的十六回卻不一定是X本，可能此後改寫過。

這十六張之外，第二十一回回前附葉在第二十回後面，顯然是在一七八〇中葉或更晚的時候，上半部編成十回本之後，才有人在別的本子上發現了第二十一回總批，補抄一葉，只好附在上一個十回本後面。

這總批分三段，第一段很長，引「後卅回」的一個回目〈薛寶釵借詞含諷諫，王熙鳳知命強英雄〉與此回對照：「此回阿鳳英氣何如是也，他日之『強』，何身微運蹇，展眼何如彼耶？人世之變遷如此，光陰——」末句未完，因此下一行留空白。下兩段之間沒有空白。

這一大段顯然原是個一回本的回後批，末頁殘破。移抄到十回本上的決不是脂評人，否則至少會把末句續成或刪節。

第二段全文如下：「今日寫襲人，後文寫寶釵，今日寫平兒，後文寫阿鳳，文是一樣情理，景況、光陰、事卻天壤矣。多少恨淚洒出此兩回書！」開首四句也就是上一段已有的：「今只從二婢說起，後則直指其主。」「景況、光陰、事卻天壤矣」也就是上一段最後兩句：「人世之變遷如此，光陰——」兩段大意相同，不過第二段沒有第一段清楚，似是同一個批者擴展闡明第二段，改寫成第一段，大概批在兩個本子上。第一段末句中斷，下留一行空白，顯然還希望在另一個本子上找到同一則批語，補足闕文。「後卅回」的數目也是後填的，多空了一格。

款式仿照此本典型的十六張附葉，但是總批與書名平齊，走了樣。如果是因為這一回總批特長，怕抄不下，至少也應當低一格——結果也並沒寫滿，還空兩行。

補抄第十三回總批，也在一七八〇年後改編上半部之後，因為第十三回不比第二十一回在十回本之首，無法附在上一冊後面，只好用硃筆抄在第二冊回目頁反面。因為不是附葉，沒照典型的格式加上書名。補抄這兩回總批的人有機會參看多種脂本，似乎是曹家或親族子姪輩。時間已經至早也在一七八〇中葉以後，與那十六張X本附葉相距三十多年，所以完全是另一回事。

第二十一回這張回前附葉與那十六張差之毫釐，去之千里，另外那三張格式不同的更不必說了，可以擱開以後再談。

「逛」字此書除寫作「曠」、「俇」、「狂」外，還有「狂」，只出現過五次，在庚本第五十四、五十六、七十一、七十四回。——內中第七十一回寫作「狂」，這是甲戌、庚本的抄本將單人旁誤作雙人旁的傾向，甲戌本更甚，除了「待書」，「俇」統作「俇」。——這四回內倒有三回屬於X本，我們不妨假定X本用「狂」字，是「曠」改「俇」的中間階段，還沒有在《諧聲品字箋》上發現正確的寫法。

書中賈蓉並沒有續娶，但是第二十九、五十三、五十四、五十七、五十八、五十九、七十、七十五、七十六回都提起「賈蓉之妻」或「尤氏婆媳」，大都是大場面中有她，清虛觀打醮、除夕、元宵節、中秋節、老太妃喪事等。

第七十一回賈母八十大慶，招待王妃、爵夫人的筵席上，戲單傳遞進來，由林之孝家的遞交簾內「尤氏的侍妾配鳳（他處作佩鳳）」，配鳳奉與尤氏，尤氏送給上座的南安太妃。侍妾在隆重的大場面上露臉，這是書中僅有的一次，不論是否合適，反正可以斷言賈蓉如果有妻，一定由賈蓉妻遞給尤氏，像除夕祭祖的菜（第五十三回）。第七十一回屬於X本，顯然到了X本已經沒有賈蓉繼室這人物，刪掉了。

第七十一回有改寫的痕跡。下半回鴛鴦向李紈尤氏探春等說鳳姐得罪了許多人，再加上女僕挑唆——指邢夫人聽信讒言挫辱鳳姐事：「……我怕老太太生氣，一點兒也不肯說，不然我告訴出來，大家別過太平日子。……」（庚本第一七一一頁）但是她明明剛才還在告訴賈母：

「……那邊大太太當著人給二奶奶沒臉。」賈母因問為什麼緣故。鴛鴦便將緣故說了。

——第一七〇九頁

固然人有時候嘴裏說「不說」又說，也是人之常情，卻與鴛鴦的個性不合。

鳳姐受辱後，琥珀奉命來叫她，看見她哭，很詫異。鳳姐來到賈母處，鴛鴦注意到她眼睛腫，賈母問知為什麼老釘著她看，也覷著眼看。鳳姐推說眼睛癢，揉腫的，否認哭過。鴛鴦後來聽見琥珀說，又從平兒處打聽到哭的原委，人散後告訴賈母：「二奶奶還是哭的，……」等等。如果賈母鳳姐鴛鴦沒有那一段對白，鴛鴦發現實情後就不會去告訴賈母。

若要鴛鴦言行一致，就沒有那段關於眼睛腫的對白，光是琥珀來叫鳳姐的時候看見她哭，回去告訴鴛鴦，鴛鴦又從平兒處問知情由，當晚為了別的事去園中傳話，就把鳳姐受氣的事隱隱約約告訴尤李探春等。

關於眼睛腫的對白，以及鴛鴦把邢夫人羞辱鳳姐的事告訴賈母，這兩段顯然是後加的，雖然使鴛鴦前言不對後語，但是賈母鳳姐鴛鴦那一小場戲十分生動，而且透露三人之間的感情。

所以第七十一回是舊有的，X本改寫下半回，上半回慶壽，加元妃賜金壽星等物——原文元妃已死——又用賈珍妾配鳳代替賈蓉妻。下半回添寫的鴛鴦告知賈母一節，下頁就有個「狌」字（庚本第一七一〇頁），X本的招牌。

第七十五回是一七五六年定稿，回前附葉上有日期。第七十四回上半回有兩個「狌」字（第一七六八、一七七五頁），此回當是X本添改，漏刪回末套語，再不然就是一七五六年又改過，所以恢復了回末套語。

第五十四回末行的「狌」字，顯然是第五十四、五十五合回在X本分兩回的時候，自「曠」改「狌」。同回又有個「徃」字，是元宵夜宴，三更後挪進暖閣，座中有「賈蓉之妻」（第一二七五頁第四行）。

賈母笑道：「我正想著，雖然這些人取樂，竟沒一對雙全的，就忘了蓉兒，這可全了。蓉兒就合你媳婦坐在一處，到（倒）也團圓了。因有媳婦回說開戲……」

——第一二七五至一二七六頁

賈母不要戲班子演，把梨香院的女孩子們叫了來。文官等先進來見過賈母。

賈母笑道：「大正月裏，你師父也不放你們出來徍徍？」

——第一二七六頁第七行

這一段如果是詩聯期或詩聯期後改寫的，所以用「徍」，怎麼會不刪掉「賈蓉之妻」？只隔幾行，而且是書中唯一的一次著重寫賈蓉有妻，不光是點名點到她，容易被忽略。此處的「徍」字，只能是「曠」一律改「徍」的時候，抄手改的。

第五十一至六十回編入一七六〇本，保留這十回本原有的封面，只在回目頁背面添了三行小字，等於打了個印戳，顯然是一個囫圇的十回本收入一七六〇本，沒有重抄過，也沒有校過，所以這十回內獨多「賈蓉妻」。這十回內一律改「徍」，不會是一七六〇年改的。這十回當是詩聯期或詩聯期後才收入十回本，在那時候重抄，一律改「徍」。

X本只改了第五十四、五十五兩回之間的分回處，而賈母與梨香院的女孩子們的談話在第五十四回中部，因此仍舊是「你師父也不放你們出來曠曠？」收入十回本的時候「曠」改「徍」，但是同回回末的一個「曠」字，已經由X本在分回的時候改「狂」。抄手只知道「曠」改「徍」，以為「狂」是另一個字，就仍舊照抄。這是此回的「徍」字唯一可能的解釋。

第七十一回也是「徍」、「狂」各一，原因與第五十四回相同，不過改「徍」更晚些。

此回賈母壽筵上傳遞戲單的賈蓉妻，X本改為賈珍妾配鳳，下面一段不需改寫，席散王妃遊園，就有個「曠」字沒改（庚本第一六九四頁第一行），此回收入一七六〇本，重抄的時候改「狃」。

「此書只是著意於閨中，故敘閨中之事切，略涉於外事者則簡。」——「凡例」。因此寫元妃之死這等大事，重心也只在解散梨香院供奉元妃的戲班，一部份小女伶分發各房，正值當家人都到皇陵上去守制，趙姨娘眾婆子等乘機生事，與這些小兒女吵鬧。第五十八回改掉元妃之死，也只消改寫回首一段與遣散戲班一節。回首老太妃喪事，「賈母邢王尤許婆媳祖孫等皆每日入朝隨祭」，書中並沒有一個許氏，這裏沒稱她為「賈蓉妻」，光是一個「許」字，大概沒引起作者注意，所以沒刪掉。一兩頁後遣散戲班一段，稍後有個「狃」字，顯然X本只改到解散戲班為止，因此底下有個「曠」字沒改成「猏」，直到收入十回本的時候才改為「狃」。

當然此回一定有悲慟的文字刪去，上一回寶玉生病，本來已經「大好了」，這一回卻又「未愈」，總也是因為受打擊的緣故。下一回寶玉迎接賈母等回家，見面一定又有一場傷心，需要刪掉兩句。但是這兩回的主題都是婢媼間的「代溝」。

第六十回趙姨娘向賈環說：「趁著這回子撞屍的撞屍去了，挺床的便挺床，吵一出子。」「撞屍」是死了親人近於瘋狂的舉動，形容賈母王夫人等追悼老太妃，絕對用不上，只能是說元妃喪事中，死者的父母、祖母。「挺床」，在床上挺屍，乍看似乎是指鳳姐臥病，咒她死，但是鳳姐一同送靈去了，第五十五回的病顯已痊癒。「挺床」只能是指元妃，由於「停床易簀」的風俗，人死了從炕上移到床上停放。從這兩句對白上看來，第五十八回改掉元妃之死，並沒有觸及下兩回。因此第五十九回也沒有改掉賈蓉妻，仍舊有「賈母帶著賈蓉妻坐一乘馱轎」。所以第五十九、六十兩回都有「徃」字——X本未改的「曠」字，收入十回本的時候改「徃」。

「狂」是X本採用的，自「曠」改「徃」的中間階段，這假設似可成立。

至於第十回的「狂」字，這許多五花八門的寫法中，只有這「狂」字與《諧聲品字箋》上的「徃」字有「往」字旁。作者採用了《字箋》上的另一寫法「徃」。白文本除了這一次，始終用「曠」。此處尤氏叫賈蓉吩咐總管預備賈敬的壽筵，「你再親自到西府里去請老太太大太太二太太和你璉二嬸子來狂狂。你父親今日又聽見一個好大夫，業已打發人請去了。……」（第二三二頁）一七六二下半年改寫第十、十一回，補加秦氏病。「狂」字下句就提起馮紫英給介紹的醫生，顯然這一段是一七六二年添寫的，距詩聯期（約一七五五年）註「徃」字已經有七八年了，因此對「徃」字的筆劃又印象模糊起來，把《字箋》上兩種寫法合併，寫成「狂」字。

第十一回賈敬生日，邢夫人王夫人鳳姐到東府來。席散，賈珍率領眾子姪送出去，說：「『二位嬸子明日還過來曠曠。』……于是都上車去了，賈瑞猶不時拿眼睛覷著鳳姐兒。」這一段顯然是加秦氏病之前的原文，所以仍舊用「曠」。可見賈敬壽辰鳳姐遇賈瑞，是此回原有的，包括那篇秋景賦，不過添寫席上問秦氏病情與鳳姐寶玉探病。

第五十一至六十回這十回本原封不動編入一七六〇本，不會是太早的本子。但是十回內倒有五回有賈蓉妻，又有書中唯一的一次稱都城為長安。從這十回內「犯」、「彸」的分佈上，可以知道自從X本改掉元妃之死，沒再改過，顯然這十回是保留在X本裏面的早本，大體未動。

這十回只要刪掉回目頁背面「庚辰秋定本」那三行字，再把「彸」都改回來改成「曠」，就是X本。至於為什麼格式與X本頭五回不同，我們已經知道回目後批怎樣演變為回前另頁總批，因為一回本上可以後加附葉，較便。但是為什麼書名也不同？這十回本封面與回目頁上的書名是《石頭記》，X本頭五回——即甲戌本頭五回——是《脂硯齋重評石頭記》。

一向都以為甲戌、己卯、庚辰本的書名都是《脂硯齋重評石頭記》，「重」作「不止一次」解，可以包括二、三、四次。所謂「四閱評本」是書賈立的名目。但是庚本回目頁分明注重區別評閱次數，四評後書名《石頭記》，不再稱《重評石頭記》。

後人加的題頁不算，書中用《脂硯齋重評石頭記》標題的有下列三處：①甲戌本「凡例」、第五、第十三、第二十五回第一頁；②庚本每回回首第一行；③庚本十六張典型回前附葉，來自X本——第二十一回的那張多年後補抄的不算。

甲戌本「凡例」與第五回的第一頁是四回本X本第一、二兩冊的封面。甲戌本第十三至十六回，第二十五至二十八回都是配合那兩冊四回本重抄的。這後八回雖然為了編者的便利，改變總批格式，此外都配合頭八回，好湊成一個抄本。因此第十三、第二十五回回首仍舊襲用X本書名《脂硯齋重評石頭記》。

至於庚本每回回首的書名，每回第一、二行如下：

脂硯齋重評石頭記卷之

第×回

甲戌本每葉騎縫上的卷數同回數。不論庚本的卷數是否也與回數相同，「卷之」下面應當有數目字，不是連著下一行，「第×回」抬頭，因為「卷之第×回」不通。「卷之」下面一定是留著空白，「第×回」也是「第□回」，數目後填，因為回數也許還要改。但是後來「第□回」填上了數目，「卷之」下面的空白不那麼明顯，就被忽略了。

庚本只有五回沒有「卷之」二字：第七、第十六、第十七、十八合回、第二十八、第二十九回。

第十六回內秦鐘之死，俞平伯指出全抄本沒有遺言，其他各本文字較有情致；有一句都判向小鬼說的話，甲戌本獨異，如下：

別管他陰也罷，陽也罷，敬著點沒錯了的。

庚本作：

別管他陰也罷，陽也罷，還是把他放回，沒有錯了的。

俞氏囿於甲戌本最早的成見，認為是庚本改掉了這句風趣的話，正回楔子裏僧道「長談」的內容庚本完全略去[25]。——把一句短的反而改長了，省不了抄寫費，與刪節楔子不能相提並論。甲戌本這句只能是作者改寫的。秦鐘之死顯然改過兩次，從全抄本改為庚、戚本，再改為甲戌本。

庚本此回下接第十七、十八合回。第十七、十八合回屬於詩聯期。此本第七回在詩聯期改北方話。沒有「卷之」的五回可能在同一時期改寫過，發現了這多餘的「卷之」二字，所以刪了。

一回本X本有回前附葉的，附葉就是封面，因此上面有書名《脂硯齋重評石頭記》。沒有回前附葉的，第一頁就是封面，所以第一行標寫書名。庚本第五十一至六十回是X本，每回第一行都是「脂硯齋重評石頭記卷之」。這十個一回本編入十回本的時候，回首這款式顯然未經作者或批者鑒定，否則不會弔著個無意義的「卷之」。這十回本原封不動編入一七六〇本，沒有重抄。一七六〇本其他部份重抄，也仿照X本每回回首第一行寫「脂硯齋重評石頭記卷之」，配合原有的十回。一七八〇年後編上半部，當然仍舊沿用這款式，配合一七六〇本。因此庚本每回回首的書名來自X本。其實只有X本用《脂硯齋重評石頭記》書名。X本到了詩聯期或詩聯期後才收入十回本，這時候即使還沒有「四閱評過」，總也進入三評階段了，不能再用《重評石頭記》書名，所以十回本的封面與回目頁上書名都是《石頭記》。

顯然「重評」是狹義的指「再評」。《脂硯齋重評石頭記》只適用於甲戌再評本。只有X本用這書名，因此X本就是甲戌再評本——一七五四本。

確定是一七五四本的最後一回是第七十一回。一七五四本前，最後的一個早本是明義所見《紅樓夢》。明義廿首詠紅樓夢詩，第十九首是：

> 莫問金姻與玉緣，聚如春夢散如烟。石歸山下無靈氣，總使能言亦枉然。

頑石已返青埂峰下，顯然全書已完。但是一七五四本並沒改完。

本文根據書中幾個俗字的變遷、回前回末一切形式、庚本回目頁、「凡例」與他本開端的比較，其他異文與前後不符處，得到以下的結論：

甲戌再評的一七五四本有六回保存在甲戌本內——第一至五回、第二十五回——又有一個十回本與零星的四回保存在庚本內——第十六、第三十九、第四十回、第五十一至六十回、第七十一回——共二十回。庚本的回前附葉有十六張是一七五四本的。此外還有全抄本第二十五回是一七五四本此回初稿。

一七五四本廢除回末套語，但是只有在這期間改寫諸回——尤其是改寫近回末部份的時候——才刪去「下回分解」，緊接著一七五四本後的一個時期，約在一七五五至五六初，回末改用詩聯作結。

一七五四本大概只有開始有兩冊四回本，其餘都還是一回本，約在一七五〇中葉後才收入十回本。

一七五四本前，書名《紅樓夢》，是最後的一個早本，有一百回，已完。確定是一七五四本的最後一回是第七十一回，此本大概還繼續改下去，如第七十四回就有一七五四本的標誌，但是此後可能又還改過。第七十五回是一七五六年定稿。一七五四本顯未改完，此後也一直未完。

一七五四本較明顯的情節上的改動如下：黛玉初來時原是孤兒，改為父親尚在；紫鵑本與雪雁同是南邊帶來的，改為賈母的丫頭鸚哥，給了黛玉，襲人原是寶玉的丫頭，也改為賈母之婢珍珠，給了寶玉；第五十八回改去元妃之死；夢遊太虛自第二十五回移到第五回，加上秦氏引夢與警幻「秘授雲雨之事」。十二釵冊子、曲詞都是原有的，因此仍舊預言元春在母家全盛時期死去，托夢父母。

〈初試雲雨情〉其實附屬一七五四本新寫的第五回，是夢遊太虛的餘波，這一段加在第六回回首，過渡到早本三回——第六至八回。這三回收入一七五四本，除了換回目，與第六回回首添了一段，第八回改寫過，此外只第六、七兩回小改四處。

庚本、全抄本這三回原是早本，在一七五四年沒有及時抽換。約在一七五五至五六初，作者先後在這兩個本子上修改這三回的北方話，順便抽換第六回回首與第八回，但是漏改第六、七兩回改寫的四處。

在同一時期，畸笏利用原有的兩冊四回本一七五四本，抽換第二冊後三回，整理重抄，但是並沒有採用這三回新改的北方話，也許不知道作者在做這項工作，再不然就是稍後才改北方話。畸笏抽換第六回回首「初試」一節，換上秦氏未進房慰問的今本，但是沒想到聯帶改去第五回回末秦氏進房，因此只有甲戌本第五回與下一回不啣接。

一七六二年春，作者遵畸笏命刪去第十三回〈秦可卿淫喪天香樓〉，但是對於隱去死因的程度，兩人的意見仍有出入。甲戌本此回正文與散批、回後批都是刪後最初的底本，回前總批卻是後加的，在靖本此回之後。靖本此回是第一個有回前總批的刪後本。

下半年作者終於採用畸笏的主張，補寫秦氏有病。第十至十一回改寫完畢，確定不影響下文，畸笏才令人重抄第十四至十六回——與第九至十二回，不過這一冊後來散失了——配合原先那兩冊四回本，想湊成一個抄本，但是為編集總批的便利起見，改回目後批為回目前總批，又恢復標題詩制度，等著作者一首首補寫，但是這已經是曹雪芹在世的最後幾個月了。

一七六七夏以後，可能就是這年下半年，畸笏編第二十五至二十八回，標題詩已經廢除，改用回後總批，比回目前總批還更方便，末端開放，騰清後再發現他本批語可以移作總批的，儘可陸續補加。清代劉銓福收藏的甲戌本有八冊，共三十二回，也許畸笏編的這一個本子盡於此。

第十一回後的庚本可能通部都是同一個早本，在改寫過程中陸續抽換，分兩次編纂。一七六〇定本一次收入一七五四本的一個整十回本。作者在世的最後兩年改寫上半部，因此，卒後又有人抽換改編一七六〇本上半部，但是第一冊已經散失，生前最後幾個月內改寫的第十、十一兩回遺稿也沒有，只有個白文本倒抽換了這兩回改稿，因此收編白文本頭十一回——己卯本這十一回也是收編一個近白文本——白文本年代晚得多，所以改編一七六〇本上半部已經在一七八〇中葉或更晚。

此書原名《石頭記》，改名《情僧錄》。經過十年五次增刪，改名《金陵十二釵》。《金陵十二釵》點題的一回內有十二釵冊子，紅樓夢曲子。畸笏堅持用曲名作書名，並代寫「凡例」，逕用《紅樓夢》為總名。但是作者雖然在楔子裏添上兩句，將《紅樓夢》與《風月寶鑑》並提，仍舊歸結到《金陵十二釵》上，表示書名仍是《十二釵》，在一七五四年又照脂硯的建議，恢復原名《石頭記》。

大概自從把舊著《風月寶鑑》的材料搬入《石頭記》後，作者的弟弟棠村就主張《石頭記》改名《風月寶鑑》，但是始終未被採用。

一七五四本用《脂硯齋重評石頭記》書名，甲戌本是用兩冊一七五四本作基礎編起來的，因此襲用這名稱。一七六〇本與二三十年後改編的上半部，書名都還原為《石頭記》。庚本、己卯本所有的《脂硯齋重評石頭記》字樣，都是由於一七六〇本匆匆收編一冊一七五四本，抄手寫了配合原有的這一冊，保留下來的一七五四本遺跡。

註1．俞平伯著《影印〈脂硯齋重評石頭記〉十六回後記》，中華文史論叢第一輯，第三〇一至三〇二頁。

註2．吳世昌著《論〈脂硯齋重評石頭記〉（七十八回本）的構成、年代和評語》，中華文史論叢第六輯，第二一六頁。

註3．陳毓羆著《〈紅樓夢〉是怎樣開頭的？》文史第三輯，第三三四頁。

註4．同上，第三三八頁。

註5．甲戌本第二回第二十三頁上，夾批。

註6．潘重規著《紅樓夢脂評中的注釋》。

註7．同註2，第二五六頁。

註8．同上，第二六〇、二六一、二六四、二六五頁。

註9．同註1，第三一五頁。

註10．見拙著〈初詳紅樓夢：論全抄本〉，明報月刊一九六九年四月，第二十三頁。

註11．第五十八回，庚本第一三七五頁；第六十一回，第一四四三頁；第六十三回，第一四九一頁。

註12．同註2，第二五七頁。

註13・甲戌本其他異文：

第六回：又和他唧唧了一會（第一頁下。他本均作「唧咕」）

銀唾沫盒（同頁。全抄、戚本作「銀唾盒」。庚本作「雕漆痰盒」）

說你們棄厭我們（第十一頁下。戚、庚本同。全抄本作「棄嫌」）

蓉兒回來！（第十三頁下。戚本同。庚、全抄本作「蓉哥」）

當時他們來一遭，卻也沒空兒〔音〕他們。（第十四頁下。他本均作「空了」〔義〕）

要說和柔些（第十五頁下。南京話。他本均作「和軟」）

第七回：

站立台磯上（第一頁。南京話。戚本作「台磯石」。庚本作「站在台階坡上」，全抄本作「台階坡兒」。第六回「上了正房台磯」——第九頁——各本同，可見起初都是「台磯」）

較寶玉略瘦巧些（第十頁下。南京話。他本均無「巧」字）

味酒（第十四頁。戚本同，全抄、庚本作「吃酒」。同庚本第六十五回第一五五八頁「你撞喪〔味搡〕那黃湯罷，撞喪醉了……」）

你們這把子的雜種忘八羔子們（第十四頁下。戚本同。庚本作「這一起」，全抄本作「這一起子」。結拜弟兄通稱「拜把子」，來自蘇北方言「這把子」，指「這一幫」。）

第八回：

輕狂（第八頁下。戚本同。南京話。全抄、庚本作「狂」）

註14．同註10。

註15．俞平伯著《談新刊〈乾隆抄本百廿回紅樓夢稿〉》，中華文史論叢第五輯，第四二五頁。

註16．同上，第四二三頁。

註17．同註10，第二十二頁。

註18．同註15，第四二三頁。

註19．同註2，第二二五頁；第二七六頁，註二十六。

註20．同上，第二三二至二三三頁。

註21．甲戌本第十四回總批：「路謁北靜王是寶玉正文。」同庚本第三〇四頁批北靜王問「那一位是啣玉而誕者？」：「忙中閒筆。點綴玉兄，方不失正文中之正人。作者良苦。壬午春，畸笏。」

註22．周汝昌著《紅樓夢版本的新發現》，一九六五年七月二十五日香港大公報。

註23．甲戌本第二十六回總批：「前回倪二紫英湘蓮玉菡四樣俠文，皆得傳真寫照之筆，惜衛若蘭射圃文字迷失無稿，嘆嘆！」同庚本第六〇三頁眉批：「寫倪二（紫）英湘蓮玉菡俠文，皆各得傳真寫照之筆。丁亥夏，畸笏叟。」；同頁眉批：「惜衛若蘭射圃文字迷失無稿，嘆嘆！丁亥夏，畸笏叟。」

註24．同註10，第二十四頁。

註25．同註16，第四〇一頁。同註1，第三二三至三二四頁。

三詳紅樓夢

——是創作不是自傳

庚辰本《石頭記》特有的回前附葉，有三張格式與眾不同，缺第一行例有的書名《脂硯齋重評石頭記》，但是看得出這部位仍舊留著空白。這三葉在第十七、十八合回、第四十八、第七十五回前面。

第十七、十八合回的這張扉頁上有總批也有標題詩，又有批詩的二則，用小字批註在詩下，己卯本另作一段，不及庚本清楚。

第一段是總批：

此回宜分作二回方妥。

除了庚本，己卯本也有這一段。此回只有這兩個本子還沒分成兩回，但是己卯本在介紹妙玉一節後已有硃筆眉批：

「不能表白」後是第十八回的起頭。

是遵囑分兩回，指示下一個抄本的抄手。這條批顯然時間稍後。回前附葉上的第一段則是寫給作者的建議，性質與第七十五回的相同：後者記錄謄清校對的日期——乾隆二十一年（一七五六年）五月七日——並提醒作者中秋詩尚缺，回目也缺首三字。兩次的備忘錄只適用於新稿或是剛改寫完畢的定稿。

庚本第十九回不但沒有回目，連回數都沒有，第一頁正文從邊上抄起。上一回末頁空白上墨筆大書「第十九回」四字，顯然是收釘十回本後另人代加。第十九回回末有滿人玉蘭坡一條墨筆批語：

此回宜分作三回方妥，係抄錄之人遺漏。

此回共十六頁，其他各回十頁上下不等，這一回也不算很長，絕對不能分作三回。唯一可能的解釋是：玉蘭坡所見的「此回」是改寫前的第十七至十九回，三回原是脂批所謂「一大回」。庚本的第十九回是新分出來的。

第十七至十九回是在詩聯期分成兩回，所以兩回回末都有「正是」二字，作結的詩句尚缺。詩聯期緊接著一七五四本後，而一七五四本廢除回前回末一切形式，沒有新的總批與標題詩，舊有的仍予保留。因此第十七、十八合回回前附葉上，自第二段以下一定還是一七五四本前的總批與標題詩。脂評人看了新改寫的第十七、十八合回，批說應當再一分為二，又把舊有的總批、標題詩與詩下批註都抄在後面。庚本這張扉頁的原本無疑的是脂評人親筆，與第七十五回的一樣，都是與此回最初的定稿俱來的。

第十七、十八合回元妃點戲，第一齣「豪宴」，批：「『一捧雪』中。伏賈家之敗。」第四十八回賈雨村代賈赦構陷石獃子，沒收傳家古扇獻給賈赦。「一捧雪」玉杯象徵石家珍藏的扇子，同是「懷璧其罪」。第七十五回甄家抄家，賈政代為隱匿財物，是極嚴重的罪名。但是第五回太虛幻境第十三支曲詞說：「家事消亡首罪甯」。甯府除非亂倫罪舊案重翻，此外迄今不過國孝家孝期間聚賭，也在第七十五回內。倒是榮府二老身犯重罪，與預言不合。二人的罪行與伏線都在這三回，是這三回間的一個連鎖。

第四十八回自平兒口中敘述賈赦派賈璉強買古扇不遂，卻被賈雨村營謀到手，因此罵兒子無用，又氣他回嘴，毒打了賈璉一頓。第七十二回林之孝報告賈璉：聽說賈雨村貶降，「不知因何事，只怕未必真。」

賈璉道：「真不真，他那官兒也未必保得長。將來有事，只怕未必不連累偺們，寧可疎遠著他好。」林之孝道：「何嘗不是，只是一時難以疎遠。如今東府大爺合他更好，老爺又喜歡他，時常來往，那一個不知。」賈璉道：「橫竪不合他謀事，也不相干。你去再打聽真（了），是為了什麼。」林之孝答應了，……

第十七、十八合回賈政托賈雨村代擬園中匾對。第三十二回雨村來拜，有人來請寶玉：「老爺叫二爺出去會。」

寶玉……抱怨道：「有老爺和他坐著就罷了，回回定要見我。」

暗寫雨村常來，賈政都接見。至於賈珍和他親密，只有第七十二回林之孝提起過，但是只說賈珍賈政與他接近，反而不提賈赦。他拍上了賈赦的馬屁，送了這麼大一個人情，豈有不親近他之理？更奇怪的是賈璉在古扇事件中是夾縫中人物，創深痛鉅，明知雨村的陰謀牽涉他父親的程度，此處竟說：「橫豎不和他謀事，也不相干。」對他自己手下的總管，也不必撇清，唯一可能的解釋是扇子公案是後添的，寫第七十二回的時候還沒有雨村賈赦的石獃子案。這事件全部在平兒口中交代的。第四十八回寫薛蟠遠行，香菱入園學詩，插入平兒來，支開香菱，向寶釵要棒瘡藥，敘述賈璉挨打因由，這一段是後加的，回目上也沒提起。

第七十五回開始，尤氏要到王夫人處去。

跟從的老嬤嬤們因悄悄的回道：「奶奶且別往上房去。纔有甄家的幾個人來，還有些東西，不知是作什麼機密事，奶奶這一去，恐不便。」尤氏聽了道：「昨日聽見的，說爺說看邸報甄家犯了罪，現今抄沒家事（私），調取進京治罪，怎麼又有人來。」老嬤嬤道：「正是呢，纔來了幾個女人，氣色不成氣色，慌慌張張的，想必有什麼瞞人的事情，也是有的。」尤氏聽了，便不往前去，仍往李氏這邊來了。

這一節暗寫甄家自南京遣人來寄存財物在賈政處。當晚尤氏回甯府，賈珍正在大請客賭錢，四更方散，宿在侍妾佩鳳房中。次晨佩鳳來傳話，與尤氏的對白中有：

佩鳳道：「爺說早飯在外頭吃，請奶奶自己吃罷。」尤氏問道：「今日外頭有誰？」佩鳳道：「聽見說外頭有兩個南京新來的，倒不知是誰。」說話一時賈蓉之妻也梳妝了來見過，少時擺上飯來，尤氏在上，賈蓉之妻在外（下）陪，婆媳二人吃畢飯，……

賈家的近親史、王、薛家都是南京大族，連李紈娘家都是南京人，但都是榮府方面的親戚。當然賈家自己也是南京人，與賈珍一同吃早飯的男客也可能是本家，但是也不大像——族中就是榮甯二支顯赫。由賈珍親自陪著吃飯，顯然很重要。尤氏昨天剛發現南京甄家派了幾個女僕送財物到榮府寄存，又聽見南京新來了兩個人，她不會毫無反應，至少想打聽甄家的消息。究竟是什麼人，此後也沒有下文了。倘是伏線，下五回內也沒有交代，這都不像此書的作風。又，此處有「賈蓉之妻」。今本沒有賈蓉續娶的事，因此凡有漏刪的賈蓉妻其人，都是較早期文字的標誌。

第五回的十二釵冊子與曲文是在一七五四本前，夢遊太虛一回的前身五鬼回內就有的，所以曲文內有些預言過了時失效了，例如說元春死在母家興旺的時候，托夢父母，警告他們要留個退步。到了一七五四本，就已經改去第五十八回元妃之死與元妃托夢。同樣的，「家事消亡首罪甯」的預言也屬於前一個時期。

為什麼要延遲元妃之死？因為如果元妃先死了，然後賈家犯了事，依例治罪，顯得皇帝不念舊情。元妃尚在，就是大公無私。書中寫到皇上總是小心翼翼歌功頌德的，為了文字獄的威脅。元妃不死，等到母家獲罪，受刺激而死，那才深刻動人。

從這觀點看來，倘是甯府罪重，與元妃的血統關係又隔了一層，給她的刺激不夠大。改為榮府犯事，讓賈赦闖禍，是最合理的人選，但究竟不過是她的伯父，又還不及賈政是她父親，那才活活氣死了她。而且如果僅只是賈赦扇子事發，賈政純是被連累，好人壞人黑白分明，也較腦筋簡單，不像現在賈政代甄家「窩藏贓物」，可見正人君子為了情面，也會幹出糊塗冒險的事來。因此分兩個步驟改成榮為禍首，一層深似一層。

蛛絲馬跡，可以看出第七十五回本來是賈珍收下甄家寄放財物——就尤氏與佩鳳的對白中暗寫南京來了兩個人，賈珍陪同用飯，作為後文伏線。至於尤氏撞見甄家暗移家產到賈政處，這一節正如賈赦的扇子公案，也是後添的，按照此書最省事的改寫方式，在回首加一段，只消在一回本稿本上加釘一葉。

第三十七回回首賈政放學差一節，也是用同樣方式後加的。全抄本漏改，因此缺這一段，回首曾有一張黏貼的紙條，想是另人補抄這一段，後又失落。此本第六十四回賈敬喪事，就是賈赦賈政兄弟倆攙著賈母（第三頁末行；第三頁下，第一行）。此處三次提起「賈赦賈政」、「赦政」，不可能是筆誤，當是添寫賈政外放之前的本子，所以賈政仍舊在家。

戚本第六十四回以賈㻞賈珖代替賈赦賈政。庚本缺此回，己卯本也缺，庚本用己卯本抄配的這一回補上，此處是賈赦賈璉父子攙扶賈母。原因很明顯，作者發現了全抄本此回的漏洞，賈政不在都中，不能在喪事中出現，因此改為賈㻞賈珖。但是這樣一來，主持賈敬喪事的賈赦倒反而靠邊站了。由兩個族姪孫攙著賈母弔姪兒的喪，也遠不及兩個兒子攙著親切動人。於是又改為賈赦賈璉，兒子孫子攙著。但是俞平伯還是指出此處「賈赦賈璉」不大合適，想必因為賈璉這人物太沒有份量。

因此第六十四回分甲（全抄本）、乙（戚本）、丙（己卯本抄配）。還有一處歧異，回末賈璉籌備娶尤二姐：

> 又買了兩個小丫頭。賈珍又給了一房家人，名叫鮑二，夫妻兩口，預備二姐過去時服役。
>
> ——甲、乙同

> 又買了兩個小丫鬟。只是府裏家人不敢擅動，外頭買人，又怕不知心腹，走漏了風聲。忽然想起家人鮑二來，當初因和他女人偷情，被鳳姐兒打鬧了一陣，含羞吊死了。賈璉給了二百銀子，叫他另娶一個。那鮑二向來卻就合廚子多渾蟲的媳婦多姑娘有一手兒，後來多渾蟲酒癆死了，這多姑娘見鮑二手裏從容了，便嫁了鮑二。況且這多姑娘原也合賈璉好的，此時都搬出外頭住著。賈璉一時想起來，便叫了他兩口兒到新房子裏來，預備二姐兒過來時服侍。那鮑二兩口子聽見這個巧宗

兒，如何不來呢？

——丙

第六十五回賈珍趁賈璉不在尤二姐處，夜訪二尤，正與二姐三姐尤老娘談話。

那鮑二來請安。賈珍便說：「你還是有良心的小子，所以叫你來伏侍。日後自有大用你之處，不可在外頭吃酒生事，我自然賞你。倘或這里短了什麼，你璉二爺事多，那里人雜，你只管去回我，我們弟兄不比別人。」鮑二答應道：「是，小的知道。若小的不盡心，除非不要這腦袋了。」賈珍點頭說：「要你知道。」當下四人一處吃酒，……

一段對白的口吻，顯然鮑二是賈珍的人——不然也根本不會特地進來請安，尤其在這親密的場合——所以賈珍可以向他暗示這份家他自己也有份，也肯出錢維持，代守秘密有賞，將來還要提拔他。

第六十四回甲乙寫鮑二是賈珍的僕人，顯然是正確的。第六十四回丙改鮑二是賈璉的僕人，當然是因為第四十六回已經有鮑二夫婦，是榮府家人，鮑二家的私通賈璉，被鳳姐捉姦，羞憤自殺了。所以此處把賈璉的又一情婦多姑娘揑合給鮑二續絃。第六十五回並沒有連帶改，回內鮑二之妻仍舊是「鮑二家的」，「鮑二女人」，不稱多姑娘。

賈敬喪事，攙扶賈母的人由赦、政改琠、珖，再改赦、璉，顯然是作者自改，可見第六十四回丙雖然是抄配的，也可靠，解釋鮑二夫婦的這一大段也是作者自改的。第二十一回描寫多姑娘的妖媚淫蕩，批註：「總為後文寶玉一篇作引」（庚、戚本）。賈璉與多姑娘幽會，庚本又有眉批：「此段係書中情之瑕疵，寫為阿鳳生日潑醋回及夭風流寶玉悄看晴雯回作引，伏線千里外之筆也。丁亥夏，畸笏叟。」換句話說，此段透露賈璉慣會偷家人媳婦，埋伏下第四十四回鳳姐潑醋，又伏下第七十七回寶玉探晴雯，遇見晴雯的表嫂，廚子多渾蟲之妻燈姑娘。前引「後文寶玉一篇」是指第七十七回，「燈姑娘」也就是多姑娘。「燈姑娘」這名字的由來，大概是《金瓶梅》所謂「燈人兒」，美貌的人物，像燈籠上畫的。比較費解，不如「多姑娘」用她夫家的姓，容易記憶，而又俏皮。

寫第六十四回甲乙的時候，顯然第四十四回還不存在。第四十三、四十四回寫鳳姐生日那天，寶玉私自出城祭金釧兒，鳳姐酒後潑醋，誤打平兒，寶玉得有機會安慰平兒，這兩回結構嚴密，是個不可分的整體，原來是後添的。加上了這兩回之後，才改第六十四回，給喪妻的鮑二配上第二十一回的多姑娘，在這裏是寡婦了，多渾蟲已死。但是第七十七回多渾蟲還在世，不過他妻子還用舊名燈姑娘。

第七十七回王夫人向芳官說：「前年我們往皇陵上去，」那是第五十八回的事，在清明前，賈敬死了才回來奔喪，死的時候天氣炎熱，當是初夏。賈璉服中偷娶尤二姐，兩個月後賈珍住在鐵檻寺，當然是為了做佛事，百日未滿（第六十五回），顯然賈敬死後不到一個月就「偷娶」，還是初夏。婚後半年有孕，誤打胎後吞金自盡（第六十九回）。七日後下葬，正「年近歲逼」。下年春天起桃花社（第七十回），八月二日賈母生日（第七十一回），第七十五、七十六回過中秋節，第七十七回在中秋後不久，皇陵祭弔是去年春天，「前年」多算了一年，是早本時間過得快些。可見第七十七回寫得很早。因此燈姑娘是原名。

第二十一回回末如下：

且聽下回分解。　　收後淡雅之至。

正是：

淑女從來多抱怨　　嬌妻自古便含酸　　（二語包盡古今萬萬世裙釵）

詩聯是後加的，顯然此回在詩聯期——一七五五年左右——改寫。原有的回末套語下，有句批語誤入正文：「收後淡雅之至。」這條批一定很老，由硃批改為雙行小字批註，傳抄多次後又被誤作正文。此回大概也是很早就有了的，一七五五年改寫的時候將燈姑娘改名多姑娘。此後添寫第四十三、四十四回潑醋，借用鮑二家的名字，當是為了三回後潑醋餘波一句諧音妙語：第四十七回又一提鮑二家的，賈母誤作趙二家的，鴛鴦糾正她，她說：「我那裏記得抱著背著的？」

潑醋回提前用了鮑二家的，因此需要改第六十四回的鮑二夫婦，因為鮑二家的已死。於是結果了多渾蟲，將他老婆配給鮑二補漏洞，就用她的新名字多姑娘。這是第六十四回丙。第六十四回乙回末如下：

下回便見。正是：

只為同枝貪色慾　致教連理起干戈

「下回便見」是例有的套語，下面的一對詩句是詩聯期後加的，因此第六十四回乙是一七五五年定稿。改丙至早也在一七五五年後，距寫第七十七回的時候很遠，所以忘了多渾蟲夫婦又還在探晴雯一場出現。

前面說過，潑醋回用第六十四回的鮑二家的，就為了三回後賈母的一句俏皮話：「我那裏記得抱著背著的？」（第四十七回）第四十七回——至少回內這一段——顯然是與潑醋二回同時寫的。第四十七回改寫過，因為回目與內容不符：〈冷郎君懼禍走他鄉〉，但是回內柳湘蓮與寶玉在賴家談話，湘蓮告訴他「眼前我還要出門去走走，外頭逛個三年五載再回來。」臨別寶玉叮囑：

「……只是你要遠行，必須先告訴我一聲，千萬別悄悄的走了。」說著便滴下淚來。柳湘蓮道：「自然要辭的，你只別和人說就是了。」

從賴家出來，才打了薛蟠，可見不是懼禍逃走，是本來要走的，至多提前動身。回末：

薛蟠在炕上痛罵柳湘蓮，又命小廝們去拆他的房子，打死他，和他打官司。薛姨媽禁住小廝們，只說柳湘蓮一時酒後放肆，如今酒醒，後悔不及，害怕逃走了。薛蟠見如此說了，氣方漸平。

懼禍逃走的話，是薛姨媽編造出來哄薛蟠的。〈懼禍走他鄉〉顯然是改寫前的回目。為什麼要改為原定計畫旅行，理由很明顯。懼禍逃走，後又巧遇薛蟠，打退路劫盜匪，救了薛蟠，跡近贖罪，否則回不了家，成了為自己打算。

庚本第四十八回回前附葉上總批：

題曰「柳湘蓮走他鄉」，必謂寫湘蓮如何走，今卻不寫，反細寫阿獃兄之遊藝。了心卻（了卻心願？）湘蓮之分（份）內。走者而不細寫其走，反寫阿獃，不應走而寫其走。文牽岐路，令人不識者如此。

這條總批橫跨第四十七、四十八回。柳湘蓮自稱「一貧如洗，家裏是沒有積聚的」，書中也不止一次說他「萍踪浪跡」，一定說走就走，決不會有什麼事需要料理，怎麼樣「寫湘蓮如何走」、「細寫其走」？難道寫他張羅一筆旅費？也不會寫上路情形，又不是《老殘遊記》。「細寫其走」只能是指辭別寶玉。湘蓮寶玉約定臨走要來辭別，不會不別而行。湘蓮寶玉那段談話是在改寫的時候加的，因為將懼禍改為原定出門旅行。因此這張回前附葉總批是在這兩回定稿的時候批的。

前面說過，第十七、十八合回與第七十五回那兩張回前附葉是各自與這兩回的最初定稿俱來的。第四十七、四十八回的這一張，原來也是這兩回改完了之後現批的。

庚本二十張回前附葉內，只有這三張沒有書名《脂硯齋重評石頭記》。此處「重評」是狹義的指再評。三張內第七十五回這一張有日期：一七五六年農曆五月七日。至少這一張，我們知道它為什麼不用《脂硯齋重評石頭記》書名，因為已經不是一七五四年「脂硯齋甲戌抄閱再評」的本子，而且批者不是脂硯，也不能算「三評石頭記」，因此留出空白，俟定名再填。

有這三張附葉的三回，內中兩回埋伏賈赦的罪名，另一回將甄家寄存財物在賈珍處改為賈政處，埋伏下賈政的罪名，顯然是三回同時改寫，改去預言中的甯為禍首，而賈政的罪行是最後加的，不然元妃這一支還是被連累，比較軟弱閃避。

三張無題扉頁有一張有日期，一七五六年農曆五月初，因此三張都是一七五六年初夏批的。

至於為什麼相隔兩年就要改變回前附葉格式，而幾十年後補錄的第二十一回的那一張反倒恪遵原有款式，那是因為那一張是另人補抄的，而這三張是脂評人手筆，所以注重本子先後的區別。

第四十三、四十四回潑醋，與第四十七回內插入的潑醋餘波是同時寫的；潑醋回用了鮑二家的，就需要改第六十四回的鮑二夫婦，於是有了第六十四回丙；第四十七、四十八回又與第十七、十八合回、第七十五回同時定稿，第七十五回最後。因此以上七回都同時，按著上述的次序，第七十五回最後改。第六十四回丙是一七五五年後寫的，而第七十五回是一七五六年初夏謄清。所以這七回都是一七五六年春定稿。

第二十九至三十五這七回，各本幾乎全無回內批。庚本只有第三十三、三十四、三十五回各有一兩條。此外甲辰本第三十、三十二回各有一條，不見得是脂批。

金釧兒之死，自第三十回起貫串這幾回，末了第三十五回寫她死後她的妹妹玉釧兒啣恨不理睬寶玉。我們現在知道第四十三、四十四回祭金釧帶潑醋是一七五六年春添寫的全新的兩回。這引起了一個問題：金釧兒這人物是否也是後添的？姑且假定金釧兒是後加的。

第二十九至三十五這七回，前四回有總批。庚本這種典型格式的回前附葉總批都是一七五四年前的舊批——一七五四本廢除回前回末一切形式，所以沒有總批，但是舊有的總批仍予保留。金釧兒是第三十、三十二這兩回的一個重要人物，但是這兩回的總批都沒有提起她，因為作批的時候還沒有這人物。

寶玉挨打後，一批批的人到怡紅院去看他，獨無史湘雲，這很奇怪。如果是因為慰問寶玉沒有她的戲，儘可以在跟賈母去的人中添她一個名字。尤其是挨打前她和寶玉最後一次見面，湘雲勸他常會見做官的人，「談談世途經濟的學問」，「寶玉聽了道：『姑娘請別的姐妹屋裏坐坐，我這裏仔細髒了你知經濟學問的。』」難道湘雲還在跟他生氣？

挨打養傷的這三回內湘雲只出現過一次：第三十五回薛姨媽寶釵去探望寶玉，遇見賈母等也在那裏。一同出來，「忽見史湘雲平兒香菱等在山石邊掐鳳仙花呢，見了他們走來，都迎上來了。少頃出了園中，王夫人恐賈母乏了，便欲讓至上房內坐。」

平兒香菱是賈璉薛蟠的妾侍，大概不便去看寶玉。湘雲也不去，且忙著採鳳仙花染指甲。賈母等隨即在王夫人處用飯，桌上有湘雲。寶玉想吃的荷葉湯做了來了，王夫人命玉釧兒送去，這才言歸正傳，回到挨打餘波上。

直到第三十六回回末，湘雲才回家去。寶玉挨打事件中，怎麼她好像已經回去了，不在場？

第三十六回內王夫人與鳳姐談家務，薛姨媽寶釵黛玉都在場。鳳姐講起襲人還算是賈母房裏的人，她的一兩銀子月費「還在老太太丫頭分例上領」。

王夫人想了半日，向鳳姐道：「明兒挑一個好丫頭，送去老太太使，補襲人。把襲人的一分裁了，把我每月的月例二十兩銀子裡拏出二兩銀子一吊錢來給襲人，以後凡事有趙姨娘周姨娘的，也有襲人的，只是襲人的這一分都也從我的分例上勻出來，不必動官中就是了。」鳳姐一一答應了，笑推薛姨媽道：「姨媽聽見了？我素日說的話如何？今兒果然應了我的話。」薛姨媽道：「早就該如此。模樣兒自然不用說的，他的那一種行事大方，說話見人和氣裏頭帶著剛硬要強，這個實在難得。」王夫人含淚說道：「你們那裡知道襲人那孩子的好處。（下略）」

末句各本批註：「『孩子』二字愈見親熱，故後文連呼二聲『我的兒』。」

第三十四回王夫人與襲人的談話中兩次叫她「我的兒」，第一次如下：

王夫人聽了這話內有因，忙問道：「我的兒，你有話只管說。近來我因聽見眾人背前背後都誇你，我只說你不過是在寶玉身上留心，或是諸人跟前和氣，這些小意思好，所以將你合老姨娘一體行事，誰知你方纔和我說的話全是大道理，正合我的心事。（下略）」

「將你合老姨娘一體行事」，指襲人加了月費，與趙姨娘周姨娘同等待遇。這是第三十六回的事，還沒發生。可見第三十六回原在第三十四回前面。

第三十三、三十四、三十五這三回寫寶玉挨打與挨打餘波。第三十六回是湘雲回家的一回。顯然第三十六回原在這三回前面。換句話說，湘雲回家之後寶玉才挨打。

第三十六回回末湘雲回家，「眾人送至二門前，寶玉還要往外送」，句下批註：「每逢此時，就忘卻嚴父，可知前云『為你們死也情願』不假。」這條批指出一過了二門，再往外去就有遇見賈政的危險。

送湘雲的局面倒正與挨打一幕開首相同。既然沒有金釧兒這人，不會是聽見金釧兒死訊後撞見賈政，而是送湘雲去後撞見賈政。正值忠順王府來人索取琪官——沒有金釧兒，當然不是二罪俱發。賈政送客出去，寶玉萬分焦急想討救兵的時候，可能有耳聾的「老姆姆」瞎打岔，但是沒有將「要緊」誤作「跳井」的一段幽默的穿插。當然也沒有賈環告密，火上加油。——今本琪官失蹤的故事敘述極簡，可能經過刪節。——

養傷期間，沒有玉釧兒嚐湯的事。第三十七回是全抄本的，沒有賈政外放一節。第三十六回還在第三十三回前面；回首沒有賈母藉口寶玉要多養息幾個月，又星宿不利，祭了星，不能見外人，不放他出去。這一段大概是原有的，本來在第三十四至三十五回內。有了這一節，第三十七回開首寶玉終日在園中遊蕩，不必賈政出門，理由也夠充足了。起詩社，發現缺少湘雲，派人去接，因此早本的挨打事件嵌在湘雲一去一來之間。

寶玉要送湘雲出二門，句下那條批註已經是加金釧後的新批，但是裏面引的寶玉的話：「為你們死也情願」，今本並無此語。最近似的是第三十四回黛玉來探問傷勢：

……抽抽噎噎的說道：「你從此可都改了罷？」寶玉聽說，便長嘆一聲道：「你放心，別說這樣話。我便為這些人死了也是情願的。」

這次黛玉來的時候寶玉正在昏睡。

這裏寶玉昏昏默默，只見蔣玉菡走了進來，訴說忠順府拏他之事，一時又見金釧兒進來，哭說為他投井之故。寶玉半夢半醒，都不在意，忽又覺有人推他，恍恍惚惚，聽得有人悲泣之聲。寶玉從夢中驚醒，睜眼一看，不是別人，卻是林黛玉。

「為你們死也情願」，當然是他在夢中對蔣玉菡金釧兒說的。改為同一場他向黛玉說「為這些人死了也是情願的」，是表示寶黛二人相知之深。夢中對蔣玉菡金釧兒毫無反應，也更逼真，更像夢境。

己卯本此回回末有：

紅樓夢第三十四回終

可見在書名「紅樓夢」時期——一七五四本前，約在一七五〇初葉——此回已定稿，上述的一段已經改寫過了。加金釧兒這人物還在「紅樓夢」期前，大概是在書名「金陵十二釵」前的十載五次增刪中。所以改寫挨打一場的時候，「老嬷嬷」仍作「老姆姆」，而明義「題紅樓夢」詩二十首中已經有玉釧兒嚐荷葉湯：

小葉荷羹玉手將，詒他無味要他嘗。碗邊誤落唇紅印，便覺新添異樣香。

第三十七回詩社取別號，李紈建議寶玉仍用「絳洞花王」舊號，批：「妙極，又點前文。通部中從頭至末，前文已過者恐去之冷落，使人忘懷，得便一點；未來者恐來之突然，或先伏一線，皆行文之妙訣也。」關於絳洞花王的前文顯已刪去。此回寶玉改用怡紅公字別號，但是下一回寶玉選擇詩題，又署「絳」字。（庚本第八七八頁）

海棠社二回顯然是早本原有的，回內寶玉仍用絳洞花王筆名。此後改寫，第三十七回添寫李紈寶玉對白，寶玉不要絳洞花王舊號，改用怡紅公子。下一回那「絳」字是漏網之魚。批李紈寶玉的對白「又點前文」，是改寫後批的，但是作批後，關於絳洞花王的前文全都刪了，可見這兩回改寫得很早，原文之老可想而知。海棠社二回上接挨打，挨打事件中很早就插入金釧兒之死。原有的挨打與挨打餘波更早了，連著海棠社二回，大概是此書最初就有的一個基層。

金釧兒之死，自第三十回種因，在第三十二回回末發作，著墨不多。加金釧兒的時候，第三十二回回目改了：〈含恥辱情烈死金釧〉，正文添在回末，都是最省裝訂工的辦法，改在一回本的首頁與末頁。

第三十二回回末與下一回回首後來又改過一次，因此這兩回間的過渡有甲乙二種。全抄本是甲，比他本早。第三十二回回末寶釵捐助新衣供金釧兒裝殮：

一時寶釵取了衣服回來，只見寶玉在王夫人旁（庚本作「傍邊」）坐著垂淚，王夫人正在說話（庚本作「說他」），因見寶釵來了，卻掩口不說了。寶釵見此景況，察言觀色，早知覺了八分。于是將衣服交割明白，王夫人將他母親叫來拿了去。寶釵寶玉都各自散了。惟有寶玉一心煩惱，信步不知何往（他本缺這三句），且聽下回分解。（庚本作「再看下回便知」。）

——全抄本

下一回回首此本較簡：

卻說寶玉茫然不知何從，背著手低頭一面感嘆，一面慢慢的走著，信步來至廳上，……

他本如下：

卻說王夫人喚他母親上來，拿幾件簪環，當面賞與，又吩咐請幾眾僧人念經超度。他母親磕頭謝了出去。原來寶玉會過雨村回來，聽見了便知金釧兒含羞賭氣自盡，心中早又五內摧傷，進來被王夫人數落教訓，也無可說。見寶釵進來，方得便出來，茫然不知何往。（下同）……

全抄本第三十二回回末寶玉寶釵「各自散了。惟有寶玉一心煩惱，信步不知何往，」兩句間的接筍生硬而乏，敘事卻是合理的。寶玉固然是趁此溜出來，也需要避免見金釧兒的母親。寶釵也應當走開，免得要人家磕頭謝她賞衣服。兩人一同出來，也應當各自走散，因為寶釵知道王夫人為了這事責罵他——儘管她只聽見王夫人「正在說話」，可見聲氣如常，是貴婦有涵養，謹慎慣了。但是後來又嫌太含蓄隱晦，所以「說話」改為「說他」。——這時候寶釵不便跟他談話，否則很窘，而且他心裏正難受。

他本刪掉回末這幾句，提前截斷，下一回回首王夫人除了衣服之外又賞首飾裝殮，代做佛事超度，周到得多。接寫寶玉出來，沒提寶釵——想必也只再略坐了坐，金釧兒的母親還沒來就走了，但是避免與寶玉同行——補敘寶玉會見雨村回來，聽見金釧兒死訊，進來又被王夫人數落。原文這一段經過與寶玉的心情全用暗寫，比較經濟、現代化。

第十九回有一處也與此處的改寫如出一轍：寶玉要去東府看戲，「纔要去時，忽又有賈妃賜出糖蒸酥酪來，寶玉想上次襲人喜吃此物，便命留與襲人了，自己回過賈母，過去看戲。」全抄本沒有賈妃賜酪這一段，後文寶玉從東府溜出來，去花家找襲人：

寶玉笑道：「你就家去才好呢，我還替你留著好東西呢。」

直到後文寶玉房裏的丫頭阻止李嬤嬤吃酥酪：「那是說了給襲人留著的」，讀者才知道是酥酪，極經濟流利自然，乾淨俐落。此處庚、戚、己卯本都有批註：「過下無痕」。想必是改寫前的舊批，否則早先明敘把酥酪留給襲人，此刻再提，接寫酥酪事件，十分平凡，似不能稱「過下無痕」，也就是說接得天衣無縫。

他本插入元妃賜酪一節，預先解釋，手法較陳舊，但是「糖蒸酥酪」想必是滿人新年的吃食，所以句下批註：「總是新春妙景」。又一點元妃，關照上文省親。與第三十二、三十三回間的過渡一樣，都是改文較周密，而不及原文的技巧現代化。想必在那草創的時代顧慮到讀者不懂，也許是脂硯等跟不上，或是他們怕讀者跟不上。

第三十至三十五回有關金釧兒之死的六回內，共只四條可靠的脂批，一條是批挨打一場王夫人勸阻（第三十三回），一條是批寶玉命晴雯送手帕給黛玉（第三十四回），還有兩條批傅秋芳家裏的女僕來見寶玉（第三十五回）。這都是加金釧兒的時候將挨打與挨打餘波拆開重排過，部份原文連著批語一同保留了下來。晴雯送帕，黛玉題帕與傅秋芳都是原有的。當然接見傅家女僕一場，寶玉心不在焉潑湯燙了手，端著碗的丫頭不會是玉釧兒——有了金釧兒才有玉釧兒。

傅秋芳已經二十一二歲了——全抄本。因為「一二」二字寫得太擠，各本誤作二十三歲。比十三歲的寶玉大八九歲，她哥哥無論怎樣妄想高攀，也沒希望聘給寶玉。但是在一七五四本前，第二十五回寶玉比今本大兩歲（全抄本），第三十五回也還是這一年。

更早的本子上寶黛的年紀還要大。第三回全抄本多出三句，鳳姐「問妹妹幾歲了。黛玉答道：『十三歲了。』又問道：『可也上過學？現吃什麼藥？……』」我先以為是有人妄改。但是看了這幾個脂本之後的結論，除了有書主或書商為省抄寫費刪去一大段楔子，從來沒人擅改，至多代加「下回分解」，為求一致化。顯然黛玉初來的時候本是十三歲。第二回介紹黛玉出場，今本改為五歲，第三回刪去黛玉的回答，讓鳳姐連問幾句，略去答話，也更生動自然。全抄本此處漏刪這三句。

早本白日夢的成份較多，所以能容許一二十歲的寶玉住在大觀園裏，萬紅叢中一點綠。越寫下去越覺不妥，惟有將寶黛的年齡一次次減低。中國人的伊甸園是兒童樂園。個人唯一抵制的方法是早熟。因此寶黛初見面的時候一個才六七歲，一個五六歲，而在賦體描寫中都是十幾歲的人的狀貌——早本遺跡。

挨打屬於此書基層早本，養傷期間接見傅家來人，寶玉大約十七八、十八九歲，比傅秋芳小不了多少。

賈母與薛姨媽母女在園中遇見湘雲香菱平兒採鳳仙花，同去王夫人處歇息，就在那裏開飯，這一段也是原有的，不過是在寶玉挨打之前，湘雲還沒回家。第三十六回〈綉鴛鴦夢兆絳芸軒〉一節內有湘雲，本來也是挨打前的事。原文可能就是那次在王夫人處擺飯，飯後賈母回房，王夫人當著薛姨媽母女與湘雲，問鳳姐家務事，提起襲人的月費，吩咐此後加倍，改由她這裏撥給——襲人「漸入金屋」。湘雲聽了，便去拉黛玉一同去賀襲人，卻撞見寶玉午睡，寶釵獨坐床上綉鴛鴦。

今本作黛玉與薛姨媽母女在王夫人處吃西瓜，聽見王夫人鳳姐談襲人，因此黛玉去拉湘雲往賀。

湘雲自綉鴛鴦一段後，直到回末才再出現，辭別返家。插入金釧兒之死的時候，有湘雲的這兩場——遊園後吃飯，飯後王夫人鳳姐談襲人事，湘雲拉黛玉往賀，撞見綉鴛鴦；湘雲回家——分成三段安插在挨打後，因此三段都與挨打毫無關係，使湘雲對寶玉顯得冷漠，簡直像是怪他不聽她多結交正經人的忠告，自食其果。

金釧兒這後期人物個性複雜，性感大胆，富於挑撥性，而又有烈性，卻寫得十分經濟，闖禍前只出現過三次，在第二十三、二十五、二十九回，都是寥寥幾筆。

全抄本與甲戌本的第二十五回都來自一七五四本，但是二者之間也有歧異。賈環抄經一段，全抄本只有金釧兒彩雲兩個丫頭：

那賈環便拿腔做勢的坐在炕上抄寫，一時又叫彩雲倒茶，一時又叫金釧兒剪蠟花。衆丫環素日原厭恶他，只有彩雲還和他合的來，倒了一杯茶遞與他，因見王夫人和人說話，他便悄悄向賈環說：「你安分些罷，何苦討這個厭那個厭的。」賈環道：「我也知道了，你別哄我。如今你和寶玉好，把我不大理論，我也看出來了。」彩雲道：「沒良心的！狗咬呂洞賓，不識好人心。」

下文寶玉在王子騰家吃了酒回來了，在炕上躺在王夫人身後，與彩霞說笑：

> 只見彩霞淡淡的不大答理，兩眼只向賈環處看。寶玉便拉他的手笑道：「好姐姐你也理我理兒，」一面說一面拉他的手只往衣內放。彩霞不肯，便說：「再鬧我就嚷了。」

這彩霞分明就是上一段的彩雲。為什麼改名彩霞？拿另一個一七五四本此回一比就知道了：

> ……一會叫彩雲倒茶來，一時又叫玉釧兒來剪剪燈花，一時又叫金釧兒攏了燈影。眾丫頭們素日厭惡他，都不答理，只有彩霞還和他合的來，倒了一鐘茶遞與他，……彩霞咬著嘴唇向賈環頭上戳了一指頭，說道：「沒良心的！纔是狗咬呂洞賓，不識好人心。」
>
> ——甲戌本

這情況，顯然是全抄本漏改此段一七五四本添寫的幾處：除了加了個生動的手勢之外，主要是添出玉釧兒與彩霞二人。叫彩雲倒茶，卻是彩霞給他倒了茶來，具體的表現出別的丫頭們「都不答理」。戚本此處作

> ……一時又叫彩霞倒杯茶來，一時又叫玉釧兒來剪剪蠟花，一時又說金釧兒攏了燈影。眾丫頭們素日厭惡他，都不答理，只有彩霞還和他合的來，倒了一杯茶遞與他，……

大致已經照改，但是戚本的近代編輯沒看懂「叫彩雲」倒茶而是彩霞倒了來，這其間的暗寫，所以把「彩雲」改彩霞，變成原是叫彩霞倒茶。

前引寶玉彩霞一段，全抄本已經照一七五四本改了「彩霞」，但是賈環抄經一段還純粹是一七五四本前的原文，所以與賈環低聲談話的仍舊是「彩雲」。全抄本此回是早本《紅樓夢》依照一七五四本抽換的，有遺漏。因此書名《紅樓夢》時期已經有了金釧兒。加金釧兒是在《紅樓夢》時期或更早，這是個旁證。

第二十三回回末的「且聽下回分解」句下有一對詩句，可見此回是在一七五五年詩聯期改寫的，因此寶玉的年齡已經改小了——他的四首即事詩是「榮府十二三歲的公子作的」。

回內金釧兒寶玉一段如下：

金釧一把拉住寶玉，悄悄的笑道：「我這嘴上是纔擦的香浸胭脂，你這會子可吃不吃了？」彩雲連忙一把推開金釧，笑道：「人家心裏正不自在，你還奚落他。趁這會子喜歡，快進去罷。」

帶寫彩雲，與金釧兒作對照。第三十九回寶玉探春評彩雲為「老實人」，「外頭老實，心裏有數兒，……凡百一應事都是他提著太太行。連老爺在家出外去一應大小事他都知道。」此回寫彩雲正是老實而幹練，連賈政的情緒都留心到了。王夫人最得力的丫頭彩雲與賈環戀愛，一七五四本改為彩霞。此處仍作「彩雲」，因此前面引的這一段還是一七五四年前的文字，當是加金釧兒的時候追加的。介紹金釧兒出場。

第二十九回極老，回內巧姐兒大姐兒還是兩個人，珍珠、鸚哥仍舊是賈母的丫頭，還沒給寶黛，改名襲人紫鵑。

回內清虛觀打醮，王夫人不去看戲，鳳姐兒帶著自己的丫頭，「並王夫人的兩個丫頭，也要跟了鳳姐兒去的，是金釧兒彩雲」，在跟去的婢女花名冊上特別突出，顯得她們有胆子有地位。彩雲仍作「彩雲」，顯然這一句也是一七五四本前補加的。加金釧兒的時候，同時在以上三回安下根，使我們對她已經有了個印象。

祭釧潑醋二回是一七五六年春新寫的。書中添上金釧兒這人物，卻在一七五四本前的《紅樓夢》期前，大約一七四〇年間。換句話說，寫了金釧兒之死，至少七八年後才寫祭金釧。為什麼中間隔了這麼久？

我在〈初詳紅樓夢〉裏分析全抄本這句異文：「晴雯（他本作「檀雲」）又因他母親的生日接了出去了」（第二十四回），也考慮到此處「晴雯」是「檀雲」筆誤，因為「雯」「雲」相差不遠，再不然就是抄手見檀雲名字陌生，妄改「晴雯」。其實這都是過慮，這些脂本的筆誤都是一望而知是錯字，抄手決不會費心思揣測，去找字形近似的人名，更不會自作主張代改。

當然原文是「晴雯」，否則此處寶玉叫人倒茶，襲人麝月秋紋碧痕，連幾個做粗活的丫頭不在側的原因都一一解釋過了，獨有晴雯沒有交代。去替母親拜壽的如果不是晴雯，那麼晴雯到哪裏去了？

第三十三回賈環向賈政解釋他為什麼亂跑：「只因從那井邊一過，那井裏淹死了一個丫頭，我看見人頭這樣大，身子這樣粗，泡的實在可怕，所以纔趕著跑了過來。」金釧兒被母親領了回去，投的井在府內，顯然父母是榮府家人，住在府中。

第六十三回行「占花名兒」酒令，探春抽的籤主得貴壻，眾人說「我們家已有了個王妃，難道你也是不成？」顯然早本元妃原是王妃，像曹寅的女兒，平郡王納爾蘇的福晉。可見第六十三回寫得極早。回內林之孝家的來查夜，反對寶玉叫「這幾位大姑娘們」的名字：「雖然在這裏，到底是老太太太太的人……」

襲人晴雯都笑說：「這可別委屈了他，直到如今，他還姐姐不離口，不過頑的時候叫一聲半聲名字……」林之孝家的笑道：「這纔好呢，……別說是三五代的陳人，現從老太太太太屋裏撥過來的，便是老太太太太屋裏貓兒狗兒……」

襲人晴雯都是賈母給寶玉的，襲人又改在王夫人處領月費，算王夫人房裏的人，這一席話當然是指她們倆。襲人不是「家生子兒」，除非早本不同，但是至少晴雯是「三五代的陳人」，榮府舊僕的子孫。

第二十六回佳蕙向紅玉講起丫頭們按等級領賞：「可氣晴雯綺霞他們這幾個，都算在上等裏去，仗著老子娘的臉，眾人倒捧著他去。」晴雯的父母職位相當高。

原先晴雯並不是孤兒，十歲賣到賴大家，被賴嬤嬤「孝敬了賈母使喚」。她的出身與金釧兒相仿，而似乎父母地位較高。同是涉嫌引誘寶玉，被逐後一定也是羞憤自殺，因為倘是病死的，病中環境不夠淒慘，就也沒有探晴雯那樣動人心魄的一幕。

晴雯的身世與下場改為現在這樣，檀雲在第二十四回代替了有母親的晴雯。全抄本此回的「晴雯」是個漏網之魚。此後檀雲這名字還在第三十四、第五十二回出現過。第三十四回襲人去見王夫人，囑咐「晴雯麝月檀雲秋紋等」守護重傷的寶玉。挨打插入金釧兒事件後改寫此回，順便在寶玉房中婢女花名冊上添了個檀雲，照應前文，兩次都是晴雯金釧兒分裂為二人的當口。

此外只有第五十二回有檀雲。第五十二回是晴雯補裘，晴雯「正文」之一，足見檀雲這名字與晴雯的故事關係之深。回內晴雯病中寶玉夜間不讓她挪出暖閣去，自己睡在外床，薰籠搬到暖閣前，麝月睡在薰籠上。早上麝月怕老嬤嬤們担憂傳染，主張先把薰籠搬開。「麝月先叫進小丫頭子們來收拾妥了，纔命秋紋檀雲等進來，一同伏侍寶玉梳洗畢。」晴雯補裘想必是晴雯金釧兒分道揚鑣後的新發展，所以又一提檀雲，表示確有此人，不是第二十四回現找了個名字來作晴雯的替身。

原先晴雯的故事大概只是第三十一回與襲人衝突，恃寵撕扇；發現綉春囊後有人進讒，被逐自盡。

金釧兒這人物是從晴雯脫化出來的。她們倆的悲劇像音樂上同一主題而曲調有變化，更加深了此書反禮教的一面。

金釧兒死後本來沒有祭奠，因為已經有了祭晴雯，祭金釧犯重。但是醞釀多年之後，終於又添寫祭釧一回，情調完全不同，精彩萬分。

金釧兒嘲寶玉一場，庚本夾批：「有是事，有是人。」又批她的對白：「活像。活現。」「有是事，有是人」這句的語氣聽上去像是此人只在書中出現這一次。在實生活裏，這人後來不會是自殺的。金釧兒的下場本來屬於另一個姿態口吻的晴雯。晴雯的下場改了，羞憤自殺的下場就等再找到一個合適的個性作根據，人與故事融合了，故事才活生生起來。此處借用這人的一件小事介紹金釧兒出場，十分醒目。

金釧兒的故事的形成，充分顯示此書是創作，不是根據事實的自傳性小說。此外還有麝月——第二十回寫正月裏丫頭們都去賭錢了，寶玉晚飯後回來，只有麝月一個人在看家。寶玉問她為什麼不去。

麝月道：「都頑去了，這屋裏交給誰呢？」

庚本夾批：「正文。」這就是說，這是麝月的正文。眉批：「麝月閒閒無語，令余酸鼻，正所謂對景傷情。丁亥夏，畸笏。」顯然麝月實有其人，是作者收房的丫頭，曹雪芹故後四五年，她跟著曹家長輩畸笏住。

回內寶玉替她篦頭消磨時間，被晴雯撞見。明義「題紅樓夢」詩廿首中有兩首與今本情節不同，內中第八首如下：

簾櫳悄悄控金鉤，不識多人何處遊。留得小紅獨坐在，笑教開鏡與梳頭。

書名《紅樓夢》期的抄本中，是替紅玉篦頭——「篦頭」不能入詩。

周汝昌認為這首詩還是寫麝月。「按『小紅』一詞，乃借用泛名，與紅樓夢中丫鬟林紅玉通稱小紅者無涉。『小紅』似始見于劉夢得文集卷第十『竇夔州見寄寒食日憶故姬小紅吹笙因和之』詩題，後來被借用，如大家習知的姜夔『小紅低唱我吹簫』這一句詩，實亦暗用劉禹錫詩題中事，並非范成大贈他的青衣真個叫做小紅，元人筆記所紀，也大類癡人說夢。與明義交遊唱和的永忠，其延芬室稿（乾隆四十四年卷）戲題嬉春古意冊（敦誠四松堂集卷三有文為此冊題記）絕句之七云：『掃眉才子校書家，鄴架親拈當五車；低和紫簫吹澈曲，小紅又潑雨前茶。』即借名泛義的用法。又如同時人錢泳履園叢話『譚詩』類所引馬藥庵贈婢改子詩第三首云：『多謝小紅真解事，金筒玉碗許頻餐。』亦正同其例。」（周汝昌著《紅樓夢新證》第一〇六九頁）

第二十四回寶玉初見紅玉，剛巧他房裏的丫頭都不在，晴雯是她母親生日接了出去。第二十六回小丫頭佳蕙代紅玉不平，因為寶玉病後按等級發賞錢，她沒份：「可氣晴雯綺霞他們這幾個，都算在上等裏去，仗著老子娘的臉，眾人倒捧著他去。」這兩節內的晴雯都不是孤兒，父母在榮府當差，職位相當高，紅玉這兩場戲顯然來自晴雯金釧兒還未一分為二的早本。早本《紅樓夢》前已有金釧兒，因此一定有紅玉這兩場。

初見這一場快完的時候補敘紅玉的來歷：「原來這小紅本姓林，（批註：『又是個林。』）小名紅玉，（批註：『「紅」字切絳珠，「玉」字則直通矣。』）只因『玉』字犯了林黛玉寶玉，（批註：『妙文。』）便都把這個字隱起來，便叫他小紅。」林紅玉這名字影射黛玉，黛玉也是懷才不遇，抑鬱不忿。此處的批註庚、戚本都有。庚、戚本相同的批註都是較早的，明義所見的《紅樓夢》裏大概不會沒有。即使沒有，書中特別著重解釋小紅這名字的由來，予人印象特深。有了個小紅，又是個突出的人物，明義詩中卻用「小紅」這典故，稱麝月為「小紅」，把人攪糊塗了，那太不可思議。

「簾櫳悄悄控金鉤」，紗羅的窗簾白天用帳鈎勾起來，正如竹簾白天捲起來，晚上放下。「不識多人何處遊」，不知道到哪裏逛去了。這句語氣非常自然。顯然是白晝，丫頭們都出去遊園了。紅玉「因分入在大觀園的時節，把他便分在怡紅院中，倒也清幽雅靜，不想後來命人進來居住，偏生這一所兒，又被寶玉佔了。」她是自有大觀園以來就派在怡紅院打掃看守，當然各處都逛夠了，所以只有她在家。第二十回麝月那一節，寶玉晚上回來，正月裏大家都去賭錢，不是不知道到哪裏逛去了，與明義詩中的時間與情況都不同。

明義廿首詩中還有更明顯的與今本情節不符，如第九首：

紅羅綉纈束纖腰，一夜春眠魂夢嬌。曉起自驚還自笑，被他偷換綠雲綃。

夜間襲人的紅汗巾換了綠的。今本寶玉借用襲人的綠（「松花」）汗巾，換來蔣玉菡的紅汗巾；夜間襲人繫著的汗巾——沒提什麼顏色——被寶玉換了紅的。改寫的原因之一想必是男用汗巾不應當太鮮艷，所以蔣玉菡的汗巾本來是綠色；改為大紅，作為婚禮的預兆更富象徵性，小旦的襯裏衣著鮮艷點也無妨。顯然早本《紅樓夢》還沒有「茜香羅」這名色——茜草是染大紅的顏料。第二十八回總批內的「茜香羅」當是收入一七五四本時改的。

明義的第八首詩是詠紅玉，剩下唯一的疑點是廿首詩中只有這一首寫書中人直呼其名。這是因為小紅剛巧是泛指姬妾婢女的名詞，正好用這典故。

第二十四回寶玉晚上回來，也是丫頭們都出去了，只有紅玉一個人在家，與早本《紅樓夢》中紅玉篦頭，第二十回麝月篦頭一節都是相仿的局面。除了白天晚上與眾人出遊去向的分別，這三段的異同如下：

①早本《紅樓夢》中，丫頭們都出去頑了，紅玉獨坐。寶玉顯然不是初見紅玉，否則不會替她篦頭。

②第二十回：丫頭們都出去頑了，麝月獨坐。麝月是從小伏侍的，當然不是初見。寶玉替

她篦頭，被晴雯撞見了，當面譏誚他們。

③第二十四回：寶玉初見紅玉。丫頭們都出去了，為了各各不同的原因，不是遊玩。紅玉自後院走來代倒茶，被秋紋碧痕撞見了，在寶玉背後責罵她。

各點都是③獨異，①、②相同，除了被晴雯撞見這一點，不確定①有沒有。三段中①、②兩段犯重，不會同時並存。②是今本，顯然是根據①改寫的。原先是③、①，寶玉自從那次初見紅玉，又有一次白天回來，只有她一個人看家，長日無聊，替她篦頭。今本初見這一場基本上與早本相同，形容她「倒是一頭黑鬒鬒的好頭髮，」（戚、全抄本；庚本「鬒」作「真」，缺「好」字）可見這是她最引人注目的一個特徵，也是她與寶玉下一場戲中的要角。

替她篦頭當然遠不及替麝月篦頭親切自然，又有麝月晴雯個性上的對照。如果替紅玉篦頭也被晴雯撞見了，紅玉與晴雯一樣尖利，倘若忍讓些，也是為了地位有高低。晴雯與麝月地位相等，一樣吃醋，對紅玉就像是倚勢壓人，使人起反感。

麝月後來成為實生活中作者的妾。她的「正文」——最能表現她的為人的——卻是套用紅玉篦頭一段，顯然是虛構的，不是實事。這是此書是創作不是自傳的又一證。

但是麝月晴雯紅玉金釧兒到底都是次要的人物，不能以此類推到主要人物上。書中有許多自傳性的資料，怎見得不是自傳性的小說？

第二十一回總批引「有客題紅樓夢一律」：

自執金矛又執戈，自相戕戮自張羅。茜紗公子情無限，脂硯先生恨幾多！是幻是真空歷遍，閑風閑月枉吟哦。情機轉得情天破，「情不情」兮奈我何！

末句引《紅樓夢》末回情榜寶玉評語。下面又說作這首詩的人「深知擬書底裏」。看來批者作者公認寶玉是寫脂硯。而個性中也有曹雪芹的成份。第三回王夫人提起寶玉，說「我有一個孽根禍胎」，批四字是「作者痛哭」。

書中的家庭背景是作者與脂硯共有的，除了盛衰的變遷與「借省親寫南巡」，還有以祖母為中心的特點。曹寅死後他的獨子曹顒繼任江甯織造，兩年後曹顒又早死，康熙帝叫曹寅妻李氏過繼一個姪子，由他繼任江甯織造，以贍養孤寡，因此整個這份人家都是為李氏與曹顒遺孤而設，李氏自然與一般的老院君不同。一說曹顒妻生了個遺腹子曹天佑，那麼闔家只有他一個人是曹寅嫡系子孫。脂硯如果是曹天佑，那正合寶玉的特殊身分——在書中的解釋是祖母溺愛，又是元妃親自教讀的愛弟。

第九回上學，「寶玉忽想起未辭黛玉」，戚本批註：「妙極，何頓挫之至。余已忘卻，至此心神一暢。一絲不走。」沒有署名，但是當然是脂硯了，原來黛玉是他小時候的意中人，大概也是寄住在他們家的孤兒。寶釵當然也可能是根據親戚家的一個少女，不過這純是臆測。

第二十八回寶玉說藥方一段，庚本批：

前「玉生香」回中，顰云他有金你有玉，他有冷香你豈不該有暖香，是寶玉無藥可配矣。今顰兒之劑若許材料皆係滋補熱性之藥，兼有許多奇物，而尚未擬名，何不竟以暖香名之，以代補寶玉之不足，豈不三人一體矣。己卯冬夜。

己卯冬是脂硯批書的時間。甲戌本將這條眉批移到回末，作為總評，下有筆跡不同的一行小字：「倘若三人一體，固是美事，但又非石頭記之本意也。」《新編紅樓夢脂硯齋評語輯校》（陳慶浩撰）將這行小字列入「後人批跋」。

第二十二回賈璉鳳姐談寶玉生日，鳳姐告訴他賈母說要替寶釵作生日。下有批註：「一段題綱寫得如見如聞，且不失前篇懼內之旨。最奇者黛玉乃賈母溺愛之人也，不聞為作生辰，卻云特意與寶釵，實非人想得著之文也。此書通部皆用此法，瞞過多少見者，余故云不寫而寫是也。」似乎是棠村批的，引第十三回批秦氏死後闔家「無不納罕，都有些疑心」：「九個字寫盡天香樓事，是不寫之寫。棠村。」（署名為靖本獨有）

第二十二回這一段上有畸笏一條眉批：

將薛林作甄玉賈玉看書，則不失執筆人本旨矣。丁亥夏，畸笏叟。

這條批與賈璉鳳姐的談話無關，顯然是批那條雙行小字批註。那批註是解釋賈母並不是移愛寶釵了，不過替黛玉作生日是意料中的事，所以略去不寫。畸笏大概覺得這解釋是多餘的，釵黛根本是一個人，沒有敵對的形勢。

第四十二回回前總批也是釵黛一人論：

釵玉名雖二個，人卻一身，此幻筆也。今書至三十八回時已過三分之一有餘，故寫是回，使二人合而為一。請看黛玉逝後寶釵之文字，便知余言不謬矣。

可能也是畸笏，批的是早本《紅樓夢》或更早的本子，此回回數與今本有點不同。

畸笏編甲戌本第二十五至二十八回，在一七六七下半年或更晚。他移植散批擴充回末總評，此處把脂硯的一個眉批搬了來，後又在下面加小註，批這條批，顯然是引他自己近日批第二十二回的一條眉批，「石頭記本意」亦即「執筆人本旨」。除了畸笏自己，別人不會知道另一回內有條批可以駁脂硯此批。現存的甲戌本上，這條小註與抄手的筆跡不同，當是另人從別的本子上補抄來的，所以今人誤認為後人批語。

脂硯如果不能接受釵黛一人論，也情有可原，因為他心目中的黛玉是他當年的小情人。其實不過是根據那女孩的個性的輪廓。葬花、聞曲等事都是虛構的——否則脂硯一定會指出這些都是實有其事。別處常批「有是語」、「真有是事」，但是寶黛文字中除了上學辭別的一小段之外，從來沒有過。

黛玉這人物發展下去，作者視為他理想的女性兩極化的一端。脂硯在這一點上卻未能免俗，想把釵黛兼收並蓄。如果由他執筆，恐怕會提早把紅樓夢寫成「紅樓圓夢」了。

書中有些細節，如賈母給秦鐘一個金魁星作見面禮，合歡花釀酒等等，都經批者指出是紀實，也有作者自身的經驗，例如年紀稍大就需要遷出園去。第七十七回王夫人叫寶玉過了今年就搬出去，庚本句下批註內有：「……況此亦是余舊日親聞，作者身歷之現成文字……」寫小說的間或把自己的經驗用進去，是常有的事。至於細節套用實事，往往是這種地方最顯出作者對背景的熟悉，增加真實感。作者的個性滲入書中主角的，也是幾乎不可避免的，因為作者大都需要與主角多少有點認同。這都不能構成自傳性小說的條件。書中的「戲肉」都是虛構的——前面指出的有聞曲、葬花，包括一切較重要的寶黛文字，以及晴雯的下場、金釧兒之死、祭釧。

第七十一回甄家送壽禮，庚本句下批註：「好，一提甄事。蓋真事欲顯，假事將盡。」可見前七十回都是「假事」，也就是虛構的情節。至於七十回後是否都是真事，晴雯之死就不是真的，我們眼看著它從金釧兒之死蛻變出來。

我在〈二詳紅樓夢〉裏認為第八回的幾副回目的庚本的最晚（全抄本同），因為上聯是「比通靈金鶯微露意」。而讀者並不知道為什麼稱鶯兒為「金鶯」——除非是因為寶釵的金鎖使她成為「金玉姻緣」中的金，所以她的丫頭鶯兒也是金鶯？——直到第三十五回才知道鶯兒姓黃，原名金鶯，因此是有了第三十五回之後才有第八回這副回目。我舉的這理由其實不充足——較後的一回不一定是後寫的。當然我們現在知道第三十五回是在加金釧兒的時候改寫的，當時附帶加上金釧兒的妹妹玉釧兒，回內敘述鶯兒原名黃金鶯，以便此回回目上用「黃金鶯」去對「白玉釧」。因此金鶯這名字與金釧兒姐妹同是後添的，第八回有金鶯的回目自然更晚了。

第六至八回屬於此書基層，大概在最先的早本裏就有這三回。三回一直保留了下來，收入一七五四本的時候改寫第八回，第六、七回只略改了幾處，下一年詩聯期又經畸笏整理重抄，同時作者又在別的本子上修改這三回的語言，使它更北方口語化，但是各本仍舊各自留下一些早本遺跡。所以金釧兒玉釧兒這兩個後添的人物雖然加添得相當早，仍舊比第八回晚得多，因此第八回紛歧的回目中是有金鶯的最晚。

庚本第二十五回有條眉批：「通靈玉除邪，全部百回只此一見，……壬午孟夏，雨窗。」壬午春夏是畸笏批書的時間。戚本第二回回前總批說：「以百回之大文，先以此回作兩大筆以冒之，誠是大觀。」（蒙古王府本同）周汝昌近著《清蒙古王府本石頭記》錄下此本第三回回末的一條批：襲人勸黛玉不要為寶玉摔玉傷心，「若為他這種行止你多心傷感，只怕傷感不了呢」，旁批：

後百十回黛玉之淚，總不能出此二語。

周汝昌認為這是唯一的一次直截指明全書「百十回」——八十回加「後三十回」——與第二回回前總批的約計不一樣（載一九七六年六月二十三日大公報）。他忽略了第二十五回畸笏的眉批。雖然文言的數目字常抹去零頭，「全部百十回」似乎不能簡稱「全部百回」。

在第三回稱後文為「後百十回」，此處的「百十回」類似「眾裏尋他千百度」的「千百度」，與「儀態萬千」、「感慨萬千」的「萬千」；「百十」嚴格的說來也就是「幾十上百回」。

第四十二回回前總批內有：「今書至三十八回時已過三分之一有餘，……」作批的時候此回還是第三十八回。一百回的三分之一是三十三回，到了第三十八回是「已過三分之一有餘」。倘是一百另十回，三分之一是三十六七回，到了第三十八回正過了三分之一。

書中七十回後開始寫貧窮，第七十二、七十四、七十五回都有榮府捉襟見肘的事。第七十一回賈母做壽，提起甄家的壽禮，庚本批註內有：「蓋真事欲顯，假事將盡。」第四十四回批鳳姐生日：「……一部書中，若一個一個只管寫過生日，復成何文哉？故起用寶釵，盛用阿鳳，終用賈母。」寶釵生日在第二十二回。可見第七十一回是個分水嶺，此後盛筵難再了。「後三十回」是與前七十回相對而言的。

「後三十回」這名詞來自第二十一回回前總批。此回的總批是補錄的，內引「有客題紅樓夢一律」，顯然是一七五四本前《紅樓夢》時期的舊批。那時候還沒有八十回之說。八十回本始自一七六〇本，「庚辰秋月定本」。

脂批只提起過「後三十回」一次，「後數十回」兩次，但是不止一次提起「後回」的內容。第二十三回寶玉到賈政房中聽了訓話出來，「剛至穿堂門前」，庚、戚本批註：「妙，這便是鳳姐掃雪拾玉處，一絲不亂。」這穿堂門位置在賈政與賈母處之間。賈政的院子比賈母處還要「軒昂壯麗，……是正緊正內室。」（第三回）寶黛入園前雖已分房，仍舊跟著賈母住，所以寶玉回去經過這道門。鳳姐的院子就在穿堂旁邊（第三回），因此窮了下來之後親自在穿堂門前掃雪。

曹家在南京任上抄沒的時候，繼任隋赫德奏摺上說：「曹頫家屬蒙恩諭少留房屋，以資養贍；今其家屬不久回京，奴才應將在京房屋人口酌量撥給。」「在京房屋人口」是曹頫在京中的房產奴僕，顯然也已經查抄了。如果書中也寫皇恩浩蕩，查抄後發還一些房屋，決不會是府內房屋，否則舊主人還在，十分礙眼，使新主人非常感到不便。即使在府中撥一所閒房如梨香院給賈家住，也不會是這穿堂附近的心臟地帶，鄰近「正緊正內室」。因此鳳姐在穿堂門前掃雪的時候，仍舊是他們獨住全宅。榮府宅第並未抄沒。

第七十七回逐晴雯，王夫人說寶玉：「暫且挨過今年，明年一併給我仍舊搬出去心淨」，因為今年不宜遷移。庚本句下長批內有：「……若無此一番更變，不獨終無散場之局，且亦大不近乎情理。……」因為寶玉大了，還跟姐妹們住在園中，不近情理。「散場」是因為寶玉遷出大觀園，不出園就「終無散場之局」，可見後文沒有抄家。當然出了事，很快的窮了下來，但是與「散場」無關。

明年遷出，過了年大概總要過了正月才搬，離這時候——中秋後——還有五六個月。第七十九回寶玉剛聽香菱講起薛蟠喜訊後就病了，病了一個月才漸漸痊癒，大夫叫他多養息，過了百日才准出門，五六十日後就急了，薛蟠娶親也不能去。因此薛蟠結婚約在三個月後。夏金桂會操縱丈夫，「兩月之後，便覺薛蟠的氣焰漸次矮了下去」（第七十九回）。金桂利用寶蟾離間香菱，「半月光景，忽又裝起病來」（第八十回）。這是婚後兩三個月。合計正是五六個月。八十回後就該寫寶玉出園了。

太虛幻境關於探春的曲詞全文如下：

〔分骨肉〕一帆風雨路三千，把骨肉家園齊來拋閃。恐哭損殘年，告爹娘，休把兒懸念。自古窮通皆有命，離合豈無緣？從今分兩地，各自保平安。奴去也，莫牽連。

探春遠嫁，當在賈家獲罪前。她唯一不放心的是父母太想念她。如果已經出了事，她勸他們看開些，「窮通皆有命」，未免殘忍。「從今分兩地，各自保平安」，倒像是叫他們不要找她幫忙。第七十七回回末王夫人因為「近日家中多故，……且又有官媒婆來求說探春等事，心緒甚繁。」大概一過八十回，也就快了。

第七十八回又點了一筆：「且接連有媒人來求親，大約園中之人不久就要散的了。」此處寶玉剛發現寶釵搬出園去了，對於他是個大打擊，「心下因想天地間竟有這樣無情的事。」第六十三回「占花名兒」酒令，寶釵抽到牡丹，籤詩是「任是無情也動人」。情榜上寶釵的評語內一定有「無情」二字。寶釵出園，固然是為了抄檢不便抄親戚家，所以她避嫌疑搬出去了，但是抄檢也是為了園中出了醜聞，她愛惜名聲，所以走了。

明義「題紅樓夢」詩關於黛玉之死的一首如下：

傷心一首葬花詞，似讖成真自不知。安得返魂香一縷，起卿沉痼續紅絲？

末兩句表示得很清楚，黛玉死的時候寶玉還沒有結婚或定親。

黛玉不死，還不能構成散場的局面，因為寶玉雖然搬出園去了，寶黛跟賈母吃飯，還是天天見面。所以黛玉之死也應在賈家出事前。

看來百回《紅樓夢》的高潮是散場。等到賈家獲罪，寶玉像在第十六回元春晉封，家裏十分熱鬧得意的時候「獨他一個視有若無，毫不曾介意」，多少有點這種惘惘的心不在焉。散場是時間的悲劇，少年時代一過，就被逐出伊甸園。家中發生變故，已經是發生在庸俗黯淡的成人的世界裏。而那天經地義順理成章的仕途基業竟不堪一擊，這樣靠不住。看穿了之後寶玉終於出家，履行從前對黛玉的看似靠不住的誓言。

第四十五回蘅蕪院的一個婆子告訴黛玉園中值夜賭錢，「一關了園門，就該上場了。」庚本有脂硯一條長批：「幾句閒話，將潭潭大宅夜間所有之事描寫一盡。雖偌大一園，且值秋冬之夜，豈不寥落哉？今用老嫗數語，更寫得每夜深人定之後，各處燈光燦爛，人烟簇集，柳陌之上，花巷之中，或提燈同酒，或寒月烹茶者，竟仍有絡繹人跡不絕，不但不見寥落，且覺更甚於日間繁華矣。此是大宅妙景，不可不寫出。又伏下後文，且又趁出後文之冷落。……」「伏下後文」是第七十三回聚賭事發。襯出「後文之冷落」是寶玉出園「散場」後，還是賈家出事後？

寶釵寶玉先後遷出，迎春探春嫁後，黛玉死後，剩下李紈惜春一定也要搬出去了。但是園子即使空關著，還是需要不止一處有人值夜，夜間來來往往照樣熱鬧。「後文之冷落」只能是奴僕星散後。可見榮府敗落了仍住原址，「偌大一園」無人照管。

第七十五回回目〈賞中秋新詞得佳讖〉，指席上賈赦盛讚賈環的中秋詩有侯門氣概，「將來這世襲的前程定跑不了你襲呢！」

賈政聽說，忙勸道：「不過他胡謅如此，那裏就論到後事了。」說著便斟上酒，又行了一回令。

句下批註：「便又輕輕抹去也。」可見賈赦一語成讖，死後賈環越過賈璉寶玉頭上，襲榮國公世職。

下一回賈赦回去的時候「被石頭趼了一下，」扭了筋，是個不祥之兆。尤氏在席上提起她孝服未滿，賈母說：「可憐你公公轉眼已是二年多了。」（全抄本。庚本缺「轉眼」二字。）有批註：「不是算賈敬，卻是算赦死期也。」

兩年後賈赦死的時候，顯然榮國公世職尚在。倘是像續書裏一樣革去世職，後又開復，由賈政襲職，那就輪不到下一代繼承，因為書中並沒有賈政死亡的暗示。倘若抄沒，不會不革去世職。這是沒抄家的又一證。

當然，這都是百回《紅樓夢》裏的情節。今本只有八十回，還沒寫到賈家敗落，但是我們知道後文有抄家，因為秦氏托夢警告家產要「入官」，探春又說抄檢大觀園是抄家的預兆，甄家是前車之鑒。

一七五四本改去第五十八回元妃之死，因此元妃托夢改為秦氏托夢，在第十三回。但是此回是一七五五年詩聯期改寫的，所以回末「且聽下回分解」句下又加了一對詩句作結。一七六二年又再改寫，刪去〈秦可卿淫喪天香樓〉。因此一七五五年是添寫秦氏托夢。一七五四本刪去元妃托夢後，顯然沒有托夢一場。元妃托夢，應當沒有產業入官的話，因為後文榮府宅第無恙。

第七十四回探春預言抄園是抄家之兆，也與百回《紅樓夢》後文衝突，只能是後加的。一七五四本改到第七十一回，所以回末沒有「下回分解」之類的套語。第七十二回賈環的戀人是彩霞。彩霞原名彩雲，一七五四本改彩霞。顯然一七五四本也改到了第七十二回。此回賈璉與林之孝的談話，只說賈政賈珍與賈雨村親近，而不提賈赦，可見還沒有石獃子案這件事。賈赦賈雨村的石獃子案是一七五六年春添寫的。第七十二回當是一七五四本將彩雲一律改彩霞，只消在回首批一句，指示抄手，所以回末形式不受影響，仍舊有「要知端的，且聽下回分解」。

庚本第七十四回有兩個「狃」字。「逛」字寫作「狃」是一七五四本的特徵，也是一七五四本改到這裏的跡象。第一個「狃」字在王夫人鳳姐談話的開端。

柳五兒自第六十回出場，就有趙姨娘的一個內姪錢槐求親不遂，「發恨定要弄取成配，方了此願。」下一回她為了茯苓霜玫瑰露，涉嫌偷竊，被扣留了一夜。第六十二回寶玉房裏的丫頭小燕去傳命叫五兒進來當差，下一回她告訴寶玉五兒那次被扣押氣病了。她本來怯弱多病。第七十回開始：

……寶玉因冷遁了柳湘蓮，劍刎了尤小妹，金逝了尤二姐，氣病了柳五兒，連連接接，閑愁胡恨，一重不了又一重，弄的情色若痴，言語常亂，似染怔忡之症。

第七十三回園中值夜的女僕聚賭，三個大頭家內有柳家的之妹。「賈母便命將為首的每人四十大板攆出，總不許再入。」第七十四回園中與柳家的不睦的檢舉她是妹子後台，鳳姐也告訴平兒有人指控柳家的「與妹子通同開局」，但是她不肯多事，「養病要緊」。

第七十七回逐晴雯，王夫人向芳官說：「……前年我們往皇陵上去，是誰調唆寶玉要柳家的五兒丫頭來著，幸而那丫頭短命死了，不然進來，你們又是連夥聚黨，遭害這園子。……」

柳五兒之死如果也是暗寫，寶玉連她病了都那樣關切，似乎她死了不會毫無反應。她一定死在第七十三、七十四回，聚賭案牽涉她母親，趙姨娘乘機要挾，逼嫁錢槐。她大概受不了這刺激，病勢加劇。

第七十四回開始，鳳姐要辦柳家的，柳家的去求晴雯芳官跟寶玉說，寶玉因迎春乳母也是大頭家，去約迎春同去說情，過渡到平兒鎮壓了迎春乳母的媳婦，從迎春處出來，回去見鳳姐。

接寫鳳、平談話，鳳姐雷聲大，雨點小，說她看開了，從此做好好先生，不受理柳家的罪嫌，結束了這件公案。下接賈璉進來說他向鴛鴦借當的事被邢夫人知道了，勒索二百兩作中秋節費用。結果鳳姐把她的金項圈押了二百兩，賈璉送去給邢夫人。然後王夫人帶了春宮香袋來質問鳳姐。鳳姐第一句對白裏就有個「狃」字，一七五四本的標誌。

顯然一七五四本在鳳姐平兒的對話中加了幾句，消弭了柳家的事件，又添寫一段極深刻的借當餘波，過渡到原有的王夫人鳳姐的談話上。柳五兒之死就在這次改寫中刪去了。她本來死得相當傳奇化，有點落套，改為單純的病卒，全用暗寫，包括寶玉的反應。

前面說過，第七十七回王夫人說「前年我們往皇陵上去」應作「去年」。第七十六回賈母向尤氏說：「可憐你公公轉眼已是二年多了。」賈敬死在去年夏天，應作「一年多了」，也多算了一年，都是按早本的時間表。

庚本第七十六回回末黛玉湘雲枕上夜談，黛玉說她有失眠症：

湘雲道：「卻（『都』誤）是你病的原故，所以——」不知下文什麼。

顯然回末有闕文，是一回本末頁殘破。末句「不知下文什麼」是批語誤入正文。全抄本此回末句是「不知什麼」——下面有後人每回代加的「下回分解。」——可見這條批語是原有的，不過全抄本漏抄二字。

庚本此回中秋宴有批註：「不想這次中秋，反寫得十分淒楚。」但是第七十四回正劍拔弩張，抄家在即，第七十五回祠堂鬼魂嘆息，批說主「榮府數盡」，第七十六回這條樂觀的批語未免使人詫異。

第七十六回殘破未補，而且與第七十七回都是早本的時間表，多出一年。第七十八回林四娘故事中有「中都」這名詞。遼共有四個都城，內中大定——今熱河甯南——稱「中京」。金海陵王遷都至燕京，稱「中都」。此書「凡例」說：書中都城稱長安，「凡愚夫婦兒女子家常口角，則曰中京，是不欲著跡於方向也，蓋天子之邦亦當以中為尊，特避其東南西北四字樣也。」今本沒有「中京」，「中都」也只有此回出現過一次。顯然作者因為諱言北京，採用

「中京」、「中都」這兩個名詞，後來才想起來「中京」、「中都」是遼、金的都城，遼金都是東胡，正犯了本朝大忌，弄巧成拙，所以在「凡例」的寫作時期後已經廢除了，但是第七十八回還有。抄檢大觀園後，寶釵避嫌疑遷出，但是庚本第八十回香菱離開了薛蟠，去跟寶釵住，寶釵仍住園中。顯然此回是沒有抄園這回事的早本。

庚本缺第八十回回目，而第七十九回回目籠罩這兩回：〈薛文龍悔娶河東獅，賈迎春誤嫁中山狼〉，其實用作第七十九、八十合回的回目更貼切，次序也對，第七十九回迎春雖然出嫁了，回內全寫薛蟠夏金桂的婚姻，直寫到下一回中部，卻結在迎春身上。看來這兩回本是「一大回」，分成兩回後，下一回回目尚缺，戚本作〈懦弱迎春迴腸九曲，嬌怯香菱病入膏肓〉，大概作者自己不滿意，還待另擬。

統觀這最後五回，似都是早本舊稿，未經校對，原封不動收入一七六〇本。

前面提起過第七十七回王夫人叫寶玉明年搬出園去，句下長批中有：「……若無此一番更變，不獨終無散場之局，且亦大不近乎情理。……此一段不獨批此，真（「直」誤）從抄檢大觀園及賈母對月興悲，皆可附者也。」寶玉不遷出大觀園，就「終無散場之局」。作批的時候，顯然後文沒有抄家的事。

「賈母對月興悲」在第七十六回，聞笛淚下。這陳舊的末五回也不是同一個時期的，內中有從更早的早本裏保留下來的。因此寫第八十回的時候，書中還沒有抄園的事；第七十七回裏面提起抄園，而屬於一個後文沒有抄家的本子。顯然早本也沒有抄園這件事。如果是先加抄家，後加抄園，第七十七回的這本子就不會有抄園而沒有抄家。因此是先加抄園，後加抄家。

第七十四回的第二個「狃」字在王善保家的檢舉晴雯的時候，王夫人的對白裏。回內的抄園是舊有的，此處顯經一七五四本改寫。當是添寫王夫人回想起來看見過晴雯，借王夫人口中初次描寫晴雯，而又是貶詞，是神來之筆。此段連批「妙妙」，又批「凡寫美人偏用俗筆反筆，與他書不同」，批得極是。

此回一七五四本改的兩處都在上半回，所以回末仍舊有個「不知後事如何」，沒有刪去。探春預言抄家的幾句沉痛的警句在此回中部，想必也是一七五四本加的。一七五五年添寫秦氏托夢預言抄家，但是看來一七五四本已經決定寫抄沒，不過在作者自己抄過家的人，這實在是個危險的題材，因此一七五四本改到此回為止。直到一七五六年才改下一回——第七十五回——添寫賈政收下甄家寄存財物，也只在回首加上一段，慣用的省稿本裝釘工的辦法。回內漏刪賈珍接待兩個南京新來的人，卻添了一則新批，解釋甯府家宴鬼魂嘆息不光是嘆甯府，謄清時雙行小字抄入正文：

> 未寫榮府慶中秋，卻先寫甯府「開夜宴」；未寫榮府數盡，先寫甯府異兆。蓋甯乃家宅，凡有關於吉凶者故必先示之。且列祖祠此，豈無得而警乎？凡人先人雖遠，然氣遠（「息」誤？）相關，必有之利（「理」誤）也。非甯府之祖獨有感應也。

從末句看來，兩府都「數盡」。一七五四本加榮府抄沒預言，但是沒改到第七十五回，因此這一回仍舊是甯為禍首，榮府處分較輕，所以甯府鬼嘆。到一七五六才添寫賈赦罪行，又在此回回首加了一段賈政犯重罪，與回內的預兆矛盾，批者不得不代為解釋甯府是長房，所以祠堂在這邊。

此回回前附葉提醒作者回目還缺幾個字，又缺中秋詩。回內首頁回目已經補全了，中秋詩仍缺，想必因為已經改了榮為禍首，榮國公世職革去，預兆賈環襲爵的中秋詩不適用了。百回《紅樓夢》中賈環襲世職，賈璉失去繼承權的原因，想必是被鳳姐帶累的。十二釵冊子上關於鳳姐的詩，「一從二令三人木，哭向金陵事更哀」，上句甲戌、戚本批「拆字法」。俞平伯拆出來是「冷來休」。

第七回周瑞家的女兒向她訴說，女壻酒後與人爭吵，被人控告他「來歷不明」，要遞解還鄉。

> 原來這周瑞家的女壻便是雨村的好友冷子興。（批「著眼。」甲戌、戚本。）近因古董和人打官司，故遣女人來討情分。周瑞家的仗著主子的勢利（力），把這些事也不放在心上，晚上只求求鳳姐兒。

冷子興與賈家的關係原來如此，與第二回高談闊論「演說榮國府」對照，有隱藏的諷刺。

周瑞家的女兒說是酒後爭吵，顯然不是實話，是故意說成小事一件。冷子興是「都中古董行中貿易的」，「因古董和人打官司」可能就是賈赦的石獃子案的前身，且也牽涉賈雨村——冷子興強買古董不遂，求助於雨村，羅織物主入罪，但是自己仍被牽入，險些遞解還鄉。所以後來賈雨村削職問罪，這件案子也發作了，追究當初庇護冷子興的鳳姐——當然是拿著賈璉的帖子去說人情的。

在鳳姐平生的作為裏，冷子興案是最輕微的，但是一來賈家出事的起因是被賈雨村連累，而這件事與雨村有關。而且唯其因為輕微，可以從寬處分，不至判刑。書中的目的並不是公正——反映人生，人生也很少公正的事——而是要構成她私人的悲劇。夫婦因此感情破裂，但是賈母一天在世，賈璉不敢休鳳姐，賈母一死就休妻。

第七十五回尤氏在李紈處洗臉，李紈責備捧面盆的婢女沒跪下。「尤氏笑道：『你們家下大小的人，只會講外面兒的虛禮假體面，究竟作出來的事都勾使的了。』」庚本句下有兩條批註：

> 按尤氏犯七出之條，不過只是過于從夫四字，此世間婦人之常情耳。其心術慈厚寬順，竟可出於阿鳳之上。時（使）用之明犯七出之人從公一論，可知賈宅中暗犯七出之人亦不少。似明犯者反可宥恕，其什（飾）己非而揭人惡者，陰昧僻譎之流，實不能容于世者也。
>
> 此為打草驚蛇法，實寫邢夫人也。

「暗犯七出之人亦不少」，「明犯七出之人」該不止一個。尤氏鳳姐都被休了。此回除了回首加的一段與曲解鬼嘆的那條後加的批註，回內自一七五四本前沒動過。寫這條舊批的時候還是甯為禍首，賈珍充軍或斬首，尤氏「過於從夫」，收藏甄家寄物她也有同謀的嫌疑，被族中公議休回娘家。

鳳姐「哭向金陵」，要回母家，但是氣得舊病復發，臨終悔悟，有茫茫大士來接引。——第二十五回鳳姐寶玉中邪，茫茫大士渺渺真人來救。「原來是一個癩頭和尚與一個跛足道人」句下，甲戌、庚、戚本均有批：「僧因鳳姐，道因寶玉，一絲不亂。」可見此後鳳姐臨終，寶玉出家，是一僧一道分別接引。

寶玉沒有襲職，是否賈赦死的時候寶玉已經出家？第二十五回通靈玉除邪一段，庚本眉批：「嘆不得見寶玉懸崖撒手文字為恨。丁亥夏，畸笏叟。」靖本第六十七回之前總批說：「末回撒手，乃是已悟。此雖眷念，卻破迷關。是何必削髮？青埂峰證了情緣，仍不出士隱夢。……」可知末回〈懸崖撒手〉寫寶玉削髮為僧，在青埂峰下「證了情緣」，如第一回甄士隱夢中僧道敘述的故事。寶玉出家在最後一回，因此他沒襲職是被賈環排擠。

第二十一回回前總批開首如下：

有客題紅樓夢一律，失其姓氏，惟見其詩意駭警，故錄於斯：「自執金矛又執戈，自相戕戮自張羅。……〔詩下略〕」

用《紅樓夢》書名的脂批，在「凡例」外只有寥寥兩條，此外《紅樓夢》這名詞只適用於「紅樓夢回」，夢遊太虛一回，因為回目中有〈開生面夢演紅樓夢〉（甲戌本），〈飲仙醪曲演紅樓夢〉（庚本）。

前面引的這條總批是一七八〇中葉或更晚的時候，另人從別的本子上補錄的，顯然是書名《紅樓夢》時期批的。庚本這些回前附葉總批，格式典型化的都是一七五四本保留下來的百回《紅樓夢》舊批，但是此回總批因為與一七五四本情節不合，所以删了，數十年後又由不知底細的人補抄了來。此回總批是關於「後卅回」，一七五四本改榮府抄沒，後文需要改，世職革去，也無爵可襲了——「題『紅樓夢』一律」中所說的自相殘殺顯然是指賈環設法奪去寶玉世職。

寶玉有許多怪僻的地方，窮了之後一定飽受指摘——第一回甄士隱唱的歌裏有「展眼乞丐人皆謗」，甲戌本批：「甄玉賈玉一干人」——正是給趙姨娘賈環有機可乘。

第十九回寶玉訪花家，襲人母兄「齊齊整整擺上一桌子菓品來。襲人見總無可吃之物，」句下批註：「補明寶玉自幼何等嬌貴。以此句留與下部後數十回『寒冬噎酸虀，雪夜圍破氈』等處對看，可為後生過分之戒，嘆嘆！」

同回襲人藉口她家裏要贖她回去，借此要挾規勸寶玉，庚本眉批：「花解語一段，乃襲卿滿心滿意將玉兒為終身得靠，千妥萬當，故有是。余閱至此，余為襲卿一嘆。丁亥夏，畸笏叟。」想必窮了之後寶玉不求進取，對家庭沒有責任感，使襲人灰心。正值榮府支持不了，把婢僕都打發了。花家接她回去，替她說親。她臨走說：「好歹留著麝月」，讓寶玉寶釵身邊還有個可靠的人。「寶玉便依從此話」（各本第二十回麝月篦頭一場後批註）。顯然寶玉也同意她另找出路。

第二十二回探春燈謎打風箏，庚、戚本批：「此探春遠適之讖也。使此人不遠去，將來事敗，諸子孫不致流散也。悲哉傷哉！」巧姐被「狠舅奸兄」所賣，——太虛幻境曲文——想必是流散後的事，所以被劉姥姥搭救後就跟著下鄉去了，嫁給板兒。「狠舅」可能是鳳姐的親信王信，在張華的官司裏透消息與察院，與鳳姐胞兄王仁同是人字旁單名，當是堂兄——見第六十九回——與賈芹，草字輩族人中唯一的無賴。

分炊後寶玉住在郊外，重逢秦氏出殯途中的二丫頭。「寒冬噎酸虀，雪夜圍破氈」當是這時期的事。襲人嫁後避嫌疑，只能偶爾得便，秘密派人送東西來，至此不得不向蔣玉菡坦白，說出她的身世。蔣玉菡也義氣，把寶玉寶釵接到他們家奉養。所以後來寶玉出家不是為了受不了窮。

第五回十二釵又副冊上畫著一簇花，一床蓆子，題詞是：

枉自溫柔和順，空云似桂如蘭。

堪羨優伶有福，誰知公子無緣。

末句下註：「罵死寶玉，卻是自悔。」

這批語只能是指作者有個身邊人別嫁，但是不怪她，是他自己不好。顯然襲人這人物也有所本。但是她去後大概至多有時候接濟他，書中不過是把她關心他的局面儘量發展下去——寫小說的慣技。

甲戌本「凡例」說：「此書只是著意於閨中，故敘閨中之意切，略涉於外事者則簡，……凡有不得不用朝政者，只略用一筆帶出……」雖然是預防文字獄，自衛性的聲明，也是作者興趣所在。寫賈家獲罪受處分，涉及朝政，一定極簡略，只著重在貧窮與種種私人關係上。問題是榮府擁有京中偌大房地產，即使房子燒了，地也值錢，無論賈環怎樣搗亂，一時也不至於落到「嗐酸虀」、「圍破氈」的地步。這是百回《紅樓夢》後廿回唯一的弱點。

遣散婢僕後守破敗的府第過活，這造意本來非常好，處處有強烈的今昔對照。宋淇〈論大觀園〉，說「紅樓夢幾乎遵守了亞里士多德的三一律；人物、時間、地點都集中濃縮於某一個時空中間。」如果能看到原有的後廿回，那真是完全遵守三一律了。但是後來的這局面不是寫實的藝術，而是有假想性的。在實生活裏，大城市裏的園林不會荒廢，不過易主罷了。

要避免寫抄沒，不抄家而驟衰，除非是為了打點官司，傾家蕩產。但是書中的「當今」是「仁孝赫赫格天」的聖主，怎麼能容許大臣貪贓枉法？書中官吏只有賈雨村「徇情枉法」，巴結上了王子騰賈政賈赦，畢竟後來也丟官治罪。

第六十三回寶玉與芳官談土（吐）番（蕃）與匈奴：「……這兩種人自堯舜時便為中華之患，晉唐諸朝深受其害，幸得偺們有福，生在當今之世，大舜之正裔，聖虞之功德，仁孝赫赫格天，億兆不朽，所以凡歷朝中跳梁猖獗之小醜，到了如今，不用一干一戈，皆天使其拱手俛頭，緣遠來降。……」顯指滿清統治蒙藏新疆。將康熙比虞舜，因為順治出家，等於堯禪位於舜。

以曹家的歷史，即使不露出寫本朝的破綻來，而表明是宋或明，以便寫刑部貪污，恐怕仍舊涉嫌「借古諷今」。所以大概沒有選擇的餘地，為了寫實與合理，只好寫抄沒，不過是抄得罪有應得。

脂硯批第二十七回紅玉去伺候鳳姐：「姦邪婢豈是怡紅應答者，故即逐之。……己卯冬夜。」畸笏七年後批這條批：「此係未見抄沒獄神廟諸事，故有是批。丁亥夏，畸笏叟。」又在甲戌本此回回末總評裏詳加解釋：「鳳姐用小紅，可知晴雯等埋沒其人久矣，無怪有私心私情。且紅玉後有寶玉大得力處，此於千里外伏線也。」第二十六回他又批：「獄神廟回有茜雪紅玉一大回文字，惜迷失無稿，嘆嘆！丁亥夏，畸笏叟。」脂硯一七五九年冬批書，還沒看見獄神廟回。當時此回還沒寫出來。此外似乎也沒有別的抄沒文字。一七五四本改到第七十四回為止，回內探春預言抄家；次年又在第十三回由秦氏托夢預言抄家。但是停頓了至少五年才寫，可見棘手。

總結一下：

庚本回前附葉總批有三張沒有書名，款式自成一家，內容顯係現批這三回的最初定稿——第十七、十八合回、第七十五回；另一總批橫跨第四十七、四十八回，二回可視作一個單位。第十七、十八合回有賈赦罪案的伏線，第四十七、四十八回有賈赦罪案，第七十五回有賈政罪案。賈赦賈政犯重罪，都不合甯為禍首的太虛幻境預言。再加上這兩個事件與他回間的矛盾，可見是後添的。從這三回間的關連上，看得出是三回同時改寫的，賈政的罪行最後寫，因為距元妃這一支被連累的原意最遠。第七十五回是一七五六年初夏謄清，這三回當是同年季春改寫的。

《脂硯齋重評石頭記》書名內的「重評」是狹義的指再評。庚本的十六張典型格式的回前附葉來自一七五四本——脂硯齋甲戌再評本。只有這三張沒有書名，因為已經不是一七五四年，批者也不是脂硯。

一七五四本延遲元妃之死，目的在使她趕得上看見母家獲罪，受刺激而死。但是她與賈珍的血統關係較遠，所以為了加強她受的打擊，一七五六年又改去甯為禍首，末了索性將賈珍的罪行移到賈政名下，讓賈政成為主犯。

第六十四回有甲（全抄本）、乙（戚本）、丙（已卯本抄配）三種，歧異處顯然是作者自改。此外鮑二夫婦甲乙同作甯府僕人。

鮑二夫婦的雙包案，是因為先有第六十四回甲乙，此後添寫第四十三、四十四潑醋二回時，為了潑醋餘波內的一句諧音趣語，需要提前用「鮑二家的」這名字。而她既然死在這兩回內，後文不能再出現，於是又改寫第六十四回補漏洞，將新寡的多姑娘配給喪妻的鮑二。但是第七十七回多渾蟲仍舊健在。

第七十七回內，書中去年的事已是「前年」了，是早本多出一年來。

第六十四回乙回末有一對後加的詩句，所以此回是一七五五年詩聯期改寫的。因此第六十四回丙是一七五五年後改寫的，距此書早期隔得年數多了，所以作者忘了第七十七回有多渾蟲夫婦。

新添了潑醋二回後，第四十七回插入潑醋餘波，帶改這一回與下一回，插入賈赦罪案，又在第十七、十八合回加賈赦罪案的伏筆；又更進一步加上第七十五回賈政罪案，一七五六年初夏謄清此回。同時又補了第六十四回關於鮑二夫婦的漏洞——這是第六十四回丙，一七五五年後寫的——因此上述一聯串改寫都是在一七五六年春。

第四十三回祭釧是新添的兩回之一，引起金釧兒本身是否也是後加的問題。庚本格式典型化的回前附葉總批都是一七五四本保留的舊批。金釧兒在第三十、三十二回都很重要，而這兩回的總批都沒有提起她。

第三十六回內王夫人向薛姨媽鳳姐等說：「你們那裏知道襲人那孩子的好處。」句下各本批註：「『孩子』二字愈見親熱，故後文連呼二聲『我的兒』。」「後文」指第三十四回王夫人與襲人的談話。這是第三十六回原在第三十四回前的一個力證。

第三十三至三十五這三回寫寶玉挨打與挨打餘波。第三十六回回末湘雲回家去了。原先湘雲回去之後寶玉才挨打，因此挨打後獨湘雲未去探視。挨打本來只為了琪官，今本插入金釧兒之死，第三十六回移後，湘雲之去宕後，零星的湘雲文字也勻了點到挨打三回內，免得她失蹤了。三回內，部份原文連批註一同保留了下來；此外這三回一清如水，完全沒有回內批。傅秋芳一段是原有的；早本寶玉年紀較大，因此傅秋芳比今本的寶玉大八九歲。

第三十四回有加金釧後又一次改寫的痕跡。己卯本此回回末標寫「紅樓夢第三十四回終」。在一七五四本前，書名《紅樓夢》期間，此回顯已定稿，加金釧後又改過一次了。因此加金釧還在《紅樓夢》期前。

全抄本第二十四回的一句異文透露晴雯原有母親，下場應與金釧兒相仿。此後晴雯的身世與結局改了，被逐羞憤自殺成為一個新添的人物的故事。但是早在《紅樓夢》期前已經加了金釧兒，直到一七五六年才添寫祭金釧，因為與祭晴雯犯重，所以本來沒有，醞釀多年，終於寫了青出於藍的祭釧。

明義「題紅樓夢」詩中詠小紅的一首，內容與第二十回麝月篦頭一段相仿。周汝昌說就是指麝月那一場，「小紅」是借用婢妾的泛名。

第二十四回寶玉初見紅玉，第二十六回紅玉佳蕙談話，兩節都來自晴雯金釧兒還是一人的早本。百回《紅樓夢》前，金釧兒已是另一人，當然這《紅樓夢》中已有紅玉這兩場。初見一場末尾又解釋紅玉通稱小紅，因為避諱寶玉黛玉的「玉」字。這樣著重介紹小紅這名字，明義詩中不可能稱麝月為「小紅」，混淆不清。而且詩中是白晝，別的丫頭們都不知到何處遊玩去了；第二十回麝月那一節是晚上，丫頭們正月裏都去賭錢了，情景也不合。

明義詠襲人被寶玉換繫汗巾的一首詩也與今本情節不同。這一首是詠紅玉，廿首中只有這一首用書中人名，因為恰合「小紅」的典故。

篦頭一節是麝月「正文」，卻是套用早本紅玉篦頭。麝月是寫曹雪芹的妾，但是她的正傳是真人而非實事，也可見書中情事是虛構的，不是自傳。

戚本、蒙古王府本共有的一則總批與畸笏的一條批都說此書「百回」。蒙本獨有的一條，批第三回襲人勸黛玉不要為寶玉瘋瘋癲癲摔玉傷感，否則以後傷感不了這許多：「後百十回黛玉之淚總不能出此二語。」「百十回」類似「眾裏尋他千百度」、「感慨萬千」；「百十」、「千百」、「萬千」都是約莫的計算法。周汝昌誤以為證實全書一百另十回。

八十回本加「後卅回」，應有一百十回。但是「後卅回」這名詞只出現過一次，在補錄的第二十一回回前總批裏。這條批也同時提起「題紅樓夢一律」，顯然當時書名《紅樓夢》。明義所見《紅樓夢》已完，因此當時還沒有八十回本之說。「後卅回」是對前七十回而言的。

脂批透露百回《紅樓夢》八十回後榮府雖然窮困，賈赦的世職未革，宅第也並未沒收，顯然沒有抄家。獲罪止於毀了甯府，使尤氏鳳姐都被休棄。榮府一度苦撐，也終於「子孫流散」。

書中不但避免寫抄沒，而且把重心移到長成的悲劇上——寶玉大了就需要遷出園去，少女都出嫁了，還沒出事已經散場。大觀園作為一種象徵，在敗落後又成為今昔對照的背景，全書極富統一性。但是這塊房地產太值錢了，在政治清明的太平盛世，一時似乎窮不到這步田地。這也是因為文字獄的避忌太多，造成一個結構上的弱點。為了寫實，自一七五四本起添寫抄沒。

寶玉大致是脂硯的畫像，但是個性中也有作者的成份在內。他們共同的家庭背景與一些紀實的細節都用了進去，也間或有作者親身的經驗，如出園與襲人別嫁，但是絕大部份的故事內容都是虛構的。延遲元妃之死，獲罪的主犯自賈珍改為賈赦賈政，加抄家，都純粹由於藝術上的要求。金釧兒從晴雯脫化出來的經過，也就是創造的過程。黛玉的個性輪廓根據脂硯早年的戀人，較重要的寶黛文字卻都是虛構的。正如麝月實有其人，麝月正傳卻是虛構的。

紅樓夢是創作，不是自傳性小說。

——一九七六年九、十月改寫

四詳紅樓夢

——改寫與遺稿

紅樓夢裏的林紅玉，大家叫她小紅的，她的故事看似簡單，有好幾個疑問。

她是管家林之孝的女兒。到了晚清，男僕通稱管家，那是客氣的稱呼。管家原是總管，不過像榮國府這樣大的場面，上面另有「大總管」賴大。賴大家裏「一般也是樓房廈廳」，兒子也是「丫頭老婆奶子捧鳳凰似的」（第四十五回）。大了捐官，實授知縣，正是「宰相家人七品官」。林之孝雖然比賴大低一級，與賈璉談話，也「坐在下面椅子上」（第七十二回）——坐在下首。

寶玉初見紅玉時，她「穿著幾件半新不舊的衣裳」，替寶玉倒了杯茶，被秋紋碧痕發現了，秋紋「兜臉便啐了一口，罵道：『沒臉的下流東西，正經叫你催（炊）水〔南京話〕去，你說有事故，倒叫我們去，你可等著做這個巧宗兒。一里一里的這不上來了！難道我們倒跟不上你了？你也拏鏡子照照，配遞茶遞水不配？』」（第二十四回）

回末介紹紅玉的出身：「原是榮府的舊僕，他父母現在收管各處房田事務。」當然這不一定與管家的職務衝突。據周瑞家的告訴劉姥姥，周瑞「只管春秋兩季的地租子，閒時只帶小爺們出門就完了。」可見收租也可能仍舊在府中兼職。但是管家的職位重要得多，怎麼會不提？

第二十六回小丫頭佳蕙向紅玉說：「可也怨不得，這個地方難站。就像昨兒老太太因寶玉病了這些日子，說跟著伏侍的這些人都辛苦了，如今身上好了，各處還完了愿，叫把跟著的人都按著等兒賞他們。我們算年紀小，上不去，不得我也不抱怨，像你怎麼也不算在裏頭，我心裏就不服。襲人那怕他得十分兒，也不惱他，原該的。說良心話，誰還敢比他呢。別說他素日殷勤小心，便是不殷勤小心，也拚不得。可氣晴雯綺霞他們這幾個，都算在上等裏去，仗著老子娘的臉，眾人倒捧著他去，你說可氣不可氣？」

晴雯是孤兒，小時候賣到賴大家，倒反而是「仗著老子娘的臉」，紅玉是總管的女兒，反而不歸入上等婢女之列，領不到賞錢。——當然，在早本裏晴雯還是金釧兒的前身的時候，晴雯也有母親。

第二十七回紅玉在園子裏遇見晴雯綺霞等，「晴雯一見了紅玉，便說道：『你只是瘋罷！院子裏花兒也不澆，雀兒也不喂，茶爐子也不攏，就在外頭伍。』」同回稍後，鳳姐賞識紅玉，李紈告訴鳳姐「他就是林之孝之女」，甲戌本夾批：「管家之女，而晴卿輩擠之，招禍之媒也。」但是後來晴雯被逐，是邢夫人的陪房王善保家的向王夫人進讒，與林之孝夫婦無關。

第六十三回寶玉生日那天，林之孝家的到怡紅院來查夜，勸寶玉早點睡。

寶玉忙笑道：「媽媽說的是，我每日都睡的早，媽媽每日進來，多是我不知道，已經睡了。今兒因吃了麵怕停住食，所以多頑一回。」林之孝家的又向襲人等笑說：「該沏些普洱茶吃。」襲人晴雯二人忙笑說：「沏了一盃子女兒茶，已經吃過兩碗了。大娘也嚐一嚐，都是現成的。」說著晴雯倒了一碗來。林之孝家的又笑道：「這些時我聽見二爺嘴裏都換了字眼，趕著這幾位大姑娘們竟叫起名字來。雖然在這裏，到底是老太太太太的人，還該嘴裏尊重些纔是。……」（中略）襲人晴雯都笑說：「這可別委曲了他，直到如今，他還姐姐不離口，不過頑的時候叫一聲半聲名字，……（中略）」林之孝家的笑道：「這纔好呢，……（中略）別說是三五代的陳人，現從老太太太太屋裏撥過來的，便是老太太太太屋裏貓兒狗兒，……（中略）我們走了。」寶玉還說再歇歇，那林之孝家的已帶了眾人，又查別處去了。這裡晴雯等忙命關了門，進來笑說：「這位奶奶那裡吃了一杯來了，嘮三叨四的，又排場了我們去了。」麝月笑道：「他也不是好意（南京話：故意）的，少不得也要常提著些兒，也提防著怕走了大褶兒的意思。」

大家一團和氣，毫無芥蒂。林之孝家的所說的「老太太太的人」指襲人晴雯，本來都是賈母的丫頭，襲人「步入金屋」後在王夫人那裏領月費，算王夫人的人了。至於「三五代的陳人」，她們倆都不是。花家根本不是榮府奴僕。不過晴雯是金釧兒的前身，金釧兒死後，賈環告訴賈政他剛才從井邊過，井裏淹死了一個丫頭，「我看見人頭這樣大，身子這樣粗，泡的實在可怕，所以纔趕著跑了過來。」金釧兒被逐回家，跳的井顯然在榮府，因此她家裏住在宅內，是僕人。

第六十三回寫得極早，回內元妃還是「王妃」——行酒令，探春抽的籤主得貴婿，大家說「我們家已有了個王妃，難道你也是不成？」早本似乎據實寫曹寅之女嫁給平郡王。在這本子裏晴雯的故事還是金釧兒的，所以她是「家生子兒」、「兩三代的陳人」。又是賈母給寶玉的，又有寵，林之孝家的是否因此不敢惹她？但是晴雯這樣乖覺的人，紅玉在怡紅院的時候受過她的氣，紅玉的母親來了，她理應躲過一邊，還有說有笑的上前答話，又代倒茶，不怕自討沒趣？

紅玉是林之孝的女兒，顯然是後改的。第六十三回是從極早的早本裏保留下來的，所以與此點衝突。

第二十四回寶玉初見紅玉一段，晴雯還有母親，因她母親生日接出去了（全抄本），可見這一節來自早本。所以此段秋紋碧痕辱罵紅玉，也與紅玉是林之孝之女這一點衝突。

紅玉自從那天在儀門外書房裏遇見賈芸，次日為了倒茶挨了秋紋她們一頓臭罵，對寶玉灰了心，又聽見說明天賈芸要帶人進來種樹，「心裏一動」，當夜就夢見她遺失的手帕是賈芸拾了去，借此與她親近。次日她在園子裏看見賈芸監工種樹，「紅玉待要過去，又不敢過去」，悶悶的回到怡紅院，就躺下了，大家以為她不舒服。此後寶玉中邪，賈芸帶著小廝們坐更看守，與紅玉「相見多日，都漸漸混熟了。」寶玉病後「養了三十三天」，紅玉這些時一直「懶吃懶嗑的」，佳蕙勸她「家去住兩日，請一個大夫來瞧瞧，吃兩劑藥就好了。」紅玉不承認有病：「那裏的話？好好的家去做什麼？」（第二十六回）這一段對話庚本有眉批：「紅玉一腔委曲怨憤，係身在怡紅不能遂志，看官勿錯認為芸兒害相思也。己卯冬。」己卯——一七五九年——冬天是脂硯批書最後的日期。脂硯這條批使人看了詫異。這還不是相思病，還要怎樣？當然這是因為對寶玉失意而起的一種反激作用，但是也仍舊是單戀。

第二十四回回目〈癡女兒遺帕惹相思〉，脂硯想必認為是指惹起賈芸的單相思，但是「癡女兒」顯然含有「情癡」的意義。

賈芸在此回初出場，向母舅卜世仁賒冰片麝香不遂，倒是街鄰潑皮倪二借了錢給他，回去「賈芸恐他母親生氣，便不說起卜世仁的事來。」庚本夾批：「孝子可敬。此人將來榮府事敗，必有一番作為。」倪二稱他「賈二爺」，此本又批：「如此稱呼，可見芸哥素日行止是『金盆雖破分兩在』也。」倪二喝醉了與賈芸互撞，脂硯也讚賞：「這一節對水滸楊志賣刀遇沒毛大蟲一回看，覺好看多矣！己卯冬夜，脂硯。」將賈芸比楊志，一個落魄的英雄。賈芸次日買了冰片麝香去見鳳姐，說是朋友遠行，關店賤賣送人，他轉送鳳姐。庚本又有脂硯一條嘉許的眉批：「自往卜世仁處已安排下的。芸哥可用。己卯冬夜。」但是第二十六回賈芸再度出現後，批者對他的評論不一致了。寶玉邀他到怡紅院來，襲人送茶來，「那賈芸自從寶玉病了，他在裏頭混了兩天，他卻把那有名人口都記了一半，」便站起來謙讓。各本都批註：「一路總是賈芸是個有心人，一絲不亂。」接寫「那寶玉便和他說些沒要緊的散話。」各本又都批註：「妙極是極。況寶玉又有何正緊可說的。」庚本在這雙行小字註下又雙行小字硃批：「此批被作者偏（騙）過了。」寶玉跟他談「誰家的戲子好，誰家的花園好，又告訴他誰家的丫頭標緻，誰家的酒席豐盛，又是誰家有奇貨，又是誰家有異物。」句下各本批註：「幾個誰家，自北靜王公侯駙馬諸大家包括盡矣，寫盡紈袴口角。」庚本此處多一則批註：「脂硯齋再筆：對芸兄原無可說之話。」顯然庚本獨有的這兩條批註都是脂硯的，論調相同：硃筆的一條代寶玉辯護，表示這不是寶玉的本來面目，是故意這樣；墨筆的一條說對賈芸根本沒別的可談。賈芸從這一回起才跟紅玉眉目傳情起來，脂硯對他的評價也一落千丈。

一七五九年冬脂硯批上兩回，還在稱讚賈芸，此後似乎沒再批過；這兩則貶詞想必也是這一年冬天的。因為是批正文中的批註，所以也雙行小字抄入正文。賈芸紅玉的戀愛對於他是個意外的發展，顯然是一七五九冬——也就是一七六〇本——新添的情節。

墜兒帶賈芸入園的時候，紅玉故意當著他問墜兒有沒看見她丟了的手帕。賈芸這才知道他拾的手帕是她的，出園的時候就把自己的手帕交給墜兒「還」她。墜兒「送出賈芸，回來找紅玉，不在話下。」句下各本批註：「至此一頓，狡猾之甚。」庚本在這一則下又有雙行小字硃批：「原非書中正文之人，寫來間色耳！」庚本獨有的這條硃筆批註顯然也是己卯冬脂硯的。至此脂硯不得不承認紅玉是愛上了賈芸，隨又撇過一邊，視為無足重輕，不過是陪襯。

下一回寶釵撲蝶，聽見滴翠亭中紅玉墜兒密談，一面說著又怕外面有人，要推開窗槅子。

寶釵在外面聽見這話，心中吃驚，想道：「怪道從古至今那些姦淫狗盜的人，心機都不錯。這一開了，見我在這裡，他們豈不燥了？況纔說話的語音大似寶玉房裡紅兒的言語，他素昔眼空心大，是個頭等刁鑽古怪東西。今兒我聽了他的短兒，一時人急造反，狗急跳牆，不但生事，而且我還沒趣。〔下略〕」

寶釵不及走避，假裝追黛玉，說黛玉剛才蹲在這裏弄水。二人以為黛玉一定都聽見了，十分恐慌。

庚本眉批：「此節實借紅玉反寫寶釵也，勿得錯認作者章法。」又有批語盛讚寶釵機變貞潔，但是此處她實在有嫁禍黛玉的嫌疑，為黛玉結怨。

明義「題紅樓夢」詩詠撲蝶的一首如下：

> 追隨小蝶過牆來，忽見叢花無數開。儘力一頭還兩把，扇紈遺卻在蒼苔。

今本的蝴蝶「大如團扇」，也不是「過牆來」，而是過橋來到池心亭邊。也沒有「忽見叢花無數開」。詩中手倦拋扇，落在青苔上，也顯然不是橋上。百回《紅樓夢》中，此回不過用寶釵撲蝶這美妙的畫面來對抗黛玉葬花，保持釵黛間的均衡，似乎原有較繁複的身段與風景的描寫。一七六〇本利用撲蝶作過渡，回到賈芸紅玉的故事上，當然也帶寫寶釵的性格，但是並沒有深意。

滴翠亭私語一段，脂硯批：「這椿風流案，又一體寫法，甚當。己卯冬夜。」但是下面接寫鳳姐賞識紅玉，她也表示願意去伏侍鳳姐，脂硯終於按捺不住了，批道：「姦邪婢豈是怡紅應答者，故即逐之。前良兒，後篆兒，便是卻（確）證。作者又不得可也。己卯冬夜。」

第四十九回在蘆雪亭，平兒褪下手鐲烤鹿肉吃，洗手再戴上的時候少了一隻。第五十二回她告訴麝月：「我們只疑心跟邢姑娘的人，本來又窮，只怕小孩子家沒見過，拿了起來，也是有的，」不料是寶玉房裏的墜兒偷的：「那一年有個良兒偷玉，……這會子又跑出一個偷金鐲子的來了，而且更偷到街坊上去了。」第八回寶玉臨睡，襲人把他那塊玉褪下來「用自己的手帕包好掖在褥下，次日帶時便冰不著脖子。」甲戌本批註：「交代清楚。掖玉一段，又為『誤竊』一回伏線。」良兒「誤竊玉」一回，遲至一七五九年末脂硯寫那條批的時候還沒刪去。偷平兒的蝦鬚鐲的卻是墜兒，不是篆兒。篆兒是邢岫烟的丫頭，（見第六十二回，「只聽外面咭咭呱呱一群丫頭笑了來，原來是小螺翠墨翠縷入畫，邢岫烟的丫頭篆兒，並奶子抱著巧姐兒，彩鸞綉鸞，八九個人。」）此處犯了偷竊的嫌疑，結果證明並不是她。但是脂硯分明說篆兒也是寶玉房裏的，與良兒紅玉一樣：「姦邪婢豈是怡紅應答者，故即逐之。前良兒，後篆兒，便是確證。」

唯一可能的解釋是第五十二回原是寶玉的小丫頭篆兒偷了蝦鬚鐲；一七六〇本新添第二十四、二十六、二十七回內紅玉賈芸的戀情後，隨即利用他們的紅娘墜兒偷蝦鬚鐲，因為讀者對於怡紅院有這麼個小丫頭已經印象很深。篆兒改為邢岫烟的丫頭，因為邢岫烟窮，丫頭也被人疑心偷東西。「太貧常恐人疑賊」（黃仲則詩）。這一改改得非常深刻凄涼。

第五十二回平兒告訴麝月這段話，庚本批註：「妙極。紅玉既有歸結，墜兒豈可不表哉？可知奸賊二字是相連的，故情字原非正道。墜兒原不情，也不過一愚人耳。可以傳姦，即可以為盜。二次小竊皆出於寶玉房中，亦大有深意在焉。」「二次小竊」，另一次是良兒偷玉。當然這仍舊是脂硯，時間也仍舊是一七五九年冬。脂硯發現一七六〇本用第二十六回新添的角色墜兒代替此回的篆兒，偷東西被逐，覺得大快人心。

明義「題紅樓夢」詩中詠小紅的一首，寫丫頭們都出去逛去了，只剩紅玉在家獨坐，寶玉回來了，替她梳頭——或是像今本第二十回替麝月篦頭一樣，不過篦頭不能入詩。此外早本已有寶玉初見紅玉一節，百回《紅樓夢》一定有。這一段保存了下來，只需添寫紅玉告訴寶玉賈芸來見的兩句對白。代梳頭那次顯然已經不是初見了。這一節一七六〇本刪去，改為第二十回麝月篦頭一節。

紅玉與四兒一樣，都是偶有機緣入侍而招忌，不過紅玉年紀大些，四兒初出場的時候是兩個小丫頭裏較大的一個。在百回《紅樓夢》裏，紅玉是否也被鳳姐垂青，還是這也是一七六〇本的新發展？

紅玉調往鳳姐房中後，只露面過兩次：第二十九回清虛觀打醮大點名，她列在鳳姐的丫頭內。此回的花名冊上有不少的早本遺蹟，但是當然可能後添一個小紅的名字。此外還有第六十七回鶯兒送土儀給巧姐，見鳳姐有怒色，問小紅，小紅說鳳姐從賈母處回來就滿面怒容。但是戚本第六十七回沒有小紅，此處是豐兒自動告訴鶯兒的。戚本此回異文奇多。如果是可靠的早本，那就是從前沒有紅玉去伏侍鳳姐的事，一七六〇本添寫紅玉外調後才把豐兒改小紅，免得冷落了紅玉。

戚本此回的異文文筆也差，例如寶釵勸黛玉不舒服也要撐著出來走走，散散心：

「……妹妹別怪我說，越怕越有鬼。」寶玉聽說，忙問道：「寶姐姐，鬼在那裡呢？我怎麼看不見一個鬼。」惹的眾人哄聲大笑。寶釵說道：「獃小爺，這是比喻的話，那裡真有鬼呢？認真的果有鬼，你又該唬哭了。」

雖然寶玉是裝傻，博取黛玉一笑，稍解愁緒，病在硬滑稽。又如襲人問知寶釵送黛玉的土產特多，讚寶釵體貼，「寶玉笑說：『你就是會評事的一個公道老兒。』」襲人隨即說要乘賈璉不在家，去探望病後的鳳姐。

晴雯說：「這卻是該的，難得這個巧空兒。」寶玉說：「我方纔說，為他議論寶姑娘，誇他是個公道人，這一件事，行的又是一個周到人了。」

「道」、「到」諧音，但是毫不風趣。

不過戚本此回看似可疑，還是可靠。異文中有平兒替襲人倒茶，「襲人說：『你叫小人們端罷，勞動姑娘，我倒不安。』」「小人」是吳語，作小孩解，此處指小丫頭。庚本第五十六回也有「小人」：

麝月道：「怪道老太太常囑咐說小人屋里不可多有鏡子，小人魂不全，有鏡子照多了，睡覺驚恐作胡夢。……」

全書僅有的一次稱都城為「長安」，就在第五十六回，還是照過時的「凡例」規定的，書中的國都在士大夫口中是「長安」，沒知識的人稱為「中京」。一七五四本以來已經改去。這漏網之魚在寶玉夢甄寶玉一節，夢醒後麝月的對白內有「小人」這名詞。同一個夢中又有個「猏」字——一七五四本「逛」字寫作「猏」。

此回下半回甄家派了四個女僕來，發現寶玉活像甄寶玉。寶玉回房午睡，就做了這夢，在回尾。回末沒有「下回分解」之類的套語——一七五四本的又一標誌。因此夢甄寶玉一段兼有兩個早本的標誌與兩個一七五四本的標誌。

庚本第五十六回共二十四頁，回目是〈敏探春興利除宿弊，時寶釵小惠全大體〉。關於甄家的部份共八頁，佔三分之一，回目中沒提到。當然這本身毫無意義，這副回目擬得極工整貼切。

一七五四本將元妃之死改為老太妃薨，第五十四至五十五合回分成兩回，在第五十五回回首加上一段老太妃病，作第五十八回死亡的伏筆；顯然繼續改下去，從早本別處移來甄家這一段，贅在第五十六回下半，在移植中改寫了一下，所以有個「猏」字，回末也沒有「下回分解」之類的套語。

甄家這一段連著下一回回首，甄家回南才結束。仍舊是照例改寫回首回尾，便於撕下一葉，再加釘一葉。

第五十六回本來一定有賈母王夫人等入宮探病，因為第五十八回元妃就死了。入宮探病刪去，因此甄家這一段是從別處移來填空檔的。

第五十六回回末最後一句下面有批註：「此下緊接『慧紫鵑試忙玉』。」是批者寫給作者的備忘錄，提醒他把紫鵑試寶玉的心這一回挪到這裏來，作下一回。原有的第五十七回一定是元妃托夢這一回，因為下一回一開始，元妃就像今本的老太妃一樣，已經薨逝，誥命等都入朝隨祭。托夢一定也是像第十三回秦氏托夢一樣，被二門上傳事的雲板聲驚醒，隨即有人來報告噩耗，聽了一身冷汗。元妃托夢大概是托給賈政，因為與家中大局有關。也許夢中有王夫人在場，似乎不會是夫婦同夢。

第十七回怡紅院室內裝修的描寫，批註有：「一段極清極細。後文鴛鴦瓶、紫瑪瑙碟、西洋酒令、自行船等文，不必細表。」紫瑪瑙碟在第三十七回，不過已經改為「纏絲白瑪瑙」，大概因為紫瑪瑙碟子裝著帶殼鮮荔枝不起眼，犯了色。自行船在第五十七回。書中沒有鴛鴦瓶與西洋酒令。八十回後似乎不會有這些華麗的文字，照這條批內列舉的次序也應當較早。第五十七回固然是移植的，但是紫鵑試寶玉的心總也不會太在後面。看來鴛鴦瓶西洋酒令都刪掉了。有瑪瑙碟的第三十七回來自寶玉別號絳洞花王的早本。有自行船的第五十七回該也是早本，從別處移來填空檔。

第五十六回回末填空檔的甄家一節也來自早本。與它共有吳語「小人」的戚本第六十七回也是早本——在這本子裏，寶釵是王夫人的表姪女——想必薛姨媽與王夫人是表姐妹：

趙姨娘因環哥兒得了東西，深為得意，……（中略）想寶釵乃係王夫人之表姪女，特要在王夫人跟前賣好兒，……

戚本此回的特點，還有柳湘蓮人稱「柳大哥」，不是「柳二哥」。上一回他削髮出家，跟著跛足道人飄然而去，是往西北去的，因為此回薛蟠得了消息，到處找不到他，「惟有望著西北上大哭了一場。」

第一回甄士隱的歌「保不定日後作強梁」句，甲戌本夾批：「柳湘蓮一干人。」削髮出家後再落草為盜，那倒像魯智深武行者了。但是「跟隨道士飄然而去，不知何往」，而我們都知道那道士是渺渺真人，似乎絕對不會再去做強盜。最早的第六十六回一定寫柳湘蓮隻身遠走高飛，後回再出現，已經做了強盜，有一段「俠文」。這想必是《風月寶鑑》收入此書的時候改的，避免與寶玉甄士隱的下場犯重。但還是原來的結局出家更感動人，因此又改了回來。

第六十七回開頭第一句，戚本、全抄本與武裕菴本各各不同：

話說尤三姐自戕之後，尤老娘以及尤二姐尤氏並賈珍賈蓉賈璉等聞之，俱各不勝悲傷，……

——戚本

> 話說尤三姐自盡之後，尤老娘和二姐賈璉等俱不勝悲痛，……
>
> ——全抄本

> 話說尤三姐自盡之後，尤老娘合二姐兒賈珍賈璉等俱不勝悲慟，……
>
> ——己卯本抄配，武裕菴本

為什麼要刪去賈珍賈蓉尤氏？又為什麼要保留賈珍？還是先沒刪賈珍，末了還是刪了？

刪去尤氏，理由很明顯。照賈蓉說來，尤二姐尤三姐是尤老娘的拖油瓶女兒——第六十四回——與尤氏根本不是姐妹。同回稍後，賈珍做主把尤二姐嫁給賈璉，尤氏勸阻，「無奈賈珍主意已定，素日又是順從慣了的，況且他與二姐本非一母，不便深管。」不管是尤氏的異母妹還是她繼母帶來的，這兩個妹妹很替她丟臉。死掉一個，未必不如釋重負。

刪去賈珍賈蓉，是因為尤三姐自刎，珍蓉父子也哀悼，提醒讀者她過去與賈珍的關係，與賈蓉也曾經調情，與她悲壯的下場不協調。

關於她與賈蓉，第六十四回賈蓉慫恿賈璉娶尤二姐——

> 卻不知賈蓉亦非好意，素日因同他兩個姨娘有情，只因賈珍在內，不能暢意，如今若是賈璉娶了，少不得在外居住，趁賈璉不在時，好去鬼混之意。

——戚本、全抄本

己卯本抄配的這一回缺「兩個」二字：「素日同他姨娘有情，」變成專指尤二姐。

全抄本第六十五回賈璉來到小公館，假裝不知道賈珍也來了，在尤老娘尤三姐那邊。尤二姐感到不安，「滴淚說道：『你們拏我們作愚人待，什麼事我不知？我如今和你作了兩個月夫妻，日子雖淺，我也知你不是愚人。我生是你的人，死是你的鬼，如今既作了夫妻，我終身靠你，豈敢瞞藏一字？我算是有靠，將來我妹子卻如何結果？據我看來，這個行（形）景恐非常策，要作長久之計方可。』」這一席話首句他本都沒有第二個「們」字。全抄本這句是說他們兄弟倆玩弄她們姐妹倆。他本作「你們拏我作愚人待，」是說賈珍玩了她又把她給了賈璉。看來是作者自己刪去這「們」字，使尤三姐與賈珍的關係比較隱晦不確定，給尤三姐保留幾分神秘。

再參看第六十三回賈蓉與二尤一場：

> 賈蓉且嘻嘻的望著他二姨娘笑，說：「二姨娘你又來了，我父親正想你呢。」尤二姐便紅了臉罵道：「蓉小子我過兩日不罵你兩句，你就過不得了，越發連個體統都沒了，……（中略）」說著順手拿起一個熨斗來，摟頭就打，嚇的賈蓉抱頭滾到懷里告饒。尤二姐便上來撕嘴，（全抄本「二」字有人改「三」）又說：「等姐姐來家偺們告訴他。」賈蓉忙笑著跪在炕上求饒，他

兩個又笑了。賈蓉又和二姨搶砂仁吃，尤二姐咬了一嘴渣子，吐了他一臉（庚本這兩個「二」字有人改「三」）。賈蓉用舌頭都舔著吃了。眾丫頭看不過，都笑說：「熱孝在身上，老娘纔睡了覺，他兩個雖小，到底是姨娘家，你太眼里沒有奶奶了。回來告訴爺，你吃不了兜著走！」賈蓉撇下他姨娘（庚、戚本：全抄本缺五個字），便下炕來（全抄本：庚、戚本缺四個字），便抱著丫頭們親嘴：「我的心肝，你說的是，偺們饒他兩個。」（庚本作「饞他兩個。」）丫頭們忙推他，恨的罵：「短命鬼兒，你一般有老婆丫頭，只和我們鬧。……（中略）」……賈蓉只管信口開河，胡言亂道之間，只見他老娘醒了，……（中略）尤老安人……又問：「你父親好，幾時得了信趕到的？」賈蓉笑道：「纔剛趕到的，先打發我瞧你老人家來了，好歹求你老人家事完了再去。」說著又和他二姨娘擠眼。那尤二姐便悄悄咬牙含笑罵：「狠會咬舌頭的猴兒崽子，留下我們給你爹作娘不成？」賈蓉又戲他老娘道：「放心罷，我父親每日為兩位姨娘操心，要尋兩個又有根基又富貴又年青又俏皮的兩位姨爹，好聘嫁這二位姨娘的，這幾年總沒揀得，可巧前日路上才相准了一個。」尤老娘只當真話，忙問：「是誰家的？」二姐妹（庚本：全抄本、戚本作「尤二姐」）丟了活計，一頭笑一頭趕著打，說：「媽別信這雷打的！」

尤二姐把熨斗劈頭打來，賈蓉「抱著頭滾到懷里告饒，尤二姐便上來撕嘴」。此處「上來」指走上前來。賈蓉滾到她懷裏，她怎麼能又走上前來？當然是尤三姐。賈蓉一跪下，「他兩個又笑了」，可見尤三姐並不是不理他。這一段顯然修改過，把尤三姐的對白與動作都歸在尤二姐名下。全抄本與庚本又各有一處塗改「二」為「三」，那是後人見尤三姐冷場僵在一邊，所以代改。

有一句庚、戚本作「賈蓉撇下他姨娘，便抱著丫頭們親嘴」；全抄本作「賈蓉便下炕來，便抱著丫頭們親嘴」。後者多出一個「便」字。庚、戚本顯然是原文，「撇下他姨娘」這句，又有一個還是兩個姨娘的問題，因此索性刪去，改為「便下炕來」，因為他剛才跪在炕上求饒，但是改得匆忙，漏刪下句的「便」字，以致「便」字重複。

因此全抄本是此回改本，庚、戚本較早，依照改本逐一修正。戚本此處漏改；庚本有兩個漏網之魚，除了此處的一條，還有後文的「二姐妹」，沒改成「尤二姐」。

再看第六十四回賈蓉「同他兩個姨娘有情」刪去「兩個」二字，第六十五回刪去尤二姐口中「我們」的「們」字，與此回都是一貫的洗出尤三姐來，當然都是作者自改。

是否曹雪芹自己已經先程本將尤三姐改為貞女？但是第六十六回並沒有刪去這兩句：

> 他小妹果是個斬釘截鐵之人，每日侍奉母姐之餘，只安分守己，隨分過活，**雖夜晚間孤衾獨枕，不慣寂寞，奈一心丟了眾人**，只念柳湘蓮早早回來，完了終身大事。

既然尤三姐除了賈珍還有許多別人，顯然刪去賈蓉尤三姐的事，不是為了她不然太濫了，而是因為第六十三回內的賈蓉太不堪——這是唯一的一次他沒有家中長輩在場，所以現出本來面目——尤三姐還跟他打打鬧鬧的，使人連帶的感到鄙夷，不像前引的一段裏的「眾人」，不過人影幢幢，沒有具體的形象。

因此第六十七回回首刪去賈珍賈蓉悼念尤三姐，後又保留賈珍，因為如果不提賈珍傷感，也不近人情。所以回首這一句是此回的三個本子之間的一個連鎖，可知戚本最早，全抄本較晚，己卯本抄配的武裕菴本最晚。

一七六〇本寫鳳姐把紅玉調了去之後，連帶改第二十九、第六十七回，免得紅玉一去石沉大海。但是「庚辰秋月定本」——一七六〇本——缺第六十四、六十七回。如果作者剛改了第六十七回，鄭重其事的最新「定本」似乎不會缺這一回。該是一七六〇年後找到了第六十七回才改的。一七六二年冬作者逝世，因此全抄本此回與武裕菴本都是一七六一、六二間改的。

這兩個後期本子的分別在下半回，〈聞秘事鳳姐訊家童〉的對白上。興兒敘述賈蓉「說把二姨奶奶說給二爺」：

鳳姐聽到這裏，使勁啐道：「呸！沒臉的忘八蛋，他是你那一門子的姨奶奶？」興兒忙道：「奴才該死。」鳳姐道：「怎麼不說了？」興兒又回道：「二爺聽見這個話，就喜歡了，……」

——全抄本

武本在「奴才該死」句下多出這一段：

往上瞅著不敢言語。鳳姐兒道：「完了嗎？怎麼不說了？」興兒方纔又回道：「奶奶恕奴才，奴才才敢回。」鳳姐啐道：「放你媽的屁，這還什麼恕不恕了？你好生給我往下說，好多著呢！」

此處顯然原意是「奴才該死」句下頓住了，有片刻的沉默，因此鳳姐問：「怎麼不說了？」這是像莎士比亞劇中略去動作，看了對白，可以意會。但是後來怕讀者不懂，加上武本那一段。此回武本是定稿，除了這一段改得有點多餘，另添了幾節極神妙的潤色。

戚本最早，武本最晚的這次序，只有一個矛盾。第六十五回興兒說他在二門上該班。戚本第六十七回旺兒說「興兒在新二奶奶那裏呢」，賈璉出門，「特留下他在這裏照看尤二姐，故此未曾跟了去」——戚本獨有的一段對白。洩漏消息的「新二奶奶」「舊二奶奶」的話，戚本是平兒聽旺兒在二門上說的；他本是一個小丫頭告訴平兒她「在二門裏頭」聽見兩個小廝——興兒喜兒——說的，顯然興兒在二門上當差，與第六十五回吻合。但是武本又多出這兩句對白：鳳姐訊問偷娶尤二姐的經過，「又問興兒：『誰伏侍呢？自然是你了。』興兒趕著碰頭，不言語。」怎麼武本興兒還是在小花枝巷？不過是尤二姐一過門就調去的，戚本是賈璉出門，才留下他去照看那邊。其實還是戚本近情理，因為鳳姐當他跟著出門了，不會起疑。已卯本抄配的第六十四回曾經說明這一層：「府裏家人不敢擅動，」鮑二續娶多姑娘後住在外面，所以叫他們夫婦倆去伏侍尤二姐。

全抄本第六十五回，尤二姐還在說「你們拏我們作愚人待」是較早的本子。此回各本都是興兒在二門當值。因此全抄本的第六十五、六十七回屬同一時期，新改了興兒在二門值班，前後一致。這兩回又都再改過一次，即他本第六十五回與武本。此後作者大概不久就去世了，離上次改又隔了一兩年，所以忘了興兒改二門當值，又派他到小花枝巷了。兩次改都帶改尤三姐，有限度的代為洗刷。

第六十七回再三提起賈璉出門。回末鳳姐定計，預備不等賈璉回來就實行。下一回開始：

話說賈璉起身去後，偏遇平安節度巡行在外，約一個月方回。賈璉未得確信，只得住在下處等候，及至回來相見時，事情辦妥，回程將是兩個月的限了。誰知鳳姐心下早已算定，只待賈璉前腳走了，回來傳各色匠役，收拾東廂房三間，照依自己正室一樣粧飾陳設，至十四日便回明賈母王夫人，說十五一早要到姑子廟進香去，只帶了平兒豐兒周瑞媳婦旺兒媳婦四人，……興兒引路，一直到了二姐門前叩門。

分明是上一回賈璉去平安州前鳳姐已經發現了尤二姐的事，回末才送賈璉動身，然後收拾房子去接尤二姐回來。所以戚本第六十七回年代雖早，已經是第六十七回乙。改寫第六十七回時，第六十八回沒連帶改，因此兩回之間不啣接。

這第六十七回乙裏面，寶黛去謝寶釵送土儀：

黛玉便對寶釵說道：「大哥哥辛辛苦苦的，能帶了多少東西來，擱的住送我們這些，你還剩什麼呢？」寶玉說：「可是這話呢！」寶釵笑說：「東西不是什麼好的，不過是遠路帶來的土物，大家看著，略覺新鮮似的。我剩不剩什麼要緊，我如今果愛什麼，今年雖然不剩，明年我哥哥去時，再叫他給我帶些來，有什麼難呢？」寶玉聽說，忙笑道：「明年再帶了什麼來，我們還要姐姐送我們呢，可別忘了我們。」

薛蟠本來是因為挨了柳湘蓮一頓打，不好意思見人，所以藉口南下經商，出門旅行一趟，薛姨媽還不放心，經寶釵力勸，才肯讓他去（第四十八回）。怎麼寶釵預期他明年再去？聽上去他年年都到江南販貨。他本此段如下：

寶玉見了寶釵便說道：「大哥哥辛辛苦苦的帶了東西來，姐姐留著使罷，又送我們。」寶釵笑道：「原不是什麼好東西，不過是遠路帶來的土物兒，大家看著新鮮些就是了。」黛玉道：「這些東西我們小時候倒不理會，如今看見，真是新鮮物兒了。」寶釵因笑道：「妹妹知道，這就是俗語說的，物離鄉貴，其實可算什麼呢？」寶玉聽了，這話正對黛玉方纔的心事，連忙拿話岔道：「明年好歹大哥哥再去時，替我們多帶些來。」黛玉瞅了他一眼，便道：「你要，你只管說，不必拉扯上人。姐姐你瞧，寶哥哥不是給姐姐來道謝，竟又要定下明年的東西來了！」說的寶釵寶玉都笑了。

寶釵那句「明年我哥哥去時」刪掉了。但是為了保留黛玉末了那句雋語，不得不讓寶玉仍舊說「明年好歹大哥哥再去時」，好在是說笑話，不相干。薛蟠今年去了，也說不定明年還會去。

第四十八回薛蟠去後，香菱進大觀園跟寶釵住，庚本有條長批：「細想香菱之為人也，根基不讓迎探，容貌不讓鳳秦，端雅不讓紈釵，風流不讓湘黛，賢惠不讓襲平，所惜者青年罹禍，命運乖蹇，足（卒？）為側室，且雖曾讀書，不能與林湘輩並馳於海棠之社耳。然此一人豈可不入園哉？故欲令入園，終無可入之隙，籌畫再四，欲令入園必獃兄遠行後方可。然阿獃兄又如何方可遠行？曰名不可，利不可，正事不可，必得萬人想不到，自己忽一發機之事方可。因此思及情之一字，及（乃）獃素所惧者，故借情惧二字生出一事，使阿獃遊藝之志已堅，則菱卿入園之隙方妥。回思因欲香菱入園，是寫阿獃情惧；因欲阿獃情惧，先寫一賴尚華（榮）；實委婉嚴密之甚也。脂硯齋評。」

如果薛蟠年年下江南，香菱每年都有好幾個月可以入園居住，稀鬆平常；向黛玉討教，以她的資質與熱心，早成了一位詩翁了。因此，要寫香菱入園學詩，必須改去薛蟠每年南下，而造成一個特殊的局面，使薛蟠破例南下一次，給香菱一個僅有的機會入園。

各本第六十七回都寫薛姨媽感激柳湘蓮救過薛蟠性命，當然上一回有柳湘蓮打退路劫盜匪，援救薛蟠，前嫌盡釋，結拜弟兄一同回來，前文又有戲湘蓮、打薛蟠，二人的一段糾葛。戚本與眾不同的地方，不過是薛蟠每年下江南，唯有這一次遇盜。改為薛蟠從不出門經商之後，利用原有的蟠柳事件促使薛蟠出外，既緊湊又自然。原來的安排是蟠柳事件促使柳湘蓮出外——闖了禍出門避風頭，剛巧遇見每年南下的薛蟠——又巧遇賈璉，因此途中草草聘下尤三姐，不及打聽——這一點也保留了，直到一七五六年才把〈柳湘蓮懼禍走他鄉〉改為原定旅行。

早本薛蟠戲柳湘蓮，是否與今本相同，也是在賴大家裏？

第五十五回鳳姐與平兒談家事，平兒慮到「將來還有三四位姑娘，還有兩三個小爺，一位老太太，這幾件大事未完呢。」鳳姐說不要緊，寶黛一娶一嫁有老太太出私房錢料理，「二姑娘是大老爺那邊的，也不算。剩了三四個（探春、賈蘭），滿破著每人花上一萬銀子；環哥娶親有限，花上三千兩銀子，不拘那裏省一抿子也就勾了。老太太事出來，一應都是全了的……」又慶幸探春能幹：「我正愁沒個膀背，雖有個寶玉，他又不是這裏頭的貨，總收伏了他也不中用；大奶奶是個佛爺，也不中用；二姑娘更不中用，亦且不是這屋裏的人。四姑娘小呢，蘭小子更小，環哥兒更是個燎了毛的小凍貓子……」（各本同）

迎春是賈赦之女，「不是這屋裏的人」，顯然「這屋裏」指榮府二房。惜春是甯府的人，怎麼倒算進去？此外舉出的人全都是賈政的子女媳婦孫子。

賈政這一支男婚女嫁，除了寶玉有賈母出錢之外，鳳姐歧視賈環，他娶親只預備花三千兩，此外「剩下三四個」，每人一萬兩。去掉寶玉賈環，只剩下探春賈蘭二人，至多只能說「兩三個」，「三四個」顯然把惜春算了進去。

兩次把惜春視為賈政的女兒，可知惜春本來是賈政幼女，也許是周姨娘生的。今本惜春是賈珍之妹，是後改的，在將《風月寶鑑》收入此書的時候。有了秦可卿與二尤，才有賈珍尤氏賈蓉，有甯府。

第二回冷子興講到賈家四姐妹，迎春是「赦老爹前妻所出」（甲戌本）。庚本作「政老爹前妻所出」，當然「政」字是錯字，不然迎春反而比元春賈珠大。全抄本作「老爺之女，政老爺養為己女。」書中只有「大老爺」「二老爺」，並沒有「赦老爺」「政老爺」的稱呼。「老爹」在《儒林外史》裏是通用的尊稱。「爺」字與庚本的「政」字同是筆誤。

戚本此處作「赦老爺之妾所出」，「爹」也誤作「爺」了；妾出這一點，大概是有正書局的編輯根據第七十三回改的，回內邢夫人說迎春「你是大老爺跟前人養的」，與「前妻所出」衝突。至於是否作者自改，從前人不大興提妾，「赦老爺之妾所出」這句在這裏有突兀之感，應當照探春一樣稱為「庶出」，而探春「也是庶出」。

因此這句四個本子各各不同，其實只分兩種：①「赦老爹前妻所出」（甲戌、庚本）；②「赦老爹之女，政老爹養為己女」（全抄本）。

全抄本這句異文很奇怪，賈政不是沒有女兒，為什麼要抱養姪女？不管邢夫人是她的繼母還是嫡母，都應當由邢夫人撫養。當然這反映出邢夫人個性上的缺陷，但是賈政也不能這樣不顧到嫂嫂的面子。「養為己女」這句如果是妄人代加的，也沒誰對迎春的出身這樣有興趣。

這句的目的當然是解釋迎春為什麼住在賈政這邊——賈赦另住，來回要坐騾車上街，經過榮府正門，進另一個大門。——但是這一段介紹四姐妹完畢後，總結一句：「因史太夫人極愛孫女，都跟在祖母這邊一處讀書，」有了這句，就用不著「政老爹養為己女」了。所以各本都沒有，只有全抄本那句是個漏網之魚。想必作者也覺得賈政領養迎春不大合理，所以另找了個解釋，刪去此句，只剩下「赦老爹之女」，又怕人誤會是邢夫人生的——因為直到第七十三回才自邢夫人口中說出她沒有子女——所以改為「赦老爹前妻所出」。在第七十三回又改為姬妾所生，那純粹是為了邢夫人那段獨白，責備迎春不及探春，迎春的生母還比趙姨娘聰明漂亮十倍。倘是正室就不好比。

因此「史太夫人極愛孫女」這兩句是後加的。其實這兩句也有問題。惜春是姪孫女，也包括在孫女內。這是因為加史太夫人句的時候，惜春還是賈政的女兒。當然在大家族制度裏，姪孫女算孫女，叔婆算祖母，勉強可以通融，因此史太夫人句沒改。

歸結起來，介紹三姐妹一段的改寫程序如下：

①原文：「二小姐乃赦老爹之女，政老爹養為己女，名迎春。」下句應當像這樣：三小姐四小姐乃政老爹之庶出，名探春惜春。

②加史太夫人句。迎春改為賈赦前妻所出。刪賈政養為己女。

③惜春改為賈珍之妹。

很明顯的，如果惜春本來就是賈珍的妹妹，那就不會採取第一個步驟，使賈政領養迎春，因為即使領養了她，甯府的惜春為什麼也在賈政這邊，仍舊需要解釋。

第五十五回裏面，惜春還是賈政的女兒。第五十四、五十五回本是一大回，到一七五四本才分成兩回。這兩回顯然來自早本。

前面說過，第五十六回甄家一節是從早本別處移來的。此回本身與上一回同是寫探春寶釵代鳳姐當家，一獻身手。第五十五回既是早本，第五十六回是否也是早本，還是後來擴充添寫的一回？

第五十六回內探春講起去年到賴大家去，發現賴家園子裏的花菓魚蝦除供自己食用外，包給別人，一年有二百兩的利潤，因與李紈寶釵議定酌量照辦，「在園子裏所有的老媽媽裏揀出幾個本分老成能知園圃事的」經管花木，省了花匠工錢，利潤歸她們自己，園中雜費與園中人的花粉錢由她們出，一年可以省四百兩開支。平兒也在場，老媽媽們「俱是他四人素習冷眼取中的」，第一個選中老祝媽專管竹林，她丈夫兒子都是世代管打掃竹子，內行。鳳姐病中李紈探春寶釵代管家務，鳳姐是一過了年就病倒了的，商議園子的事在「孟春」。

第六十七回是同年新秋。第六十七回乙（戚本）有個祝老婆子在葡萄架下拿著撣子趕馬蜂，抱怨今年雨水少，菓樹長蟲子，顯然是專管菓樹的。襲人教她每串葡萄上套個冷布（夏布）口袋，防鳥雀蟲咬。

婆子笑道：「倒是姑娘說的是。我今年才上來，那裡就知道這些巧法兒呢？」

祝老婆子既不管竹子，又不內行。正二月裏探春等商議園子的事的時候，她也甚至於還沒有入園當差，可見她不是她們「素習冷眼取中的」。一七六一年左右改寫此回乙，「今年才上來」這句改為「今年才管上，」比較明白清楚，也更北方口語化，但是語意上換湯不換藥，顯然並沒發覺祝老婆子與第五十六回的老祝媽似是而非。

二尤的故事在第六十三至六十九回。二尤來自《風月寶鑑》，因此第六十七回甲是收併《風月寶鑑》的時候的，乙又要晚些，已經進入此書的中古時代了。第五十六回繼早本二回之後，回末甄家一段又來自早本，是一七五四本移植的一條尾巴，但是它本身是否同屬早本，不得而知。它與第六十七回乙不論孰先孰後，顯然相隔多年。老祝媽——除非是先有祝老婆子——已經走了樣了。它與第六十七回丙也相隔多年——遲至一七六一年寫第六十七回丙的時候，還是不記得第五十六回的內容。

第五十六回只能是屬於最早期。第五十四至五十六回形成最早的早本殘留的一整塊。

第五十六回探春提起到賴大家去，就是第四十七回慶祝賴尚榮得官，賈家闔第光臨，吃酒看戲，薛蟠調戲柳湘蓮，因而挨打。所以早本最初已有第四十七回，後來另加香菱入園學詩，添寫第四十八回一回。

第四十五回初提賴尚榮得官。此回黛玉自稱十五歲，反而比寶玉大兩歲，是早本的時間表。既然最早的早本已有賴尚榮，得官一段該也是此回原有的。

一七五六年新添了第四十三、四十四鳳姐潑醋二回，又在第四十七回插入潑醋餘波，帶改第四十七、四十八兩回。

根據脂硯那條長批，蟠柳事件與賴尚榮都是為香菱入園而設。其實調戲挨打與賴尚榮都是舊有的，現成的。並不是脂硯扯謊，他這條長批是非常好的文藝批評，儘管創作過程報導得不盡不實——總不見得能把改寫的經過都和盤托出。

一七六〇本寫紅玉調往鳳姐處，此後將第六十七回的豐兒改小紅；這時候早已有了第四十八回香菱入園，薛蟠已經改為難得出門一次，因此把第六十七回內寶釵所說的薛蟠明年再南下的話刪掉了。

紅玉與賈芸戀愛是一七六〇本新添的，那麼賈芸是否一個新添的人物？批者不止一次提起百回《紅樓夢》「後卅回」「後數十回」的內容。庚本第二十四回批賈芸：「孝子可敬。此人將來榮府事敗，必有一番作為。」純是揣測的口吻，顯然沒看見過今本八十回後賈芸的事，可見本來沒有賈芸這人，也是一七六〇本添出來的。

除了第二十四、二十六、二十七回，還有第三十七回也有賈芸，送了寶玉幾盆秋海棠，附了一封俚俗可笑的信，表示他這人幹練而沒有才學，免得他那遺帕拾帕的一段情太才子佳人公式化。這一段近回首，一回本上最便改寫的地方——首葉或末葉——該也是一七六〇本添寫的。

醉金剛倪二借錢給賈芸一段，庚本有畸笏眉批：「余卅年來得遇金剛之樣人不少，不及金剛者亦不少，惜書上不便歷歷注上芳諱，是余不是心事也。壬午孟夏。」這條批畸笏照例改寫移作總批：「醉金剛一回文字，伏芸哥仗義探菴。余卅年來得遇金剛之樣人不少，不及金剛者亦復不少，惜不便一一注明耳。壬午孟夏。」（靖本回前總批）「仗義探菴」一節可能原是另一條批，合併了起來。到了壬午，一七六二年，顯然「榮府事敗」後賈芸的「一番作為」已經寫了出來，就是會同倪二「仗義探菴」。

賈芸初見紅玉，也是紅玉初次出場，是他在門儀外書房等寶玉。焙茗鋤藥兩個小廝在書房裏下棋，還有四五個在屋簷上掏小雀兒頑，賈芸罵他們淘氣，就都散了。焙茗去替他打聽寶玉的消息。賈芸獨自久候。

正在煩悶，只聽門前嬌聲嫩語的叫了一聲「哥哥」。賈芸往外瞧時，卻是一個十六七歲的丫頭，生得倒也細巧乾淨。那丫頭見了賈芸，便抽身躲了出去。恰巧焙茗走來，見那丫頭在門前，便說道：「好，好！正抓不著個信兒。」賈芸見了焙茗，也就趕了出來問怎麼樣。焙茗道：「等了這一日，也沒個人兒過來。這就是寶二爺房裏的。好姑娘，你進去帶個信兒，就說廊上二爺來了。」

紅玉在門前叫了聲「哥哥」，讀者大概總以為她是找茗烟——改名焙茗——因為他是寶玉主要的小廝，剛才又在這書房裏。她叫他「哥哥」，而他稱她為「姑娘」？除非因為是當著人。這樣看來，無私有弊。書中從來沒有丫頭與小廝這樣親熱的。茗烟又是有前科的，寶玉在甯府小書房裏曾經撞見他與丫頭卍兒偷情。固然那是東府亂七八糟，在榮府也許不可能。賈芸也完全不疑心。脂硯在一七五九年冬批過此回，也並沒罵「姦邪婢」。那麼紅玉是叫誰哥哥？

全抄本此回回末缺一大段，正敘述紅玉的來歷，「他父母現在收管各處房田事務。且聽下回分解。」末句是此本例有的，後人代加。原文戛然而止，不像是一回本末頁殘缺，而是從此處起抽換改稿，而稿缺。

他本下文接寫紅玉的年齡，分配到怡紅院的經過，以及今天剛有機會接近寶玉又使她灰心，聽見人提起賈芸，就夢見他。

脂硯對紅玉的態度唯一不可解的一點，是起先否認紅玉愛上了賈芸。如果回末的夢是後加的，還有下一回近回首，紅玉去借噴壺，遇見賈芸監工種樹，想走過去又不敢——此書慣用的改寫辦法，便於撕去一回本的首頁或末頁，加釘一葉——脂硯一七五九年批書的時候還沒有這兩段，那就難怪他不知道了，不然脂硯何至於這樣武斷。

紅玉是「家生子兒」，不一定是獨生子。原文此回回末寫到她父母的職務就斬斷了，下句應當是她哥哥在儀門外書房當差，她昨天去找他，想不到遇見賈芸。但是作者隔了一兩年改寫加夢的時候，忘了這是補敘她在書房門前叫「哥哥」的原因，所以刪了這一段，免得重複。下一回開始，翌晨她在掃院子，寶玉正在出神，想把昨天那紅玉調到跟前伺候，又有顧忌，在幾個掃院子的丫頭裏不看見昨天那個，終於發現隔著棵海棠花的倚欄人就是她。此處各本批註：「余所謂此書之妙皆從詩詞中泛出者，皆係此等筆墨也。試問觀者，此非『隔花人遠天涯近』乎？可知上幾回非余妄擬也。」

寶玉被碧痕催他進去洗臉，「只得進去了，不在話下。卻說紅玉正自出神，」被襲人招手喚去，叫她到瀟湘館借噴壺。「隔花人遠天涯近」，但是鏡頭突然移到遠在天邊的隔花人身上，忽遠忽近，使人有點頭暈目眩，或多或少的破壞了那種咫尺天涯無可奈何的感覺。這是因為借噴壺一節是添寫的，原文從寶玉的觀點一路到底，進去洗臉，當天到王子騰家拜壽，晚上回來被賈環燙傷了臉，養傷期間又中邪病倒，叫紅玉上來伺候的事當然擱下了。改寫插入借噴壺一段，紅玉回來就躺下了。

眾人只說他一時身上不快，都不理論。原來次日就是王子騰夫人的壽誕，那裏原打發人來請賈母王夫人的，王夫人見賈母不去，自己也便不去了。倒是薛姨媽同鳳姐兒，並賈家三個姐妹，寶釵寶玉，一齊都去了，至晚方回。

「原來」二字是舊小說通用的過渡詞之一，類似「不在話下。卻說……」「不表。且說……」。書中改寫往往有這情形，如第三十二、三十三回之間添寫了一段王夫人給金釧兒首飾裝殮，做佛事超度：

他母親磕頭謝了出去。原來寶玉會過雨村回來聽見了，便知金釧兒含羞賭氣自盡，心中早又五中摧傷，進來被王夫人數落教訓，也無可回說，見寶釵進來，方得便出來，……

原文自寶釵聽見金釧兒死訊，去安慰王夫人寫起，第二次再去送裝殮的衣服，王夫人正在責備寶玉，於是從寶釵的觀點過渡到寶玉身上，就一氣呵成，鏡頭跟著寶玉來到大廳上，撞見賈政（全抄本）。添寫的一節使王夫人更周到些，也提醒讀者寶玉是出去見了賈雨村回來的，不然是要忘了。但是與第二十五回回首一樣，插入加上的一段，就不得不借助於傳統的過渡詞：「原來」、「不在話下。卻說……」

第二十四、二十五回間沒加紅玉的夢與借噴壺一節之前，紅玉的心理較隱晦，第二十六回回首見賈芸拿著的手帕像她丟了的那塊，「待要問去，又怕人猜疑」，彷彿正大光明。「蜂腰橋設言傳心事」，心事只是女孩子家的東西不能落在人手裏，需要取回。但是等到墜兒把賈芸的手帕給她看是不是她的，她竟一口承認是她的，使人吃一驚之餘，有點起反感。而且她的手帕剛巧給賈芸拾了去，也太像作者抨擊最力的彈詞小說，永遠是一件身邊佩戴的物件為媒，當事人倒是被動的。——那當然是為了企圖逃避當時道德觀的制裁，諉為天緣巧合。——加夢與借噴壺一節，後文交換信物就沒有突兀之感，很明顯是紅玉主動了。

紅玉的夢寫得十分精彩逼真，再看下去，卻又使人不懂起來。兩回後寶玉病中她與賈芸常見面，她才看見他的手帕像她從前丟了的那塊，怎麼一兩個月前已經夢見她丟了的手帕是他揀了去，竟能前知？當然，近代的ESP研究認為可能有前知的夢。中國從前也相信有靈異的夢。但是紅玉發現這夢應驗了之後，怎麼毫無反應？是忘了做過這夢？

是否這夢不過表示她下意識裏希望手帕是他拾的？曹雪芹雖然在寫作技巧上走在時代前面，不可能預知佛洛依德「夢是滿足願望的」理論。但是心理學不過是人情之常，通達人情的天才會不會早已直覺的知道了？

要答覆這問題，先要看一看一個類似的例子。第七十二回賈璉向鴛鴦借當，想把賈母用不著的金銀器偷著運一箱子出來，暫押千數兩銀子。這是中秋節前的事，提起八月初賈母做壽用了幾千銀子，所以青黃不接。但是第五十三回賈蓉已經告訴賈珍：

「果真那府裏窮了。前兒我聽見鳳姑娘和鴛鴦悄悄的商議，要偷出老太太的東西去當銀子呢。」賈珍笑道：「那是你鳳姑娘的鬼，那裡就窮到如此。他必定是見去路太多了，實在賠得狠了，不知又要省那一項的錢，先設出這個法子來，使人知道，就窮到如此了。我心裏卻有個算盤，還不至如此田地。」

第五十三、五十四回寫過年，到第六十九回回末又是年底，第七十二回下年中秋節前，距第五十三回不止一年半。是否鳳姐一兩年前已經跟鴛鴦商量過，此刻再由賈璉出面懇求？既是急用，決不會耽擱這麼久。

借當後鳳姐與旺兒媳婦談到家中入不敷出：「若不是我千湊萬挪，早不知過到什麼破窯裏去了。……今兒外頭也短住了，不知是誰的主意，搜尋上老太太了。……」難道是撇清，否認借當是她出的主意？那也不必跟她自己的心腹僕婦說這話。顯然借當的打算來自賈璉那方面，也許是外面管事的替他想的辦法。鳳姐是當天才聽見的。

再看賈璉向鴛鴦開口後，鴛鴦的反應：

鴛鴦聽了笑道：「你倒會變法兒，虧你怎麼想來？」

她也是第一次聽見這話。賈蓉怎麼會一兩年前就聽見鳳姐跟她商議借當？

賈璉正與鴛鴦談話，賈母處來人把鴛鴦叫了去。

賈璉見他去了，回來瞧鳳姐。誰知鳳姐早已醒了，聽他合鴛鴦借當，自己不便答話，只躺在炕上。聽見鴛鴦去了，賈璉進來，鳳姐因問道：「他可應了？」賈璉笑道：「雖然未應准，卻有幾分成手，須得你晚上再合他一說，就十分成了。」

第七回寫劉姥姥去後的這一天。「至掌燈時分，鳳姐已卸了妝，來見王夫人，回說『今兒甄家送了來的東西，我已收了，……』」回了幾件事。「當下李紈迎探等姐妹們亦曾定省畢，各自歸房無話。」這是她們每天的例行公事，晨昏定省，傍晚到賈母王夫人處去過以後，各自回房，姐妹們跟著王夫人吃過了晚飯了——寶黛是跟賈母吃——鳳姐在自己房裏吃飯，所以晚飯後是個機密的議事時間。賈母安歇後，鴛鴦也得空過來。周瑞家的女壻冷子興的官司，「晚間只求求鳳姐兒便了。」

第六回鳳姐接見劉姥姥的時候，賈蓉來借玻璃炕屏，去了又被鳳姐叫了回來：

賈蓉忙復身轉來，垂手侍立，聽何示下。那鳳姐只管漫漫的吃茶，出了半日神，方笑道：「罷了，你且去罷，晚飯後你再來說罷。這會子有人，我也沒精神了。」

賈蓉是東府的聯絡員，因此有機會聽見鳳姐與鴛鴦商議借當。顯然那就是賈璉向鴛鴦提出要求的同日晚間，因為賈璉托鳳姐晚上再跟鴛鴦說，雖然鳳姐拿蹻，結果他答應她抽個頭。

本來先有借當，然後賈蓉才告訴他父親，應當也在中秋節前。第七十五回上半回寫甯府因在服中，提前一天過節，儘有機會插入父子談話。大概後來改寫第五十三回，觸機將這段對話安插在那一場：年底莊頭烏進孝送錢糧來，報了荒，賈珍抱怨說他這裏還可以將就過著，「那府裏這幾年添了許多花錢的事，……省親連蓋花園子，你算算，那一注共花了多少，就知道了。」烏進孝認為「有去有來，娘娘和萬歲爺豈不賞的？」賈珍笑他們鄉下人不懂事。「賈蓉又笑向賈珍道：『果真那府裏窮了，前兒我聽見鳳姑娘和鴛鴦……』」等等。

此處插入借當，再妥貼也沒有，因為在說笑話的氣氛中閒閒道出。賈珍不信，認為是鳳姐弄鬼裝窮，借此好裁掉某項費用。本來借當在前，讀者明知實有其事，他們自己人倒不信，可見醉生夢死，而且緊接著夜宴聞祠堂鬼嘆。但是珍蓉父子談話移前，讀者就不知道有沒有這事了。聽賈珍說得入情入理，他又是個深知鳳姐的人。正在花團錦簇的辦年事，忽然插入刺耳驚心的一筆——七十回後寫貧窮的先聲——便又輕輕抹去了。等到看到第七十二回借當，只記得早就有過這話，賈蓉告訴過他父親。賈珍不信，不過是「只緣身在此山中」，比原來的諷刺渾厚，更有真實感。雖然前後顛倒，反而錯得別有風味，也許因此作者批者讀者都沒有發現這漏洞。

紅玉的夢同是次序顛倒，應當是她先看見賈芸手裏的手帕像她丟了的那塊，才夢見他告訴她是他拾了去，這是因為一七六〇本添上紅玉賈芸戀愛後，隔了一兩年，脂硯已故，才又補加了兩段寫紅玉內心，忽略了她還沒看見賈芸拿的手帕。同時又誤刪她哥哥的職務，以及她昨天到那書房去是去找他，忘了這是解釋她叫的一聲「哥哥」。

此回的漏洞還不止這些。賈芸初見紅玉那天，送了冰片麝香給鳳姐。紅玉叫他明天再來找寶玉，次日他來了，遇見鳳姐乘車出去，叫住了他：

隔窗子笑道：「芸兒，你竟有胆子在我跟前弄鬼，怪道你送東西給我，原來你有事求我。昨兒你叔叔纔告訴我說你求他。」

於是她派他在園內監工，「後兒就進去種花」。他當天領了銀子，次日一早出西門到花匠家裏去買樹。

他與紅玉初會的次日晚間，紅玉告訴寶玉賈芸昨天來找他，她知道他沒空，叫賈芸今天再來，想不到他又到北靜王府去了一天。隨即有老嬤嬤來傳話，鳳姐吩咐明天小心不要亂晾衣裙，有人帶花匠進來種樹。其實翌日賈芸還在買樹，中間跳掉了一天。這種與改寫無關的漏洞，根本不值一提。

庚本第二十七回脂硯罵紅玉「姦邪婢」，畸笏在旁解釋：「此係未見抄沒獄神廟諸事，故有是批。丁亥夏，畸笏。」說得不夠清楚，所以稍後編甲戌本第二十五至二十八回的時候又在此回添上一則回末總評：「鳳姐用小紅，可知晴雯等埋沒其人久矣，無怪有私心私情。且紅玉後有寶玉大得力處，此於千里外伏線也。」

上一回脂硯批紅玉佳蕙的談話：「紅玉一腔委曲怨憤，係身在怡紅不能遂志，看官勿錯認為芸兒害相思也。」畸笏知道脂硯再看下去就會發現他的錯誤，就急於代紅玉辯護，在旁批道：「獄神廟有茜雪紅玉一大回文字，惜迷失無稿，嘆嘆！丁亥夏，畸笏叟。」這條批與紅玉佳蕙的談話內容毫不相干，當然是為脂硯這條批而發。

當時脂硯與作者早已相繼病歿。寫獄神廟回在一七五九年冬脂硯批書後，一七六二年冬作者逝世前。脂硯以為跟了鳳姐去就結束了紅玉的故事，竟沒想到前面費了那麼些筆墨在賈芸紅玉的戀史上，如果就此不了了之，這章法也太奇怪了。

畸笏所說的「抄沒獄神廟諸事」，應加標點為「抄沒、獄神廟諸事」。趙岡先生認為「獄神廟不是家廟，不可能隨賈家宅第同被藉沒。再說，即令是家廟，按例是不被抄沒的，此點在可卿給鳳姐的托夢中已言明。顯然沒有『抄沒』獄神廟的事。脂批中的『抄沒』兩字，應是『抄清』兩字被鈔手誤寫。其意等於『謄清』。也就是該脂批意思是：『此係未見到獄神廟諸回的謄清文稿，故有是批。』認為寶玉入獄，紅玉茜雪探監，則更是不合理。寶玉沒有理由入獄，而丫頭探監尤其令人難以相信。」（見《紅樓夢新探》第二五五頁。）

從前的寺觀兼營高級旅店，例如書中的水月庵。祀奉獄神的廟宇應在監獄場院內，不適於作臨時官邸或「下處」，用作特殊性質的臨時收容所卻有種種便利。

續書寫抄家，榮府只抄長房賈赦賈璉父子的住屋，因此只叫女眷迴避，一陣翻箱倒籠，登記多少張多少件，就「覆旨去了」。賈赦的房舍上了鎖，丫頭婆子們鎖在幾間屋內。東府則是將女眷圈在一間空屋內——沒上鎖，因為她們不是財產。焦大口中的「那些不成材的狗男女」是奴僕，「都像豬狗是的攔起來了」，因為人多，幾間屋裏關不下，像牲畜一樣用柵欄圈在戶外，聽候發落，充公發賣還是賞人。

其實這樣大的宅第，當天絕對抄不完。家屬關在空房裏，食宿也成問題，因為僕人都分別禁閉起來了。雖然這些人沒有罪名，衙役只管抄檢，不會送茶送水。因此獄神廟回內榮府查抄，寶玉與女眷等都被送到獄神廟，作為臨時羈留所，並不是下獄。

茜雪當初是怎樣走的，書中沒有交代。第十九回李嬤嬤吃了留給襲人的酥酪，與一個丫頭爭吵起來。另一個丫頭調解，說：「寶玉還時常送東西孝敬你老去，豈有為這個不自在的？」

李嬤嬤道：「你們也不必粧狐媚子哄我。打量上次為茶攆茜雪的事我不知道呢！」

句下各本批註：「照應前文。又用一攆字，屈殺寶玉。然在李媼心中口中畢肖。」

那次在薛姨媽家，李嬤嬤掃興，攔阻寶玉吃酒。他喝醉了回來，喝茶的時候問起早上沏的一碗楓露茶：

「……我說過那茶要三四次後才出色的，這會子怎麼又潗了這個來？」茜雪道：「我原是留著的，那會子李奶奶來了，他要嘗嘗，就給他吃了。」寶玉聽了，將手中的茶杯只順手往地下一擲，豁郎一聲打個粉碎，潑了茜雪一裙子的茶，又跳起來問茜雪道：「他是你那一門子的奶奶，你們這麼孝敬他？不過是仗著我小時候吃過他幾日奶罷了，如今逞的他比祖宗還大。如今我又吃不著奶了，白白的養著祖宗似的，攆了出去，大家乾淨！」說著立刻要去回賈母攆他乳母。原來襲人並未睡著。……遂連忙來解釋勸阻。……又安慰寶玉道：「你立意要攆他也好，我們也都愿意出去，不如趁勢連我們一齊攆了，我們也好，你也不愁沒有好的來伏侍。」寶玉聽了這話，方無了言語。

——第八回

寶玉只要攆李嬤嬤，而且就連醉中也已經被襲人勸住了，酒醒後決不會再鬧著要攆茜雪。顯然是茜雪負氣走的。——當然也沒這麼容易，她要走就走。也許是她設法讓她家裏贖她出去，也許是要求寶玉打發她出去。

醉酒那天晚上寶玉鬧了一場就睡了。茜雪求去，應當在次日。但是「次日醒來，就有人回那邊小蓉大爺帶了秦相公來拜，寶玉忙接了出去，領了拜見賈母。」接寫秦鐘回家，秦氏姐弟的來歷，以及秦鐘上學的事，下一回寫入塾，茗烟鬧學。再下面第十、十一回寫秦氏病，第十三回秦氏死，第十四至十六回秦氏出殯，秦鐘送殯，與智能發生關係，智能逃走，來找他，導致秦鐘之死。第十七、十八回大觀園落成，元妃省親，直到第十九回才再寫到寶玉的丫頭們。因此第十九、二十回接連兩次提起茜雪之去，都是在李嬤嬤口中。

要不是那句批語（「又用一攆字，屈殺寶玉」），讀者的印象是寶玉酒醒後仍舊遷怒於茜雪，回賈母把她打發了出去，全用暗寫；儘管這與寶玉的個性不合，給人一種模糊混亂的感覺。似乎不應當這樣簡略。醉酒一回後，雖然一連九回都沒機會插入茜雪之去，內中第十、十一回是刪天香樓後補寫秦氏有病，一七六二下半年改寫的。這兩回內原有的薛蟠戲秦鐘，賈璉因事出京都删了。因為添寫秦氏病，又原有賈敬生辰鳳姐遇賈瑞，背景一直在甯府，無法插入茜雪的事，所以茜雪之去也删了。

第二十回李嬤嬤訴說「當日吃茶，茜雪出去，與昨日酥酪等事，」庚本眉批：「茜雪至獄神廟方呈正文。襲人正文標昌（「目曰」誤）：〈花襲人有始有終〉。余只見有一次謄清時，與獄神廟慰寶玉等五六稿，被借閱者迷失，嘆嘆！丁亥夏，畸笏叟。」獄神廟「茜雪紅玉一大回」回目內想必有「獄神廟慰寶玉」。此回是一七六〇至六二年間寫的。當時如果知道茜雪走得不明不白，似乎無法寫她「獄神廟慰寶玉」。這時候一定還沒删茜雪之去。換句話說，寫獄神廟回的時候還沒删天香樓，沒連帶改寫第十、十一回。這也是個旁證，可知删天香樓之晚，補加秦氏病更晚。

茜雪只在第七、八兩回出現。第七回寶玉聽說寶釵病了，叫人去問候，茜雪答應著去了。第六至八回來自早本，但是遲至一七五五年左右才定稿，在那時期回末都用一副詩聯作結。第八回回目各本紛歧，有一副從極早的早本保留下來的，「攔酒興李奶母討懨，擲茶杯賈公子生嗔」，可見早就有了遷怒茜雪的事。

此外還有第四十五回也提起茜雪：

鴛鴦紅了臉，向平兒冷笑道：「這是咯們好。比如襲人琥珀素雲和紫鵑彩霞玉釧兒麝月翠墨，跟了史姑娘去的翠縷，死了的可人和金釧兒，去了的茜雪，連上你我這十來個人，從小兒什麼話兒不說……」

第五回寶玉房裏的四個大丫頭內有個漏刪的「媚人」，與襲人麝月晴雯並列。似乎早本有「人」字排行的丫頭：襲人媚人可人，大概都是寶玉房裏的，是他代改的名字，否則丫頭決不會叫這樣的名字。可人只有此處一見，看來也是早本遺跡。但是彩霞是一七五四本才由彩雲改彩霞，所以此段是一七五四年或一七五四年後改寫過的，因此無法從而判斷茜雪之去是否舊有的。

如果早本遷怒茜雪一節還有下文，也是茜雪走了，然後在榮府勢敗後「慰寶玉」，「慰寶玉」也不會在獄神廟。在這階段，獄神廟只是巧姐巧遇劉姥姥的場所——第四十二回劉姥姥替巧姐取名，靖本眉批內有：「……獄神廟相逢之日，始知『遇難成祥，逢凶化吉』實伏線於千里。……」——賈巧姐應在鳳姐死後。賈家獲罪後鳳姐還有個時期支撐著門戶——〈薛寶釵借詞含諷諫，王熙鳳知命強英雄。〉——見第二十一回回前總批。——此後賈母逝世，鳳姐被休病故，榮府「子孫流散」。賈巧姐也許引起糾紛，巧姐被扣留在獄神廟作人證，類似甄英蓮之被牽入葫蘆案。

因此八十回後的情節有兩條路線，百回《紅樓夢》的與改抄家後的。不過後者獨有的只有茜雪紅玉獄神廟回與賈芸探菴。茜雪紅玉那一回也可能是根據原有的茜雪「慰寶玉」改寫擴充。鳳姐不會在獄神廟，她與賈赦賈政賈珍賈璉等犯官一同被拘捕了。改抄家後，榮府二老的罪名加重，但是鳳姐的下場還是她個人的悲劇——被休棄。抄家抄沒了她的私房錢，更徹底的毀了她，但是官司方面不會更嚴重，仍舊是間接的被賈雨村帶累，與賈璉同是涉嫌替雨村好友冷子興說情。

第二十七回紅玉去替鳳姐傳話回來報告，太複雜了李紈聽不懂，「李氏道：『噯喲，……』」句旁甲戌本夾批：「紅玉今日方遂心如意，卻為寶玉後伏線。」下句是說紅玉去伏侍鳳姐，是使她以後在獄神廟能幫助寶玉。當然，鳳姐處是全家神經中樞，總比在怡紅院做粗活有施展的餘地。紅玉是林之孝的女兒，就是此處對白中提起的。為什麼要改為林之孝之女？是否使她在抄家的時候更有機會幫助寶玉？

曹頫抄家的時候，先奉召進京，雍正下令查抄家產，諭旨上有「伊聞知織造官員易人後，說不定要暗遣家人到江南送信，轉移家財。倘有差遣之人，著令（江南總督）范時繹嚴拿訊去的原因，不得怠忽。」繼任江甯織造隋赫德的奏摺中也提起「總督范時繹已將曹頫家管事數人拿去，夾訊監禁。」當然書中不見得這樣寫，上夾棍刑訊這種慘酷的紀實正是需要避免的。但是賴大林之孝不免被拘押問話，做林之孝的女兒似乎佔不了什麼便宜。不過女兒也許可以去探監，順便探望獄神廟裏主人的家屬。

改為林之孝之女，是否抬高紅玉的身分，使她能嫁給賈芸為妻？周瑞的女兒嫁了古董商人冷子興。賈芸雖窮，是賈家族人，地位比冷子興高。林之孝的地位也比周瑞高，但還是不可能。賈芸的舅舅勸他「便下個氣和他們的管家或是管事的人嬉和嬉和，弄個事兒管管」，庚本夾批：「可憐可嘆，余竟為之一哭。」管家正是林之孝。

改為林之孝之女，其實更沒希望了——林之孝一定反對紅玉嫁賈芸為妻。當然榮府勢敗後林之孝失去靠山，情形又不同了。但是紅玉似應在抄沒前嫁給賈芸，離開榮府，否則勢必與其他的奴僕同被圈禁，失去自由。那就除非鳳姐代為撮合——賈芸也是她賞識的人。賈芸為了派差使的事來見鳳姐，也許被鳳姐看出他與紅玉的神情，成全了他們。

鳳姐不見得這樣寬容。這是最嚴重最犯忌的事。

這都是難免的推測，但是只要再一想，返顧第二十四回寶玉初見紅玉，害她挨秋紋碧痕一頓罵這一節內，晴雯還有母親；第二十六回紅玉佳蕙的談話中，晴雯還仗父母的勢——「可氣晴雯綺霞他們這幾個，都算在上等裏去，仗著老子娘的臉」——二者都來自早本，一七六〇本添寫紅玉與賈芸戀愛，伏下獄神廟回，改寫這兩節，一加賈芸連日來見的報告，一加借筆描花樣，因而遇賈芸，但是這兩場的紅玉都與林之孝之女的身分不合，顯然還沒改為林之孝的女兒。可見是直到第二十七回鳳姐紅玉的談話中，方才觸機改為林之孝之女，在後文情節上並不起作用。紅玉向鳳姐說：「我媽是奶奶的女兒，這會子又認我作女兒」，不但俏皮，也反映這些管家娘子巴結鳳姐，認這樣年青的乾娘——這時代距金瓶梅中奴僕稱主人為爹娘還不遠——又使鳳姐詫異林之孝夫婦生得出這樣的女兒，無非極寫鳳姐激賞紅玉。

鳳姐問紅玉可願意去伺候她，紅玉回答：「跟著奶奶，我們也學些眉眼高低，出入上下大小的事也得見識見識。」甲戌本夾批：「且係本心本意——獄神廟回內。」細味這條批語，只能是說寶玉在獄神廟向紅玉表示歉意，他與鳳姐一樣識人，而不能用她；但是紅玉告訴他她是自己願意跟鳳姐去歷練歷練，長些見識。

如果紅玉已經嫁了賈芸，不算姪媳也是姪兒房裏人，寶玉就不便再提從前這些話。看來紅玉還在鳳姐房中。這小妮子神通廣大，查抄期間竟能外出活動——可能由於鳳姐帶病下獄，設法獲准送藥急救——也不會絕對違法，如行賄。這是天子腳下，還不比外省，又是聖主，又是欽案。

賈芸紅玉並沒在鳳姐處重逢——難怪紅玉自第二十八回一去影蹤全無，除了清虛觀打醮大點名點到她，只在第六十七回鶯兒口中提起過一聲，直到第八十回都沒露面，要到獄神廟回才重新出現。一到鳳姐處就此冷藏起來，分明只是遣開她，使人不能不想起宋淇在〈論大觀園〉一文中指出的：像秦可卿就始終沒機會入園——大觀園還沒造她已經死了；以及所引的第七十三回的批語：「大觀園何等嚴肅清幽之地」。紅玉一有了私情事，立即被放逐，不過作者愛才，讓她走得堂皇，走得光鮮，此後在獄神廟又讓她大獻身手，捧足了她，唯有在大觀園居留權上毫不通融。到底脂硯是曹雪芹的知己：「姦邪婢豈是怡紅應答者，故即逐之。」畸笏糾正他，是只看表面。固然脂硯以寶玉自居，而比寶玉有獨佔性，火氣太大了些，也是近代人把紅玉賈芸與司棋潘又安的戀愛視為截然不同的兩件事，所以不以為然。

茜雪雖然不是被逐，是寶玉虧待過的唯一的一個丫頭，紅玉是被排擠出去的。偏偏是她們倆在患難中安慰他，幫助他，這種美人恩實在難以消受，使人酸甜苦辣百感交集，滿不是味。

這一章的命意好到極點。

茜雪紅玉也像晴雯與金釧兒一樣，是音樂上同一主題而曲調有變化。將兩個平行的故事大胆的安排在一回內，想必有個性上的對照。寶玉發脾氣的時候茜雪一句話都沒有，事後卻執意要走——在寶玉房裏她小時候跟襲人麝月好，想必她們一定極力勸解——她似乎性格比較「燜」，反應較慢，當然不像紅玉是個人才。

寫抄沒，從這兩個故人身上著眼，有強烈的今昔之感，但是我們可以確定寫抄家本身極簡略，沒有驚天動地的抄家的一幕。「此書只是意於閨中，故敘閨中之事切，略涉於外事者則簡，……凡有不得不用朝政者，只略用一筆帶出，蓋實不敢用寫兒女之筆墨唐突朝廷之上也。」（甲戌本「凡例」）寫甄家抄家就根本沒說出原因來。由於作者的家史，抄沒是此書禁忌的中心，本來百般規避，終於為了故事的合理化，不得不添寫藉沒。百足之蟲，死而不僵，又值書中歌頌的治世，不抄家還真一時窮不下來。但是自從一七五四本加上探春預言抄沒，次年又補加秦氏托夢預言抄沒，直到一七六〇至六二上半年之間才寫了獄神廟回，難產時間之長與選擇的角度——從兩個多少是被摒棄的丫頭方面，側寫境遇的滄桑——顯然經過慎重的考慮，仍舊是一貫的「寫兒女之筆墨」，絕對不會有礙語或是暴露性的文字。

前面引過畸笏一七六七年的一條批：「襲人正文標目曰：〈花襲人有始有終〉。……余只見有一次謄清時，與獄神廟慰寶玉等五六稿，被借閱者迷失，嘆嘆！丁亥夏，畸笏叟。」完全是旁觀者的口吻，是說〈花襲人有始有終〉這一回他只看過一次，是作者生前定稿後著人謄清的時候，與茜雪紅玉獄神廟回等「五六稿」由作者出借，被人遺失了。看來也沒再補抄一份，如果原稿還留著的話。曹雪芹逝世四五年後，畸笏多少成為遺稿的負責人，因此聲明這件事與他無干。

〈獄神廟慰寶玉〉是一大回，所以這「五六稿」是五六回。內中應有賈芸「仗義探菴」，因為賈芸是一七六〇本新添的人物，當時還沒寫到榮府敗落後他怎樣「有一番作為」。紅玉雖然還沒嫁給賈芸，他們的故事有關連，探菴這一回該也是差不多的時候寫的。

畸笏在一七六二年初夏將他新近的一條眉批移作回前總批（靖本第二十四回），加了一句：〈醉金剛一回文字，伏芸哥仗義探菴。〉似乎是剛看了探菴回，而這一回還沒有遺失。前面說過，「五六稿」內的獄神廟回寫在一七六二下半年刪第十、十一回內茜雪之去以前，因為讀者如果不知道茜雪是怎麼走的，作者也無法寫她重新出現「慰寶玉」。看來這「五六稿」就在一七六二年初夏謄清，當時畸笏看了〈花襲人有始有終〉與其他的幾回，隨即出借，久假而不歸，才知道遺失了。

探菴是去救誰？

第四十一回寫妙玉的潔癖，靖本眉批錯字太多，《新編紅樓夢脂硯齋評語輯校》（陳慶浩撰）只校出斷斷續續的兩句：「……所謂過潔世同嫌也。……他日瓜洲渡口勸懲……」賈家獲罪後，妙玉當然回蘇州去，路過瓜洲渡口，遇見歹人——上了黑船？還是從前迫害她的權貴？第六十三回邢岫烟告訴寶玉，妙玉在榮府寄居是求庇護：「聞得他因不合時宜，權勢不容，竟投到這裏來。」妙玉的仇家顯然不是地頭蛇之類，而是地位很高的新貴。書中人對當代政治表示不滿，這是僅有的一次。「不合時宜」四字很大胆，因為曹家幾代在悠長的康熙朝有寵，一到雍正手裏就完了，另有一批新貴。

太虛幻境第七支曲詞首句「氣質美如蘭」，甲戌本夾批：「妙卿實當得起」。下有：「到頭來依舊是風塵骯髒違心願，好一似無瑕白玉遭泥陷，又何須王孫公子嘆無緣？」末句是說他們可以去嫖。她被賣入妓院。這是百回《紅樓夢》裏的情節。當然加抄家後也可能改寫。探菴是否變相妓院的尼菴？但是賈芸邀請當地的潑皮倪二同去探菴，當然是在本地，不是江蘇。

書中的老尼都不是好人，水月庵的淨虛之外，數十回後又有「水月庵的智通」。淨虛的徒弟有智善智能，智通想必是她圓寂後接管的大徒弟。智通與「地藏庵的圓信」聽見芳官藕官蕊官要出家，「巴不得又拐兩個女孩子去，好作活使喚。」（第七十七回）但是此回回目〈美優伶斬情歸水月〉，顯然是芳官的結局。芳官不會再在書中出現。

書中一再預言惜春為尼。百回《紅樓夢》裏甯府覆亡，惜春出家是順理成章的事。

第二十一回回前總批引「有客題紅樓夢一律」，批者認為作詩者「深知擬書底裏」，當然詩中的「自相戕戮自張羅」是有所指。探春預言抄家，也說「必須先從家裏自殺自滅起來，纔能一敗塗地呢。」探春這一席話是一七五四本加抄家的時候添寫的，比較大胆。在這之前，百回《紅樓夢》中只用甄家抄家來影射曹家。但是如果曹頫抄家是有曹家自己人從中陷害，書中絕對不會敢影射這件事，因為反映在雍正帝身上，顯得他聽信小人。書名《紅樓夢》時期，題詩所說的自相殘殺，也只能改頭換面改為賈環爭奪世職。

書中深貶東府，但是百回《紅樓夢》中甯府獲罪慘重，對榮府除了帶累，當然並沒有加害。自一七五四本起，改榮府罪重，第七十五回一七五六年定稿謄清時新添了一條批註，解釋回內大體原封不動的百回《紅樓夢》原文，甯府家宴，祠堂鬼魂夜嘆：「未寫榮府慶中秋，卻先寫甯府開夜宴。未寫榮府數盡，先寫甯府異道（兆）。蓋甯乃家宅，凡有關於吉凶者故必先示之。且列祖祠此，豈無得而警乎？几（凡）人先人雖遠，然氣遠（息）相關，必有之利（理）也。非甯府之祖獨有感應也。」從末句看來，顯然榮府抄沒的時候甯府也倒了。改抄家後榮國公世職勢必革去，賈環無爵可爭，也仍舊沒改由東府來自相殘殺。

兩府齊倒，惜春為尼更理由充足了。她這不像妙玉宦家小姐帶髮修行，自然被優遇。再碰上書中典型的老尼，被奴役外還要「緇衣乞食」——第二十二回惜春製燈謎批語——拋頭露面。有人打聽出她的來歷，對她發生好奇心，買通老尼，那就需要賈芸倪二探菴打救了。

值得注意的是探菴與獄神廟慰寶玉兩回的背景都不在賈家。顯然作者還沒有解決榮府充公後的住的問題。其實安排一個地方讓他們住還不容易？難在放棄冷落的大觀園的景象，那是作者與脂硯從小縈思結想的失樂園，在心深處要它荒蕪下來殉葬的。這淒涼的背景大概像主題歌一樣時作時輟，貫串百回《紅樓夢》的最後十來回。

明義「題紅樓夢」詩二十首，這是最後一首：

饌玉炊金未幾春，王孫瘦損骨嶙峋。青蛾紅粉歸何處？慚愧當年石季倫。

首句有點語病，「未幾春」屬於下一句，是說沒過幾年苦日子已經骨瘦如柴了。末二句指襲人比不上綠珠，寶玉應在石崇前感到慚愧。可知百回《紅樓夢》裏也是襲人嫁蔣玉菡。

第二十八回回前總批有：

茜香羅紅麝串寫于一回，蓋琪官雖係優人，後回與襲人供奉玉兄寶卿得同終始者，非泛泛之文也。

庚本這些回前附葉總批，格式典型化的都是一七五四本保留的百回《紅樓夢》舊批。「得同終始」也就是有始有終。批中所說的「後回」，我們幾乎可以確定回目也是〈花襲人有始有終〉。畸笏不會沒看見過百回《紅樓夢》裏〈花襲人有始有終〉一回。但是畸笏一七六七年批說他只在有一次謄清的時候看過這一回，隨即一共五六回被借閱者遺失。現在我們知道內中有兩回是新寫的：小紅茜雪獄神廟回與賈芸探菴。時間在作者生前最後兩年內，可能是一七六二年初夏。

作者自承「增刪五次」，但是批者都諱言改寫——除了刪天香樓一節情形特殊。——例如脂硯關於香菱入園的那條長批，分析得那麼精密透徹，而純是理論，與事實不符——專為香菱入園而設的薛蟠「情悞」賴尚榮這人物都是早本原有的，不過在改寫中另起作用。

因為絕口不提改寫，批者逕將定稿的一回視為此回唯一的本子。所以畸笏只在一七六〇初葉看過一次的〈花襲人有始有終〉一回是新改寫的，百回《紅樓夢》中的這一回根本不算。

襲人與蔣玉菡供奉寶玉寶釵夫婦，應在榮府「子孫流散」後，才接到家中奉養。所以改寫〈花襲人有始有終〉一回，因為此回也是背景不在榮府。此外同時遺失的兩三回，想必也是百回《紅樓夢》中原有的，經過改寫。其餘的寫鉅變後的若干回，情節或情調太與榮府的背景分不開，因此沒動。所以這五六稿不會連貫。就連新寫的獄神廟回與探菴回大概也不連貫，因為抄沒後惜春出家，此後總還要經過一段時間，賈芸才去「仗義探菴」。「五六稿」一被借閱者遺失後，如果原稿還在，也沒再補抄，除了心緒關係，可能因為仍舊舉棋不定，背景問題還沒解決。

第二十一回寶玉不理襲人等，「便權當他們死了，毫無牽掛，反能怡然自悅。」庚、戚本批註：

此意卻好，但襲卿輩不應如此棄也。寶玉之情，今古無人可比固矣，然寶玉有情極之毒，亦世人莫忍為者，看至後半部，則洞明矣。此是寶玉（第）三大病也。〔按：上兩條批有寶玉第一第二大病。〕寶玉看（「有」誤）此世人莫忍為之毒，故後文方能〈懸崖撒手〉一回。若他人得寶釵之妻，麝月之婢，豈能棄而為僧哉？玉一生偏僻處。

靖本第六十七回回前總批如下：

末回撒手，乃是已悟。此雖眷念，卻破迷關。是何必削髮？青埂峰證了情緣，仍不出士隱夢。而前引即秋三中姐。（「中秋三姐」？——續書人似乎看過這條批，因此寫寶玉重遊太虛幻境的時候是尤三姐前引。）

靖本第七十九回批芙蓉誄有一條眉批：「觀此知雖誄晴雯，實乃誄黛玉也。試觀〈證前緣〉回黛玉逝後諸文便知」。「證前緣」也就是「證了情緣」。百回《紅樓夢》末回回目中有〈懸崖撒手〉與〈證前緣〉。

第二十五回寶玉鳳姐中邪，癩頭和尚與跛足道士來禳解，各本都批：「僧因鳳姐，道因寶玉，一絲不亂。」因此鳳姐臨終應有茫茫大士來接引，但是寶玉出家，顯然並不是渺渺真人來度化他，而是正式到佛寺削髮為僧，總做了些時和尚才有一天跟著個跛足道士飄然而去，到青埂峰下證了情緣。這樣寶玉比較主動。

寶玉那塊玉本是青埂峰下那大石縮小的。第十八回省親，正從元妃眼中描寫大觀園元宵夜景，插入石頭的一段獨白，用作者的口吻。石頭掛在寶玉頸項上觀察記錄一切，像現代遊客的袖珍照相機，使人想起依修吳德的名著《我是個照相機》——拍成金像獎歌舞片

《Cabaret》。

八十回後那塊玉似乎不止一次遺失，是石頭記載的故事快完了，所以石頭躍躍欲試的想回去。因此丟了玉並不使寶玉瘋傻，像續書裏一樣，而是他在人間的生命就要完了。所以一再失玉有一種神秘的恐怖。賈家出事後，鳳姐「掃雪拾玉」，顯然是丟了玉又給找了回來。省親元妃點戲，有一齣「仙緣」，註：「『邯鄲夢』中。伏甄寶玉送玉。」甄家抄了家，甄寶玉流為乞丐，出家得了道，把寶玉再次丟了的玉送了回來，點醒了他。寶玉不久就削髮為僧，人與玉一同走了。終於由渺渺真人帶他到青埂峰下，也讓石頭「歸位」。

第十八回介紹妙玉一段，庚本有畸笏極長的批註，計算十二釵已出現的人數，「又有又副刪（「冊」誤）三斷（段？）詞，乃情（晴）雯襲人香菱三人而已，」又推測副冊、又副冊還有些什麼人。上有眉批：「樹處引十二釵總未的確，皆係漫擬也。至末回警幻情榜，方知正副、再副及三四副芳諱。壬午季春，畸笏。」這條批第一個字有人指為「前」誤，俞平伯、周汝昌都接受這讀法。但是宋淇遍查草字，二字字形僅有一部份相似，極為勉強，所以認為「樹」字應作「數」字，是音誤，不是形誤。我也覺得對。

「末回警幻情榜」來自早本，情榜上「又副」作「再副」。「再副」改「又副」的時候，不預備情榜上再有「三四副」了。第五回警幻明言正冊外只有「下邊二廚」——「寫著『金陵十二釵副冊』，又一個寫著『金陵十二釵又副冊』」——「餘者庸愚之輩，則無冊可錄矣。」「三副冊、四副冊」已經改去，但是顯然沒有連帶改最後一回。

這《紅樓夢》的第一百回是從更早的早本裏保留下來的。「末回警幻情榜」與「末回〈撒手〉」並不衝突——〈懸崖撒手〉一回內有情榜。回目內有〈懸崖撒手〉，也許沒有「情榜」。

第二十五回通靈玉除邪一段，庚本眉批：「嘆不能得見寶玉懸崖撒手文字為恨。丁亥夏，畸笏叟。」

一七六二年，作者在世最後一年的季春，畸笏已經看過百回《紅樓夢》末了的〈懸崖撒手〉回，發現他從前擬的十二釵副冊、又副冊人名錯誤，但是五年後又慨嘆他看不到〈懸崖撒手〉一回了。當然這是因為此回改寫過，他沒看過的是此回定稿。這改寫的〈撒手〉回也遺失了。也許不在那「五六稿」內，否則他似乎不會沒看到。

寶玉出家，是從蔣玉菡襲人家裏走的。改寫過了〈花襲人有始有終〉一回，理應帶改〈懸崖撒手〉回，照應前文。此外就我們所知，末回情榜早就該刪十二釵三副冊、四副冊了。榜上女子歸入十二釵分等次，男子除了寶玉，不會沒有柳湘蓮秦鐘蔣玉菡，大概還有賈薔，因為畫薔的齡官一定在榜上。一七六〇初葉改寫，可能添上賈芸。不過十二釵都是薄命司，賈芸紅玉多半是結局美滿的，那就榜上無名了。

此回寶玉去過青埂峰下後，該到警幻案下註銷檔案，再回西方赤瑕宮去做他的神瑛侍者。此後還要接寫寶釵的事，因為第一回甄士隱的歌詞有「說什麼粉正濃，脂正香，如何兩鬢又成霜？」甲戌本夾批：「寶釵湘雲一干人」。寫到她們老了，只能是在此處，除非寶玉做了十廿年或更久的和尚，考驗他的誠意。寶釵作〈十獨吟〉，可能是被遺棄後，也可能是以前流散鄉居的時候。那時候有寶玉，這時候也還有襲人作伴。因此最大的可能性還是自第八十一回起的「散場」局面中，寶玉出園，探春遠嫁，黛玉死了。寶釵雖然早已搬出園去，各門各戶另住，也不會常與寶玉見面。這時候寫〈十獨吟〉，是「黛玉逝後寶釵之文字」（見第四十二回總批）。

末回除了寶釵湘雲，還寫到李紈賈蘭與族人賈菌。第一回甄士隱的歌詞有「昨憐破襖寒，今嫌紫蟒長」，甲戌本夾批：「賈蘭賈菌一干人」。太虛幻境關於李紈的曲文如下：

鏡裏恩情，更那堪夢裏功名。那美韶華去之何迅！再休提繡帳鴛衾，只這戴珠冠，披鳳襖，也抵不了無常性命。雖說是人生莫受老來貧，也須要陰騭積兒孫。氣昂昂頭戴簪纓，簪纓；光閃閃胸懸金印；威赫赫爵祿高登，高登；昏慘慘黃泉路近。……

李紈沒受到「老來貧」的苦處，但是兒子一發達她就死了。寶玉二十幾歲出家——十五歲（比今本大兩歲）的時候「塵緣已滿大半了」。——見全抄本第二十五回——賈蘭比他小幾歲，如果已經有了功名，不會不資助他，因此是在他出家後才發跡。所以也是在末回敘述賈蘭接連高中，彷彿是武舉，立了軍功，掛了帥印，封了爵，像祖先一樣。但是李紈沒享兩天福就死了。

第一回賈雨村〈對月寓懷〉一詩，甲戌本眉批中有「用中秋詩起，用中秋詩收。」當然不一定兩次都是雨村作詩。

第二回雨村很欣賞一個破廟裏的一副對聯：「身後有餘忘縮手，眼前無路想回頭。」心裏想「其中想必有個翻過筋斗來的」，進去看見一個老和尚，「那老僧既聾且昏，（甲戌本夾批：『是翻過來的。』）齒落舌鈍，（又批：『是翻過來的。』）所答非所問，雨村不耐煩，便仍出來。」又有眉批：「畢竟雨村還是俗眼，只能識得阿鳳寶玉黛玉等未覺之先，卻不識得既證之後。」

同回冷子興談榮府，講到寶玉的怪論與奇特的行徑，雨村代寶玉辯護，認為有一種兼秉靈秀之氣與邪氣而生的人物，一方面聰俊過人，而乖僻邪謬不近人情。這就是雨村「能識阿鳳寶玉黛玉等未覺之先」。「卻不識得既證之後」，「證」是「青埂峰證了情緣」，在「末回〈撒手〉」內。顯然全書結在雨村身上。末了的中秋詩也是他寫的。

雨村丟官治罪，充軍期滿後，「眼前無路想回頭」，到荒山修行，看見青埂峰下一塊大石上刻著情榜，但是他並不欣賞榜上那些「情不情」、「情情」的考語。這就是他「卻不識得既證之後」。當然大石上也刻著全部《石頭記》，否則他光看各人的考語，不知道因由，也無從了解起。

這樣看來，寶玉跟著渺渺真人來到青埂峰的時候，石頭一「歸位」就已經刻著《石頭記》全書，包括情榜，否則如果本來沒有，不會二三十年後石上又現出許多文字來。因此寶玉「證了情緣」就是看這部書，明白了還淚的故事，大徹大悟後，也不想「天上人間再相見」了，所以絳珠仙子並沒出現。

除了這「五六稿」——如果〈撒手〉回不在內，就是六七稿——還有一回也遺失了。第二十六回馮紫英一段，庚本有兩條一七六七年的眉批：「寫倪二紫英湘蓮玉菡俠文，皆各得傳真寫照之筆。丁亥夏，畸笏叟。」「惜衛若蘭射圃文字迷失無稿，嘆嘆！丁亥夏，畸笏叟。」第三十一回回末湘雲把她拾來的寶玉的金麒麟給他看，各本都有回後批：「後數十回若蘭在射圃所佩之麒麟，正此麒麟也。提綱伏於此回中，所謂草蛇灰線在千里之外。」

下一回開始：

史湘雲笑道：「幸而是這個，明兒倘或把印也丟了，難道也就罷了不成？」寶玉笑道：「倒是丟了印平常，若丟了這個，我就該死了。」襲人斟了茶來與史湘雲吃，一面笑道：「大姑娘，聽見前兒你大喜了。」史湘雲紅了臉吃茶不答。襲人道：「這會子又害臊了！你還記得十年前偺們西邊煖閣住著，晚上你同我說的話兒，那會子不害臊，這會子怎麼又害臊了？」史湘雲笑道：「你還說呢，那會子偺們那麼好，後來我們太太沒了，我家去住了一程子，怎麼就把你派了跟二哥哥，我來了你就不像先待我了？」

此段寶玉告訴湘雲他珍視這麒麟，當然她知道他是愛屋及烏，因為她像那隻麒麟。他不會不知道她定了親的消息，但是仍舊向她示愛，是他一貫的沒有佔有慾的愛悅。襲人提起的十年前的夜話，似乎是湘雲小時候說要跟襲人同嫁一個丈夫，好永遠不分開。——十年前當然是早本的時間表。按照今本，寶玉這一年才十三歲，黛玉比他小一歲，湘雲又比黛玉小，十年前至多是一兩歲的嬰兒。

第二十一回湘雲初次出現：「湘雲仍往黛玉房中安歇」句下批註：

前文黛玉未來時，湘雲寶玉則隨賈母。今湘雲已去，黛玉既來，年歲漸成，寶玉各自有房，黛玉亦各有房，故湘雲自應同黛玉一處也。

顯然早本寫賈家不是從黛玉來京寫起的，還有「前文」，寫湘雲寶玉小時候跟賈母住一間房，也像後來寶黛一樣。第十九回襲人自述：「自我從小兒來了，跟著老太太，先伏侍了史大姑娘幾年，」可見湘雲一住幾年，死了母親才回去了一趟，像第十二回黛玉回揚州一樣。想必她家在江南，但是父母雙亡後跟叔嬸住，「小史侯家」在京中，所以到賈家來也不能長住了。她的地位為黛玉取代，所以總有點含酸。早本大概湘雲文字的比重較多，與襲人西邊暖閣夜談等事都是實寫的。射圃是否在大觀園，不得而知。第二十六回賈蘭演習騎射，是在山坡上射鹿。甯府請客練習弓箭，是在天香樓下箭道上。大觀園內如果有個射圃，男賓入園不便，連各處的丫頭都要迴避。當然，這是「後數十回」了——第十九回批註中有「下部後數十回『寒冬噎酸虀，雪夜圍破氈』等處」，指榮府敗落後寶玉的苦況。射圃回也在「後數十回」，當時園中人早已散了，難得有客來訪，一時興起，沒有理由不到荒園中習射。

第五十二回寶玉到王子騰家去，有許多隨從與排場，庚本批註：「總為後文伏線。」「後數十回」當有榮府衰落後寶玉出門應酬的慘狀，作為對比。也可能就是應邀演習弓箭，不在王子騰或小史侯家——護官符上的王史薛三家與賈家「一損皆損，一榮俱榮」——而是在依然富貴的親戚故舊家中，對照才更強烈。湘雲的未婚夫是誰，始終沒有透露，也許就是衛若蘭。不然就是湘雲家裏窮了之後對方悔婚，另許了衛家。這時候還沒過門。若蘭比箭熱了脫下外衣，露出佩戴的金麒麟，寶玉見是他賣掉的那隻，輾轉落到衛家，覺得真是各人的緣份，十分惆悵。——當然，也許完全不是這麼回事。

太虛幻境關於湘雲的畫冊與曲詞都預言早寡，與第三十一回回目〈因麒麟伏白首雙星〉衝突，一直是一個疑案。

第十二回跛足道人向賈瑞介紹他那隻鏡子：「這物出在太虛玄境空靈殿上，警幻仙子所製。」庚本眉批：

《紅樓夢》指「紅樓夢回」，即第五回，因為回目有〈開生面夢演紅樓夢〉（甲戌本），〈飲仙醪曲演紅樓夢〉（庚本）。這條眉批小字旁註「幻」，是指示下一個抄本的抄手，「玄境」應改「幻境」。這一回是關於賈瑞的，《風月寶鑑》內點題的故事，來自作者舊著《風月寶鑑》。搬到這部書裏來的時候，此處有沒有改寫，把太虛幻境——原名「太虛玄境」——寫了進去？倘是這樣，第一回、第五回連批語在內提起太虛幻境好多次——有時候光稱「幻境」——怎麼從來沒有一個本子有個漏網之魚的「玄境」？看來賈瑞的故事裏的「太虛玄境」是從《風月寶鑑》裏原封不動搬來的。

移植到此書內的《風月寶鑑》，此外只有二尤的故事裏間接提起過太虛幻境一次。第六十九回尤二姐夢見尤三姐「手捧鴛鴦寶劍前來」，勸她「將此劍斬了那妒婦，一同歸至警幻案下，聽其發落」，沒有用太虛幻境名稱，否則一定也是「太虛玄境」。

自從《風月寶鑑》收入此書後，書中才有太虛幻境，一採用了就改「玄」為「幻」，所以第一、第五回內都是清一色的「幻境」。

還有個理由令人懷疑太虛幻境或玄境是此書一直就有的。太虛幻境的預言與第二十二回的燈謎與第六十三回的「占花名」酒令有點犯重，尤其是關於賈家四春與襲人的預言。第六十三回來自極早的早本，回內元妃還是個王妃。是否因為太虛幻境是後加的，隔得年數多了，所以有重複的地方？第二十二回如果也是極早的早本，那麼太虛幻境就是跟著《風月寶鑑》一起搬來的，與最初的《石頭記》中這兩回相隔太久，以至於有些地方重複。

庚本第二十二回未完，到惜春的燈謎為止，上有眉批：「此後破失，俟再補。」似乎是編纂者發現此回的一回本末頁殘破，預備從別的本子上補抄來，但是結果沒找到，只在背面加釘一葉，補抄了兩條批。第一段是作者生前的備忘錄：

暫記寶釵製謎云：

朝罷誰攜兩袖烟……？〔七律。詩下略。〕

此回未成而芹逝矣，嘆嘆！丁亥夏，畸笏叟。〔靖本多一「補」字，作「未補成」，署名缺「叟」字。〕

到了現存的庚本，當然已經由同一個抄手一路抄下來了，因此筆跡相同。

回內賈政請賈母賞燈。

地下婆娘丫頭站滿。李宮裁王熙鳳二人在裏間又一席。賈政因不見賈蘭，便問「怎麼不見蘭哥？」地下婆娘忙進裏間問李氏。李氏起身笑著回道：「他說方纔老爺並沒去叫他，他不肯來。」婆娘回覆了賈政，眾人都笑說：「天生的牛心古怪。」賈政忙遣賈環與兩個婆娘將賈蘭喚來。

水滸金瓶裏似乎都有「婆娘」這名詞，是對婦人輕褻的稱謂，帶罵人的口吻。此處應作「婆子」，指較年老的僕婦，因為有男主人在座，年青的家人媳婦不便上前。書中「嬤嬤」大都是保姆。至於職位低的「老媽媽們」，那是下江人的普通話，「婆子」是北方話。接連四次稱「婆娘」，可見不是筆誤。戚本也是一樣。

戚本此回是完整的，有寶釵製謎，那首七律，沒說出謎底。賈政猜謎，先看了元春的：

賈政道：「這是爆竹嗄（庚本作『吓』）？」

後來看到惜春的詩謎：

賈政道：「這是佛前海燈嗄？」（庚本自此二句起缺）

「嗄」讀音介於「價」與「嬌」之間，是道地蘇白，《海上花列傳》等吳語小說裏都通用。早期白話將「呀」寫作「吓」，如曲文中的「相公吓！」「夫人吓！」「嗄」改「吓」是此書改去吳語的一例。此處第二個「嗄」字再加上「婆娘」充分顯示戚本此回可靠，是最早的早本，有時候夾著吳語，白話常欠通順，戚本獨有的回末一節文言更多。

回內寶釵生日演戲，有一個小旦。

鳳姐笑道：「這個孩子扮上，活像一個人，你們再看不出來。」寶釵心裏也知道，便一笑。寶玉也猜著了，亦不敢說。史湘雲接著笑道：「倒像林妹妹的模樣兒。」

——庚、戚本同

看來早本湘雲比黛玉大，在第二十、第三十二回就已經改為「林姐姐」了，此處是個漏網之魚。寶釵生日是正月二十一，次日賈政請賈母賞燈，在上房「賈母賈政寶玉一席，下面王夫人寶釵黛玉湘雲又一席，迎探惜三個又一席。……李宮裁王熙鳳二人在裏間又一席。」可以沒有賈赦賈璉，似乎不能沒有邢夫人。如果因為不是正式過節，只揀賈母喜歡的人，連賈環也在座。

早本賈家家譜較簡，《風月寶鑑》收入此書後才有甯府。原先連賈赦都沒有，只有賈政這一房——賈璉可能是個堂姪，因為娶了王夫人的內姪女，所以夫婦倆都替賈政管家。——因此賈政不過官居員外郎，倒住著「上房」，「正緊正內室」，榮國公賈赦倒住著小巧的別院，沿街另一個大門出入。早先俞平伯在《紅樓夢研究》裏彷彿就說過他們住得奇怪。

第二十二回籌備寶釵生日，「賈母……次日便先送過衣服玩物禮去，王夫人鳳姐黛玉等諸人皆有隨分不一，不須多記。」送禮吃酒看戲都沒提邢夫人。賈母叫黛玉點戲，「黛玉因讓薛姨媽王夫人等」，也許可能包括邢夫人在內，但是似應作「讓薛姨媽邢夫人等」，不能越過她的大舅母，只把二舅母姐妹並提。——全抄本此回據程乙本抄配，此處作「讓王夫人等」，大概是因為賈母的一段對白：

黛玉因讓薛姨媽王夫人等。賈母道：今日原是我特帶著你們取笑，偺們只管偺們的，別理他們。我巴巴的唱戲擺酒，為他們不成？他們在這裏白聽白吃，已經便宜，還讓他們點呢！」說著，大家都笑了。

賈母口中的「你們」「他們」將釵黛鳳姐等與她們的上一代對立，連薛姨媽都包括在內，是賈母的風趣。程本認為對親戚不能這麼不客氣，因此刪去「薛姨媽」。

寶釵生日邢夫人似有若無，但是賈母拿出二十兩銀子來給寶釵做生日的時候，與鳳姐有一段對白，末了賈母說：

「……你婆婆也不敢強嘴，你和我梆梆的。」鳳姐笑道：「我婆婆也是一樣的疼寶玉，我也沒處去訴，倒說我強嘴。」

此處一提鳳姐的婆婆邢夫人，是有了賈赦之後改寫過，不像下半回賞燈猜謎是純早本。

自甲辰本到程本，此回都缺惜春謎，又把寶釵製謎移作黛玉的，打「香」或「更香」，另添寶玉寶釵二謎。俞平伯說：「甲辰本敘事略同程甲本而甚簡單，自『更香』一謎直至回末，作：

賈政道：「這個莫非是香？」寶玉代言道：「是。」賈政又看道：南面而坐，北面而朝。象憂亦憂，象喜亦喜。打一物。賈政道：「好，好！大約是鏡子。」寶玉笑回道：「是。」賈政道：「是誰做的？」賈母道：「這個大約是寶玉做的。」賈政就不言語，往下再看道是：有眼無珠腹內空，荷花出水喜相逢。梧桐葉落分離別，恩愛夫妻不到冬。打一物。賈政看到此謎，明知是竹夫人，今值元宵，語句不吉，便佯作不知，不往下看了。于是夜闌，杯盤狼藉，席散各寢。後事下回分解。

這是從脂庚到程甲的連鎖，所補當比較早。今《紅樓夢稿》這回既據程乙本抄配，自在甲辰本之後……」（見《談新刊〈乾隆抄本百廿回紅樓夢稿〉》，中華文史論叢第五輯，第四四一至四四二頁）

俞平伯沒提起戚本此回與甲辰、程本這系統的關係。從表面上看來，是甲辰本續成庚本未完的這一回，程甲本又參看戚本添補加長，加上戚本這兩段：賈政回房傷感失眠；賈政去後寶玉寶釵鳳姐一場生動的小戲——但是改寶釵為黛玉。程甲本沒發覺此處鳳姐的對白與甲辰本所加的寶玉謎語衝突：「剛才我忘了為什麼不當著老爺攛掇叫你也作詩謎兒。」分明寶玉並沒有製燈謎。

此外甲辰本「時值元宵」句日期錯誤，程甲本改了。

其實甲辰本也是根據戚本增刪改寫的，與庚本無干。刪惜春謎，大概因為與第五回犯重，而又排列得較死板，四春順序下來。刪去賈政失眠一段，想必因為太娘娘腔多愁善感。刪去回末那場精彩的小戲，正是因為鳳姐的對白與甲辰本新添的寶玉製謎衝突。程甲本又把後兩段都恢復了。

甲辰本並沒說竹夫人謎是誰的，因為這流行的民間謎語太粗俗了，一說穿是寶釵的，就使人覺得不像，寶釵怎麼會寫得出「恩愛夫妻不到冬」這種話？甲辰本這一段相當技巧，程本卻給添上「寶釵的」。

但是甲辰本寶黛釵三人製謎下有批註：「此黛玉一生愁緒之意」，「此寶玉之鏡花水月」，「此寶釵金玉成空」。大概也就是改寫此回的人自批，免得讀者不懂。批語與正文中明點又不同些，因為不過是批者的意見，讀者可以恍恍惚惚將信將疑。

改這一回的，如果不是作後四十回的續書人，至少有續書的計畫，而且也是寫寶玉娶寶釵後出家。他不是夢覺主人，因為此本的〈夢覺主人序〉是這樣結束的：

書之傳述未終，餘帙杳不可得；既云夢者，宜乎留其有餘不盡，猶人之夢方覺，兀坐追思，置懷抱于永永也。

不是蓄意續書者的話。

這篇序開始說：

辭傳閨秀而涉於幻者，故是書以夢名也。夫夢曰紅樓，乃巨家大室兒女之情，事有真不真耳。紅樓富女，詩證香山；悟幻莊周，夢歸蝴蝶；作是書者藉以命名，為之《紅樓夢》焉。

顯然書名《紅樓夢》，通篇沒提《石頭記》。而且此本目錄前、每回前後、每葉中縫都標明《紅樓夢》三字（見周汝昌著《紅樓夢新證》第一〇二五頁）。迄今誤作「甲辰本《石頭記》」，大概是因為當時（一七八四年）《石頭記》膾炙人口，《紅樓夢》沒人知道，書商見是同一部書，另加題頁，採用《石頭記》書名。

當然，續書人也用《紅樓夢》這名字。這一個巧合，與甲辰本改第二十二回的人與序之間的矛盾，有一個可能的解釋：此本是續書人的前八十回，後四十回還沒寫完，或是起初不被接受，但是此書的八十回本是有市價的，十分昂貴，所以已經傳抄了出去，成為一個獨立的單位，輾轉落到夢覺主人手中。

戚本賈政猜惜春製謎後，自忖四姐妹製謎都是不祥之兆，個別分析，這一段太露骨，破壞了預言應有的神秘氣氛，文筆也乏弱。下接寶釵製謎。庚本在惜春的謎語後截斷，回後附記寶釵製謎，不管是作者自己還是批者寫給作者的備忘錄，都是摘錄刪文中保留的一個謎語，並非摘錄一回本背面破損的闕文，其理甚明。因此庚本此回與全抄本第二十四回同一情形，都是回末改寫抽換，而缺改稿。

畸笏似乎不會沒看過原有的第二十二回，但是因為一貫的不提改寫，只說「此回未補成而芹逝矣」，「補」可能是指回尾破失，也可能是未完待續，完全無視於戚本此回的存在。

第二十二回與第六十三回同是從最早的早本裏保留下來的，而太虛幻境的預言寫得比較晚，相隔的年數太久，因此一部份與這兩回的預言重複。太虛幻境在此書是後進，再加上賈瑞的故事中的線索，可知太虛幻境是跟著《風月寶鑑》一起搬過來的，原名「太虛玄境」，吸收入此書後改名太虛幻境。這是在十載五次增刪中。有了太虛幻境，才有金陵十二釵簿籍，有紅樓夢曲。因此「增刪五次」後，書名改為《金陵十二釵》，畸笏又主張用《紅樓夢》為總名。

金陵十二釵都屬於薄命司，因此預言湘雲早寡。本來她是與衛若蘭白頭偕老的。〈因麒麟伏白首雙星〉是從早本保留下來的回目。這大概就是「白首雙星」的謎底。

一七六七年畸笏惋惜「後數十回」內的衛若蘭射圃文字遺失了，顯然「後數十回」其他的部份尚在。次年一七六八，乾隆三十三年，永忠作〈因墨香得觀紅樓夢小說弔雪芹〉詩三首。墨香名額爾赫宜，是曹雪芹的朋友敦誠敦敏兄弟的叔父，但是比敦誠還小十歲（見趙岡著《紅樓夢新探》第一三四頁）。他沒有「庚辰秋月定本」的八十回本《石頭記》，只有一七五四本前的百回《紅樓夢》，裏面想必缺衛若蘭射圃回，像「庚辰秋月定本」之缺第六十四、六十七回。

百回《紅樓夢》裏賈家沒有抄家，獲罪後榮府仍聚居原址，「散場」在獲罪前，寶玉遷出園去，探春遠嫁，黛玉死了。迎春之死大概也在這時候。太虛幻境預言迎春婚後「一載赴黃粱」，「嘆芳魂艷魄，一載蕩悠悠。」她是秋天出嫁的。合看第二十六與第七十九回批語，後文有瀟湘館「落葉蕭蕭，寒烟漠漠」，是黛玉死後「對境悼顰兒」。「落葉蕭蕭，」又是秋天了。

自一七五四本添寫抄家，一七六〇初葉寫獄神廟，關於「抄沒、獄神廟諸事」，代替原有的獲罪一回。八十回後獲罪前的幾回不受影響，不需要改。這幾回其實是百回《紅樓夢》的高潮。因為避諱抄家，寫榮府受的打擊較輕，而將重心移到時間的悲劇上，少年時代一過，都被逐出樂園。此後禍發，只毀了甯府，榮府的衰落不過加速與表面化。第七十二回林之孝已經在說「家道艱難」，建議遣散一部份婢女奴僕，出事後實行遣散，導致襲人之去。去後終於與蔣玉菡一同奉養寶玉寶釵夫婦，成為末一二十回的一條主線。

直到一七六八年，作者逝世後五六年，自八十一回起的這幾回定稿還保存在百回《紅樓夢》裏，結果竟失傳了。

在長期改寫中，早先流傳出去的抄本一直亦步亦趨，跟著抽換改稿。為了節省抄工，各本除了甲戌本都可以稱為百衲本，回為單位，或是兩回為單位，原是一大回；也有幾回連在一起的整大塊早本，早本中又有保留下來的更早的本子。連甲戌本也原封不動收編了一冊搭一回的一七五四本——頭五回。

早本陸續抽換，一一變成今本，只有百回《紅樓夢》也許因為是較晚的本子中唯一完工的，有些書主捨不得拆成八十回本，所以遲至一七六〇末葉還有。八十回後的幾回定稿，與改抄家後有問題的幾回，以及〈花襲人有始有終〉、〈撒手〉諸回的初稿，都保存在百回《紅樓夢》裏，而終於散失，不能不歸罪於畸笏等一兩個還在世的人。畸笏只在忙著收集散批為總批，大字抄作正文，抬高批者的地位，附驥流傳。

因此遺稿分三批：①一七六〇初葉寫的「五六稿」：茜雪紅玉——有別於巧姐的——獄神廟回——至遲也在一七六二下半年前——與賈芸探菴回；〈花襲人有始有終〉等改寫的三四回；為借閱者遺失。改寫的末回〈懸崖撒手〉大概不在內，那就一共遺失了六七回。

②自八十一回起數回，定稿。

③自八十幾至九十幾回，除獲罪一回為茜雪紅玉獄神廟回取代，寫榮府敗落後仍住府中，與「五六稿」不連貫。內有〈薛寶釵借詞含諷諫，王熙鳳知命強英雄〉一回。

第二、三兩項在百回《紅樓夢》裏，一七六八年尚在。

永忠一七六八年寫的〈因墨香得觀紅樓夢小說弔雪芹〉的詩收在他的《延芬室集》中，上有瑤華眉批：「第紅樓夢非傳世小說，余聞之久矣，而終不欲一見，恐其中有礙語。」出詩集距作詩，中間又隔了一段時間。瑤華所說的紅樓夢恐怕已經是三十年後的刻本了——抄本出名的是《石頭記》。永忠明義所見的《紅樓夢》抄本「世鮮知者」。瑤華不會「聞之久矣」。

八十回本《石頭記》出了名，而未完，很神秘，書中又暗示後文有抄家，當然引起種種傳說，以為是後部有問題，被刪去，或是作者家裏人不敢拿出來。瑤華甚至於都不敢看，怕裏面有礙語。作此批的時候永忠如果還在世，就可以告訴他百回《紅樓夢》裏賈家並沒有抄家。其實加抄家後內容也絕對無礙。

來總結一下：

一七五四本前，書名《紅樓夢》時期已有林紅玉，一個怡紅院的丫頭，難得有機會接近寶玉。第二十四回寶玉初見紅玉一節內，晴雯有母親，是晴雯與金釧兒的故事還沒分裂為二的早本，因此寶玉初見這一場是舊有的。此外明義「題紅樓夢」詩中詠小紅的一首寫寶玉替她梳頭，這一場今本改為第二十回麝月篦頭一段。

一七六〇本改寫紅玉與賈芸戀愛，脂硯在一七五九年冬批書，顯然感到意外。有個批者推測賈芸後來「榮府事敗，必有一番作為」，可見原有的「後卅回」「後數十回」內沒有賈芸，是一七六〇本新添的一個人物。

紅玉調往鳳姐房中，也是個新發展。調去後只有第二十九回清虛觀打醮大點名與第六十七回鶯兒口中提到她。戚本第六十七回此處作豐兒，沒有紅玉。戚本此回異文既多又壞，但是異文中的吳語「小人」與第五十六回相同，所以戚本此回還是可靠的。顯然是一七六〇本添寫紅玉去伏侍鳳姐之後，才把此回的豐兒改為紅玉。但是「庚辰秋月定本」缺第六十四、六十七兩回，因此是一七六〇年後改的。一七六二年冬作者逝世前，此回又改寫過一次，而且已經忘了上次興兒改在二門上當值，總至少隔了有一兩年。豐兒改紅玉該是一七六一年左右。

第六十七回分甲（失傳）、乙（戚本）、丙（全抄本）、丁（武裕菴本，己卯本抄配）四種。甲啣接今本第六十八回，回內鳳姐發現偷娶尤二姐時，賈璉還沒到平安州去。

參看此回與第六十三、六十五回各本歧異處，可知作者生前最後兩年在提高尤三姐的身分，改為放蕩而不輕浮。

第五十六回有一點與第六十七回乙矛盾。此點經第六十七回丙改寫，而仍舊與第五十六回矛盾。第五十六回顯然與第六十七回乙、丙都相隔很久。第六十七回是二尤的故事。《風月寶鑑》收入此書之後才有二尤。收入之後，此回又還改寫過一次，由甲變為乙，因此第六十七回乙已經不很早了。丙更晚——一七六一年左右才改寫的。第五十六回在時間上與二者相距都遠，只能是最早的早本。

第五十五回內鳳姐平兒談話中兩次將惜春算作賈政的女兒。戚本第二回介紹迎春的一句異文，「政老爹養為己女」，是解釋迎春為什麼住在賈政這邊。但是因為賈政領養迎春不大合理，所以另加解釋，是賈母「極愛孫女，都跟在祖母這邊一處讀書」，刪去賈政領養迎春，只有全抄本漏刪。此後惜春改為賈珍之妹，但是勉強還可以歸入賈母孫女之列。顯然惜春本來是賈政幼女，否則賈政領養迎春這句變得毫無目的——還有個甯府的人更需要解釋。

看來早本賈家家譜較簡，《風月寶鑑》收入此書後才有甯府，才將惜春改為賈珍之妹。第五十四、五十五回原是一大回，至一七五四本分作兩回，所以第五十四至五十六這三回同屬早本。一七五四本改去第五十八回元妃之死，刪去第五十六回賈母等入宮探病，這一回不夠長了，因此在回末加上甄夫人來京一節，橫跨回尾與下一回回首——裝釘最便的改寫法。甄家一段從早本別處移來，移植中改寫過，因此夢甄寶玉一節兼有早本與一七五四本的特徵：吳語「小人」、「長安都中」；「狂」、回末沒有「下回分解」之類的套語。

下一回元妃托夢也刪去，所以庚本第五十六回末句下批註：「此下緊接　慧紫鵑試忙玉』」提醒作者移植另一回填空檔。

第五十六回內探春提起到賴大家去的事，指第四十七回賴家慶祝賴尚榮得官。第五十六回來自早本，因此早本原有第四十七回薛蟠在賴家戲柳湘蓮。

第四十八回脂硯有一條長批，說明香菱這人物不可不入園，以及賴尚榮與戲湘蓮都是為了香菱入園而設。但是第六十七回乙的異文透露薛蟠本來每年下江南經商。其實香菱隨時可以入園。添寫第四十八回香菱入園這一回，才把薛蟠改為向不出門，並利用原有的戲湘蓮事件，促使薛蟠南下一次，造成香菱入園的唯一的一個機會。脂硯那條長批不過是理論，並不根據這一個事例裏的事實，因為此書批者都絕口不提改寫——刪天香樓是例外。

一七六〇本又添了個墜兒替紅玉賈芸穿針引線，後文就利用墜兒偷蝦鬚鐲，代替另一個怡紅院小丫頭篆兒。篆兒改為疑犯，邢岫烟的丫頭。

第二十四回回末紅玉夢賈芸，與下一回回首借噴壺途中遇賈芸，是在一七六〇本後添寫的，脂硯一七五九年冬批書的時候還沒有這兩段，因此否認紅玉「為芸兒害相思」。全抄本第二十四回缺回末紅玉的夢，是一七六〇本經過改寫抽換，而缺改稿。截斷處正在敘述她父母的職務，下句應是她哥哥在儀門外書房該班，以及昨日尋兄遇賈芸的事。改寫加夢的時候誤刪此句，忘了這是補敘她在書房門口叫「哥哥」的原因。

紅玉第二十六回才看見賈芸拿著的手帕像她丟了的那塊，第二十四回倒已經夢見她遺失的手帕是他拾了去。這夢能前知，與第五十三回賈蓉已經知道第七十二回鴛鴦借當的事，同是改寫中誤將次序顛倒。

一七六七年，畸笏指出脂硯在一七五九年冬不知道後文有〈獄神廟回〉——「茜雪紅玉一大回文字」，寫「抄沒、獄神廟諸事」，茜雪〈獄神廟慰寶玉〉，紅玉「有寶玉大得力處」。此回與〈花襲人有始有終〉等「五六稿」在作者生前被借閱者遺失了。

第十九回批李嬤嬤的話「上次為茶攆茜雪的事」：「又用一『攆』，屈殺寶玉。……」但是讀者怎麼知道茜雪是自動走的？書中隻字不提，未免太不清楚。茜雪只在第七、八兩回出現，兩回回末都有詩聯，屬詩聯期，約在一七五五年定稿。第八回內寫寶玉擲茶杯發脾氣後，岔開去寫秦鐘伴同入塾的事，下兩回是鬧學與鬧學餘波，接寫秦氏病、死、出喪、秦鐘的戀愛與死亡，元妃省親，直到第十九回才有機會提起茜雪已去。

一七六二年春刪第十三回〈秦可卿淫喪天香樓〉一節，下半年在第十、十一回補加秦氏病，擠出這兩回原有的內容：薛蟠戲秦鐘。賈璉有事出門也連帶的刪了。第十或第十一回一定原有茜雪求去，這兩回經過改寫，因為秦可卿的病，背景一直在東府，無法插入茜雪的事，只好也刪了。

寫獄神廟回的時候，茜雪之去想必還沒刪，不然讀者不知道她怎麼走的，無法接寫她「慰寶玉」。因此寫獄神回在一七六〇至六二上半年之間。

第八回有早本回目〈擲茶杯賈公子生嗔〉，可見早本已有遷怒茜雪的事。但是如果發展下去也有「慰寶玉」，不會在獄神廟，因為抄家才把家屬暫時寄押在獄神廟中。巧姐在獄神廟重逢劉姥姥，大概也與買賣人口的官司有關。一七五四本添寫抄沒，到一七六〇初葉才把茜雪紅玉寫在一回內，提前借用獄神廟作背景，從這兩個不念舊惡的丫頭身上寫出破家的辛酸。

畸笏暗示獄神廟中寶玉紅玉的談話內容，聽上去紅玉還沒嫁給賈芸。顯然紅玉去鳳姐處後，直到此回方才重新出現。原來紅玉外調不過是遣她出園，正如脂硯批的「姦邪婢豈是怡紅應答者，故即逐之」，也符合宋淇關於大觀園的理論。畸笏代紅玉辯護：「鳳姐用小紅，可知晴雯等埋沒其人久矣，無怪有私心私情」，照當時的觀點看來，是把才德混淆了。

紅玉是林之孝的女兒這一點，與她在怡紅諸鬟間的地位不合，與晴雯對林之孝家的態度也不合，顯然是後改的。第二十四回寶玉初見紅玉一節內，第二十六回紅玉佳蕙的談話中，晴雯都不是孤兒，二者都是早本，經一七六〇本改寫，但這兩場的紅玉都與林之孝之女的身分不合。顯然直到第二十七回鳳姐紅玉的談話中方才觸機將紅玉改為林之孝的女兒，純粹為了對白的效果，並與獄神廟回的情節無關。

畸笏一七六二年初夏的一條總批提起賈芸仗義探菴，因此探菴寫成的下限是一七六二年初夏。探菴營救的女尼不會是妙玉或芳官，情形都不合，淘汰下來唯一的可能是惜春。由於賈芸紅玉的關係，此回應在「五六稿」內，與獄神廟回同是一七六〇初葉寫的。探菴、獄神廟回的背景都不在榮府。看來抄沒後的背景仍舊成問題，沒有能代替破敗的大觀園的。

一七五四本保留下來的第二十八回舊總批提及後回襲人與蔣玉菡供奉寶玉寶釵夫婦，「得同終始」，可見百回《紅樓夢》中這後回回目也就是〈花襲人有始有終〉。畸笏不會沒看過這一回，但是作者去世後，畸笏聲稱〈花襲人有始有終〉這一回他只有一次謄清後看到，隨即「五六稿」都被借閱者遺失了。當是指一七六〇初葉改寫的〈花襲人有始有終〉回，因為批者諱言改寫，從脂硯批香菱入園的態度上可以看出來。

襲人夫婦迎養寶玉寶釵，當在榮府「子孫流散」後，所以背景也不在榮府。「五六稿」內，其餘的大概也是改寫敗落後背景不在榮府的兩三回。

根據有關的脂批，《紅樓夢》第一百回〈懸崖撒手〉寫寶玉出家是先削髮為僧，然後才經渺渺真人帶到青埂峰下「證了情緣」。同回稍後，賈雨村流放期滿入山修行，見青埂峰大石上刻著「情榜」，也並不欣賞。他在第二回大談秀氣所鍾的人物可能乖僻邪謬，似是寶玉的知己，但是「只能識得阿鳳寶玉黛玉等未覺之先，卻不識得既證之後」。情榜當然是與《石頭記》全書合看的，否則就不能怪他不了解。因此寶玉來的時候也已經都刻在石上了。「證了情緣」就是看《石頭記》。

一七六二年季春，畸笏已經看過了「末回情榜」，榜上有正副、再副、三四副十二釵人名。百回《紅樓夢》中金陵十二釵分類顯然與今本不同；第五回的十二釵冊子只分正副、又副冊——由六十人減為三十六人。一七六七年畸笏又慨嘆看不到末回〈撒手〉了，當然是指改寫的末回。此回大概不在「五六稿」內，但是也丟了。

此外畸笏只說還有衛若蘭在射圃的一篇「佚文」遺失了，在「後數十回」，似是榮府敗落後，寫寶玉那隻金麒麟落到衛若蘭手裏，因為若蘭與湘雲姻緣天定。第三十一回〈因麒麟伏白首雙星〉回目與太虛幻境關於湘雲早寡的預言衝突。第十二回賈瑞的故事裏有「太虛玄境」，庚本眉批內註應改「幻」。這來自《風月寶鑑》的故事，如果是搬入此書的時候將原名「太虛玄境」的太虛幻境寫了進去，怎麼別處從來沒有一個漏網之魚的「太虛玄境」？看來此段是原封不動搬過來的；《風月寶鑑》中原有「太虛玄境」，吸收入此書的時候方才改名太虛幻境。

太虛幻境的預言與第二十二、第六十三回的預言有一部份疊床架屋。第六十三回來自元妃還是王妃的早本。第二十二回是否也是極早的早本，與後加的太虛幻境相隔太久，所以重複？

庚本第二十二回未完，戚本此回已完，回內同將「婆子」誤作「婆娘」。戚本此回有兩個吳語「嗄」字，第一個「嗄」庚本已改為早期白話的「吓」字，第二個「嗄」在戚本獨有的回末一節內。因此戚本這一回也可靠，來自半文半白、間有吳語、最早的早本。

庚本此回回後的備忘錄記下寶釵製謎，是保留刪文的一部份，顯然刪去戚本回末一節預備另寫。畸笏向不提改寫，所以只說「此回未補成而芹逝矣」，戚本此回根本不算。

甲辰本此回由另人增刪戚本回末一節——程甲本根據甲辰本而參看戚本，又恢復了刪去的兩節——預言寶玉娶寶釵後出家。顯然計畫續書。此人不是夢覺主人——甲辰本〈夢覺主人序〉的結論是此書未完反而「有餘不盡」，回味無窮。

夢覺主人是為《紅樓夢》作序，此本回首回末與每葉騎縫中又都有《紅樓夢》三字，因此甲辰本原名《紅樓夢》，書商改名《石頭記》。後四十回的作者也用《紅樓夢》書名，這是甲辰本改第二十二回的人與續書人之間的又一連鎖。

第二十二回與第六十三回同屬極早的早本，與太虛幻境顯然相隔年數太久，以致有重複。《風月寶鑑》收入此書的時候，書中始有太虛幻境。金陵十二釵都屬薄命司，因此湘雲改為早寡。〈因麒麟伏白首雙星〉是保留下來的極早的回目。

遺稿除了遺失的「五六稿」——不包括末回〈撒手〉就是六七回——還有八十回後賈家獲罪前數回，定稿，寫寶玉遷出大觀園，探春遠嫁黛玉死；獲罪後數回，背景在榮府，待改；以及〈花襲人有始有終〉、〈撒手〉諸回的初稿。以上都在一七六八年左右永忠所見的《紅樓夢》裏。只缺衛若蘭射圃回。但是這本子終於失傳了。

流行的八十回本《石頭記》未完，不免引起種種猜測，以為後文寫抄家有礙語，不能面世。其實加抄家前後的兩條路線都安全，癥結在有一點上二者無法妥協，不然這部書也不會未完。

五詳紅樓夢

——舊時真本

欣賞紅樓夢，最基本最普及的方式是偏愛書中某一個少女。像選美大會一樣，內中要數史湘雲的呼聲最高。也許有人認為是近代人喜歡活潑的女孩子，賢妻良母型的寶釵與身心都病態的黛玉都落伍了。其實自有紅樓夢以來，大概就是湘雲最孚眾望。奇怪的是要角中唯獨湘雲沒有面貌的描寫，除了「醉眠芍藥裀」的「慢起秋波」四字，與被窩外的「一彎雪白的膀子」（第二十一回），似乎除了一雙眼睛與皮膚白，並不美。身材「蜂腰猿背，鶴勢螂形」，極言其細高個子，長腿，國人也不大對胃口。她的吸引力，前人有兩句詩說得最清楚：「眾中最小最輕盈，真率天成詎解情？」（董康《書舶庸譚》卷四，題玉壺山人繪寶釵黛玉湘雲「瓊樓三艷圖」，見周汝昌著《紅樓夢新證》第九二九頁。）她稚氣，帶幾分憨，因此更天真無邪。相形之下，「任是無情也動人」的寶釵，寶玉打傷了的時候去探望，就脈脈含情起來，可見平時不過不露出來。

前引董康那首七律，項聯如下：

> 縱使期期生愛愛（雲幼時口吃，呼二哥為愛哥），從無醋醋到卿卿。

上句把咬舌——又稱大舌頭——誤作口吃，而且通常長成後還有這毛病。下句也不正確，黛玉不是不吃醋，吃得也有點道理。第二十二回黛玉跟寶玉嘔氣，寶玉沒有分辯，「自己轉身回房來」，句下批註：「顰兒云與你何干，寶玉如此一回則曰與我何干可也，口雖未出，心已悞

（『悟』誤）矣……」回房襲人提起寶釵還要還席，「寶玉冷笑道：『他還不還，管誰什麼相干？』」批註：「……此相干之語，仍是近文，與顰兒之語之相干也。上文來（『未』誤）說，終存於心，卻於寶釵身上發洩。素厚者惟顰雲，今為彼等尚存此心，況於素不契者，有不直言者乎？……」寶玉與寶釵向不投契，黛玉妒忌她一大半是因為她人緣太好了，又有金玉姻緣之說。湘雲倒是寶玉確實對她有感情的。但是湘雲對黛玉有時候酸溜溜的，彷彿是因為從前是她與寶玉跟著賈母住（見〈四詳〉），有一種兒童妒忌新生弟妹奪寵的心理。她與寶黛的早熟剛巧相反。

第五十七回湘雲要替邢岫烟打抱不平，黛玉笑她「你又充什麼荊軻聶政？」這些人裏面是湘雲最接近俠女的典型，而俠女必須無情，至少情竇未開，不然隻身闖蕩江湖，要是多情起來那還得了？如果戀愛，也是被動的，使男子處於主動的地位，也更滿足。俠女不是不解風情就是「婊子無情」，所以「由來俠女出風塵」。

前幾年我在柏克萊的時候，有一次有個漂亮的教授太太來找我，是美國人讀中國史，說她的博士論文題目是中國人的俠女崇拜——兼「中國功夫」與女權運動兩個熱門題材——問我中國人這樣注重女人的幽嫻貞靜，為什麼又這樣愛慕俠女。

這問題使我想起阿拉伯人對女人管得更緊，罩面幕，以肥胖為美，填鴨似的在帳篷裏地毯上吃了睡，睡了吃。結果他們鄙視女人，喜歡男色。回教國家大都這樣。中國人是太正常了，把女人管得筆直之後，只另在社會體系外創造了個俠女，也常在女孩子中間發現她的面影。

那天我沒扯得這麼遠，也還在那間狹小的辦公室裏單獨談了三刻鐘模樣。她看上去年紀不上三十，身材苗條，頭髮眼睛近黑色，面貌是差不多的影星都還比不上她，芳名若克三・衛特基（報上譯為羅莎妮・衛特克，一作洛克沙尼・惠特基，又作薇特璣）；寄了本《毛澤東革命性的不朽》給我，作為報酬，也只好笑納了，也沒道謝。大概他們夫婦倆都是新左，一兩年後雙雙去北平見毛澤東，她訪問江青，我也是最近才在報上看見，也在電視上看見她。中共「兩報一刊」指控四人幫「維持非法的對外關係，出賣國家與黨的重要機密……」「傳說政治局的報告稱：江青在一九七二年後接受美國學者羅莎妮・衛特克的訪問中洩漏了黨政秘密。它說，江青安排了此項訪問，希望衛特克能寫一本書，建立江青的聲望，以方便她最後的『篡黨奪權』。」（華盛頓郵報）「四人幫之一的姚文元曾陪同江青接受訪問。那一系列訪問歷時一週，前後達六十小時。……」（紐約時報）「……美國學者洛克沙尼・惠特基相信，江青是一個女人仍然生活在男人支配的世界中，她已受到傷害。」（紐約時報）末句是公式化的女權運動論調，將江青視為被壓迫的女性，令人失笑。

言歸正傳，且說史湘雲，由於我國歷來的俠女熱，多數讀者都覺得她才是寶玉的理想配偶。傳說中的「舊時真本」內寶玉最後與湘雲結合，我一向暗笑這些人定要把他們倆撮合成了才罷，但是四詳紅樓夢後，看法不同了。

〈四詳〉發現早本不自黛玉來京寫起，原有黛玉來之前，湘雲小時候長住賈家，與寶玉跟著賈母住一間房——介紹湘雲的時候大概有容貌的描寫——都刪掉了，包括湘雲襲人暖閣夜話——第三十一回在二人談話中追敘——湘雲當時說的「不害臊的話」——有關婚事，因為是在襲人賀她定親時提起的；也與她們倆過去深厚的交情有關，因為湘雲接著就說：「你還說呢，那會子咱們那麼好……」「不害臊的話」當然是湘雲說但願與襲人同嫁一個丈夫，可以永遠在一起。如果湘雲真與襲人一同嫁給寶玉，結果襲人倒走了，嫁了蔣玉菡，還是不能在一起。預言的應驗含有強烈的諷刺，正像許多神話裏有三個願望一一如願，而得不償失，使人啼笑皆非。

是否因為結局改了，所以同事一夫的伏筆也刪了，連同寶玉湘雲青梅竹馬的文字以及湘雲相貌的描寫？

第三十一回的金麒麟使黛玉起疑。回前總批說：「金玉姻緣已定，又寫一金麒麟，是間色法也，何顰兒為其所惑？」周汝昌認為此回回目〈因麒麟伏白首雙星〉指寶玉最後與湘雲偕老。他這樣解釋這條總批：

論者遂謂此足證麒麟與寶玉無關。殊不思此批在此只說的是對于「木石」來講，「金玉」已定。若麒麟的公案，那遠在「金玉」一局之後，與「木石」並不構成任何矛盾。當中尚隔著一大層次，所以批者語意是說黛玉只當關切金玉，無庸再管麒麟的事。

——《紅樓夢新證》第九二四頁

這當然是強辭奪理。黛玉怎麼會不關心寶玉將來的終身伴侶是誰，何況也是熟識的，與自己一時瑜亮的才女，即使他們的結合要經過一番周折。

但是一直有許多人相信〈白首雙星〉回目是指寶玉湘雲。因此脂批又代分辯，批回末一節：「後數十回若蘭在射圃所佩之麒麟，正此麒麟也。提綱伏於此回中，所謂草蛇灰線在千里之外」，表示這兆頭應在衛若蘭身上。

八十回內衛若蘭只出現過一次，在第十四回秦氏出喪送殯的行列中。秦可卿的故事來自《風月寶鑑》。《風月寶鑑》收入此書後，書中才有秦氏大出喪，才有衛若蘭其人。問題是秦氏喪事寫進此書時就有衛若蘭了，還是後添的，在弔客名單末尾加上個名字。

《風月寶鑑》一收入此書，書中就有了太虛幻境。太虛幻境的冊子與曲文都預言湘雲早寡：「展〔即『轉』〕眼弔斜輝，湘江水逝楚雲飛。」「廝配得才貌仙郎……終久是雲散高唐，水涸湘江。」

已經是「斜輝」，夕陽西下了，而且「終久」，顯然並沒有再婚。如果當時還沒有衛若蘭這人物，那麼她嫁的還是寶玉——「才貌仙郎」不會是無名小卒。但是從來沒有寶玉早死之說，而且曲文明言金玉姻緣成就，若是婚後寶釵早卒，續娶湘雲後寶玉也早死，成了男女主角三人都早死。所以還是只能是《風月寶鑑》一搬過來就添寫了個短壽的衛若蘭，做湘雲的配偶。從此湘雲的命運就是早寡守節，不能與任何人偕老。〈白首雙星〉顯然是早本回目，因此衝突。這早本沒有衛若蘭，已有第三十一回，〈因麒麟伏白首雙星〉當然就是指此回的寶玉湘雲。

——〈四詳〉認為「白首雙星」原指衛若蘭與湘雲偕老，書中有了太虛幻境之後，十二釵都屬薄命司，才改湘雲早寡，是錯誤的。——

顯然早本有個時期寫寶玉湘雲同偕白首，後來結局改了，於是第三十一回回目改為〈撕扇子公子追歡笑，拾麒麟侍兒論陰陽〉（全抄本），但是不愜意，結果還是把原來的一副回目保留了下來，後回添寫射圃一節，使麒麟的預兆指向衛若蘭，而忽略了若蘭湘雲並未白頭到老，仍舊與〈白首雙星〉回目不合。脂批諱言改寫，對早本向不認賬，此處並且一再代為掩飾。

畸笏嗟嘆「衛若蘭射圃文字迷失無稿」，該是整個一回本遺失，類似己卯本、庚本的第六十四、六十七回，都是寫得相當早的，編十回本時找不到了，與借閱者遺失的那「五六稿」不同，不是遺稿。

第二十二回〈寶玉悟禪機〉，黛玉看了他寫的偈與詞，告訴襲人「作的是頑意兒，無甚關係」。庚、戚本句下批註：「黛玉說無關係，將來必無關係。余正恐顰玉從此一悟則無妙文可看矣，不想顰兒視之為漠然，更曰『無關係』，可知寶玉不能悟也。蓋寶玉一生行為，顰知最確，故余聞顰語則信而又信，不必定玉而後證之方信也。」看這一段的語氣，批者是初看此書，還不知道結局怎樣。第二十二回來自極早的早本，這條批該是初名「石頭記」時批的。

稍前寶玉填了詞，「中心自得，便上床睡了。」庚、戚本句下批註：「前夜已悟，今夜又悟，二次翻身不出，故一世墮落無成也。」在這最初第一個早本裏，顯然寶玉後來並未出家。

與湘雲白頭偕老，自然是沒有出家。如果晚年喪偶後出家，那是為了湘雲，不是為了黛玉了。

出家的預兆在第三十、三十一回，兩次都是寶玉用半開玩笑的口吻說「你死了我做和尚」，一次向黛玉說，一次向襲人說。第二十九至三十五回這七回是在書名《紅樓夢》期前或更早，加金釧兒的時候改寫的，除了幾段保留下來的原文，都沒有回內批。出家的預兆是否這時候插入的，不得而知，因為這幾回後來又還改寫過一次。反正預言出家這兩段是後添的。

此書初名《石頭記》，改名《情僧錄》。第一回甄士隱抱著女兒站在門口，街上來了一僧一道，「看見士隱抱著英蓮，那僧便哭起來」。甲戌本批：「奇怪。所謂情僧也。」情僧原來是茫茫大士，二仙之一。這與楔子衝突。楔子裏空空道人把青埂峰下大石上刻的一部書抄了來，看了此書「因空見色，由色生情，傳情入色，自色悟空，遂易名為情僧，改《石頭記》為《情僧錄》。」情僧是空空道人覺悟後的禪號。

空空道人入山「訪道求仙」，似乎是個道士，而不是隨便取的別號。道士改名情僧，非常奇怪。但是我們一旦知道情僧本來是茫茫大士，就恍然了。最初楔子較簡短，石上刻的文字是茫茫大士錄了去的，因此書名一度改為《情僧錄》。此後添寫空空道人這人物，與石頭問答，借石頭口中發揮此書與一般才子佳人的小說不同處。但是改由空空道人抄錄《石頭記》，不得不犧牲《情僧錄》書名，因此使空空道人改名情僧，《情僧錄》就仍舊保留在那一系列書名內。

先後兩次《情僧錄》都是指情僧作的記錄。如果雙關兼指情僧的故事，即寶玉為情削髮為僧的故事，也是書名改為《情僧錄》之後的事了。初名《石頭記》的第一個早本內，寶玉沒有出家。

楔子末尾那一系列書名，按照時序重排，是初名《石頭記》，改名《情僧錄》，十年五次增刪後又改名《金陵十二釵》；增刪時將《風月寶鑑》收入此書，棠村就主張叫《風月寶鑑》；最後畸笏建議總名《紅樓夢》，但是到了一七五四年，脂硯又恢復《石頭記》原名（見〈二詳〉）。十年改寫期間，大概前期仍舊書名《石頭記》，後期已改《情僧錄》。

楔子裏後加的空空道人一節，內有：

> 空空道人聽了此話，思忖半晌，將這《石頭記》本名再細閱一遍。

加空空道人時，書名仍是《石頭記》，但是作此批時，書名已改《情僧錄》或《金陵十二釵》或《紅樓夢》，因此在《石頭記》下註明「本名」。但是此回回首還提起過《石頭記》，並沒有批註「本名」：

> 此開卷第一回也。作者自云因曾歷過一番夢幻之後，故將真事隱去，而借通靈之說，撰此《石頭記》一書也。故曰甄士隱云云。

劈頭第二句，批者決不會錯過此處的《石頭記》。唯一可能的解釋是作批時還沒有這一段。

第一、二回甄士隱賈雨村的故事是不可分的。顯然自述一節起初並沒提甄士隱賈雨村，而是這樣：——括弧內文字是後加的——

此開卷第一回也。作者自云〔因曾歷過一番夢幻之後，故將真事隱去，而借通靈之說，撰此《石頭記》一書也。故曰甄士隱云云。但書中所記何事何人？自又云〕今風塵碌碌，一事無成，忽念及當日所有之女子，一一細考較去，覺其行止見識皆出於我之上。……當此則自欲將已（以）往所賴天恩祖德，錦衣紈袴之時，飫甘饜肥之日，背父兄教育之恩，負師友規談之德，以至今日一技無成，半生潦倒之罪，編述一集，以告天下人。我之罪固不免，然閨閣中本自歷歷有人，萬不可因我之不肖，自護己短，一併使其泯滅也。雖今日之茅椽蓬牖，瓦灶繩床，其晨夕風露，堦柳庭花，亦未有防（妨）我之襟懷筆墨。〔雖我未學，下筆無文，又何妨用假語村言，敷演出一段故事來，亦可使閨閣昭傳，復可悅世之目，破人愁悶，不亦宜乎？故曰賈雨村云云。〕

初名《石頭記》，就是指青埂峰下大石上刻的記錄。所以那篇楔子是一直就有的。楔子前的這段作者自述卻與楔子衝突——楔子裏這部書沒有作者，是憑空出現，刻在大石上的。自述一節當是隔了個時期添寫的，此後發覺矛盾，因又插入一段解釋：是將真事隱去，所以「借通靈（玉）——即石頭——之說」自譬。加解釋的時候，已經添寫了甄士隱賈雨村兩個人物，趁此說明二人命名由來。畸笏把這篇自述收入「凡例」內，大概就是為了隔離作者自述與楔子，因為一旦隔開了，楔子是作者所著小說的一部份，楔子內此書出現的奇蹟當然是虛構的，不必另加解釋，因此刪去「借通靈之說」這句，成為：「故將真事隱去，而撰此《石頭記》一書也。故曰『甄士隱夢幻識通靈』。」（甲戌本）

甄士隱夢遊太虛，《風月寶鑑》收入此書後始有太虛幻境，因此是收併《風月寶鑑》後才加了甄士隱賈雨村二人。

第一個早本沒有第一、二回，只有楔子；寫賈家不似今本自黛玉來京寫起，而先寫湘雲幼年長住賈家。今本自甄士隱賈雨村的故事上引渡到雨村送黛玉進京。第一個早本顯然是從賈家的觀點寫黛玉入京，沒有另起爐灶寫江南那邊。

〈四詳〉分析第二回介紹三姐妹一段的改寫經過，加了「因史太夫人極愛孫女，都跟在祖母這邊讀書」這兩句，才刪去賈政將迎春「撫為己女」句，因為不復需要解釋迎春為什麼住在賈政這邊；但是此後又將惜春改為賈珍之妹——當然是因為有了寧府——以至於姪孫女也歸入「孫女」之列。因此是先加賈赦夫婦，後加寧府。

第二回（一七五四年——回末無套語或詩聯，一七五四本特徵）

甄寶玉家出現在下列諸回，各回定稿年份如下：

第七回（一七五五年左右——回末詩聯作結）
第十六回（一七五四年——回末無套語或詩聯）
第十七、十八合回（一七五五年左右——回末詩聯作結）——僅只小字批註提起。元妃點戲，「仙緣」「伏甄寶玉送玉」
第五十六回（一七五四年——回末無套語或詩聯）
第七十一回（一七五四年——同上）
第七十四回（一七五四年——回內有「�」字，一七五四本特徵）
第七十五回（一七五六年——回前附葉有日期）

有甄家的這幾回都定稿很晚，但是第五十六回夢甄寶玉一節有「長安都中」這名詞，早本特徵之一。這是因為甄家文字分兩個階段，本來用甄家抄家影射曹家，賈家並未抄沒，自一七五四本起才改為甄家抄家是賈家抄家的預兆。

甄家是否書中一直就有的？

有甄家的八回，內容如下：

第二回：甄士隱賈雨村的故事。

第七回：〈送宮花周瑞嘆英蓮　談肄業秦鐘結寶玉〉（甲戌本回目）——秦鐘來自《風月寶

鑑》。顯然是《風月寶鑑》收入此書後新寫此回；香菱一節涉及甄士隱賈雨村故事。

第十六回：〈賈元春才選鳳藻宮　秦鯨卿夭逝黃泉路〉——《風月寶鑑》收入此書後新寫的。回內又有香菱一節。

第十七、十八合回：省親——與王妃歸寧不同，元春改皇妃後新寫的。

第五十六回：第五十四至五十六回來自極早的早本，但是甄家一節是第五十六回回末一個後添的尾巴，一七五四年自早本他處移來（見〈四詳〉）。

第七十一回：〈嫌隙人有心生嫌隙　鴛鴦女無意遇鴛鴦〉——「嫌隙人」指邢夫人陪房女傭。書中加賈赦邢夫人後新寫此回。

第七十四回：〈惑奸讒抄檢大觀園　矢孤介杜絕甯國府〉——抄園是後加的情節（見〈三詳〉）；甯府也是後加的。

第七十五回：〈開夜宴異兆發悲音　賞中秋新詞得佳讖〉——上半回寫甯府，下半回回目指賈赦視賈環的中秋詩為襲爵之兆。加賈赦與甯府後始有此回。

除移植第五十六回的一節無法判斷外，其他七回在第一個早本的時候都還不存在。因此第一個早本沒有甄家。

賈雨村是賈家獲罪的媒介。第七十二回賈璉怕雨村貶降會連累他們，林之孝也担憂賈政賈珍與他太接近。鳳姐又代雨村的好友冷子興說過情。賈赦古扇案也是雨村經手的。太虛幻境的曲文畫冊又指出甯府是罪魁禍首：「箕裘頹墮皆從敬」、「造釁開端實在甯」。此外還有賈政收藏甄家寄存財物，代隱匿籍沒的家產。

第一個早本沒有甯府賈赦，沒有賈雨村，也沒有甄家。所有賈家犯事的伏線都不存在，可知此本賈家並未獲罪。

此本寶玉湘雲白頭偕老，家裏又沒出事，是否結局美滿？紅樓夢起初並不是個悲劇？

周汝昌的《紅樓夢新證》增訂本中有「舊時真本」的資料（第九二七至九四〇頁）。我把它整理歸納了一下，分列出來，代加著重點：

①平步青著「霞外攟屑」卷九：《石頭記》原本內湘雲嫁寶玉，故有〈因麒麟伏白首雙星〉回目；寶釵早寡，故有「恩愛夫妻不到冬」謎語。此本與程本先後出刻本，程本暢銷，此本遂湮。平氏在北京琉璃廠的書店買到一部，被同年朱味蓮攜去。

②蔣瑞藻《小說考證》卷七引《續閱微草堂筆記》戴誠夫曾見一舊時真本，「後數十回文字皆與今本絕異。」榮甯籍沒後皆極蕭條，寶釵亦早卒，寶玉無以作家，至淪為擊柝之流，湘雲則為乞丐，後乃與寶玉仍成夫婦。

臞蝯《紅樓夢佚話》：同。

趙之謙《章安雜記》（咸豐十一年稿本）引「滌甫師」言：紅樓夢（按：顯指八十回本《石頭記》）本尚有四十回，至寶玉做看街兵，史湘雲再醮與寶玉，方完卷。想為人刪去。

③董康《書舶庸譚》卷四：「先慈嘗語之云：幼時見是書原本，林薛夭亡，榮甯衰替，寶玉糟糠之配實維湘雲，此回目中所以有『因麒麟伏白首雙星』也。」

王伯沆批王希廉本紅樓夢，引濮文暹（字青士）言：「都中《癡人說夢》云：寶玉係娶湘雲，後貧苦。……──又似拾煤渣時光景。」（批「貧窮難耐淒涼」）「寶玉實娶湘雲，晚年貧極，夫婦在都中拾煤球為活云。」（批第二十一回）「……曾在京師見《癡人說夢》一書，頗多本書異事，如寶玉所娶係湘雲，其後流落飢寒，至棲于街卒木棚中云云。」（批第四十九回）周汝昌按：甲戌本後有濮文暹跋語。苕溪漁隱著《癡人說夢》、二知道人著《紅樓夢說夢》、夢癡學人著《夢癡說夢》中皆無所引之八十回後事。此或濮氏誤稱，或王氏誤記，必係另一書。

④扈功《記傳聞之紅樓夢異本事》引畫家關松房述陳弢庵言：光緒初曾見南京刻版舊本，寶釵產後病死，湘雲寡，再醮寶玉。寶玉曾淪為看街人，住堆子中──昔日街口例有小屋，為看街人居住守望之處，俗稱堆子。──北靖（『靜』誤）王路過，未出侍候，為僕役捉出，將責打，王聞寶玉呼辯，認出聲音，延入王府。作者自云當時也在府中，同住賓館，遂得相識，聞述身世，乃作此書。

周汝昌按：王夢阮著《紅樓夢索隱提要》云：乾隆索閱，將為禁書，曹雪芹乃一再修改；內廷進本取吉祥，因此使鰥寡的寶玉湘雲結合。此說如屬實，亦必已寫寶湘貧極為丐，方可撮合二人，適足證明此本非他人所補撰。縱非真原本，亦當是真本迷失之後有知其情節而循擬以為續補者。

⑤《紅樓夢補》犀脊山樵序：曾見京中原本，僅八十回，敘至金玉聯姻，黛玉謝世而止。金玉聯姻，蓋奉元妃之命，寶玉無可如何而就之，黛玉因此抑鬱而亡。

⑥境遍佛聲著《讀紅樓夢劄記》（載一九一七年三月《說叢》第一期）：相傳舊本末卷作襲人嫁琪官後家道興隆，既享溫飽，不復憶故主。一日大雪，扶小婢出庭中賞雪，忽聞門外誦經化齋聲甚熟悉，而一時不能記憶為誰，遂偕小婢自戶審視，化齋者恰至門前，則門內為襲人，門外為寶玉，彼此相視，皆不能出一語，默對許時，二人因仆地而歿。

⑦《石頭記集評》卷下，引傳鍾麟言：聞有抄本，與坊本不同，寶玉走失後甄寶玉始進京，至賈府，人皆錯認為寶玉。鶯兒竊窺之，深替寶釵後悔，不若嫁與此人，亦是一樣。甄寶玉夢寶玉已為僧，告以出家原因，並云神遊太虛，聞黛玉乃神女，已歸位。……〔按：甄寶玉進京至賈府，寶玉走失，以及神遊太虛聞黛玉云云，皆程本情節，顯係程本出版後據以改寫的一個抄本。〕

⑧萬松山房叢書本《飲水詩詞集》唯我跋：曾見《石頭記》舊版，不止一百二十回，結局有湘雲流為女傭，寶釵黛玉淪落教坊。某筆記云乾隆幸滿人某家，適某外出，檢書籍，得《石頭記》，挾其一冊而去。某歸大懼，急就原本刪改進呈。乃付武英殿刊印，書僅四百部，故世不多也。今本即當時武英殿刪削本也。見原本始知釵黛淪落等事確犯忌。

⑨一九四二年冬，日籍哲學教授兒玉達童告北大文學系學生張琦翔云：日本有三六橋百十

回紅樓夢，內容有寶玉入獄，小紅探監；小紅與賈芸結褵；寶釵難產而卒，寶玉娶湘雲；探春遠嫁——「杏元和番」；妙玉為娼；鳳姐被休棄。三六橋即蒙人三多，清末官至庫倫辦事大臣，未嘗至日本。或云此本仍在上海。張琦翔《讀紅樓夢札記》（載一九四三年六月北大文學）中提及三六橋本，後卅回誤作四十回。

⑩褚德彝跋幽篁圖（曹雪芹畫像題記，傳抄本）：宣統年間在京見端方藏紅樓夢抄本，寶玉湘雲有染，及碧痕同浴處，多媟褻語。八十回後黛死娶釵同今本；但「婚後家計日落，流蕩益甚，逾年寶釵以娩難亡，寶玉更放縱，至貧不能自存。欲謀為拜堂阿（無品級之管事人，錢糧略高於步兵，提升可補筆帖式），以年長格于例」，甚至充任撥什庫（佐領下掌管登記檔冊發餉之兵丁，須識滿漢字，亦服雜役如糊飾宮殿、掃雪除草等。周汝昌疑與「拜堂阿」顛倒）。湘雲新寡，「窮無所歸」，遂為寶玉續絃。蔣玉菡脫樂籍後擁巨資，在外城設質庫，寶玉屢往告貸，終欲令舖兵攆逐，襲人斥之方罷。一日大雪，市苦酒羊胛，與湘雲縱飲賦詩賞雪，強為歡樂。九門提督路過，以失儀為從者所執，視之乃北靖王也。王念舊，賙贈有加，送入鑾儀衛充雲麾使，迄潦倒以終。

上列十項，①是根據「恩愛夫妻不到冬」謎語寫寶釵早寡——當然是嫁了別人，不是寶玉，寶玉在此本內與湘雲白頭偕老。寶釵製竹夫人謎是甲辰本代補的，謎下批：「此寶釵金玉成空。」此本是看了批語全刪的甲辰本續書的，再不然就是為了遷就〈因麒麟伏白首雙星〉回目，不管這句批語。這刻本與程本先後出版，即使在程本後，似乎不會是看了程本，改寫後四十回。

⑦是根據程本改寫的。⑧的記載中引乾隆攜去一冊的軼事，書主急刪改進呈，刪削本即程本。但是我們知道程本的來歷並不是這樣。當然這是附會的傳說。不過既然說程本是此本刪削而成，可見這部「舊版石頭記」的內容大部份與程本相同，顯然是添改程本的又一刻本。第三十二回湘雲在家裏已經操勞，替叔嬸做針線，不難聯想她幫傭，但是當時的僕人都是賣身為奴，當然是抄家的另一面，驚心動魄，釵黛入教坊，更殺饞過癮，是清末林黛玉豔幟的先驅。周汝昌似也欣賞此本的構想，不過入教坊色情氣氛太濃厚，不合「社會主義的寫實主義」的要求，因此只推測八十回後史家抄沒時——根據「自傳說」，周汝昌認為史家影射曹雪芹的舅公李煦家，與曹家先後籍沒——湘雲與其他婦女同被發賣「為奴為『傭』」，並舉出雍正二年李煦事敗後，總管內務府的一道奏摺為例：

准〔『淮』誤〕總督查弼納來文稱李煦家屬及其家僕錢仲璿等男女並男童幼女共二百餘名口，在蘇州變賣迄今將及一年，南省人民均知為旗人，無人敢買。現將應留審訊之人暫時候審外，其餘記檔送往總管內務府衙門，應如何辦理之處，並經具奏，奉旨：依議，欽此。經派江南理事同知和昇額解送前來等因，當經臣衙門查明：在途中病故男子一、婦人一及幼女一不計外，現送到人數共二百二十七名，其中有李煦之婦孺十口，除交給李煦外，計僕人二百十七名，均交崇文門監督五十一等變價。其留候審訊錢仲璿等八人，俟審明後，亦交崇文門變價等因，為此繕摺請旨。……

明朝對大臣最酷虐，動不動庭杖，抄家不知道是否也有時候妻女入教坊，家屬發賣為奴。清朝沒有。但看李煦這件案例，「李煦家屬及其家僕」送到北京，共二百二十七人。減去「李煦之婦孺十口」——交給李煦了——還剩「僕人二百十七名，均交崇文門監督五十一等變價」。僕人按男女年貌體力技能，分五十一個等級定價變賣。周汝昌誤認「五十一」為音譯人名，崇文門監督的名字，滿清政府絕對不會譯得這樣滑稽，嘲弄自己滿人。

①、⑦、⑧都是續書，十種「舊本」剔去三項後，⑤、⑥兩種與史湘雲無關，也先擱過一邊再說。

剩下②、③、④、⑨、⑩這五項，內中⑨看似可信性最高——「三六橋百十回紅樓夢真本」。周汝昌也非常重視，因為「所述情節，與近今研究者推考所得的結果，頗有吻合之點」。當是指下列數點：①蒙古王府本第三回有條批：「後百十回黛玉之淚，總不能出此二語。」周汝昌認為證實全書一百十回——八十回本加「後卅回」。（我在〈三詳紅樓夢〉裏解釋過，此處的「百十」與「千百」、「萬千」同是約計，並不能推翻第二十五回畸笏批的「全部百回」與第二回戚本、蒙本總批「以百回之大文……」）②〈因麒麟伏白首雙星〉回目似指寶玉湘雲偕老，而回前總批說：「金玉姻緣已定，又寫一金麒麟，是間色法也，何顰兒為其所惑？」周汝昌曲解總批為中間還隔著金玉姻緣，將來湘雲的事黛玉不必管。（前面說過，〈白首雙星〉是從早本保留下來的回目，結局已改，因此衝突，批者代為遮蓋辯護。）③俞平伯把十二釵冊子上關於鳳姐的「拆字格」預言拆成「冷來休」，主休棄。此外太虛幻境關於妙玉的曲文分明預言墮落風塵。畸笏又一再提起「抄沒、獄神廟諸事」、「獄神廟回有茜雪紅玉一大回文字，惜迷失無稿」、「紅玉後有寶玉大得力處」似都符合此本情節。

賈芸紅玉的戀愛是一七六〇本新添的，伏下抄沒時與抄沒後他們倆是兩員大將，一個「仗義探菴」，一個在獄神廟援助寶玉。三六橋本兼有一七六〇以來與第一個早本的情節，當是根據早本續書，兼採脂批內的線索。續書人看過庚本，從第二十一回回前總批上知道有「後卅回」，因此在八十回後湊足三十回。他看到庚本畸笏關於「抄沒、獄神廟諸事」的批語，逕將獄神廟當作監獄。此人應是曹雪芹親友圈的外圍人物，但是顯然與畸笏沒有接觸。

兒玉達童教授述及此本時，因為言語不通，用筆談，講到探春，寫了「遠嫁，杏元和番」六字。末四字似是回目的一部份。「杏元」該是封號。番王例必要求尚主，才有面子，因此探春出國前封了杏元公主或郡主。第六十三回占花名酒令，探春抽到杏花，主得貴壻。眾人說：「我們家已有了個王妃，難道你也是不成？」原來這句頑話也是預言，而且探春做王妃也應當是番王妃，才合遠嫁的預言。

第六十三回來自極早的早本，當時元妃還是王妃，當然也就不會有元妃的封號。——元春封元妃非常特別，因為從前女子閨名不讓外人知道，妃嬪封號用自己名字的史無前例。金廢帝海陵王有個元妃，大概作者喜愛這名字。而且元春稱元妃也更容易記憶，正如多渾蟲之妻燈姑娘改稱多姑娘。書中幾百個人物，而人名使人過目不忘，不是沒有原因的。但是元春改為貴妃後，起初只稱賈妃，因此第十八回省親一節清一色都是賈妃，只有寶玉覲見的一小段接連三個「元妃」，前幾句剛提起寶玉的時候又有個「元妃」。

書中寶玉的年齡減低好幾次，最初只比元春小一歲，所以第二回敘述元春誕生後，各脂本都是「次年又生一位公子」。全抄本第二十五回是一七五四本初稿，寶玉還是十五歲，甲戌本此回是一七五四本定稿，已改十三歲（見〈二詳紅樓夢〉）。第十八回也是寫這一年的事。庚本第十七、十八合回回末有「正是」二字，下缺詩聯，是準備用詩聯作結——一七五五年左右改寫的標誌；回前附葉沒有書名，與第七十五回一樣，兩回都是一七五六年定稿（見〈三詳〉）。寶玉覲見一段，先是賈政報告園中匾對都是寶玉擬的。

元妃聽了寶玉能題，便含笑說：「進益了。」賈政退出。賈妃見寶林二人益發比別姐妹不同，真是姣花軟玉一般；因問寶玉為何不進見，賈母乃啟無職外男不敢擅入。元妃命快引進來。小太監出去引寶玉進來，先行國禮畢，元妃命他近前，攜手攔於懷內，又撫其頭頸笑道：「比先竟長了好些。」一語未終，淚如雨下。尤氏鳳姐等上來啟道：「筵宴齊備，請貴妃遊幸。」元妃等起身，命寶玉導引。

此回只有這四次用「元妃」，都與寶玉有關。一提起釵黛，就又還原，仍用「賈妃」，而此處稱寶釵黛玉為「寶林二人」，顯然這一場沒有寶玉，二寶不致混淆不清。看來早本此回寶玉已經十七八歲，與賈珍賈璉同等身分，男性外戚除了生父都不能覲見。「攜手攔入懷內」等語，是對小孩的動作與口吻，當是一七五四本最後一次改小年齡後，一七五五年加的潤色，感人至深。所有的「元妃」都是這次添寫寶玉覲見時用的。因此遲至一七五五年才有「元妃」這名稱，「杏元和番」則是第一個早本就有的，隔的年數太多，以至於「元字」封號犯重。

庚本第六十三回芳官改名一節末尾分段，看得出此節是後加的，原稿本中間插入兩頁，末了忘加指示，令抄手「續下頁」。但是回內怡紅夜宴並沒改寫過，因此還留著兩個漏網之魚的「王妃」。席上行占花名酒令，襲人拈到「桃紅又是一年春」，麝月拈到「開到荼蘼花事了」，預言襲人別嫁，最後只剩下一個麝月。第一個早本內元春是王妃，看來當時已有第六十三回，結局已有麝月獨留，襲人別嫁——湘雲達到了與她同嫁一人的願望，而仍舊不能相聚。

三六橋本的續書人如果僅只知道早本情節，遵循著補撰，就不會用杏元封號，犯了元妃的諱。換一個字還不容易？顯然「杏元和番」這一回是直接從第一個早本上抄來的。續書人手中有這本子。

三六橋本雖然是續書，有部份早本保留在內，仍舊是極珍貴的。既然四〇初葉還在日本，只要在戰火中無恙，日本也有研究紅樓夢的，一經喚起廣大的注意，也許不久就會有消息了。但是周汝昌提了一聲「或云在上海」。倘在上海，那就不大有希望了，恐怕又像南京的靖本一樣，曇花一現，又遺失了，似是隱匿起來，避免「收歸國有」。

「舊本」之四——南京刻本——寫寶玉做看街兵，住「堆子」中。看街兵制度始於乾隆元年，上諭廢除京師的巡檢官：「……外城街巷孔多，慮藏奸匪，各樹柵欄，以司啟閉，……其柵欄仍照舊交與都察院五城及步兵統領，酌派兵役看守。」（《東華錄》）。我在報上看見台灣鹿港古蹟的照片，也有攔街的木柵，設門，不過沒附有小屋，大概因為氣候暖，不像北方，看守人至少要個木棚遮蔽風雪。中土已經湮滅了的，有時候在邊遠地區還可以找到。

乾隆六十年楊米人〈都門竹枝詞〉有：「趕車終日不知愁，堆子吆呵往下溜」；「堆子日斜爭潑水，紅塵也有暫停時。」看街兵夜間打更，白天洒水淨塵，指揮交通。京中大街中高旁低，居中行走限官員轎馬，所以吆喝叫騾車靠邊走，一靠邊就直往下溜。

「舊本」之二寫寶玉「淪為擊柝之流」。之三寫寶玉湘雲暮年，「夫婦在都中拾煤球（『渣』誤？）為活」，「流落飢寒，至棲于街卒木棚中」。周汝昌按：「棲于街卒木棚中，為『淪為擊柝之流』一語之正解，可見非謂寶玉本人充當看街兵，實即窮得無住處耳。」這推測得十分合理。

嘉慶九年，御史書君興奏：煤舖煤缺，和土作塊。似是煤球之始，那麼乾隆年間著書時還沒有煤球。寶玉湘雲只是在垃圾堆裏撿出燒剩的煤核，有人收買，跟現在一樣。但是「街卒木棚」是個時代的標誌，使③成為可靠的原本。

關於此本內容的記載，只說「榮甯衰替」，沒提抄家。老了才赤貧，顯然不是為了抄家——八十回內看得出，絕對不會等寶玉老了才抄家。

一七五四本前，賈家本來沒抄家。但是百回《紅樓夢》中兩府獲罪，榮府在原址苦撐了一個時期之後，也還是「子孫流散」，寶玉不到三十歲已經出了家——一七五四本第二十五回初稿（全抄本），寶玉十五歲「塵緣已滿大半了」，見〈二詳〉——③寫寶玉老了才一貧如洗，顯然賈家並未獲罪，所以落到這田地尚需時日。沒抄家，也沒獲罪，寶玉湘雲白頭偕老——這分明就是第一個早本。

「榮甯衰替」——第一個早本其實還沒有甯府。董康轉述他亡母幼年看的書的內容，自然記不清楚了。不幸關於③的兩條記載都非常模糊，王伯沆引濮文暹的話，所舉的出處，也把書名記錯了。

端方本——⑩前八十回同程本，不過加了兩段穢褻的文字。寫寶玉湘雲先姦後（續）娶，大概是被「醉眠芍藥裀」引起了遐想。「八十回以後，黛玉逝世，寶釵完婚情節亦同，此後甚不相類矣。」想必娶寶釵也有掉包等情。此本改寫程本，但是有一特色：

> 寶玉完婚後，家計日落，流蕩益甚；逾年寶釵以娩難亡，寶玉更放縱，至貧不能自存。欲謀為拜堂阿，以年長格於例，至充撥什庫以餬口。適湘雲新寡，窮無所歸，遂為寶玉膠續。

「家計日落」仍舊是第七十二回林之孝向賈璉說的「家道艱難」，需要緊縮，不過這是幾年後，又更不如前了。照理續書沒有不寫抄沒的，因為書中抄家的暗示太明顯，而此本刪去程本的抄家，代以什麼事都沒發生，又並不改成好下場，這樣寫是任何人都意想不到的，只能是這一部份來自第一個早本。寶玉窮到無法度日，已經「年長」，等到老了撿煤渣，「流落飢寒」，也正吻合。端方本採用這敗落的方式，當是因為歸罪於寶玉。這是個年代較晚的抄本，遲至一九一〇年左右還存在，作風接近晚清的誇張的諷刺性小說，把寶玉湘雲寫成最不堪的一種名士派。但是此處寫敗家子寶玉只用「放縱」二字，輕飄而含糊得奇怪，與第三十六回王夫人口中的「放縱」遙相呼應——王夫人解釋襲人暫不收房的原因：「……三則那寶玉見襲人是個丫頭，總（縱）有放縱的事，到（倒）能聽他的勸。」——後回寶玉的罪名不過是「放縱」，看來也是第一個早本的原文。當然原本不會有「拜堂阿」、「撥什庫」。端方本九十七八回後從程本過渡到第一個早本，但是受程本後四十回作者的影響，也處處點明書中人是滿人，賣弄續書人自己也是滿人，熟悉滿洲語文風俗。

前面說過，關於第一個早本的記載模糊異常。「林薛夭亡，榮甯衰替，寶玉糟糠之配實維湘雲」，沒提寶釵嫁寶玉後才死。王伯沆引濮文暹的話，更是口口聲聲「寶玉係娶湘雲」，「寶玉所娶係湘雲」，彷彿雙方都是第一次結婚。難道寶釵也是未婚而死？

端方本自娶寶釵後敗落的經過用第一個早本，因此娶寶釵是原有的。董康等沒提，大概因為是盡人皆知的情節。至於湘雲是否再醮，寶玉搞到生活無著的時候已經年紀不輕了，然後續娶湘雲；湘雲早先定的親如果變卦，也不會這些年來一直待字閨中，當然原著也是寫她結過婚，而且也不是小寡婦。寶玉鰥居多年，顯然本來無意續絃。他們的結合比較像中年孤苦的兩兄妹。連端方本也都沒插入色情場面寫他們舊夢重溫。

「舊本」之二，八十回後與程本不同，但是也有抄家，因此是家境驟衰。抄沒後寶玉湘雲流落重逢而結合，應當年紀還輕，與第一個早本的老夫妻倆流落正相反。此本也是根據這早本續書，不過將流落提前，結婚宕後，增加戲劇性。「後數十回文字，皆與今本絕異」，是沒參用程本，似是較早的續書。大概不會有第一個早本的原文在內——用不上。

南京刻本——④——寫寶玉做看街人，因而重逢北靜王，不是重逢湘雲。此點南京刻本與②是互相排除的，並不是記載不全，顧此失彼，因為不可能先遇見湘雲，然後又遇見北靜王——②寫到寶玉湘雲重逢後結合，全書已完；如果是先遇見北靜王，那就已經轉運，不做看街人了，也不會再在淒慘的情形下遇見湘雲。這兩個本子似是各自分別續書，而同是自然而然的將街卒木棚中過宿渲染成自任看街兵。

再來細看南京刻本的內容：

畫家關松房先生云：「嘗聞陳弢庵先生言其三十餘歲時（光緒初年）曾觀舊本紅樓夢，與今本情節殊不同。薛寶釵嫁後，以產後病死。史湘雲出嫁而寡，後與寶玉結褵。寶玉曾落魄為看街人，住堆子中。一日，北靖王輿從自街頭經過，看街人未出侍候，為僕役捉出，將加箠楚，寶玉呼辯，為北靖王所聞，識其聲為故人子，因延入府中。書中作者自稱當時亦在府中，與寶玉同居賓館，遂得相識，聞寶玉敘述平生，乃寫成此書云云。

——扈功著《記傳聞之紅樓夢異本事》

寶釵死於產難，湘雲再醮寶玉，與端方本相同，遇北靜王也大同小異，且都誤作「北靖王」。扈功文內轉述關松房聽到的陳弢庵的話，兩次都是口述。「靜」誤作「靖」顯然是扈功的筆誤。但是民初褚德彝記端方本事，也與近人扈功同誤「靜」為「靖」，未免巧合得有點不可思議。難道是周汝昌引扈、褚二文，兩次都抄錯了？

《紅樓夢新證》書中錯字相當多。如果不是誤植，還有個可能的解釋：聽某某人說，也可能是書信上說的。如果扈功所引的是關松房陳弢庵信上的話，那就是南京刻本與端方本間的一個連鎖。

其實這兩個本子的關係用不著「北靖王」作證。南京刻本把第一個早本的宿街卒木棚中渲染成自任看街兵，看街這樣的賤役，清初應是只有漢人充當。端方本注重書中人是滿人這一點，改為「充撥什庫以餬口」，表示一個滿人至不濟也還可以當撥什庫。

遇北靜王一節，端方本作寶玉「市苦酒羊胛，與湘雲縱飲賦詩」賞雪，大概寶玉醉了，「適九門提督經其地，以失儀為從者所執，視之蓋北靖王也。」苦中作樂賞雪，與蘆雪亭對照，借此刻劃二人個性。但是不及南京刻本看街巧遇北靜王，與職務有關，較渾成自然。

康熙三十年——一六九一年——京師城外巡捕三營、督捕、都察院、五城所管事宜交步軍統領管理，換給「提督九門步軍巡捕三營統領」印信（見《紅樓夢新證》第三五〇頁）。步軍統領本來只管城內治安，自此兼管城外，「九門提督」是他的新銜。端方本內北靜王現任九門提督，也是此本的潤色，當代的本地風光。是端方本改南京刻本，應無疑義。

延入王府，端方本顯然認為太優遇了，改為代找了個小差使：「越日送入鑾儀衛充雲麾使，迄潦倒以終云。」雲麾使如果執雲帚——也就是拂塵；省親時儀仗中「又有值（執）事太監捧著香珠綉帕漱盂拂塵等類，一隊隊過完」——比扛旗傘輕便。后妃用太監，鑾儀衛想必另在滿人中挑選。

南京刻本末尾著書人根據寶玉口述，寫成此書，這著書經過與楔子衝突，也與卷首作者自述衝突，顯出另手。但是重逢北靜王是否第一個早本原有的？

今本第十四、十五、十六回、第二十四、第七十一回都有北靜王。秦可卿出殯途中，北靜王初次出場。《風月寶鑑》收入此書後，書中才有秦氏。第一個早本還沒有寫秦氏喪事的第十四、十五回。

第二次提起北靜王，是第十六回林如海死後黛玉從揚州回來，寶玉將北靜王所贈鶺鴒香串轉贈黛玉，被拒絕了。早本黛玉初來時已經父母雙亡，後改喪母後寄居外家多年，方才喪父（見〈二詳〉）。因此初名《石頭記》時沒有林如海病重，黛玉回揚州的事，當然也沒有自揚州回京，與寶玉那一小場戲。

第二十四回主要是介紹賈芸，一七六〇本新添的人物。賈芸初見紅玉一場，又介紹紅玉，早本舊有的人物。通回都是新材料，只把早本寶玉初見紅玉一場用了進去，加上兩句提起賈芸的對白。寶玉紅玉一節這樣開始：

這日晚上從北靜王府裏回來，見過賈母王夫人等，回至園內，換了衣服，正要洗澡。襲人因被薛寶釵煩了去打結子，秋紋碧痕兩個去催（炊）水，檀雲（全抄本作「晴雯」）又因他母的生日，接了回去，麝月又現在家中養病。雖還有幾個作粗活聽喚的丫頭，估量著叫不著他們，都出去尋夥覓伴的頑去了。

寫此節時，晴雯的故事還與金釧兒的故事相彷彿。書名《紅樓夢》期之前有個時期，添寫金釧兒這人物，晴雯改為孤兒，因將此處的晴雯改為檀雲（見〈三詳〉）。所以加金釧兒時改寫過此節，一七六〇本將此節收入全新的第二十四回，又改寫過一次。兩次中有一次順便一提北靜王，免得冷落了這後添的人物。原先寶玉也許是從親戚家回來。

前面說過，加了賈赦邢夫人迎春後，才寫第七十一回。回內賈母做壽，賀客有北靜王與北靜王妃。

有北靜王的五回都是後添的。第一個早本沒有北靜王，因此結尾也不會有寶玉重逢北靜王。那是南京刻本代加的好下場。

南京刻本前文應有北靜王，否則無法寫重逢北靜王。因此南京刻本前部是今本。它也是根據第一個早本續書，而不是通部補撰傳聞中的早本。

關於此本的記錄，敘事層次不清，說到續娶湘雲，下接「寶玉曾落魄為看街人」。如果是看街巧遇北靜王，因禍得福後才續紘，那在湘雲這方面就毫無情義可言了。但是寶玉在王府認識了著書人，想必就是同住賓館時自述身世——包括續娶湘雲的事。所以是先續絃後落魄。這也就是第一個早本的結局：寶釵產後病故，續娶湘雲，後貧苦。後人複述，偏重續書杜撰的遇貴人一節，因為故事性較強，便於記憶，而原本後部是毫無變故的下坡路，沒有獲罪，更沒有抄家——並不是略去不提。

端方本這一部份用第一個早本，只到「年長」時窮得過活不了，續娶湘雲為止，而南京刻本一直到末了晚年流落，不過把街卒木棚中過宿加油加醬說成看街。端方本續書人手中未見得有第一個早本，大概就是參用南京刻本改寫程本。

端方本改看街兵為撥什庫，而看街又來自宿街口木棚中，可見原本內並沒做任何工作，也沒找過事。但是原本寶玉搞到過不了日子的時候，已經年紀不輕了，所以端方本此處插入找事一節，就用超齡作為不合格的理由。

湘雲不識當票（第五十七回），可見社會上的事一無所知。她與寶玉一樣任性，而比寶玉天真，所以是跟她在一起才終於落到絕境中。湘雲精於女紅，但是即使領些針線來做，也需要世故些，上門走動，會趨奉逢迎。

第一回〈好了歌〉有：「金滿箱，銀滿箱，展（轉）眼乞丐人皆謗。」甲戌本夾批：「甄玉賈玉一干人。」並沒有說湘雲做乞丐。講寶玉也著重在「謗」字上，可能僅只是說一成了窮光蛋，人人都罵不上進。當然，這一系列批語已經不是批第一個早本了。稍前有這兩句歌詞：「說什麼粉正濃，脂正香，如何兩鬢又成霜？」甲戌本夾批：「寶釵湘雲一干人。」作批的時候寶釵早卒，已經改去。

但是第一個早本內寶玉湘雲再婚這樣遲，然後白頭偕老，縱使流落，顯然並未失散了再重逢。「舊本」之二寫湘雲為丐，無非是為了使她能在風雪之夜與敲更的寶玉重逢。

因此湘雲為丐與寶玉打更一樣，都不是原有的。他們倆生活在社會體系外，略似現代西方的嬉痞——近來大都譯為「嬉皮」，不免使人聯想到「嬉皮笑臉」，其實他們並不——但是嬉痞是寄生在富裕寬容的社會上——對年青人尤其寬容，老了也還混不下去。寶玉湘雲晚景之慘，可想而知。

庚、戚本第二十二回有兩則極長的批註，批寶玉續莊子的事。第二段如下：

> 黛玉一生是聰明所悞。……阿鳳是機心所悞。寶釵是博知所悞。湘雲是自愛所悞。襲人是好勝所悞。皆不能跳出莊叟言外，悲亦甚矣。

黛玉太聰明了，過於敏感，自己傷身體。寶釵無所不知，無所不曉。娶了個Mrs. Knowall，不免影響夫婦感情。「湘雲是自愛所悞」，只能是指第一個早本內，再醮寶玉前，其實她並不是沒有出路，可以不必去跟寶玉受苦，不過她是有所不為。

「阿鳳是機心所悞」，可見第一個早本已有鳳姐，此回要角之一，更可以確定第二十二回來自最初的早本。

第三十一回襲人吐血，「不覺將素日想著後來爭榮誇耀之心盡皆灰了，眼中不覺滴下淚來。」「襲人是好勝所悞」，是說賈家敗落後，她恨寶玉不爭氣，以至於琵琶別抱。這條批是批第一個早本，當時已有襲人別嫁的情節，這也是一個旁證。第三十二回隱約提起的湘雲襲人十年前西邊暖閣夜話，同嫁一個丈夫的願望，預言不幸言中而又不中。襲人另外嫁人，總是年青的時候，與湘雲一去一來，相隔多年，根本沒有共處過。

書中用古代地名，諱言京城是北京，早本尤其嚴格。北京分裏城外城。端方本內蔣玉菡的當舖開在外城，又是端方本特有的筆觸，與此書的態度相悖。

第一個早本內襲人並沒有與蔣玉菡一同奉養寶玉夫婦，因為與寶玉湘雲的下場不合。襲人嫁的是否蔣玉菡，嫁後是否故事還發展下去，不得而知。蔣玉菡嫌寶玉屢次來借錢，要叫舖兵驅逐，「為襲人所斥而罷」，大概是端方本編出來罵寶玉的。南京刻本就沒有——複述者該不會遺漏這樣觸目的情節。

端方本續書人鄙視寶玉，想必是因為第一個早本對寶玉的強烈的自貶。

此本還沒有卷首作者自述一節，但是那段自述也寫得極早。在這階段，此書自承是自傳——當然是與脂硯揉合的自畫像。第一個早本的「老來貧」結局卻完全出於想像。作者這時候還年青，但是也許感到來日茫茫的恐怖。有些自傳性的資料此本毫不掩飾，用了進去，如曹寅之女平郡王福晉，在書中也是王妃。但是避諱的要點完全隱去，非但不寫抄家，甚至避免寫獲罪。第一個早本離抄家最遠，這一點非常值得注意。

第二十一回有：「誰知四兒是個聰敏乖巧不過的丫頭。」庚、戚本句下批註：「又是一個有害無益者。作者一生為此所悞，批者一生亦為此所悞，於開卷凡見如此人，世人故為喜，余犯（反）抱恨。蓋四字悞人甚矣。被悞者深感此批。」末句是作者批這條批。

這位批者的口氣與作者十分親密而地位較高，是否脂硯雖然無法斷定，至少我們確實知道作者自承「聰明反被聰明誤」。

前引第二十二回批寶玉續莊子，批第一個早本的一條批註：「黛玉一生是聰明所悞。……阿鳳是機心所悞。寶釵是博知所悞」等等。黛玉太聰明了，所以過分敏感，影響健康。寶玉對於他傾慕的這些人也非常敏感脆弱。第七十回「寶玉因冷遁了柳湘蓮，劍刎了尤小妹，金逝了尤二姐，氣病了柳五兒，連連接接，閑愁胡恨，一重不了又一重，弄的情色若痴，言語常亂，似染怔忡之症。」戚本作「冷淡了柳湘蓮」。

第六十七回有甲乙丙丁四種，戚本此回是第六十七回乙（見〈四詳〉），有許多異文，如薛蟠聽說柳湘蓮跟著跛足道士走了，向西北大哭了一場，可見上一回內柳湘蓮是向西北方去的。那是第六十六回乙，與今本不同。還有第六十六回甲，因為甄士隱的〈好了歌〉「保不定日後作強梁」句旁，甲戌本批「柳湘蓮一干人」，顯然《風月寶鑑》初收入此書時，柳湘蓮沒削髮出家，只悄然離京，後回再出現，已經落草為盜。

戚本第七十回「寶玉因冷淡了柳湘蓮」這句是指第六十六回柳湘蓮打聽尤三姐品行如何，與寶玉談話間有點輕微的不愉快，雖然柳湘蓮立刻道歉，此後沒見面。這該是第六十六回甲，回末尤三姐自刎後，柳湘蓮離開小花枝巷，沒往下寫他去何處。直到第七十回，寶玉還不知道他已經出京，只知道尤三姐自殺了，而他自己與湘蓮之間有那麼點芥蒂，也是他耿耿於心的許多心事之一。此後改寫第六十六、六十七回甲，落草改出家，就把「冷淡」改為「冷遁」。回目是〈冷二郎一冷入空門〉，「冷二郎遁入空門」濃縮為「冷遁」，這名詞生硬異常，如果不是與「冷淡」諧音，不會想起「冷遁」二字。

寶玉思慕太多，而又富於同情心與想像力，以致人我不分，念念不忘，當然無法專心工作，窮了之後成為無業遊民。在第一個早本內，此書是個性格的悲劇，主要人物都是自誤。

此本沒有賈雨村，鳳姐也未代雨村好友冷子興說情，帶累賈璉。看來賈璉並未休妻。「阿鳳是機心所悞」，只是心力消耗過甚，舊病復發而死。

甄士隱的〈好了歌〉內有：「昨憐破襖寒，今嫌紫蟒長。」甲戌本批：「賈蘭賈菌一干人。」但是批的已經不是第一個早本了，寶釵早死已經改去——「說什麼脂正濃，粉正香，如何兩鬢又成霜？」批「寶釵湘雲一干人。」

最初的早本已有第二十二回，回內賈蘭不是個閒角，顯然是此回固有的，而不是家宴列席眾人中後加的一個名字。賈菌只出現過一次，第十三回秦可卿喪事，族人大點名點到他（戚本作賈茵），排名在賈蘭之下，倒數第二，想必比賈蘭還小。該是《風月寶鑑》收入此書時新添的一個人物。第一個早本內，賈家如果中興，也只是賈蘭一人。似應有中興，否則賈蘭這人不起作用。此書確實做到希臘戲劇的沒有一個閒人，一句廢話。

但是賈蘭發達也應在寶玉死後，因為寶玉顯然並沒得到他的好處。所以寫寶玉湘雲的苦況一直寫到寶玉死去為止。這結局即使置之於近代小說之列，讀者也不易接受。但是與百回《紅樓夢》的「末回情榜」、「青埂峰下證了情緣」一比，這第一個早本結得多麼寫實、現代化！從現代化改為傳統化，本來是此書改寫的特點之一。藝術上成熟與否當然又是一回事。

根據第一個早本續書的共四種，內中大概是南京刻本流傳最廣，連端方本續書人這老北京也買到一部。但是予人印象最深的是「舊本」之二。我十四五歲的時候看《胡適文存》上的一篇紅樓夢考證，大概也就是引《續閱微草堂筆記》——手邊無書，可能記錯了——傳說有個「舊時真本」寫湘雲為丐，寶玉做更夫，雪夜重逢，結為夫婦，看了真是石破天驚，雲垂海立，永遠不能忘記。這位續書人改編得確是有一手，哀艷刺激傳奇化，老年夫婦改為青年單身，也改得合理，因為是續八十回本，當然應有抄家，所以青年暴貧。而且二人結合已是末回卷終，並無其他的好下場，彷彿成為一對流浪的情侶，在此斬斷，節拍扣得極準，於通俗中也現代化，甚至於使人有點疑惑——會不會是曹雪芹自一七五四本起改寫抄沒，一直難產，久久膠著之後，一度恢復續娶湘雲的情節，不過移到抄家後？

第一個早本內鰥居多年後續娶孤苦無依的湘雲，不能算是對不起黛玉。改為在這樣悲慘的情形下意外的重逢而結合，也情有可原，似乎是不可抗拒的。但如果是曹雪芹自改，為什麼要改寶玉為看街兵？在街卒木棚中過夜也儘有機會遇見乞丐。現代的嬉痞也常乞討，而看街兵需要侍候過往官員。寶玉最憎惡官。

雪夜重逢的一幕還是別人代續的。

第一個早本源久流長，至今不絕如縷，至少有一部份保存到本世紀四〇年間，而接近今本的百回《紅樓夢》倒早已影蹤全無。除了因為讀者大眾偏愛湘雲，也是因為此本結局雖慘──與無家可歸撿煤渣一比，後期的「下部後數十回『寒冬噎酸虀，雪夜圍破氈』」不過是有些小戶人家的常情──到底較有人間味，而百回《紅樓夢》末了寶玉與賈雨村先後去青埂峰下，結在禪悟上，不免像楔子一樣筆調枯淡。歷來傳抄中楔子被刪數百字都沒人理會，可見不為讀者所喜。

周汝昌將第一個早本與有關無關的幾種續書混為一談，以為至少有一個異本，不過記載繁簡不同，即使不是原本，也是知道原著情節，據以續補，除了做看街兵是附會，而寶玉湘雲鰥寡匹配，可能是曹雪芹自己急改進呈御覽，照例替內廷討吉利。結合本來可有可無，不結合反而更主題嚴肅──抗議當時統治階級的殘暴，寶玉湘雲抄家後都做了乞丐。

周汝昌從這大雜燴上推測八十回後的情節，又根據一道沒看仔細的奏章，以為曹雪芹將發賣李煦的婦孺的事「結合了他本身的經歷見聞」，寫史家抄沒時，「湘雲等婦女被指派或『變價』為奴為『傭』」；寶玉那隻麒麟曾經第二次失落，被衛若蘭拾了去，湘雲流落入衛若蘭家，見麒麟淚下，若蘭問知是寶玉的表妹，駭然，大概由於馮紫英的助力，代訪到寶玉下落，「于是二人遂將湘雲送到可以與寶玉相見之處」，〔按：指射圃，因為下文揣測脂硯等懼禍，抽去反抗當時統治階級的獄神廟回與「衛若蘭射圃文字」，所以獨這兩部份「迷失無稿」——顯然認為射圃是秘密相會的地點。〕撮合寶玉湘雲成為患難中的夫妻（《紅樓夢新證》第九二一頁）。用兩個貴公子作救星，還是階級意識欠正確。

前面列出的「舊本」之五，是個八十回本，未完，寫到奉元妃命金玉聯姻，黛玉抑鬱而死。這當然是循第二十八回的線索，回內元妃端午節賞賜的節禮獨寶玉寶釵的相同，黛玉的與別的姐妹們一樣。事實是這伏筆這樣明顯，甚至於使人疑心改去第五十八回元妃之死，是使她能夠在八十回後主張這頭親事。

但是如果是這樣，寶玉雖然不得不服從，心裏勢必怨恨，破壞了他們姐弟特別深厚的感情。如果是遺命，那就悱惻動人，更使寶玉無可如何了。

庚本第二十四回批紅玉的名字：「紅字切絳珠，玉字則直通矣。」紅玉鬱鬱不得志，影射黛玉。黛玉懷才不遇，只能是指她不得君心。元妃代表君上。

晴雯是「女兒痨死的」，就必須立刻火葬。起初患感冒的時候，病中與寶玉同睡在暖閣裏，麝月也怕老嬤嬤們担憂「過了病氣」，可見從前人不是不知道傳染的危險。黛玉也是肺病。子嗣的健康問題還在其次，好在有妾侍。元妃一定關心她這愛弟的健康。黛玉是賈母從小帶大的，所以賈母不忍心拆散她與寶玉。元妃只見過黛玉一面。

如果不是元妃插手，賈母死後寶黛的婚事也可能有變局，第五十七回紫鵑就慮到這一層。但是這樣一來，又是王夫人做惡人。這究竟不比逐晴雯，會嚴重的影響母子感情。

早本寶釵是王夫人的表姪女——見戚本第六十七回，那已經不很早，《風月寶鑑》收入此書後，此回已經又改寫過一次了。可見早本沒有王薛是近親的這一重關係，顯然不預備寫王夫人鳳姐看中寶釵，想培植母家勢力——這與王夫人的個性也不合。此後改為近親，大概是因為不然長期寄居不合理。

金玉姻緣出於元妃的主張，照理是最合適的安排。而且絢爛的省親給寶玉帶來了大觀園，同時也留下了這麼個惡果，不到半年就在節禮上透了消息，極富於人生的諷刺。但是第一個早本內，元妃不過是王妃，地位不夠崇高。王妃晉級，想必就是為了這原因。

怎見得不是別人根據第二十八回的線索，改寫八十回本末尾？因為八十回本未完，別人儘可以續書，寫八十回後奉元妃命金玉聯姻，黛玉病逝，何必移到八十回前？

第二十八回寫得極早。回前總批有「自聞曲回以後回回寫藥方」，但是除了此回這一次，第二十三回後這五回都沒提黛玉的藥方——已經都刪了。此回描寫寶釵「唇不點而紅，眉不畫而翠」等句，與詩聯期（一七五五年左右）定稿的第八回重複，因為隔的年數太多。

回內寶玉說出一個奇異的藥方，鳳姐附和，證明他不是信口開河。

寶玉向林黛玉說道：「你聽見了沒有？難道二姐姐也跟著我撒謊不成？」

——各本同

稱鳳姐為「二姐姐」，與迎春混淆不清。

書中人當面稱呼兄嫂不興連名字，例如第十三回鳳姐稱賈珍「大哥哥」，賈瑞向她提起賈璉，也稱「二哥哥」。寶玉平時只叫鳳姐「姐姐」，對別人說起才稱「鳳姐姐」。此處稱「二姐姐」是跟著賈璉行二，正如「二弟妹」往往稱做「二妹妹」。但是叫鳳姐「二姐姐」，叫迎春什麼？

第一個早本已有第二十二回。當時還沒有賈赦邢夫人，賈家只有賈政一房，賈璉可能是堂姪（見〈四詳〉）。第二十八回也寫得極早。是否起初也沒有迎春，因此叫鳳姐「二姐姐」？那這「二」字就是個漏網之魚了。

《風月寶鑑》收入此書後，書中才有甯府。惜春原是賈政幼女，自有甯府後才改為賈珍的妹妹（見〈四詳〉）。惜春原是賈政之女的又一跡象，是第六十二回林之孝家的報告探春：

「四姑娘房裏小丫頭彩兒的娘，現是園內伺候的人，嘴很不好，纔是聽見了問著他，他說的話也不敢回姑娘，竟要攆出去纔好。」探春道：「怎麼不回大奶奶？」林之孝家的道：「方纔大奶奶都往廳上姨太太處去了，頂頭看見，我已回明白了，叫回姑娘來。」探春道：「怎麼不回二奶奶？」平兒道：「不回去也罷，我回去說一聲就是了。」探春點點頭道：「既這麼著，就攆出他去，等太太回來了再定奪。」

惜春的丫頭都是從東府帶來的，丫頭的母親也是甯府奴僕，不會在大觀園內當差。即使有例外，探春也應當問一聲，是東府的人，就該像第七十四回的入畫一樣，要等尤氏來處理，李紈鳳姐探春都不會擅自發放。顯然第六十二回的惜春還是探春的異母妹，當時還沒有甯府。此回與下一回都是寫寶玉的生日。此回湘雲醉眠芍藥裀，下一回占花名就抽到海棠春睡。第六十三回也寫得極早，回內元春還是個王妃；大概與此回本是一回，後來擴充成兩回。

迎春是否早先也是賈政的女兒？

前面提起過，寶玉起初與元春只相差一歲。如果迎春也是賈政的女兒，只能是庶出。惜春本來是賈政幼女，不是孤兒，但是至少是早年喪母，才養成她孤僻的性格。〈四詳〉推測她也許是周姨娘的女兒，是錯誤的。迎春也死了母親，而與惜春不應同母。如果迎春惜春都是賈政亡妾所生，加上趙姨娘以及與趙姨娘作對照的周姨娘，賈政姬妾太多——今本將他與姬妾眾多的賈赦對照，正如迎春反襯出探春的才幹。——因此迎春不會是賈政的女兒。她是與賈赦邢夫人同時添寫的人物。第二十二回賞燈家宴有迎春而沒有賈赦夫婦，想必是因為回內迎春製的燈謎是後添的，所以沒忘了在席上也連帶添上迎春。

第一個早本就我們所知，已經有了第二十二回、第六十二回——缺下半回〈獃香菱情解石榴裙〉，因為這時候還沒有甄士隱賈雨村與英蓮——與第六十三回。寫第二十八回時，仍舊只有賈政一房，沒有賈赦夫婦與迎春，但是元春已經改為皇妃，賞賜的節禮暗示後文元妃主張金玉聯姻。

一七五四本前，書名《紅樓夢》時，黛玉死後寶玉才定親。明義「題紅樓夢」詩有：「安得返魂香一縷，起卿沉痼續紅絲？」第一個早本內大概也是這樣，此後改為奉妃命定親後黛玉才死。至書名《紅樓夢》時已經又改了回來。為什麼要改回來？

一七五四本前，第五十八回元妃已死。這一點一直就是這樣——第一個早本已有第二十二回，回內燈謎預言元春就快死了。奉妃命聯姻的本子裏，遺命沒有宣佈，因為賈家給賈妃戴孝是國孝兼家孝，不能婚娶，早說穿了需要迴避，種種不便。近八十回方才行聘，大概不久黛玉就死了，否則婚後與黛玉相處，實在無法下筆。寶玉婚後不會像賈璉那樣與別房婦女隔離——賈母離不了他，與黛玉不免天天在賈母處見面。他們倆的關係有一種出塵之感，相形之下，有一方面已婚，就有泥土氣了。僅只定了親，寶釵不過來了，寶黛仍舊在賈母處吃飯，直到黛玉病倒，已經十分難堪——為了寶玉定親而病劇，照當時的人看來，就有不貞的嫌疑，害得程本的黛玉臨終向紫鵑自剖，斯文掃地。

要替黛玉留身分，唯有讓她先死，也免得妨礙釵黛的友誼，儘管寶釵對婚事也未見得願意。她對寶玉雖然未免有情，太志趣不合。

這早本怎麼也只有八十回？一七六〇中葉以後，八十回抄本《石頭記》是有市價的，所以這早本的前八十回也充今本銷售。等到書主發現上了當，此本倒比今本有結尾，使讀者比較滿足，也許因此不忍抽換成為今本。

最後還有最怪的一個「舊本」之六：

相傳舊本紅樓末卷作襲人嫁琪官後，家道隆隆日起，襲人既享溫飽，不復更憶故主。一日大雪，扶小婢出庭中賞雪，忽聞門外有誦經化齋之聲，聲音甚熟習，而一時不能記憶為誰。遂偕小婢自戶審視，化齋者恰至門前——則門內為襲人，門外為寶玉。彼此相視，皆不能出一語，默對許時，二人因仆地而歿。

——境遍佛聲著《讀紅樓夢箚記》（載一九一七年三月說叢第一期）

在這本子裏，寶玉出家為僧，但是並沒有到青埂峰下「證前緣」，回到神的話框子裏，而是極平凡的乞討齋飯。

程本寫寶玉走失後，賈政看見他一次，已經做了和尚，與二仙偕行，神出鬼沒。於是襲人別嫁。當時家境也還過得去，抄家榮府只抄了賈赦一房，一切照舊，因此襲人嫁人並不是為了生活。此本寫襲人嫁後「溫飽，不復更憶故主」，是說在賈家十分窮苦，與程本的情況不合。寶玉成了仙再來化齋，除非是試她的心——還有什麼可試的？而且也不會死了。此本顯然不是改寫程本的結局，年代早於程本，因為程本一出，很少能不受影響的。

程本後四十回的作者寫襲人嫁蔣玉菡，是看了第二十八回茜香羅的暗示與第六十三回襲人的籤詩「桃紅又是一年春」。看過刪批前各本都有的第二十八回總批的人，知道襲人後來與蔣玉菡一同供養寶玉寶釵，也未必一定照這條線索續書，因為也許覺得這樣寶玉太沒志氣了。但是此本寶玉與已作他人婦的襲人同死，豈不更沒出息？程本的襲人在寶玉失蹤，證實做了和尚之後嫁人，已經挨罵。原著內寶玉沒出家她倒已經出嫁了，太與當時一般的觀點不合，所以幾乎可以斷言沒一個續書人會寫寶玉與背棄他的失節婦同死——太不值得。而且為了黛玉出家，倒又與襲人作同命鴛鴦，豈不矛盾？

但是書中兩次預言寶玉為僧（第三十、三十一回），有一次是為襲人而發。襲人死了他也要做和尚。襲人雖然沒死，他也失去了她。

寶玉四周這許多女性內，只有黛玉與襲人是他視為己有的，預期「同死同歸」（第七十八回）。四兒說同一日生日就是夫妻（第七十七回）。黛玉襲人同一日生日（第六十二回）。當然她們倆的關係是通過寶玉。

那樣愛晴雯，寶玉有一次說她「明兒你自己當家立事，難道也是這麼顧前不顧後的？」分明預備過兩年就放她出去擇配。一語刺心，難怪晴雯立刻還嘴，襲人口中的「我們」又更火上澆油。

提起晴雯來，附帶討論明義「題紅樓夢」詩有一首：

錦衣公子茁蘭芽，紅粉佳人未破瓜。少小不妨同室榻，夢魂多個帳兒紗。

這是倒數第四首。上一首詠晴雯：

生小金閨性自嬌，可堪磨折幾多宵？芙蓉吹斷秋風狠，新誄空成何處招？

下一首粗看是詠黛玉初來時睡碧紗廚。周汝昌舉出下列疑點：

「一、明義詩二十篇，固然不是按回目次序而題的，但大致還是有個首尾結構。前邊寫黛玉已有多處，若要寫碧紗廚，最早該寫，為什麼已寫完了晴雯屈死，忽又『退回』到那麼遠去？

二、『紅粉佳人』一詞，不是寫幼女少女所用。

三、寶黛幼時同室而未同榻。『夢魂多個帳兒紗』，這是說雖然同室，而夢魂未通的話。」

周汝昌因此認為這首詩是寫八十回後的寶釵，指寶玉婚後沒與她發生肉體關係（《紅樓夢新證》第九一五至九一六頁）。

第七十七回逐晴雯後，

一時鋪床，襲人不得不問「今日怎麼睡？」寶玉道：「不管怎麼睡罷了。」原來這一二年間，襲人因王夫人看重了他，他越發自尊自重，凡背人之處，或夜晚之間，總不與寶玉狎昵，較先幼時反倒疏遠了。……且有吐血舊症，雖愈，然每因勞碌風寒所感，即嗽中帶血，故邇來夜間總不與寶玉同房。寶玉夜間常醒，又極胆小，每醒必喚人。因晴雯睡臥警醒，且舉動輕便，故夜晚一應茶水起坐呼喚責任，皆悉委他一人。所以寶玉外床只是他睡。

第五十一回還是襲人睡在外床，襲人因母病回家，晴雯叫「『麝月你往他那外邊睡去。』……伏侍寶玉臥下，二人方睡，晴雯自在薰籠上，麝月便在暖閣外邊。」

暖閣大概就是牆壁上凹進去一塊，挖出一間缺一面牆的小室，而整個面積設炕，比普通的炕聚氣，所以此節麝月說「那屋裏炕冷」，指晴雯麝月平時的臥室。暖閣上也掛著「大紅綉幔」（同回太醫來時），夜間放下。第五十二回紫鵑「坐在暖閣裏，臨窗作針黹」。瀟湘館的暖閣有窗。

芙蓉誄中有「紅綃帳裏，公子多情」；又寫晴雯去後，「蓉帳香殘，嬌喘共細言皆息」。「嬌喘」是指病中呼吸困難。

「夢魂多個帳兒紗，」是睡夢中也都多嫌隔著層帳子。此句與上句「少小不妨同室榻」矛盾——同榻怎麼又隔著帳子？只有晴雯有時候同榻，也有時候同室不同榻。百回《紅樓夢》也許曾經實寫隔帳看她的睡態，今本刪了。

上一首詩寫晴雯屈死，此詩接著代晴雯剖白，雖「同室榻」，並無沾染。稱十六歲的少女為「紅粉佳人」並無不合，尤其是個「妖妖趫趫」的婢女（王善保家的語）。如果是寫寶釵婚後，夫婦當然「同室榻」，為什麼「不妨同室榻」？

寶玉對寶釵豐艷的胴體一向憧憬著。甲戌本第二十八回回末總批有：「寶玉忘情露於寶釵，是後回累累忘情之引。」「忘情」不會是指婚後——婚後忘情「露於寶釵」有什麼妨礙？——因此八十回內應當還有不止一次，但是並沒有，想必像「回回寫藥方」一樣，嫌重複刪掉了。總之，婚後寶玉決不會用這方式替黛玉守節。

結在寶玉襲人之死上的異本，重逢的一幕似是套崔護人面桃花故事——因為怡紅夜宴占花名，襲人是桃花？——雖然套得稚拙可笑，仍舊透露襲人的複雜性——以為忘了寶玉，一見面往事如潮，竟會心臟病發，或是腦溢血中風倒斃。寶玉也同樣的矛盾，出了家還是不能解脫。第一個早本那兩句批仍舊適用：「二次翻身不出」、「可知寶玉不能悟也。」結局改出家，是否有過這麼個「半途屋」（half-way house）——美國新出獄犯人收容所——心理上的橋樑？寶玉至死只是個「貧僧」，「緇衣乞食」，也繼承第一個早本的黯淡寫實作風。關於此本的資料實在太少，但是各方面看來，還是可能是個早本，結局改出家後的第一個本子。

《風月寶鑑》收入此書後，書中才有太虛幻境，有甯府，有衛若蘭。從太虛幻境的冊子曲文上，我們知道衛若蘭早死，湘雲沒有再嫁。既然沒有再醮寶玉，顯然寶玉與湘雲偕老的結局已經改為出家。

太虛幻境的畫冊歌詞預言甯府是賈家獲罪的禍首。因此書中有了甯府，就有獲罪的事。出了事就窮了下來，不必一直等到寶玉晚年。所以寶玉出家的時候年紀還輕。

最初書中只有賈政一房，加賈赦在加甯府之前。結局改出家後，已經有了甯府，奉元妃命金玉聯姻的早本卻還沒有賈赦這一房。因此奉妃命聯姻的本子結局還沒改為出家。那是個八十回本，八十回後應當還是寶釵早卒，續娶湘雲，與第一個早本相同。

第一個早本已有襲人另外嫁人。庚本第二十一回回前有書名《紅樓夢》期總批，內引「後卅回」〈薛寶釵借辭含諷諫，王熙鳳知命強英雄〉回目，並透露此回襲人已去。這是一七五四本前的末一個早本。第一個早本內寶釵嫁後一年就死了。如果一年內襲人已去，倒像是吃新奶奶的醋，又像是寶釵容不得人。但是襲人嫁人要趁年青，不在寶釵生前，也在死後不久。寶釵死後多年，寶玉才窮得無法度日，所以襲人離開他的時候，生活還不成問題。

結局改出家後，已經改了賈家獲罪驟衰，因此襲人嫁蔣玉菡時業已家境貧寒，嫁後「溫飽，不復更憶故主。」似乎改出家後的第一個本子非常現實。

有個佚名氏《讀紅樓夢隨筆》——舊抄本——一開頭就說：「或曰：三十一回篇目曰：〈因麒麟伏白首雙星〉，是寶玉偕老者，史湘雲也。殆寶釵不永年，湘雲其再醮者乎？因前文寫得寶玉鍾情於黛，如許深厚，不可再有續娶之事，故刪之以避筆墨矛盾；而真事究不可抹煞，故于篇目特點之。」

末兩句是「自傳說」，認為此書全部紀實。刪去這兩句，似乎就是結局改出家的主因。但如果為了忠於黛玉，出了家化齋遇襲人，意外的情死反而更削弱了寶黛的故事。

我想這是因為襲人之去是作者身歷的事，給了他極大的打擊，極深的印象。而寶黛是根據脂硯小時候的一段戀情擬想的，可用的資料太少，因此他們倆的場面是此書最晚熟的部份。第六十七回已是《風月寶鑑》收入此書後才有的，戚本此回已經又改寫過，回內的寶黛也還不像作者的手筆。固然早本高低不勻，最初已有的怡紅夜宴就精彩萬分，第六十七回剛巧是波浪中的一個低槽。但也是寶黛的場面實在難寫。結局初改出家的時候，寶黛之戀還不是現在這樣，所以不專一，剛去掉了個湘雲，又結束在寶玉襲人身上。等到寶黛的故事有了它自己的生命，愛情不論時代，都有一種排他性。就連西門慶，也越來越跟李瓶兒一夫一妻起來，使其他的五位怨「俺們都不是他的老婆」。

第二十九至三十五這七回，添寫金釧兒這人物的時候改寫過。除了少量的原文連批註一併保留了下來，此外全無回內批。加金釧兒在書名《紅樓夢》期之前，至遲也是一七四〇末葉，此後二十年來不會一直沒批過。唯一可能的解釋是後來作者再次改寫這七回，抽換的幾頁上的批語當然沒去抄錄；然後直接交抄手謄清，也沒交代抄手將保留的諸頁上哪條夾批眉批雙行小字抄入正文。因此新改的這七回仍舊只有加金釧前的四條批註。固然作者一向不管這些細節，也可見他重視脂批的限度。

這七回謄清後也沒經批者過目，就傳抄了出去，因此迄未加批。想必作者已故，才有這情況，與一七五四年脂硯「抄閱再評」，一七五六年畸笏「對清」第七十五回，大不相同。遲至一七六一至六二上半年，獄神廟回等「五六稿」交人謄清時，畸笏也還看過。

寶黛最劇烈的一次爭吵在第二十九回，此後好容易和解了又給黛玉吃閉門羹，一波未平，一波又起。第三十二回寶玉激動得神志不清起來，以至於「肺腑言」被襲人聽了去，才能夠義正辭嚴向王夫人進言，防範寶黛。第三十四回寶玉打傷了之後黛玉來探視，加金釧時這一場曾經添寫夢中向金釧兒蔣玉菡說「為你們死也情願」，最後這次改寫又改為向黛玉說「為這些人死也情願」（見〈三詳〉），感情於分散中集中，顯示他們倆之間的一種奇異的了解。第三十五回回末又預備添寫一個寶黛場面——養傷時再度來探——所以回末「只聽黛玉在院內說話，寶玉忙叫快請」是新改的，與下一回回首不啣接。下一回還沒改寫就逝世了。寫寶黛的場面正得心應手時被斬斷了，令人痛惜。

這七回是二人情感上的高潮，此後幾乎只是原地踏步，等候悲劇發生——除了紫鵑試寶玉的一回（第五十七回），但是此回感情雖然強烈，也不是寶黛面對面，而是通過紫鵑。

彷彿記得石印《金玉緣》上的一個後世評家太平閒人代為解釋，說這是因為二人年紀漸長，自己知道約束了。這當然是曲解，但是也可見此點確實有點費解——除非我們知道後部的寶黛場面寫得較早，而第二十九至三十五回是生前最後改寫的。

逐晴雯後王夫人說：「暫且挨過今年一年，給我仍舊搬出去心淨。」庚本批註：「一段神奇鬼訝之文，不知從何想來。王夫人從來未理家務，豈不一木偶哉？且前文隱隱約約已有無限口舌，浸潤之譖，原非一日矣。……」「不知從何想來」?!難道忘了第三十四回襲人說過「以後竟還叫二爺搬出園外來住就好了」?但是一旦知道第二十九至三十五回是作者逝世前不久才定稿，就恍然了。難怪批者沒看見第三十四回那一段。批者倘是脂硯，根本沒趕上看見。

寶玉養傷期間，支開襲人，派晴雯送兩條舊手帕給黛玉。黛玉知道是表示他知道她的眼淚都是為他流的，在帕上題詩。她有許多感想，其一是：「令人私相傳遞，於我可懼。」人是健忘的動物，今人已經不大能想像，以他們這樣親密的關係，派人送兩條自己用的手帕，就是「私相傳遞」，嚴重得像墜兒把賈芸的手帕交給紅玉——脂硯所謂「傳姦」。

起先寶玉差晴雯送帕，「寶玉便命晴雯來，」句下各本批註：「前文晴雯放肆，原有把柄所恃也。」這條批使人看不懂。第三十一回晴雯頂撞寶玉，語侵襲人，因為三回後她將要担任一項秘密使命，有把柄落在她手裏，所以有恃無恐?

我一直印象模糊，以為批者還在補敘那次爭吵的內幕，「把柄」指晴雯窺破了寶玉襲人的關係。〈四詳〉後，才知道這就像賈蓉預知鴛鴦借當，與紅玉的夢有前知，都是由於改寫中次序顛倒。此處經改寫後，批者只把「後文晴雯放肆」的「後」字改了個「前」字。

第三十四回題帕，原在第三十一回晴雯吵鬧之前。但是第三十三至三十五回原在第三十六回之後；加金釧兒時，將挨打與挨打餘波這三回移前(見〈三詳〉)。當時保留下來的幾節連著批註，因此那次改寫的七回一清如水，沒有回內批，除了舊有的寥寥四條。送帕題帕顯然是加金釧前的原文，因為有一條批註。這條批提起晴雯吵鬧，因此晴雯吵鬧也是舊有的。所以這次大搬家還波及第三十一回，晴雯襲人口角原在第三十三至三十五回之後。

加金釧兒前的原文內容次序如下：①襲人「步入金屋」，黛玉湘雲往賀，撞見寶釵綉鴛鴦；湘雲回家（第三十六回）。②寶玉挨打，養傷，送帕；題帕。（第三十三至三十五回——大概只有一兩回，加金釧後擴充，添寫玉釧嘗羹一回。）③晴雯吵鬧（第三十一回）——顯然是因為妒忌襲人「步入金屋」。這不大合理，因為王夫人抬舉襲人，晴雯再不服氣也不敢發作。而且襲人「步入金屋」後，晴雯這兩句精彩對白就不適用了：「明公正道連個姑娘還沒挣上去呢，也不過和我似的，那裏就稱起『我們』來了？」這是第三十一回移前之後添寫的。

題帕一場感情強烈，但是送帕題帕也不是寶黛面對面。寶黛見面的場子，情感洋溢的都是去世前數月內改寫的。

第三十四回王夫人派人去叫寶玉房裏去一個人，襲人囑咐晴雯麝月檀雲秋紋守著打傷的寶玉，自己去見王夫人。此處「檀雲」二字是加金釧兒那次改寫的標誌。添寫金釧兒這人物，使晴雯的故事一分為二，晴雯改成孤兒，第二十四回「晴雯又因他母的生日接了出去」，「晴雯」改「檀雲」，檀雲這名字陌生，因此第三十四回的丫頭名單上添上個檀雲嚮應。可見挨打後王夫人傳喚一節，這次也改寫過。

第三十六回王夫人說：「你們那裏知道襲人那孩子的好處。」各本句下批註：「『孩子』二字愈見親熱，故後文連呼二聲『我的兒』。」這是大撇家前的舊批，彼時顯然已有第三十四回襲人見王夫人一節。那次談話，第一次叫「我的兒」是因為襲人識大體，說老爺管教得對；第二次如下：

王夫人聽了這話有因，忙問道：「我的兒，你有話只管說。近來我因聽見眾人背前背後都誇你，我只說你不過是在寶玉身上留心，或是諸人跟前和氣，這些小意思好，所以將你合老姨娘一體行事，誰知你方纔和我說的話全是大道理，正合我的心事。你有什麼，只管說什麼，只別叫別人知道就是了。」襲人道：「我也沒甚麼別的說，我只想著討太太一個示下，怎麼變個法兒，以後竟還叫二爺搬出園外來住就好了。」王夫人聽了，吃一大驚，忙拉了襲人的手問道：「寶玉難道和誰作怪了不成？」襲人忙回道：「太太別多心，並沒有這話。……」

大搬家前，襲人本來已經「入金屋」，與趙周二姨娘同等待遇了，在這一段內又告密，王夫人只更誇獎了一番。加金釧時，挨打一場添出賈環報告井中淹死一個丫頭的消息，所以此處也添寫王夫人秘密問襲人，風聞是賈環進讒，她可曾聽見。長談後又加上王夫人的反應：「正觸了金釧兒之事，心內越發感愛襲人」，因應許「我自然不辜負你」，伏下兩回後擢升為子妾。這樣不但入情入理，也更緊湊有力。

這是這五六回顛倒搬位的主因。但是這次改寫，前引的一段沒動，所以忽略了「將你合老姨娘一體行事」這句應當刪去，因為這件事還沒發生。

多年後，一七六二冬，才又再在前引的這一段插入寶玉遷出園外的建議，先加王夫人這兩句對白：「你有什麼，只管說什麼，只別叫別人知道就是了。」引入襲人的建議，使王夫人大吃一驚，以為已經出了亂子，襲人又忙否認。大觀園在書中這樣重要，而有象徵性，寶玉出園是襲人種的因，簡直使襲人成為伊甸園的蛇。

俞平伯指出逐晴雯後寶玉襲人談話，「襲人細揣此話，好似寶玉有疑他之意」，全抄本、戚本作「疑他們」，指襲人秋紋麝月結黨排擠晴雯，罪嫌較輕，後來才刪去「們」字。俞平伯認為作者與脂批不一定意見一致，這是一個例子。無疑的，早本襲人的畫像光線較柔和，是脂批對她一味讚美的原因之一。

第二十回寶玉替麝月篦頭，被晴雯撞見，各本都有這條長批：

閑上一段兒女口舌，卻寫麝月一人。有（按：「在」誤）襲人出嫁之後，寶玉寶釵身邊還有一人，雖不及襲人週到，亦可免微嫌小敝（弊）等患，方不負寶釵之為人也。故襲人出嫁後云「好歹留著麝月」一語，寶玉便依從此話。可見襲人雖去實未去也。……

襲人去時顯然寶玉已婚，但是襲人仍舊沒過明路，否則不能稱「出嫁」。

第六十五回興兒告訴二尤母女：「我們家的規矩，爺們大了，未娶親之先，都先放兩個人服侍。……」第七十二回趙姨娘要求賈政把彩霞給賈環作妾，賈政說：「……等他們再念一二年書，再放人不遲。」怎麼遲至寶玉婚後，襲人還沒收房？倘是因賈赦賈政或王夫人去世而守孝，又怎麼能娶親？

第三十六回王夫人解釋暫不收房的理由：「一則都年青，二則老爺也不許，三則那寶玉見襲人是個丫頭，總（「縱」誤）有放縱的事，倒能聽他的勸。如今作了跟前人，那襲人該勸的也不敢十分勸了。」第七十八回王夫人報告賈母已代寶玉選定襲人，主要是因為襲人「這幾年來從未逢迎著寶玉淘氣，凡寶玉十分胡鬧的事，他只有死勸的」；又重申暫不宣佈的理由：

「……二則寶玉再自（以）為已是跟前的人，不敢勸他說他，反倒縱性起來。」

滿人未婚女子地位高於已婚的，因為還有入宮的可能性。因此書中女兒與長輩一桌吃飯，媳婦在旁伺候。婢女作妾，似乎在心理上也有明升暗降的意味。還有一層，王夫人不知道寶玉襲人早已發生關係。當時雖然還沒有「結婚是戀愛的墳墓」這句名言，也懂得這道理，以為不圓房，襲人比較拿得住他。黛玉死後，寶玉想必更自暴自棄，娶寶釵後「流蕩益甚」（端方本情節）。還是襲人最能控制他——也許有些妾婦之道寶釵不屑為——因此家中不敢放手，收房的事一直拖延下去。

「寶玉惡勸，此是（第）一大病也。」（庚、戚本第二十一回批註），與襲人之間的摩擦為時已久，成為一種意志的角力。襲人一定又像第十九回那樣以「走」來要挾，最後終於實行了。這局面大概是紀實的。曹雪芹長成在抄家多年後，與書中家境不同，「時值非常，一切從簡」，這樣膠著遲遲不收房，也更近情理些。

襲人雖然實有其人，嫁蔣玉菡是美化了她的婚姻。小旦雖然被人輕視，名旦有錢有勢，娶妻是要傳宗接代的，決不肯馬虎。花自芳早看出了寶玉襲人的關係，兄妹倆死了母親，又照老姨娘的例規領喪葬費，不會再去拿她冒充閨女。襲人又並不怎麼美，與賈芸紅玉同是「容長臉」，戚本作「龍長臉」，近代通用「龍長臉」，專指男性，大概是高顴骨大圓眼睛、勁削的瘦長臉型。大人家出來的人身價雖高，只能作妾，要一夫一妻，除非是小生意人。即使興旺起來，未見得能容她幫貼舊主。要避嫌疑，也不會來往。

書中襲人的故事的演變，不論有沒有同死的一環，第一個早本內沒有襲人迎養寶玉夫婦的事，那時候想必襲人之去也就是她的歸結。後來添寫她與蔣玉菡供養寶玉寶釵，是否為襲人贖罪？她是否讒害晴雯，不確定，中傷黛玉卻是明寫（第三十四回）。被她抓住了防微杜漸的大道理，雖然釵黛並提，王夫人當然知道寶釵與寶玉並不接近。但是以襲人的處境，卻也不能怪她。試想在黛玉手下當姨太太，這日子不是好過的。納妾制度是否合理，那又是一回事。太太換了寶釵，就行得通。

寶玉最後將寶釵「棄而為僧」，不能不顧到她的生活無著。如果襲人已經把他們夫婦倆接了去，一方面固然加強了襲人對寶玉的母性，而寶玉不但後顧無憂，也可見他不是窮途末路才去做和尚。這該是添寫襲人迎養寶玉寶釵的主因。出家是經過考慮然後剃度的，不是突如其來被仙人度化了去，這也是一個旁證。

這樣看來，〈花襲人有始有終〉毫無事實的根據，完全是創作。

第二十八回總批第一段如下：

茜香羅紅麝串寫于一回，蓋琪官雖係優人，後回與襲人供奉玉兄寶卿得同終始者，非泛泛之文也。

——各本同

第二十八回來自次老的早本，結局已改為八十回前奉妃命金玉聯姻，黛玉逝世，但是八十回後仍舊像第一個早本，寶釵死於產難，襲人別嫁，寶玉湘雲偕老，貧極。所以寫此回時還沒有襲人迎養寶玉夫婦的事。

直到一七五四年前的百回《紅樓夢》，此回蔣玉菡的汗巾還是綠色的，明義「題紅樓夢」詩中稱為「綠雲綃」。一七五四本始有「茜香羅」這名色——茜草是大紅的染料。此回回目〈蔣玉菡情贈茜香羅，薛寶釵羞籠紅麝串〉，是一七五四本新改的，回內也修改了兩次換繫汗巾的顏色。一七五四前的回目想是「情贈綠雲綃」，對「紅麝串」更工整。

庚本典型格式的回前附葉都是從一七五四本保留下來的。此回回前總批第一段該是一七五四本新寫的，下一段「自聞曲回以後回回寫藥方」則是保留的早本舊批。前五回內黛玉的藥方已經都刪了。

總批說汗巾事件與紅麝串寫在一回內，是因為後文有襲人蔣玉菡供養寶玉寶釵，這是附會曲解或纏夾。此回不過預言襲人嫁蔣玉菡，當時並不預備寫他們夫婦倆供養寶玉寶釵。

被襲人接回去香花供養，寶玉於感激之餘，想必比獄神廟茜雪紅玉的美人恩更不是味，不過以他與襲人關係之深，也都談不上這些了。但是寶玉出家也未必與這無關。出家是離開蔣家，這一點我覺得很重要。到底還是一半為了襲人做和尚。

最後把寶釵托了給她，也不枉寶釵一向是她的一個知己。〈花襲人有始有終〉這一回改寫過，在那「五六稿」內，被借閱者遺失。襲人之去沒有改寫，百回《紅樓夢》中有，作者逝後五六年還在，但是終於沒保存下來。在我總覺得這是最痛心的損失，因為自從第一個早本起就有襲人之去，是後部唯一沒改動過的主要情節，屹然不移，可以稱為此書的一個核心。襲人的故事也是作者最獨往獨來的一面。

總結上述，第三十一回回目有〈因麒麟伏白首雙星〉，而太虛幻境的冊子與曲文都預言湘雲早寡，顯然未與任何人同偕白首。《風月寶鑑》收入此書後，書中始有太虛幻境。那回目是從更早的早本裏保留下來的，因此衝突。

八十回本內只有第十四回給秦氏送殯的名單上有衛若蘭。秦可卿來自《風月寶鑑》。顯然是收併《風月寶鑑》後才有衛若蘭這人物。當時已有太虛幻境的冊子與曲文預言湘雲早寡，因此自有衛若蘭以來，就是寫他早卒。〈白首雙星〉回目只能是指寶玉湘雲。添寫衛若蘭後，第三十一回回目一度改為〈撕扇子公子追歡笑，拾麒麟侍兒論陰陽〉（全抄本），終於還是保存原來的回目，另加衛若蘭射圃文字，裏面若蘭佩戴的金麒麟是寶玉原有的那隻，使麒麟的預兆應在他身上，而忽略了他未與湘雲同偕白首，仍舊與回目不合。

早本寫寶玉與湘雲偕老，顯然並沒出家。

庚、戚本批第二十二回寶玉二次悟禪機：「二次翻身不出，故一世墜落無成也」，又批黛玉說他作的偈「無甚關係」：「黛玉說無關係，將來必無關係。……可知寶玉不能悟也。」這口氣是初看此書，還沒看完。第一個早本結局沒有出家。與湘雲偕老的就是第一個早本。

《石頭記》指石上刻的記錄，因此初名《石頭記》時已有楔子。但是空空道人一節是後添的。情僧原指茫茫大士，改空空道人抄錄《石頭記》後，為了保存《情僧錄》書名，使空空道人改名情僧。情僧如果雙關兼指寶玉，也是書名已改《情僧錄》後。初名《石頭記》時寶玉沒做和尚。

楔子裏空空道人一節內提起《石頭記》，下註「本名」，因為當時書名已改。但是卷首自述中，「將真事隱去，而借通靈之說，撰此《石頭記》一書也，故曰甄士隱云云」，句內《石頭記》下並沒有批註「本名」，可見這位批者批書時還沒有此句。甄士隱賈雨村的故事是不可分的，因此自述一節末句關於賈雨村即「假語村言」也是後加的——添寫這兩個人物後，需要解釋二人命名由來。而且最初只有楔子，此後冠以自述；楔子內此書像天書一樣的出現，沒有作者，與作者自述合看，有混亂之感，所以在此處說明是「借通靈（玉）之說」來寫自傳——在這階段，此書自視為自傳性小說。畸笏把這段自述收入「凡例」，刪去「借通靈之說」句，因為與楔子隔開，二者之間的矛盾不需要解釋了。

甄士隱夢遊太虛，太虛幻境來自《風月寶鑑》，因此添寫甄士隱賈雨村時，《風月寶鑑》

已收入此書。

賈家出事是由於賈雨村丟官，被連累。此外還有賈赦侵佔古扇案，甯府又是肇事的禍首，甄家抄沒時又秘密寄存財物。

起初只有甄家抄家，賈家因代隱匿財產獲罪，但是並沒抄家。一七五四本起，才用甄家抄家作賈家抄家的預兆。因此提及甄家或甄寶玉的八回都是一七五四至一七五六年定稿。這八回的內容都是第一個早本還沒有的，因此第一個早本沒有甄家。

賈家最初只有賈政一房，所以第一個早本沒有賈赦與甯府。又沒有賈雨村，沒有甄家——沒有書中一切獲罪的伏線，可見此本賈家並未獲罪。

傳說有「舊本」，其實有十種之多。內有七部續書，兩三個早本，其一寫寶玉娶湘雲，晚年貧極，顯然就是與湘雲偕老的第一個早本。

這第一個早本部份保存在三種續書裏，內中南京刻本與端方本都寫寶玉窮途末路重逢北靜王。書中有北靜王的五回，在第一個早本的時候都還不存在，因此原本不會有重逢北靜王，是南京刻本代加的好下場。此本根據第一個早本續書，端方本又據以改寫程本。

三六橋本也是根據第一個早本續書，但是參用脂批透露的八十回後情節。第六十三回內元妃還是個王妃。三六橋本寫探春封杏元公主和番，可見第一個早本內元春是王妃，因此「杏元」封號不犯元妃的諱。

第十七、十八合回回末詩聯作結，一七五五年左右改寫的標誌。回內省親，早本寶玉已經十七八歲，不能覲見。一七五四本最後一次改小寶玉年齡——此本第二十五回初稿（全抄本）裏面還比今本大兩歲，定稿（甲戌本）已改小——次年添寫省親寶玉覲見一節，保留的原文一律稱元春為賈妃，新句都用元妃。可見初改皇妃時只稱賈妃，遲至一七五五年才有元妃封號，與第一個早本的「杏元」封號相距一二十年，因此「元」字重複。

有個八十回「舊本」寫到奉元妃命金玉聯姻，黛玉抑鬱而死為止。如果是別人依照第二十八回元妃節禮的暗示代撰，這該是八十回後的事，不必去改寫前八十回。看來也是個早本，冒充今本八十回抄本銷售。

第二十八回寫得極早，以至於寶釵容貌的描寫與一七五五年左右定稿的第八回犯重。寫第二十八回時書中還沒有迎春，所以寶玉稱鳳姐「二姐姐」——跟著賈璉行二。

第一個早本已有第六十二（缺下半回）、六十三回，第五十四至五十六回也來自極早的早本。第五十五、第六十二回都有惜春原是賈政之女的跡象。但是迎春不會起先是賈政的女兒，因為寶玉最初只比元春小一歲，而迎春倘是庶出，與惜春同是喪母而不同母，賈政姬妾太多，與他的個性不合。所以迎春是與賈赦邢夫人同時添寫的人物。

第二十二回燈謎預言元春不久於人世。第一個早本已有此回，因此直到一七五四本為止，元妃一直就是死在第五十八回。聯姻是奉元妃遺命。王妃改皇妃，就是為了提高她的地位，等於奉欽命聯姻。但是為了替黛玉留身分，奉妃命聯姻，促使黛玉病劇的局面後來刪了，仍舊改為黛玉死在寶玉定親前，如明義「題紅樓夢」詩中所說的。

各種續書中，只有端方本很明顯的缺獲罪抄沒，只繼續第七十二回「家道艱難」，再加上寶玉婚後更「放縱」「流蕩」，「年長」時終於無法維持生活。這敗落經過顯然來自第一個早本。《風月寶鑑》收入此書後，有了太虛幻境與甯府，太虛幻境的畫冊曲文預言甯府肇禍，湘雲早寡守節，可見此時已改漸衰之局為獲罪驟衰，與湘雲偕老也已改出家。

奉妃命聯姻的早本已有第二十八回，寫此回時還沒有迎春，因此也沒有賈赦。加賈赦在加甯府之前。有了甯府才有獲罪，所以妃命聯姻的八十回本還沒有獲罪的事，八十回後仍舊是寶釵早卒，續娶湘雲，與第一個早本相同。

出家後重逢襲人的「舊本」寫襲人嫁蔣玉菡時賈家十分窮苦，寶玉出家也不是成仙，否則不會當場倒斃。此本顯然不是改寫程本。襲人之去太與當時的道德觀牴觸，也絕對不會有續書人寫寶玉襲人同死。而這倒正合書中黛玉襲人並重的暗示：襲人死了寶玉也要做和尚；「同死同歸」；黛玉襲人同一日生日，四兒說同一日生日就是夫妻。這可能是結局改出家後的第一個早本。

添寫金釧兒這人物時改寫第二十九至三十六回，從脂批中的跡象看得出第三十三至三十五回移前，使襲人先告密然後「步入金屋」，告密成為王夫人賞識她的主因，加強了結構。第三十六回湘雲之去因此宕後，本來在寶玉挨打前已經回家。第三十一回也移前，回內晴雯吵鬧本是為了襲人「步入金屋」。第二十九至三十五回在逝世不久前再度改寫，第三十四回襲人見王夫人一節插入寶玉遷出園外的建議；寶黛面對面的最激動的幾場除葬花外全在這七回內，都是這次改寫的，還預備在第三十六回添寫一場。謄清時未囑抄手將保留的原文上哪條批雙行小字抄入正文，所以這七回還是只有加金釧兒那次保留下來的四條批註，可見定稿以來迄未經批者過目，已經傳抄出去，是作者亡故後的景象。寶黛情感上的高潮是最後才寫成的，還有襲人的畫像畫龍點睛的一筆。

最初十年內的五次增刪，最重要的是雙管齊下改結局為獲罪與出家。添寫一個甯府為罪魁禍首，《風月寶鑑》因而收入此書。同時加甄士隱賈雨村，大概稍後再加甄寶玉家，與雨村同是帶累賈家。襲人在第一個早本內並未迎養寶玉夫婦，不然寶玉湘雲的下場不會那麼慘。改出家後終於添寫襲人迎養寶玉寶釵，使寶玉削髮為僧時不致置寶釵的生活於不顧。因此襲人雖然實有其人，〈花襲人有始有終〉完全是虛構的。

周汝昌將第一個早本與有關無關的幾種續書視為八十回後情節，推測抄沒後湘雲寶玉淪為奴僕乞丐，經衛若蘭撮合，在射圃團聚；「曹雪芹寫是寫了，脂硯等親人批閱，再四躊躇，認為性命攸關，到底不敢公之於世，只好把這兩部份成稿抽出去了（指『抄沒、獄神廟諸事』與『衛若蘭射圃文字』）。所以連當時像明義等人，看過全書結尾，卻也未能知道還有這兩大重要事故。」（按：明義所見《紅樓夢》還沒添寫抄家）又猜度後來其餘的也都散佚了，但是當初隱匿或毀棄的是這兩部份，所以畸笏特別提出「衛若蘭射圃文字」與獄神廟回「迷失無稿」。但是畸笏不說，也沒人知道有抄沒文字已經寫了出來，豈不是「此地無銀三百兩？」

我們對早本知道得多了點，就發現作者規避文網不遺餘力，起先不但不寫抄沒，甚至於避免寫獲罪。第一個早本是個性格的悲劇，將賈家的敗落歸咎於寶玉自身。但是這樣不大使人同情，而且湘雲的夫家母家怎麼也一寒至此，一死了丈夫就「窮無所歸」？有了護官符解釋賈史王薛四家的關係，就不是「六親同運」，巧合太多了。所以添寫獲罪是唯一合理的答案，但是在這之前先加了個大房賈赦，一方面用賈赦反襯出賈政為人，賈赦死後榮國公世職被賈環襲了去，強調兄弟鬩牆，作為敗家的主要因素。但是賈環是個「燎了毛的小凍貓子」（鳳姐語），近代通稱「偎灶貓」，靠趙姨娘幕後策動，也還是搗亂的本領有限。逼不得已還是不能不寫獲罪，不過賈環奪爵仍舊保留了下來。一寫獲罪立刻加了個甯府作為禍首與烟幕，免得太像曹家本身。曹雪芹是個正常的人，沒有心理學上所謂「死亡的願望」。天才在實生活中像白癡一樣的也許有。這樣的人卻寫不出紅樓夢來。

色，戒 短篇小說集三・一九四七年以後

真正的了解一定是從愛而來的，
但是恨也有它的一種
奇異的徹底的了解。

張愛玲
100TH ANNIVERSARY EDITION
百歲誕辰
紀念版

張愛玲最知名也最具爭議性的作品
國際大導演李安改編拍成電影
榮獲威尼斯影展最佳影片金獅獎，橫掃金馬獎八項大獎

為了「救國鋤奸」，王佳芝亟欲色誘刺殺特務頭目易先生，可始料未及的是，權勢的春藥雖然融解了易先生的城府，卻也撩燒著她體內的魔鬼，而隨著這場「愛國遊戲」逐漸失控，獵人與獵物，早已在不知不覺間錯位……〈色，戒〉是張愛玲少數以真實歷史為藍本，探討女性心理與情慾的異色之作。歷經家國戰火、與愛人走向歧路的她，文字風格亦隨之洗盡鉛華，從譏誚濃烈轉為樸素凝鍊。張愛玲為人生翦落了枝蔓，卻也因此撥雲見日，開啟了文學創作的神域。

華麗緣 散文集一‧一九四〇年代

生命是一襲華美的袍，
爬滿了蝨子。

哪怕她沒有寫過一篇小說，
她的散文也足以使她躋身二十世紀
最優秀的中國作家之列。
——【中國現代文學史研究家】陳子善

張愛玲
100TH ANNIVERSARY EDITION
百歲誕辰
紀念版

每個張迷心中都有一個張愛玲，但褪下作家光環的她，又是何種樣貌？當別人還在學校裡學藝術，她則已然在藝術中品味生活，享受微風中的籐椅、欣賞雨夜裡的霓虹燈、伸手採擷枝枒嫩綠的葉片……《華麗緣》是張愛玲創作黃金時期的散文結集，不同於小說創作的蒼涼冷峻，她的散文恬適豐沛、細膩精闢。無論是聊音樂，論愛情，還是談自己，她慣以感性拾掇美好光陰，用文字拼貼瑣碎青春，而我們早已在一篇篇華麗的文字中，與最真實的她結下了不解之緣。

小團圓

張愛玲：這是一個熱情故事，
我想表達出愛情的萬轉千迴，
完全幻滅了之後也還有點什麼東西在。

張愛玲
100TH ANNIVERSARY EDITION
百歲誕辰
紀念版

張愛玲滿載一生愛與哀愁的最後遺作
兩岸三地熱銷突破1,000,000冊，
即將改編電影

童年，對九莉來說是一場永遠醒不來的夢魘，獨留背影的母親、疏離的家族、炎涼的世態……她冷峻孤傲，卻又敏感脆弱，繁盛與腐敗在她成長的歲月裡流淌，她無一事能忘，於是將之化為斐然的文采，卻意外招來纏繞半生的孽緣……《小團圓》是張愛玲登峰造極的小說代表作，她用徹骨的冷寫下熱燙的愛，讓所有在人生中粉墨登場的角色悉數「團圓」，燃燒最美好的時光，留下最孤寂的餘燼。現實中的張愛玲始終未能「團圓」的蒼涼，卻意外成就了作家張愛玲的圓滿。

半生緣

也許愛不是熱情，也不是懷念，
不過是歲月，
年深月久成了生活的一部份。

張愛玲
100TH ANNIVERSARY EDITION
百歲誕辰
紀念版

張愛玲不朽的文學世界，
從《半生緣》開始！
一句「我們都回不去了」，揪盡千萬讀者的心！

很多年以後，曼楨總還記得那個奇冷的冬天，和世鈞兩人在微明的火光中對坐，手中剝荸薺吃，身上穿著他的破舊絨線衫。他靦腆地遞出特意買的紅寶石戒指，並為她細細地纏上一綹舊絨線。那時的她還不知道，年少甜蜜的愛戀並不久長，而她將用餘生經受一切的哀樂和劫毀……《半生緣》是張愛玲最膾炙人口的作品之一，雋永的愛情故事裡蘊含複雜的人際和闇黑的人性。緣起緣滅，人聚人散，到歷劫歸來才明白，終究半生已辜負，徒留悵惘的遺恨。

國家圖書館出版品預行編目資料

紅樓夢魘 / 張愛玲 著.
-- 二版. -- 臺北市 : 皇冠, 2020.6
面 ; 公分. -- (皇冠叢書 ; 第4854種)
(張愛玲典藏 ; 14)

ISBN 978-957-33-3539-9（平裝）

1.紅學 2.版本學 3.研究考訂

857.49 109005507

皇冠叢書第4854種
張愛玲典藏 14

紅樓夢魘

【張愛玲百歲誕辰紀念版】

作　　者—張愛玲
發 行 人—平　雲
出版發行—皇冠文化出版有限公司
台北市敦化北路120巷50號
電話◎02-2716-8888
郵撥帳號◎15261516號
皇冠出版社(香港)有限公司
香港銅鑼灣道180號百樂商業中心
19字樓1903室
電話◎2529-1778　傳真◎2527-0904
總 編 輯—許婷婷
責任編輯—張懿祥
美術設計—王瓊瑤
著作完成日期—1977年8月
張愛玲典藏二版一刷日期—2020年6月
張愛玲典藏二版七刷日期—2024年3月
法律顧問—王惠光律師
有著作權・翻印必究
如有破損或裝訂錯誤，請寄回本社更換
讀者服務傳真專線◎02-27150507
電腦編號◎001214
ISBN◎978-957-33-3539-9
Printed in Taiwan
本書定價◎新台幣400元　港幣133元

• 皇冠讀樂網：www.crown.com.tw
• 皇冠Facebook：www.facebook.com/crownbook
• 皇冠Instagram：www.instagram.com/crownbook1954
• 皇冠蝦皮商城：shopee.tw/crown_tw
• 張愛玲官方網站：www.crown.com.tw/book/eileen